명문당

머리말

언뜻 생각하기에는 러시아 문학에는 괴담소설의 장르가 없는 것 같은 게 사실이다. 이른바 '환상문학(幻想文學)'이라고 하는 좀더 넓은 장르로 볼 때에는 러시아에도 여러 작품이 있지만 꼭 꼬집어서 '괴담'이라고 할 만한 것은 얼른 눈에 띄지 않을 뿐더러, 그런 장르가 있다는 것을 인정치 않으려고 하는 게 보통이다.

그것은 '문학을 순수한 놀이로서 즐긴다는 것은 죄악이다'라고 하는 풍토가 러시아에는 있기 때문이 아닐까? 그러나 실은 그렇지 아니하다.

이 책에서 소개하고 있는 것처럼 푸슈킨(《장의사(葬儀社)》)을 필두로 하여 츠루게네프(《이상한 이야기》), 도스토예프스키(《어떤 인물의 수기(手記)》), 체호프(《검은 옷의 승려(僧侶)》)…… 등 저명한 러시아 문학가들의 괴담소설은 꽤 많이 전한다. 리얼리즘 중심인 것처럼 보이는 러시아 문학적 본류(本流)의 속 깊은 곳에서 괴담소설은 면면히 그 명맥을 이어왔다고 할 수 있겠다. 특히 1800년대로부터 1830년대에 활약했던 러시아 낭만파 작가들은 예외 없이 환상소설이라든가 공포소설을 쓰고 있다.

다만, 이 시대의 러시아는 이른바 시(詩)의 황금시대로서 당시에 쓰여진 소설들은 이류(二流) 취급을 오랫동안 받아 왔던 것이 사실이다. 따라서 세상에 널리 알려질 기회가 없었던 것 또한 수긍이 가는 대목이다.

20세기의 작가인 그린(《마(魔)의 레코드》)과 차야노프(《베네젝토프》) 등의 작품도 이 책에 실었는데, 세계대전 이후의 소련 문학에는 '괴담'이라고 부를 만한 작품이 전혀 없다. 사회주의 체제에서 그런 것은 용납되지 않았기 때문이리라.

빈약한 자료 가운데 엄선하여 번역했는데 이 졸역을 허물치 않고 상재(上梓)해 주신 명문당(明文堂) 김동구(金東求) 사장님과 관계 직원 여러분께 심심한 감사의 말씀을 드린다.

2000년　월

編譯者 識

차　례

흡혈귀(吸血鬼) 가족

1815년이란 해에는, 당시 유럽의 귀현신사(貴顯紳士), 정치적 수단으로 이름을 떨치던 사교계의 기라성들 사이에서도 특히 우미한 존재들을 마치 틀 속에 모아들이듯 빈으로 끌어들였다. 그때문에 빈이란 도시는 유별나게 활기와 광채와 유열(愉悅)의 양상을 띠고 있었다.

회의(빈 회의)는 종막에 가까워지고 있었다. 망명한 왕정주의자(王政主義者)들은 자기네들의 손에 다시 들어온 성(城)으로 되돌아가서 살려고 했고, 러시아 병사들은 뭐니뭐니 해도 두고 온 고향에 되돌아가려고 했었다.

한편 불만을 품고 있던 몇몇 폴란드의 애국자들은 메테르니히 공작(公爵)과 할덴부르크 공작과 넷세르로데 백작(伯爵) 등 세 사람의 배려에 따라 그들을 위해 준비된, 수상한 독립(獨立)의 베일에 싸여, 자유의 몽상을 클라크프에게 넘기려 하고 있었다.

사교계의 화려한 무도회가 끝날 무렵이 되면 그 막(幕)이 내려지기 직전이 되어도 더 즐기고 싶어하는 사람이 몇명 정도는 있게 마련인 것처럼, 그때도 오스트리아의 요염한 귀부인들에게 매료된 몇몇 사람들은 돌아갈 준비를 하지 않고 출발을 하루 또 하루 연기하고 있었다.

이 즐거운 모임에는 나도 참석하고 있었는데 1주일에 2회 정도, 빈에서 몇마일 떨어져 있는, 힛츠잉 마을의 교외에 있는 미망인 슈바르첸부르그 공작 부인의 성(城)에서 열리곤 .했었다.

이 성 여주인의 우아하고 기품이 있는 행동, 정숙한 생각, 섬세한 지성(知性)은 그녀의 손님이 된 사람들에게 있어 더 말할 나위 없는 매력이었다.

오전중에 우리는 산책으로 시간을 보냈다. 오후의 식사는 모두 함께 성안에서라든가 혹은 성에서 가까운 어느 곳에서 먹었다. 밤이면 조용하게 타오르는 난롯가에 앉아서 잡다한 이야기로 꽃을 피우곤 했는데, 단 정치 이야기를 하는 것은 엄금되어 있었다.

정치 이야기에는 이제 모두 싫증을 느끼고 있었기 때문에 우리가 하던 이야기는 각기 자기 고향의 미신(迷信)이라든가 전설(傳說)에 관한 것이 대부분이었으며 혹은 개인의 추억담을 이야기하는 경우도 있었다.

어느 날 밤, 일동이 이야기를 다 끝낸 다음 모두가 입을 다물고 있을 때다. 평소와 마찬가지로 각자 가슴속에서 상상의 나래를 펴며 긴장 상태에 빠져 있는데 고령(高齡)의 망명객인 듀르푸에 후작(侯爵)이 그런 기회를 이용하여 이야기하기 시작했다.

후작은 고령인데도 불구하고 청년과 같은 쾌활성과 기지(機知)에 차있어서 여러 사람으로부터 호감을 사고 있는 처지였다.

"여러분의 이야기는 물론, 모두 기이한 이야기들입니다."

그는 말했다.

"그러나 여러분의 이야기에는…… 실례입니다만 중요한 것이 빠져 있는 것으로 생각됩니다. 즉 여러분의 이야기 속에는 자신들의 참여가 빠져 있습니다. 여러분 중 누구든 간에 자신의 눈으로 방금 한 이야기의 초자연적인 현상을 보았다든가, 그래서 자기가 한 이야기는 결코 거짓이 아닌 사실적 현상이라는 증언을 할 수 있을는지, 나로서는 알 수가 없습니다.”

우리는 그런 증언을 할 수 있는 사람은 아무도 없노라고 인정하지 않을 수 없었다. 노후작(老侯爵)은 양복 앞깃을 바로잡으면서 이야기를 계속했다.

“나 자신에 대해서 말한다면 그런 유(類)의 이야기로서 내가 알고 있는 것이 한 가지 있는데, 단, 그것은 아주 기묘하고 무서운 이야기입니다. 그리고 더욱 중요한 것은 그것이야말로 너무 분명한 이야기이므로 여러분 중 제일 회의적인 분이더라도 그분의 마음에 공포심을 자아내게 하기에 충분한 것이 바로 이 이야기란 점입니다.

나는 불행하게도 나 자신이 이 사건의 목격자이기도 하며 등장인물이기도 했던 것입니다. 평상시라면 이 사건에 대하여 생각도 하기 싫은데 오늘 밤에는…… 만약 열석(列席)하신 미인 부인들께서 허락만 하신다면 기꺼이 그 이야기를 하겠습니다.”

일동은 즉시 동의했다. 실은 몇몇 사람들은 겁먹은 시선으로 우리가 모여 앉은 방으로 스며들어오는 달빛이 비치는 사변형(四邊形) 쪽을 바라보고 있기도 했었다.

그러나 일동은 얼른 후작을 둘러싸고 원을 그리고 앉아서 그의 이야기에 기대를 걸고 침묵을 지켰다. 후작은 금박을 한 코담뱃갑에서 담배를 한움큼 꺼내어 그 향기를 맡으면서 이야기하기 시작했다.

무엇보다도 먼저 부인들에게 부탁드릴 말이 있습니다. 내가 이야기하는 도중에, 내 나이에 어울리지 않게 옛날에 했던 연애 이야기를 이따금 해야 할 필요가 있을는지 모르겠습니다. 만약 그런 경우가 있더라도 용서해 주십시오.

그러나 이야기를 이해하기 쉽도록 하기 위해서는 그런 부분도 이야기하지 않을 수 없습니다. 그렇다 하더라도 늙은이가 늙은 몸임을 잊고 지껄이는 일은 그다지 없을 것입니다.

그리고 이처럼 미모를 갖추고 있는 귀부인들 속에 끼어 있어서 나는 다시 젊음을 되찾은 것 같은 착각에 사로잡혀 있는데 그것은 다름아닌 여러분들의 덕택입니다. 이제 서론은 더 이상 지껄이지 않기로 하고 곧장 본론으로 들어가겠습니다.

그것은 1759년도에 있었던 일입니다.

나는 어여쁜 드 그라몽 공작(公爵) 부인에 대하여 뜨거운 연정(戀情)을 가지고 있었습니다. 당시에는 영원토록 변치 않을, 깊은 사랑이라고 생각했던 이 연정 때문에 나는 밤이고 낮이고 마음이 가라앉을 틈이 없었습니다. 공작 부인은 아름다운 여성들이 대개 그러하듯이 그 이상한 말투와 행동으로 내 고민을 더욱 심하게 할 뿐이었습니다.

참다 못한 나는 자원하여 몰다비아 공국(公國) 군주(君主) 밑의 외교관으로 부임하게 되었습니다. 당시 몰다비아 군주와 베르사유 내각(內閣) 사이에는 프랑스에 있어 어떤 중요성을 가진 절충이 행해지고 있었던 것입니다.

출발하기 전날 밤, 나는 부인에게로 갔습니다. 그녀는 그때까지 취해왔었던 것 같은 조소적인 태도는 보이지 않고 나를 정중히 맞아주었으며 어느 정도 흥분된 말투로 입을 열었습니다.

"듀르푸에씨, 사려(思慮)가 없는 행동을 하시는군요. 나는 당신의 성격을 잘 알고 있습니다. 당신은 일단 결정을 한 다음에는 절대로 물러서지 않는다는 것도 잘 알고 있습니다. 그런 까닭에 내가 당신에게 부탁할 말을 딱 한가지로 제한하겠습니다. 이 조그마한 십자가(十字架)를 ─ 나의 마음으로부터의 우정의 표시로 받아

주세요. 그리고 이곳으로 돌아올 때까지 언제나 몸에 지니고 있기를 부탁합니다. 이것은 우리가 아주 소중하게 간직해 온 우리 집안의 가보(家寶)입니다."

그 자리에서 나는 어떻게 보면 부적절한 관계로 보일 것 같은 은근한 태도로 그 가보에게가 아니라 나에게 내민 그녀의 아름다운 손에 입맞춤을 했습니다. 지금도 내가 목에 걸고 있는 것이 그 십자가인데, 그때 이후로 풀은 적이 없습니다.

부인 여러분, 나는 내가 했던 여행 중 상세한 이야기라든가 헝가리 사람이나 세르비아 사람에 관한 이야기 등을 해서 여러분을 지루하게 할 생각은 추호도 없습니다만, 그들은 가난하면서도 용감하고 성실한 민족입니다. 터키인에 의해 그 노예가 되었는데도 불구하고, 자기네들의 존엄과 옛날의 독립을 잊어버린 예가 없는 사람들인 것입니다.

다음 이야기만 덧붙여도 충분히 이해가 될 것으로 압니다만, 나는 바르샤바에 얼마동안 체재한 일이 있는데 그 사이에 폴란드어를 가까스로 배웠습니다. 그런데 세르비아어도 금방 익힐 수 있게 되었습니다. 그것은 이 두 가지 말이 러시아어와 체코어가 그러하듯이 슬라브어로 불리는 동일한 어파(語派)에 속하기 때문입니다.

그야 어쨌든 이렇게 해서 나는 어느 때 세르비아의 어느 마을에 들어간 적이 있습니다 ― 그 마을의 이름은 여러분에게는 별 상관이 없을 것 같아서 말하지 않겠습니다만 ― 그곳에서 충분히 의사소통을 할 수 있을 정도로 세르비아어를 구사했었습니다.

나는 그곳에서 숙소로 정하려는 집의 사나이들이 무슨 일이 있는지 동요하고 있음을 눈치챘습니다. 그 모습은 그날이 일요일이었던 고로, 보통 세르비아인들이 무용(舞踊)이라든가 사격, 혹은 격투기 등 여러 가지 기분전환하기 위한 날이었기에 나로서는 더욱 기묘하게 생각되는 것이었습니다.

그집 사나이들의 기분은 그집에서 막 일어난 어떤 불행에 의한 것이라고 생각한 나는 그들에게 실례했다는 말을 하고 떠나려고 했습니다. 그런데 나이가 30세쯤 되었고 키가 크며 당당한 체격의 사나이가 다가오더니 내 손을 꽉 잡는 것이었습니다.

"들어오십시오, 외국 손님. 우리의 슬픈 표정에 놀라지 마시기 바랍니다. 당신도 그 이유를 들으면 우리의 슬픔을 이해할 수 있을 것입니다."

그리고 그가 나에게 들려준 이야기는 대충 이러했습니다.

그의 늙은 아버지로서 고르샤란 이름의 노인은 활동가인데 어느 날 아침, 일어나더니 벽에 걸려 있는 터키제(製) 장총을 들면서 두 아들 — 게오르규와 베타르 — 에게 말했습니다.

"아들들아, 나는 지금부터 산에 들어가서 개새끼들인 알리 베그(당시 그 지방을 휩쓸고 다니던 터키인 도둑들을 사람들은 이렇게 불렀다)를 추격하여 용자(勇者)들에게로 끌어올 생각이다. 10일 동안만 내가 돌아오기를 기다려라. 만약 10일째 되는 날에도 내가 돌아오지 않는다면 나를 위해 추선공양(追善供養)을 드려다오 즉 나는 죽음을 당했을 것이기 때문이다."

그리고 노인은,

"만약……."

이라며 진지한 표정으로 덧붙였다는 것입니다.

"알겠느냐? 만약(하느님의 구원이 너희들에게 있을지어다) 내가 10일이 지난 다음에 돌아오거든 너희는 너희를 구원하기 위해 나를 집안에 들어오게 해서는 안된다. 그때 너희는 내가 너희의 아버지란 것을 잊고, 비록 내가 무슨 말을 하든 간에 나를 사시나무 말뚝으로 찌를 것을 명령해 둔다. 왜냐하면 그때 돌아온 사람은,

내가 아니라 너희의 피를 빨아 먹기 위해서 온 그 저주스러운 흡혈귀이기 때문이다."

여기서 덧붙여 두는 게 좋을 것 같습니다만 부인 여러분, 이 '블다라크'라고 하는 것은 슬라브 여러 민족의 '브암피르'와 같은 뜻으로서 그 지방의 속신(俗信)에 의하면 살아있는 사람의 피를 빨기 위해 무덤 속에서 나오는 시체, 바로 그것입니다. 간단하게 말하면 그들의 습벽(習癖)은 다른 나라들에서 말하는 흡혈귀와 같은데, 단, 그들은 그들의 존재를 한층 더 위험하게 드러낸다는 특성을 가지고 있는 것입니다.

부인 여러분, 블다라크들은 자기네 근친자(近親者)라든가 친구들의 피를 기꺼이 빨아대는데, 그들에게 피를 빨린 사람들은 죽고 말며, 이번에는 그들이 블다라크가 되는 것입니다. 따라서 보스니아라든가 헤르체고비나에서는 마을 주민들이 모두 블다라크인 경우의 마을도 몇군데나 있다는 이야기입니다.

오규스탱 카르메 신부(神父 : 프랑스의 베네딕트회 修道士로서 聖書 학자. 1672~1757년)는 그 망령(亡靈)에 관한 기서(奇書) 속에서 이와 비슷한, 아주 놀라운 사례를 들고 있습니다. 독일의 황제는 흡혈귀 사건의 해결을 위해 몇차례나 조사위원회를 설치했습니다. 심리(審理)가 계속되고, 흙속에서 피를 빨아 통통해진 시체가 인양되었는데 심장을 말뚝으로 꿰뚫은 다음 광장(廣場)에서 불태워 버렸습니다.

직무상 그런 처치에 입회했던 관리들의 증언에 의하면 형리(刑吏)가 시체의 심장에 말뚝을 박았을 때, 시체가 신음 소리를 내는 것을 들었다고 하는 사실이 확인되고 있습니다. 그것은 관리들이 서약을 하고 다시 서명과 날인을 함으로써 확인한 공적(公的) 진술서가 오늘날에도 보존되고 있습니다.

　　그들은 아주 성실한 가족이었습니다. 큰아들 게오르규는 사나이다운 단정한 얼굴에 의지가 강한 사람으로서 아주 성실한 면이 있었습니다. 그는 아내가 있었고 두 아이를 두고 있었습니다. 그의 동생인 베타르는 18세의 미청년(美靑年)으로서 얼굴 표정에는 강인함보다도 온유한 면이 두드러졌습니다.

　　그는 여동생인 즈덴카로부터 사랑을 받고 있는 눈치였는데 그 여동생은 슬라브 미인의 전형이라고 해도 좋을 처녀였습니다. 모든 면에서 부족한 점이라고는 없는 그 미모에 더하여, 나를 놀라게 한 것은, 그녀가 드 그라몽 공작 부인을 그대로 닮았다는 점이었습니다.

　　특히 이마 부분의 독특한 특징이 그러했었는데 그것은 내 평생동안 이 두 명의 여성에게서만 볼 수 있었던 것입니다. 이 이마의 특징은 언뜻 보기에는 눈길이 끌리는 그런 것은 아니었지만 보면 볼수록 매력을 느끼게 하는 것이었습니다.

　　당시는 내가 아직 너무 젊었었기 때문인지, 아니면 즈덴카의 소박하고도 개성적인 지성(知性)과 이중으로 겹쳐진 이 두 여인의 유사한 점에 완전히 압도당하고 만 때문인지, 나는 그녀와 단 2분 동안 이야기를 나누기 전에 벌써 그녀를 좋아하게 되었습니다. 만약 내가 이 마을에서 더 체재했더라면 내가 그녀에 대하여 가지고 있던 호감은 더욱 아름다운 감정으로 변화하는 위험성을 안게 되었을 것입니다.

　　나는 가족들과 함께 테이블에 앉았습니다. 테이블에는 치즈와 밀크를 담은 항아리가 놓여져 있었습니다. 즈덴카는 실을 잣고 있었고 그녀의 올케는 정원에서 모래를 가지고 노는 아이들을 위해 만찬 준비를 하고 있었습니다. 베타르는 무관심한 척하면서 휘파람을 불고 있었는데 그는 야다칸이라고 하는 터키제(製) 단검(短劍)을 갈고 있었습니다. 게오르규는 테이블에서 두 볼을 손가락으로 괴고 말이 없는 채 길 쪽을 바라보고 있었습니다.

나는 한가족의 가라앉은 분위기에 당혹감을 느끼면서 금색(金色) 황혼에 빛나는 하늘과 구름, 그리고 소나무 숲속에서 머리를 뾰족하게 내밀고 있는 수도원(修道院)을 바라보고 있었습니다.

이 수도원은 나중에 안 일이지만, 옛날에는 성모(聖母)의 기적적 성상(聖像)으로 유명하게 된 수도원으로서, 전설에 의하면 그 성상은, 천사들이 가져다가 떡갈나무 가지에 걸어놓았던 것이라고 합니다. 그런데 전세기(前世紀) 초에 터키인이 이 지방에 침입해 와서 수도사들을 목매어 죽이고 수도원을 쑥밭으로 만들었습니다. 남은 것이라고는 벽과 소예배당(小禮拜堂)뿐이었으며 한 은자(隱者)가 그곳을 지키고 있었습니다.

그것은 나그네의 눈에는 폐허처럼 보였는데 성지(聖地)를 순방하며 '떡갈나무 밑의 성모' 수도원에서 묵어 가기를 좋아하는 순례자들에게는 우로(雨露)를 피하게 해주는 장소가 되어 있었던 것입니다. 조금 전에 이야기했던 것처럼 내가 그런 사실을 알게 된 것은 그후의 일이었습니다.

왜냐하면 그날 밤 내 머리속을 차지하고 있었던 것은 세르비아의 유적 따위는 아니었기 때문입니다. 공상에 잠겨 있을 때는 흔히 그리는 것입니다만 나는 지나간 날들, 멋졌던 유년시절, 먼 미개(未開)의 땅을 단념하듯 이별을 고하였던 조국 프랑스에 대한 상상을 하는 등 회상에 빠져 있었습니다.

나는 드 그라몽 공작 부인도 상상하고 있었는데 솔직히 말하면…… 부인 여러분, 여러분과 같은 연배의 다른 몇몇 여성들을 떠올리고 있으면 그녀들의 얼굴들이 왠지 예쁜 공작 부인의 얼굴과 함께 차례대로 내 마음의 문을 두드리는 것이었습니다.

나는 이윽고 그집 사람들, 그리고 그들의 걱정거리를 잊고 있었습니다.

그때 돌연 게오르규가 침묵을 깼습니다.

"여보!"

그는 아내에게 말했습니다.

"애들 할아버지가 나간 것은 몇시쯤이었지?"

"8시였습니다. 그때 수도원의 종이 시간을 알리는 것을 들었으니까요."

아내는 대답했습니다.

게오르규는 계속 말했습니다.

"지금…… 아직 7시 반이 지나지 않았지……."

그리고 그는 입을 다문 채 숲을 통과하는 길로 다시 시선을 보내고 있었습니다.

부인 여러분, 빼놓은 게 있는데…… 세르비아인들은 어떤 사람이 흡혈귀가 아닌가 의심이 갈 경우, 그 사람을 본명(本名)으로 부른다든가 그 사람에게 직접 대고 이야기하는 것을 피한답니다. 만약 그렇게 하면 흡혈귀를 무덤 속에서 불러내는 결과가 되기 때문입니다. 그 때문에 게오르규도 아내에게 자기 아버지가 집을 나간 시간을 물었을 때 '할아버지(애들 할아버지)'라고 불렀던 것입니다.

몇분 동안 침묵이 이어졌습니다. 돌연 아이 하나가 즈덴카의 앞치마를 잡아당기면서 말했습니다.

"고모, 할아버지는 언제…… 집에 돌아오는 거야?"

이 질문에 대하여 게오르규가 아이의 뺨을 때리는 것으로 답했습니다. 아이는 울음을 터뜨렸고 그 아이의 동생이 놀라 겁먹은 표정으로 말했습니다.

"아빠! 왜 할아버지 얘기를 하면 안되는 거야?"

이 아이도 뺨을 얻어맞고 울기 시작했습니다. 여자들은 십자가를 긋기 시작했구요.

그때 수도원의 종이 천천히 8시를 치기 시작했습니다. 첫 번째 종 치는 소리가 나자마자 숲에서 나와 이곳으로 다가오는 사람의 그림자가 눈에 들어왔습니다.

"돌아왔습니다! 감사하게도!"

베타르와 그의 형수와 즈덴카는 일제히 환성을 질렀습니다.

"오, 하느님! 우리를 구원해 주소서!"

게오르규가 엄숙한 목소리로 말했습니다.

"그가 말한 10일의 기한이 지난 것인지 지나지 않은 것인지 어떻게 해야 알 수 있을까?"

모두들 공포에 사로잡히어 그의 얼굴을 바라보았습니다. 그러는 사이에도 사람의 그림자는 점점 더 가까이 다가왔습니다. 그것은 하얀 수염을 기르고 창백하지만 엄숙한 얼굴을 가진 키가 큰 노인으로서 지팡이를 짚고 몸을 끌듯하면서 겨우 걷고 있었습니다.

그가 가까이 옴에 따라서 게오르규의 안색은 한층 더 어두워졌습니다. 새로이 나타난 노인은 우리에게 가까이 다가와서 아무것도 안 보이는 듯한 시선으로 가족 일동을 둘러보았습니다. 그럴 정도로 그의 눈은 움푹 패어 있었고 어둠에 빠져 있었습니다.

"이게 무슨 짓이야!"

그는 허탈한 목소리로 말했습니다.

"왜, 아무도 나를 맞아들이려고 하지 않는 게야? 어찌하여 입들을 다물고 있어! 너희는 내가 부상당한 것을 알지 못하느냐?"

사실 노인의 옆구리는 피투성이였습니다.

"아버님을 부축해 드리시오!"

나는 게오르규에게 말했습니다.

"그리고, 즈덴카. 당신은 무엇이든 기운 차릴 만한 음식을 드리시오. 그러지 않으면 아버지는 곧 기진맥진하게 될 것입니다.”

“아버지!”

하면서 게오르규는 고르샤에게 다가갔습니다.

“상처를 보여주십시오. 제가 보면 상처의 정도를 알 수가 있고 응급처치 방법도…….”

아들이 아버지의 겉옷을 벗기려고 하자 노인은 아들의 손을 거칠게 뿌리치고 두 손으로 자기 옆구리를 감싸는 것이었습니다.

“놔둬! 섣불리 손을 대면 상처가 덧날 뿐이야!”

그는 말했습니다.

“하지만 심장을 상하지는 않았는지요?”

게오르규는 얼굴이 창백해지면서 외쳤습니다.

“겉옷을 벗으세요. 벗지 않으면 안됩니다! 안된다니까요!”

노인은 벌떡 일어났고 몸을 똑바로 폈습니다.

“정신 차려! 내 몸에 손을 대봐라! 너를 저주할 것이야!”

그는 허탈한 목소리로 말했습니다. 베타르가 게오르규와 아버지 사이로 뛰어들었습니다.

“가만있어, 아버지는 괴로워하고 계시잖아!”

“거역하지 않는 게 좋을 것입니다. 아버님은 당신이 시키는 대로 하지 않으면 참지 못하는 분이니까요.”

게오르규의 아내가 말했습니다.

그때 흙먼지 연기를 일으키면서 양무리가 이 집을 향하여 오는 것이 보였습니다. 양무리를 몰던 개가 자기 주인을 잘못 알아보았는지, 아니면 뭔가 다른 이유가 있었는지, 고르샤의 모습을 보자 발걸음을 멈추고 뭔가 못볼 것을 보았다는 듯이 털을 빳빳이 세우며 온몸을 떨고 짖어대기 시작했습니다.

“아니, 이놈의 개가! 이 개가 어떻게 된 거야?”

노인은 이렇게 말하면서 한층 더 긴장하는 것이었습니다.

"대체 어떻게 된 거야? 나는 내 가족 중 타인(他人)이 되었단 말인가? 10일간 산속에 있는 동안에 기르던 개에게까지 버림을 받을 만큼 나는 변해 버렸단 말인가?"

"들었소?"

게오르규는 아내에게 물었습니다.

"뭣을 들었느냐는 겁니까?"

"그는 10일이 지났다고 자기 입으로 말하지 않았소?"

"그렇지 않아요. 아버님은 정해진 기간 안에 돌아오지 않았습니까?"

"알았소, 알았다구. 어떻게 해야 할지 나는 알았단 말이오!"

개는 계속해서 짖어댔습니다.

"저 지긋지긋한 놈의 개가 또 짖어대는군…… 저놈을 잡아 죽여! 내 말 듣고 있는 거냐?"

고르샤는 소리쳤습니다.

게오르규는 몸을 움직이려고 하지 않았는데 베타르는 눈에 눈물을 머금으면서 일어나 아버지의 소총을 손에 들고 개를 쏘았습니다. 개는 먼지 속에서 뒹굴었습니다.

"내가 좋아했던 개인데……."

베타르는 낮은 목소리로 말했습니다.

"아버지는 왜 개를 죽여야 할 필요가 있었던 것일까? 그것을 나는 알 수가 없어."

"그놈은 죽을짓을 했다."

고르샤가 응답했습니다.

"으슬으슬 추워진다. 집안으로 들어가야겠어."

이런 일이 일어나는 동안에 즈덴카는 노인을 위해 배와 벌꿀과

건포도, 그리고 라캬[火酒]를 넣어서 섞고 그것을 달여 만든 음료를 가져왔는데 노인은 그것이 마음에 안든다는 듯 뿌리쳤습니다. 노인은 게오르규가 내민 쌀을 곁들여서 만든 양고기 요리도 역시 눈을 흘기며 받지 않았고 방 한쪽 귀퉁이에 가서 쭈그리고 앉더니, 무언지 뜻모를 말을 지껄이고 있었습니다.

난로에서는 소나무 장작이 불꽃을 튀기고 있었고, 그 흔들리는 불빛이 노인의 얼굴을 비추고 있었는데 그 얼굴은 너무나 창백하고 초췌하여 만약 이 불빛이 없었더라면 죽은 사람의 얼굴로 보였을 것입니다. 즈덴카는 가까이 다가가서 그 옆에 앉았습니다.

"아버지."

그녀는 말했습니다.

"아버지는 아무것도 안 잡숫고 쉬려고 하지도 않으십니다. 산속에서 있었던 전투의 공로담(功勞談)이나 들려주세요."

이렇게 말하는 딸은 이 노인의 심금(心琴)을 울리는 데 제일 적절한 것이 무엇인지를 잘 알고 있었습니다. 노인은 평소 터키인과 싸우는 전투와, 그 싸움에서 세운 공로담을 이야기하는 것이 무엇보다도 즐거운 일이었던 것입니다.

마침내 미소가 그의 흙빛깔 입술에 떠올랐는데 그 눈은 여전히 생기가 없었습니다. 그는 손을 뻗어 딸의 아름다운 블론드 머리카락을 만지작거리면서 말했습니다.

"그래, 좋다. 즈덴카, 산에서 일어났던 일을 너에게 들려주마. 하지만 오늘은 안되겠다. 내일 하자. 나는 몹시 지쳤다. 단 한 가지만 이야기해 두겠다. 알리 베그는 이제 살아있지 않다. 네 아버지의 손에 의해서 죽었어. 만약 그것을 의심하는 자가 있다면……."

노인은 가족들에게 시선을 돌리면서 말했습니다.

"이것이 그 증거다!"

라며 그는 어깨에 메고 있던 자루 주둥이를 벌리고 그 속에서 피투
성이인 목을 꺼냈습니다. 그 생기를 잃은 흙빛깔의 목은 노인의 안
색(顔色)에 비할 바가 아니었습니다. 우리는 기겁을 하며 그 목에서
얼굴을 돌렸는데 고르샤는 그것을 베타르에게 건네주며 말했습니다.
　"이놈을 우리집 대문 위에 걸어두어라. 길을 지나가는 모든 사람
　들에게 알리 베그가 죽음을 당했고, 술탄의 친위대를 빼고는 거리
　의 부랑자가 하나 빠짐없이 퇴치되었다는 사실을 알리는 것이다."
　베타르는 싫어하는 눈치였지만 그 명령에 따랐습니다.
　"이제 충분히 알았습니다. 가여운 개는 그 시체의 냄새를 맡고 짖
　었던 것이로군요."
　그는 말했습니다.
　"그래, 개는 시체의 냄새를 맡았던 게야."
　어두운 목소리로 게오르규는 말하더니 슬며시 나가 버렸습니다.
이윽고 그는 무엇인가를 손에 들고 돌아왔고, 그것을 방구석에 놓았
습니다. 그것이 말뚝이란 것을 나는 알았습니다.
　"여보!"
　그의 아내가 낮은 목소리로 불렀습니다.
　"당신, 설마……."
　"오빠."
　누이동생도 입을 열었습니다.
　"대체 무얼 생각하고 있는 거예요? 안돼! 안돼요. 오빠는 그런 짓
　할 수 없어요. 그렇죠?"
　"나를 말리지 마! 나는 무슨 짓을 해야 할지를 잘 알고 있다! 필
　요치 않은 일은 절대로 하지 않을 것이야."
　게오르규는 대답했습니다.
　이미 밤의 장막이 드리워지고 있었습니다. 그집 식구들은 얇은 칸

막이 벽이 가로막혀 있는 내 방 옆의 방으로 자러 갔습니다. 정직하게 말해서 내가 그날 밤에 보았던 것은 내 상상력을 맹렬하게 자극했습니다. 나는 램프불을 불어서 껐습니다.

달빛이 내 방 침대 옆의 낮은 창문에서 스며들었습니다. 부인 여러분, 그 빛은 마치 지금 이 방처럼 바닥과 벽에 푸른 기운을 반사하며 비추고 있었습니다.

나는 잠을 청했지만 잠이 오지 않았습니다. 나는 그것이 달빛 때문이라고 판단했고, 창문 커튼의 대용품이 될 만한 것을 찾기 시작했는데 아무것도 발견할 수 없었습니다. 그러는 사이에 칸막이 벽 건너편에서 이야기하는 소리가 들려왔습니다. 나는 귀를 곤두세웠습니다.

"당신은 어서 자요."

게오르규가 아내에게 말했습니다.

"그리고 베타르, 너도, 즈덴카, 너도, 조금도 걱정할 것 없어. 내가 모든 사람 대신 불침번을 설 테니까."

"하지만 여보, 오늘밤에는 내가 불침번을 서는 게 좋을 것 같습니다. 당신은 어젯밤에도 그냥 날밤을 새다시피 했으니 지쳐 있을 거예요. 그리고 나는 큰애를 돌봐주지 않으면 안됩니다. 그애는 어제부터 몸 상태가 안좋습니다. 당신도 잘 알잖아요."

게오르규의 아내가 대답했습니다.

"상관 없어. 안심하고 어서 자라구. 내가 큰애도 돌봐줄 것이니까……."

"오빠!"

즈덴카가 조용히 부드러운 목소리로 말했습니다.

"누구도 밤새 불침번을 설 필요가 없을 것 같습니다. 아버지는 잠이 들었습니다. 저것 보세요. 편안히 주무시고 계시지 않습니까?"

“너희는 그 누구도…… 아무것도 모르고 있어!”

게오르규는 강력한 어조로 반론을 폈습니다.

“알겠어? 너희는 어서 자라구. 불침번은 내가 설 것이야!”

그런 다음 침묵이 지배했습니다. 잠시 후에 나는 눈꺼풀이 무거워졌고 수마(睡魔)에 빠지고 말았습니다.

돌연, 내 방의 문이 살며시 열리더니 고르샤 노인이 거실 쪽에 서 있는 것이 보였습니다. 그러나 그를 보았다기보다 오히려 그를 추량(推量)했던 것입니다. 왜냐하면 그가 나온 방은 캄캄했기 때문입니다. 그의 빛을 잃은 두 눈은 내 마음속을 읽고 있어서 내 마음의 움직임을 주시(注視)하는 것 같았습니다.

그리고 그는 한쪽 다리를 한 걸음 내딛고 또 한쪽 다리를 들어올렸습니다. 그런 다음 아주 신중하게 살금살금 내 쪽으로 다가오는 것이었습니다. 그러던 그는 마침내 마지막 한 발짝을 떼더니 내 침대 옆에 와서 멈춰섰습니다. 나는 말할 수 없는 공포감에 사로잡혔는데 무언가 저항할 수 없는 힘에 억눌리어 몸을 움직일 수가 없었습니다.

노인은 내 위로 구부리면서 그 창백한 얼굴을 내 얼굴에 가까이 댔습니다. 나는 죽은 사람의 숨결을 느꼈습니다. 나는 그때 도저히 내 것이라고는 믿어지지 않는 기력(氣力)을 짜내어 눈을 떴습니다. 내 온몸에서는 식은땀이 흐르고 있었습니다.

방안에는 아무도 없었습니다. 그러나 창밖으로 눈길을 돌리자 고르샤 노인의 모습이 그곳에 있었는데 그는 창문 유리에 얼굴을 대고 무서운 눈길로 나를 노려보고 있는 것이었습니다.

나는 고함을 지르지 않고도 견딜 만한 배짱이 있었으므로 마음을 가라앉히면서 아무것도 보지 않았노라는 생각을 함으로써 침대에서 일어나지 않고도 견딜 수 있었습니다.

그런데 그 노인은 내가 잠들었는지 어떤지를 확인하기 위해서 다가온 것 같았으며, 따라서 안으로 들어올 생각은 아닌 것 같았습니다. 그는 나를 한참동안 관찰한 다음 창문에서 떠났습니다. 그가 옆방으로 들어가는 발짝 소리가 들렸습니다.

게오르규는 깊은 잠에 빠져 있어서 코 고는 소리에 벽이 흔들리는 것 같았습니다. 그때 그의 아들이 기침을 했습니다. 그리고 고르샤 노인의 목소리가 들렸습니다.

"아가, 아직 안 잤었니?"

그는 물었습니다.

"응, 할아버지. 나, 할아버지하고 이야기하고 싶었어요"

아이는 대답했습니다.

"그래, 얘기하고 싶었었니?…… 그래 무슨 얘기를 할까?"

"나, 할아버지 얘기 듣고 싶어요. 할아버지가 터키인과 전쟁한 얘기 — . 나도 터키인과 싸우고 싶어요"

"나도 그렇게 생각한다. 아가, 조그만 단검(短劍) 한 개를 가지고 왔는데 내일 너에게 주마."

"와아! 신난다. 할아버지, 지금 어서 줘요. 할아버지도 일어났으니까요"

"그런데 아가. 너는 아까 어둡기 전에는 왜 할아버지하고 얘기하고 싶다는 말을 하지 않았니?"

"아빠가 안된다고 했는 걸요"

"주의심이 철저하구나, 너의 아빠는 — . 그런데 너는 그 단검을 당장 가지고 싶단 말이지?"

"응, 갖고 싶어요. 지금 당장요. 그러나 여기서는 안됩니다. 아빠가 눈을 뜨면 안되니까요"

"그럼 어디서?"

"할아버지, 밖으로 나가요. 밖으로 나가면 아무도 보지 못할 게 아녜요."

내 귀에는 고르샤의 허탈한 웃음소리가 들리는 것 같았습니다. 그리고 이어서 아이가 일어난 것 같았습니다.

나는 흡혈귀의 존재를 믿지는 않았습니다만 그자리에서 꾼 악몽에 신경이 곤두선데다가 또 나중에 후회하는 일이 있어서는 안되겠다는 생각이 들어 얼른 일어났고 주먹으로 칸막이 벽을 두드렸습니다. 잠들어 있는 가족들을 깨우는 데는 주먹질 한방이면 충분할 것 같았는데 그들은 이 노크 소리를 듣지 못한 것 같았습니다.

나는 아이를 구해내야겠다는 결심으로 문으로 달려갔습니다만 문은 바깥쪽에서 잠가져 있었기 때문에 내 힘으로는 열 수가 없었습니다. 내가 문을 부수려고 하는 사이에 아이를 안고 걸어가는 노인의 모습이 창문 너머로 보였습니다.

"일어나요! 어서 일어나라구요!"

나는 목소리를 낼 수 있는 한 고함치면서 주먹으로 칸막이 벽을 두드려댔습니다. 그때 눈을 뜬 사람은 게오르규뿐이었습니다.

"할아버지는 어디 — 어디야?"

그는 물었습니다.

"어서 서두르시오! 그는 아이를 데리고 갔습니다."

나는 고래고래 소리쳤습니다.

게오르규는 내 방 문과 마찬가지로 바깥쪽에서 잠겨진 문을 발길질하여 부순 다음 숲을 향해 달려갔습니다. 나는 가까스로 베타르와 그의 형수와 즈덴카를 깨웠습니다. 우리는 집 앞에 나가서 모였습니다. 몇분쯤 후에 게오르규가 아이를 안고 돌아오는 것이 보였습니다.

게오르규는 길가에서 실신해 쓰러져 있는 아이를 발견했다는 것인데 아이는 곧 의식을 회복했으며, 건강상태가 악화된 모습은 없었습니다. 아이는 여러 가지 질문을 받았는데 할아버지는 자기에게 아무 행동도 하지 않았고 다만 이야기를 하기 위해 밖으로 나갔던 것이며, 밖으로 나간 순간 현기증을 일으키어 무엇이 어떻게 된 것인지 모르게 되었다고 대답했습니다. 한편 고르샤 노인의 모습은 어디에도 없었습니다.

날이 밝기까지는 아직 시간이 있었는데 다시 잠을 청할 처지가 아니었을 것임은 여러분도 짐작을 하셨을 줄 믿습니다.

다음날 아침, 마을에서 4분지 1마일쯤 떨어진 가도(街道)와 교차하고 있는 도나우강에 얼음이 흘러간다는 소식이 들어왔습니다. 유빙(流氷)은 늦가을이나 이른봄이면 흔히 있는 일이었습니다. 며칠 동안은 강을 건널 수 없을 것이니 이곳에서 출발한다는 일은 생각조차 할 수 없는 일이었습니다. 설령 출발할 수 있었다 하더라도 호기심이 나를 붙잡아 놓았을 것입니다.

그리고 호기심 이상으로 강한 힘을 가지고 있던 것이 있었는데 그것은 즈덴카에 대한 나의 연정(戀情)이었습니다. 나는 즈덴카를 보면 볼수록 그녀에게 끌리곤 하는 것이었습니다. 부인 여러분! 나는 소설에 등장하는 — 갑자기 억제하기 어려운 사랑을 믿는 — 그런 인간은 아닙니다만 사랑이 보통보다 빠른 속도로 깊어져 간다는 것은 있을 수 있는 일입니다.

즈덴카의 독특한 아름다움은 그녀와 드 그라몽 공작 부인과의 이상한 공통점 — 내가 파리를 떠난 것은 그 공작 부인과 헤어지기 위해서였는데 이곳에서 다시 그림처럼 아름다운 민족의상을 걸치고, 느낌이 좋은 이국(異國)의 말로 이야기하는, 그 사람과 만나다니 이를 우연이라고 말하기에는 너무나 운명적인 일만 같았습니다.

그리고 내가 그것을 위해서는 스무 번이라도 멸망당하는 일이 있어도 좋다고 생각했던 그 이마의 특이한 표정! 이런 모든 것들이 내가 놓여져 있는 상황의 이상성(異常性), 내 주변에서 일어난 사건의 신비성과 연결되어 다른 상황이라면 막연한 심리현상에 지나지 않았을 것이지만, 가슴속의 감정 발달에 큰 영향을 끼치고 있었던 것입니다.

그날 낮에 나는 즈덴카가 작은오빠와 이야기하는 소리를 들었습니다.

"베타르 오빠, 이 일을 어떻게 생각해? 오빠도 설마 아버지를 의심하고 있는 건 아니겠지?"

그녀는 물었습니다.

"의심할 생각은 없어."

베타르는 대답했습니다.

"그리고 아버지는 아무 행동도 하지 않았다고 조카아이도 말했잖니. 아버지가 갑작스럽게 사라진 것은 이상한 일인지 모르겠지만 이전에도 그런 일은 흔히 있었고, 집을 비울 때 그 이유를 하나하나 설명했던 적도 없었으니까…… 안그렇니?"

"그야 그렇지만……."

즈덴카는 말했습니다.

"하지만 아버지를 구해내려면 어떻게 해야 좋을까? 게오르규 오빠와 상의해 보는 게 어떨는지?"

"알고 있어. 하지만 형과 이야기해 봤자 아무 소용도 없을 거라구. 차라리 형이 준비해 놓은 말뚝을 감추도록 하자. 그러면 다른 말뚝을 찾아낼 수 없을 거라구. 우리 산에는 사시나무가 한 그루도 없으니까."

"그렇게 해. 말뚝을 감추면 되겠네. 그러나 아이들에게는 그일을 비밀로 해야 해. 아이들이 게오르규 오빠 앞에서 무심코 말하면 안되니까……."

"그래, 아이들에게는 절대로 비밀이다."

베타르는 그렇게 말했고 두 사람은 헤어졌습니다.

밤이 찾아왔습니다. 그러나 고르샤 노인에 대한 이야기는 한번도 하지 않는 가족들이었습니다. 나는 전날 밤과 마찬가지로 침대에 누웠습니다. 달빛이 내 방안에 쏟아져 들어왔습니다. 머리가 몽롱해지면서 잠이 들려고 할 때, 돌연 나는 직감적으로 노인이 접근한 것을 느꼈습니다. 내가 눈을 떠보니 창문 유리에 바싹 붙어 있는 노인의 얼굴이 보였습니다.

이번에는 내가 일어나려고 했습니다. 그런데 그것이 잘 안되는 것이었습니다. 몸이 마비되어 있는 것 같았고 말을 할 수도 없었습니다. 노인은 나를 뚫어지라고 바라보다가 창문에서 떨어졌습니다. 나는 그가 집 주위를 빙빙 돌다가 게오르규와 그 아내가 잠들어 있는 방의 창문을 두드리는 소리를 들었습니다. 아이는 침대에서 돌아눕더니 꿈을 꾸었는지 잠꼬대를 하는 것이었습니다.

몇분 동안 정적이 이어졌고, 한참만에 또 창문을 두드리는 소리가 들려왔습니다. 아이는 다시 신음 소리를 내더니 눈을 떴습니다.

"난 또 누구라고? 할아버지잖아!"

아이는 말했습니다.

"나다."

공허한 목소리가 대답했습니다.

"너에게 단검(短劍)을 주려고 가지고 왔다!"

"하지만 밖으로 나갈 수가 없어요. 아빠가 안된다고 한 걸요."

"밖에 나올 필요는 없다. 창문을 열고 나에게 키스를 해주면 돼."

아이가 일어났고 창문 여는 소리가 들렸습니다.

나는 있는 힘을 다하여 침대에서 일어나 칸막이 벽을 두드리기 시작했습니다. 게오르규는 곧 일어났습니다. 그는 욕설을 퍼부었고 그의 아내는 비명을 질렀습니다. 그리고 온 집안 식구들이 의식을 잃고 쓰러져 있는 아이 주위로 모여들었습니다.

고르샤 노인은 전날 밤처럼 모습을 감추어 버렸습니다. 우리의 필사적인 노력으로 아이는 의식을 되찾았는데 심히 쇠약해져서 숨을 쉬는 게 고작이었습니다. 의식을 되찾긴 했지만 아이는 가엾게도 자기가 왜 실신을 했었는지 모르고 있었습니다.

엄마와 고모인 즈덴카는 아이에게 할아버지와 만나고 있는 것이 발견되었는데 깜짝 놀랐던 것이 그 이유라며 설명해 주었습니다. 그리고 그런 얘기는 절대로 하지 말라고 타일렀습니다. 나는 잠자코 있었습니다. 그러나 저러나 아이는 침착성을 되찾았고 게오르규를 빼고는 모두 다시 잠이 들었습니다.

새벽녘 가까이 되었을 때 게오르규는 아내를 흔들어 깨웠는데, 두 내외가 속삭이는 말소리가 들려왔습니다. 그리고 곧이어 즈덴카도 합류했으며 올케와 함께 우는 소리가 들려왔습니다.

아이가 죽은 것입니다.

나는 가족들의 슬픔에 입을 다물기로 했습니다. 그런데 고르샤 노인을 비난하는 사람은 한 사람도 없었습니다. 적어도 그의 행동에 대하여 노골적인 말을 하는 사람은 없었습니다.

게오르규는 잠자코 있었지만 그의 일상적인 어두운 얼굴 표정은 어쩐지 더 심해진 것 같았습니다. 그로부터 이틀 동안 노인은 모습을 나타내지 않았습니다. 사흘째 되던 날 밤 ── 그날에 아이는 장사지내졌습니다만 ── 나는 집 주위를 걸어다니는 사람의 발짝 소리와 이집 작은 아이(죽은 아이의 동생)의 이름을 부르는 노인의 목소리를 들은 것 같았습니다.

그리고 고르샤 노인이 내 방 창문에 얼굴을 대고 있는 것 같은 느낌이 들었습니다만 그날 밤은 달이 구름에 가리워져 있었기 때문에 그것이 현실이었는지, 아니면 환상의 장난에 지나지 않았는지는 분명치 않았습니다.

그래도 나는 곧 게오르규에게 알리는 것이 내 임무라고 생각했습니다. 그는 아이에게 물었습니다. 아이는 할아버지가 분명 자기 이름을 불렀고 창문 너머에서 자기를 살펴보고 있는 것을 보았노라고 대답했습니다. 게오르규는 노인이 만약 또 나타나거든 반드시 자기를 깨우라고 아이에게 엄하게 명령했습니다.

이런 상황인데도 불구하고 나의 즈덴카에 대한 생각은 방해를 받기는커녕 더해갈 뿐이었습니다.

낮에는 그녀와 단둘이서 이야기할 기회가 없었습니다. 밤이 되고 그녀와 가까운 곳에서 누워 있다는 것을 생각하면 가슴이 미어지는 것 같았습니다. 즈덴카의 방과 내 방은 현관의 봉당을 사이에 두고 있었습니다. 그 토방은 한쪽 면을 가로막고 있었고, 다른 한쪽 면은 안뜰로 통하고 있었습니다.

나는 기분전환을 할 겸, 그집 주위를 한 바퀴 돌고 싶은 생각이 들었습니다. 집안의 남자들은 벌써 잠이 들어 있었습니다. 토방에 나가 보니 즈덴카의 방문이 조금 열려져 있는 것이 눈에 들어왔습니다.

나는 문득 그자리에서 발길을 멈추었습니다. 귀에 익숙해진 옷자락 스치는 소리에 나는 가슴을 두근거렸습니다. 이어서 낮은 목소리로 부르는 노랫말이 내 귀에 들려왔습니다. 그것은 세르비아의 임금이 전투장에 나갈 때, 사랑하는 아가씨와의 이별을 슬퍼하는 노래였습니다.

나이 많은 임금은 말했습니다 ―

내 포플러 젊은 나무여
나는 전쟁터에 나가는데
나를 잊지 말아다오
산마루에 서있는 나무들은
늘씬하게 뻗어 낭창낭창하다
하지만 네 젊은 몸에 비할 수가 없구나
바람에 흔들리는 마가목 열매는 빨갛다
그러나 네 입술에 비할 수는 없구나
그런데 나는 낙엽진 떡갈나무 노목(老木)
내 수염은 도나우 강물의 거품보다도 하얗다
내 마음 그대여, 나를 잊지 마오
나는 너무 슬퍼서 죽을 것이다
적군은 늙어빠진 이 왕을 감히 죽이지는 않을 것이니.

젊은 아가씨는 말했습니다 ―
나는 맹세합니다 ― 나는 당신을 잊지 않습니다. 마음이 안변
합니다
만약 내가 맹세를 깬다면
무덤에서 나와 나에게로 오십시오
그리고 내 심장의 피를 빠세요.

나이 많은 임금은 말했습니다 ―
그렇게 해주기 바라오
그리고 임금은 전쟁터로 떠났다
그리고 아름다운 아가씨는 곧 그 왕에 대한 일을 잊었다.

여기서 즈덴카는 노래를 그쳤습니다.

마치 이 노래를 끝까지 부르는 것을 두려워하는 것 같았습니다. 나는 나 자신을 억제할 수가 없었습니다. 그녀의 그 우아하고 진정이 넘치는 것 같은 목소리는 실로 그 드 그라몽 공작 부인의 목소리였습니다.

생각할 여유도 없이 나는 문을 밀고 안으로 들어갔습니다. 즈덴카는 이 지방 부인들이 흔히 입는 코사크복(服)과 비슷한 상의(上衣)를 막 벗고 있었습니다. 그녀가 그 속에 입고 있었던 것은 금사(金絲)와 빨간 견사(絹絲) 수를 놓은 블라우스와 허리에 꼭 끼는 단순한 디자인인 체크 무늬 스커트였습니다.

그처럼 얇은 옷 위로 그녀의 블론드 머리가 늘어져 있었는데 그로 인하여 도리어 그녀는 평상시보다 한층 더 아름답게 보였습니다. 그녀는 내가 밤중에 들어온 것을 노한 표정을 짓지는 않았습니다만 당혹하며 다소 얼굴을 붉히고 있었습니다.

"어머나, 어쩌자고 이곳에 들어오신 겁니까?"

그녀는 말했습니다.

"우리가 같이 있는 것을 우리 식구가 본다면 나는 어찌하라고?"

"내 소중한 즈덴카! 걱정할 것 없어요."

나는 대답했습니다.

"모두 조용히 잠자고 있어요. 우리가 속삭이는 이야기 소리를 들을 수 있는 것은 풀숲 속의 귀뚜라미와 날아다니는 갑충(甲蟲) 정도입니다."

"아니예요. 이러시면 안돼요. 어서 돌아가십시오. 만약 이런 장면을 오빠에게 들키는 날에는 ── 나는 끝장입니다."

"아니오, 즈덴카. 아까 부른 노래 속에서 아름다운 아가씨가 임금에게 약속한 것처럼 당신이 언제까지나 나를 사랑하겠다는 약속을 해주기 전까지는 이곳에서 떠나지 않으렵니다. 나는 출발해야 할 날이 가깝습니다. 우리는 언제 다시 만나게 될는지 모릅니다. 즈덴카, 당신은 나에게 있어, 내 영혼보다도 내 생명보다도 더 소중합니다. 내 목숨은 당신의 것입니다. 제발 바라건대 한 시간만 나에게 시간을 할애해 주십시오.”

“한 시간 후에 어떤 일이 일어날는지 모릅니다.”

즈덴카는 생각에 잠기면서 말했습니다만 내 손을 뿌리치려고 하지는 않았습니다.

“당신은 우리 오빠가 어떤 사람인지 모르십니다. 나는 오빠가 이곳에 올 것 같은 예감이 듭니다.”

그녀는 몸을 떨면서 이렇게 덧붙였습니다.

나는 말했습니다.

“마음을 안정시키세요, 즈덴카. 당신의 오빠는 계속해서 밤을 샜기 때문에 지금은 몹시 지쳐 있습니다. 그는 나뭇잎들을 흔들어대는 바람소리를 자장가 삼아 잠들어 있습니다. 그의 잠은 아주 깊고 밤은 아주 깁니다. 그래서 원하는 것이니 한 시간만 나와 함께 있어 주세요! 이별은 그때부터입니다. 아마도 영원한 이별이 될 것이니까요!”

“안됩니다. 싫어요. 영원한 이별이라니!”

즈덴카는 열을 올리면서 말했습니다. 그리고 마치 그렇게 말한 자기 목소리에 놀랐다는 듯 뒷걸음질을 쳤습니다.

“아니, 즈덴카!”

나는 절규했습니다.

“내 눈에 비치는 것은 당신의 모습뿐이고 귀에 들리는 것은 당신의 소리뿐입니다. 나는 이제 나 자신을 제어할 수가 없습니다. 무언가 자신을 초월한 힘에 조종을 당하고 있는 것입니다. 용서해 주세요, 즈덴카!"

그리고 나는 나 자신을 잃고 그녀를 끌어안았습니다.

"아아, 안돼요. 이런 짓을 하는 사람은 친구라고 할 수 없습니다."

그녀는 이렇게 말하면서 내 포옹을 풀고 방구석으로 가서 숨듯이 서있었습니다. 나는 이때 내가 그녀에게 무엇이라고 대답을 했는지 기억하고 있지 못합니다. 나는 나 자신의 대담성에 스스로 놀랐습니다. 그것은 똑같은 상황인 경우, 대담한 행동이 좋은 결과를 가져다 준 예(例)가 없어서가 아니라 나 자신의 격렬한 열정에도 불구하고 즈덴카의 순결에 대하여 깊은 존경의 마음을 느끼지 않을 수 없었기 때문입니다.

처음에는 나도 분명히 당시의 아름다운 부인들에게 호감을 살 수 있는 달콤한 말 한두 마디는 지껄여 보았습니다만 곧 그러한 교언(巧言)을 농(弄)한다는 것이 부끄러워져 그만두었습니다. 그런 말의 의미는 부인네들에게는 최초의 한마디만으로도 충분히 알아들을 수 있는 것으로서 여러분의 입가에 스치는 미소로도 관찰되는 법인데, 소박(素朴) 그 자체인 아가씨로서는 그런 의미심장한 말은 도저히 이해되지 않을 것으로 판단했기 때문입니다.

이렇게 해서 꼭 말해야 할 말을 모르는 채 나는 그녀 앞에 서있었습니다만 돌연 그녀가 몸을 떨면서 공포의 눈초리를 창밖으로 보내는 것을 확인했습니다. 나는 그녀의 시선을 따라가다가, 그곳에 우리를 노려보고 있는 고르샤의 모습이 있는 것을 이 두 눈으로 분명히 보았던 것입니다.

그순간 나는 누군가의 무거운 손이 내 어깨에 놓이는 것을 느꼈습니다. 나는 몸을 돌렸습니다. 그것은 게오르규였습니다.

"당신은 여기서 무슨 짓을 하고 있는 거야!"

그는 나에게 물었습니다.

　그 예리한 질문에 나는 당황하다가 창밖에서 우리를 노려보고 있던 그의 아버지를 손가락으로 가리키는 것이 고작이었습니다. 게오르규가 그곳을 바라보는 순간 고르샤 노인의 모습은 연기처럼 사라졌습니다.

　"노인의 발짝 소리를 듣고는 당신의 여동생에게 그것을 알려주기 위해 왔던 것입니다."

　나는 말했습니다.

　게오르규는 내 마음속 깊은 곳을 읽어내려는 듯 나를 노려보았습니다. 그런 다음 그는 내 손을 잡고 나를 내 방으로 데려갔으며 한 마디 말도 하지 않고 가버렸습니다.

　다음날 저녁 무렵, 가족들은 문 옆에 놓여 있던 식탁에 둘러앉았습니다. 식탁에는 각종 유제품(乳製品)으로 조리한 음식이 가득 차려져 있었습니다.

　"아이는 어디 갔소?"

　게오르규가 물었습니다.

　"밖에서 놀고 있어요. 터키인(人)을 상대로 하여 전쟁놀이를 하고 있는 것 같습니다."

　아이 어머니가 말했습니다.

　그녀가 그 말을 다하기도 전에 놀랍게도 우리들 앞에 키가 큰 고르샤가 돌연 모습을 나타냈습니다. 그는 숲속에서 나오더니 천천히 걸어서 우리에게로 다가왔고 식탁에 앉았습니다. 그것은 내가 이집에 처음 도착했던 날의 상황과 아주 똑같았습니다.

　"아버님, 어서 오십시오"

　며느리가 모깃소리처럼 작은 목소리로 말했습니다.

　"어서 오세요"

　즈덴카와 베타르도 기어들어가는 목소리로 말했습니다.

“아버지!”

게오르규가 퉁명스럽게, 그러나 강한 어조로 입을 열었습니다.

“식사 기도를 아버지께서 해주셨으면 해서 기다리고 있었습니다.”

노인은 찡그린 얼굴을 숙였습니다.

“어서 기도를 해주십시오.”

게오르규가 재촉했습니다. 그리고 이렇게 덧붙였습니다.

“자아, 십자가를 그으세요. 안그으시려면 성(聖)게오르규에게 맹세하고……”

즈덴카와 그녀의 올케는 노인을 향하여 몸을 구부리듯하며 어서 기도를 해달라는 표정을 지었습니다.

“안돼, 안돼. 나에게 명령할 권리가 게오르규에게는 없어. 만약 이 이상 집요하게 청한다면 나는 저주를 해줄 것이야!”

노인은 말했습니다.

게오르규는 일어서서 온집안을 뒤지고 다녔습니다. 그러나 그는 금방 돌아왔습니다. ─ 그의 안색이 변해 있었습니다.

“말뚝은 어디 있어?”

그는 고함을 질렀습니다.

“너희들! 말뚝을 어디에 두었어! 어디에 치웠느냔 말야!”

즈덴카와 베타르가 서로 얼굴을 마주보았습니다.

“이 사자(死者)야!”

게오르규가 아버지를 향하여 돌아서며 소리쳤습니다.

“내 큰아들은 어떻게 한 거야? 내 큰아들을 돌려줘! 이 사자(死者)야!”

그렇게 말하는 게오르규의 얼굴은 점점 더 새파랗게 질렸고 눈빛은 불을 뿜듯이 번쩍였습니다.

노인은 사악한 눈으로 그를 노려보았는데 그자리에서 움직이려고 하지는 않았습니다.

"말뚝! 말뚝은 어디 있어! 말뚝을 감춘 놈에게는 우리들을 기다리고 있는 모든 재앙의 책임을 져야 해!"

게오르규는 또 고함을 질렀습니다.

그때 우리는 게오르규의 작은아들이 즐겁다는 듯 웃어대는 소리를 들었습니다. 그 아이는 말을 탄 것 같은 자세로 커다란 말뚝을 사타구니 밑에 끼고 끌면서 세르비아인이 전투할 때 지르는 큰 소리를 지르면서 나타났습니다. 게오르규의 눈이 번쩍 빛났습니다.

그는 아들의 손에서 말뚝을 뺏어들고 아버지를 향하여 돌진했습니다. 아버지는 야수(野獸)와 같은 소리를 지르며 도저히 믿어지지 않는 속도로 숲 쪽을 향하여 도망치기 시작했습니다.

게오르규는 들을 가로지르며 그 뒤를 따라갔습니다. 순식간에 그의 모습은 우리의 시선에서 사라졌습니다. 게오르규가 집에 돌아왔을 때는 이미 해가 떨어졌습니다. 그는 사자(死者)처럼 파랗게 질려 있었고 머리털은 모두 곤두서 있었습니다.

그는 부뚜막 옆에 가서 앉았는데 이를 덜덜 떨고 있었습니다. 그에게 감히 사정을 물으려는 사람은 아무도 없었습니다. 평소 가족들이 잠잘 시간이 되자 그는 그럭저럭 기운을 되찾은 듯, 내 옆으로 다가왔고 태연한 어조로 말했습니다.

"손님, 나는 아까 강가에 나가 보았습니다. 얼음은 모두 녹았고 길도 뚫렸더군요. 이제 손님을 붙들어 둘 필요가 없어졌습니다."

그리고 즈덴카 쪽을 힐끗 바라보면서 덧붙였습니다.

"우리와 작별하는 것을 아쉬워할 이유도 없을 것입니다. 내가 우리 가족들을 대표해서 손님의 여행이 무사히 끝나게 되기를 기도하겠습니다. 손님도 우리의 일을 나쁘게 생각하지 않으시기를 부탁드립니다. 내일 새벽, 안장을 얹은 말을 준비해 놓겠습니다. 그리고 길 안내인도 수배해 두겠습니다.

안녕히 가십시오. 만약 우리 일이 떠오르고 이곳에서 지낸 며칠 동안의 생활이 기대에 어긋나는 것이었다 하더라도 참아주셨으면 합니다."

게오르규의 엄숙한 표정이 그때만큼은 호인(好人)으로 바뀌었습니다. 그는 나를 방에까지 데려다 주고, 최후의 악수를 했습니다. 그런 다음 그는 추위로 인하여 떠는 것처럼 다시 몸을 떨면서 이를 딱딱 맞추는 것이었습니다.

혼자 있게 되자, 나는 도저히 잠을 이룰 수 없을 것 같았습니다. 여러분들도 그런 점은 금방 파악하셨을 줄로 압니다. 갖가지 상상에 내 마음은 천 갈래 만 갈래로 어지러웠습니다. 내가 사랑을 하고 있었던 것은 그때가 처음은 아니었습니다.

나도 우아한 감정이라든가 화가 치미는 일이라든가 질투 따위는 체험으로 이미 알고 있었습니다만 그때의 그 가슴이 미어지는 것 같은 비애(悲哀)는 드 그라몽 공작 부인과의 작별 때에도 느낀 일이 없었습니다.

아직 해가 떠오르기도 전에 나는 여장(旅裝)을 갖추어 놓았습니다. 그리고 금생(今生)에 다시 한 번 즈덴카를 만나야겠다며 그 기회가 오기를 노리고 있었습니다. 그러나 게오르규가 현관 토방에서 나를 기다리고 있었으므로, 그녀의 모습을 볼 가능성은 사라지고 말았습니다.

나는 말 위에 올라타고 박차(拍車)를 가했습니다. 얏스이에 가서 임무를 완수하고 돌아오는 길에는, 이 마을에 다시 들르겠노라고 나는 나 자신에게 약속을 했습니다. 그리고 그런 희망은 먼 미래의 것이라 하더라도 어두워진 내 마음을 조금씩 밝게 해주었던 것입니다. 나는 조금이라도 빨리 돌아오는 것을 기대하고 만족하면서 이것저것 사소한 것에 이르기까지 마음속에 그려 보았습니다.

그런데 그때 갑자기 말이 예기치 않았던 동작을 하여, 나는 위험하게도 안장에서 떨어질 뻔했습니다. 말은 뒷발로 일어서더니 닥쳐올 위험을 알리기라도 하려는 듯 콧바람을 불어댔습니다.

나는 주의깊게 사방을 둘러보았습니다. 백 발짝쯤 떨어진 곳에서 땅을 파고 있는 한 마리의 이리를 발견했습니다. 내가 위협을 가하자 그 이리는 도망쳤습니다. 나는 말 옆구리에 박차를 가하면서 말을 몰았습니다. 이리가 있던 곳에서는 새로 판 묘혈(墓穴)이 있었습니다. 그리고 이리가 파헤친 흙속에서는 말뚝이 2, 30cm가량 돌출해 있는 것이 보였습니다. 그런데 말이 너무 빨리 그곳을 통과했기 때문에 그것을 확인하지는 못했습니다.

후작(侯爵)은 거기서 이야기를 중단하고 코담배를 한움큼 꺼냈다.
"그것으로 이야기가 끝인가요?"
귀부인들이 물었다.
"아닙니다. 천만에요."
듀르푸에씨는 대답했다.
"이 이야기의 계속되는 부분은 나에게 있어 제일 가슴 아픈 추억이기도 합니다. 나는 어떻게 해서든 그 추억을 지워 버리고 싶을 정도랍니다."

내가 임무를 띠고 온 얏스이에서의 업무는 예상밖으로 나를 그곳에 묶어두었습니다. 그 업무가 끝나는 데 반 년이 걸렸으니까요. 어떻게 설명하면 좋을까요. 이런 얘기를 한다는 것은 매우 고통스러운 일입니다만 이 지상(地上)에서 영원히 이어지는 감정이란 없다고 하는 사실을 나는 인정하지 않을 수 없게 되었습니다.

내가 베르사유 정부의 승인을 얻어서 행한 정부 절충은 성공을 거두었습니다. 이번 '빈' 회의에서 우리는 정치에 진절머리를 내고 말았는데 한마디로 말해서 이 지긋지긋한 정치 문제로 고생하다가 나는 즈덴카에 대한 사랑이 식어지고 말았습니다.

그리고 몰다비아의 왕비(王妃)가 굉장한 미녀이고 프랑스어를 완벽하게 자유자재로 구사하는 분이어서, 내가 얏스이에 도착하는 첫날부터 당시 그곳에 체재하던 젊은 외국인들 중에서도 나를 특별 취급해 주었던 것입니다. 프랑스식(式) 기사도(騎士道) 정신의 전통 속에서 교육을 받고 혈통적으로 고르인(人) 기질을 가진 나였으므로 왕후의 총애에 대해서 배은망덕을 한다는 것은 생각조차 할 수 없는 일이었습니다.

나는 왕후가 나에게 보여준 호의에 정중히 호응하면서 조국 프랑스의 권리와 이익을 수호하고 강화하려면, 몰다비아 군주의 권리와 이익을 위해서도 진력하는 것이 자신의 의무라고 생각하기에 노력하기 시작했습니다.

다른 곳에서 귀환 명령이 떨어졌으므로 나는 얏스이로 올 때와 같은 길을 택하여 귀국길에 올랐습니다. 내 머리속에는 이미 즈덴카에 대한 일도, 그녀의 가족들에 대한 일도 없었습니다.

그런데 어느 날 밤의 일입니다만 들을 지나가고 있노라니 돌연 8시를 알리는 종소리가 들려왔습니다. 그 종소리는 어쩐지 들은 기억이 있었습니다. 안내인은,

"가까이에 있는 수도원에서 치는 종소리입니다."

라고 가르쳐 주었습니다. 나는 수도원의 이름을 물었습니다. 그랬더니 그 '떡갈나무 밑의 성모(聖母)' 수도원이라고 하는 게 아니겠습니까?

나는 말을 급히 몰고 갔고 그 수도원의 문을 노크했습니다. 은둔

수도사가 나를 맞아들였고 나그네들을 위해 만들어 놓은 방으로 안내해 주었습니다. 그곳은 순례자들로 만원이었으므로 나는 그 방에서 잘 생각이 들지 않았습니다. 그래서 가까운 마을에 하룻밤 묵어갈 만한 곳이 없겠느냐고 물어보았습니다.

"그럴 곳이 있기는 합니다만……."

은둔자는 한숨을 길게 내쉬면서 말했습니다.

"그집은 빈집입니다. 가족 모두가 저주받은 고르샤 때문에……."

"그게 무슨 말입니까? 고르샤 노인은 아직도 건강합니까?"

나는 물었습니다.

"아닙니다. 그런 게 아니라…… 그는 틀림없이 매장되었습니다. 심장에 말뚝이 박혀서 ─ . 그런데 그는 게오르규의 큰아들 피를 빨아 먹은 것입니다. 그리고 그 아들은 밤중에 집에 돌아와서 추워 죽겠으니 집안에 들여보내 달라며 울었다고 것입니다. 어리석은 그의 어머니는 자기 손으로 그 아들을 매장했었는데도 불구하고 자식을 차마 무덤으로 쫓아버릴 수가 없어서 집안에 들여놓았던 것이지요.

그 아들은 눈 깜짝할 사이에 어머니에게 덤벼들었고, 그녀의 피를 빨아 먹고 말았습니다. 그녀도 매장되었는데 돌아와서 작은아들의 피를 빨아 먹었습니다. 그리고 남편의 피도, 시동생의 피도 빨아 먹었다는 것입니다. 이렇게 해서 일가족 모두가 똑같은 운명에 처해진 것입니다."

"그럼 즈덴카는 어떻게 되었나요?"

나는 물었습니다.

"예, 불쌍하게도…… 그녀는 너무 슬퍼하던 나머지 미쳐 버리고 말았습니다. 이 이상은 이야기하지 않는 편이 좋겠네요."

그 대답에는 어딘가 애매한 점이 있었습니다만 질문을 반복할 생각은 없었습니다.

"흡혈귀가 된다는 것은 전염병과 같은 것이랍니다."

수도사는 이렇게 말하면서 십자가를 긋더니 말을 이어나갔습니다. "이 마을 가족들 대부분이 그 병에 감염되었습니다. 그리고 그로 인하여 전멸한 가족은 적지않습니다. 그러니 내가 말한 대로 수도 원에서 쉬어 가십시오. 당신이 마을에 들어가서 비록 흡혈귀에게 당하지 않는다 하더라도 그 흡혈귀를 두려워하는 나머지 내가 새 벽종을 치기 전에 머리털이 하얗게 세고 말 것입니다.

나는 보시다시피 빈한한 수도사에 지나지 않습니다만 여행하는 분들에게는 내 힘으로 할 수 있는 한 돌봐드리고 있습니다. 나에 게는 별미의 치즈도 있습니다. 또 보기만 해도 침이 넘어갈 것 같 은 건포도도 있구요. 그리고 사제(司祭)님이 드시더라도 손색이 없는 포도주도 몇병인가 있습니다."

그때 내 눈에는 수도사가 술집 주인으로 변하여 비치는 것이었습 니다. 나는 그가 나에게 순례자들처럼 헌금을 내게 하기 위하여 일 부러 이런 무서운 얘기를 꾸며서 하는 것이라고 생각했습니다. 성자 (聖者)라 하더라도 순례자들의 헌금이 있기에 의식주를 해결할 수 있는 게 아니겠습니까?

그리고 그가 말한 '공포'란 말이 마치 진로(進路) 나팔이 군마(軍 馬)에게 용기를 북돋아주는 것처럼 나에게 오기를 일으키게 해주었 습니다. 즉시로 출발하지 않으면 나는 수치를 당하게 될 것입니다. 내 안내인은 새파랗게 질려서 수도원에 머물게 해달라고 사정했습 니다. 그래서 나는 기꺼이 승낙했습니다.

마을에 도착하기까지는 거의 반 시간이 걸렸습니다. 마을은 들은 대로 황폐되어 있었습니다. 등불빛이 새어나오는 창문 하나 없었고 노랫소리 하나 들려오지 않았습니다. 정적만이 감도는 속을 나는 말을 몰랐습니다. 그리고 눈에 익은 여러 집들을 지나 게오르규네 집 앞에 도착했습니다. 감상적인 생각과 젊은 호기(豪氣)를 억제하면서 나는 이집에서 머물기로 했습니다.

나는 말에서 내려 대문을 두드려 보았습니다. 대답이 없었습니다. 대문을 미니 경첩이 돌아가면서 열렸습니다. 나는 안뜰로 들어갔습니다.

나는 하룻밤 동안 먹을 수 있는 사료로 충분한 귀리가 놓여 있는 처마 밑에 말을 매어 놓았습니다. 안장이 얹혀져 있는 채로요. 그리고 집안으로 들어갔습니다. 현관문도 그밖의 문들도 잠겨 있지 않기는 마찬가지였습니다. 방문을 열어 보니 사람이 살고 있는 기색이라고는 없었습니다.

그러나 즈덴카의 방은 바로 전날 밤까지도 사람이 있었던 것 같았습니다. 침대 위에는 의복이 몇벌 어지럽게 놓여 있었습니다. 책상 위에는 내가 선물로 준 몇점의 보석이 달빛을 받아 반짝이고 있었는데 그 가운데는 내가 부다페스트에서 산 십자가 펜던트도 있는 것을 보았습니다.

지나가 버린 사랑이라고는 하더라도 나는 단장(斷腸)의 슬픔을 참을 수가 없었습니다. 그야 어찌되었든 나는 외투를 뒤집어쓰고 침대에 몸을 뉘었습니다. 그리고 이어서 나는 곧 잠이 들었습니다.

나는 꿈을 꾸었습니다. 사소한 것은 기억할 수가 없지만 꿈속에 나타난 즈덴카는 지난날 그대로 아름답고 순진하며 우아한 즈덴카였습니다.

그녀를 보면서 나는 냉담하고 변심한 나 자신을 책망했습니다. 나는 나를 사랑해 준 이런 예쁜 아가씨를 왜 버렸단 말인가, 어찌하여 잊었더란 말인가라며 자기자신에게 물어보았습니다. 잠시 후 그녀에 대한 사랑은 드 그라몽 공작 부인에 대한 사랑과 하나가 되었고 이 두 여인의 얼굴이 겹쳐지면서 한 여성이 되어갔습니다. 나는 즈덴카의 발 아래에 몸을 던지고 그녀에게 용서를 빌었습니다. 내 모든 존재, 내 전신전령(全身全靈)은 말할 수 없는 슬픔과 사랑의 감정으로 완전히 싸여져 있었습니다.

이런 꿈을 꾸고 있었는데 들판을 가로지르는 산들바람에 흔들리는 보리 이삭 소리와도 같은 소리가 내 눈을 반쯤 뜨게 만들었습니다. 흔들리는 보리 이삭의 편안한 소리와 새들의 노랫소리에 섞이어 폭포 소리와 나뭇잎들이 마주 비벼대는 소리가 들려왔습니다.

이윽고 이 정체불명의 소리는 여성의 옷자락이 끌리는 소리라는 것을 알았는데, 그렇게 생각했을 때 내 꿈은 끝이 났습니다. 나는 눈을 뜨고 즈덴카가 침대 옆에 서있는 것을 보았습니다.

교교하게 비쳐드는 하얀 달빛 아래에서 나는 지난날 우리에게 있어 아주 소중한 것이었고, 그 아름다움이 의미하는 것이 무엇인지 방금 꾼 꿈으로 인하여 비로소 이해할 수 있었던 그 본체의 미세한 점까지를 분별할 수가 있었습니다.

즈덴카는 이전보다 더 아름다워졌으며 어른스러워졌다는 생각이 들었습니다. 복장은 나와 마지막으로 만났던 때의 그때, 그때 방안에 혼자 있을 때의 그녀가 입고 있던 것과 아주 똑같았습니다. 금사(金絲)와 빨간 견사(絹絲)의 수를 놓은 블라우스에 허리가 꼭 끼는 타이트 스커트를 입고 있었습니다.

"즈덴카!"

나는 침대에서 몸을 일으키며 소리쳤습니다.

"예, 저예요"

그녀는 조용히, 그러나 쓸쓸한 목소리로 대답했습니다.

"저는 당신께서 잊으신 즈덴카입니다. 아아, 어쩌면 이렇게 늦게서야 돌아오신 겁니까? 이제 모든 것이 끝났습니다. 어서 이곳을 나가 주십시오. 일각이라도 빨리⋯⋯. 서두르지 않으면 죽습니다!
안녕히 가세요. 이게 마지막입니다. 그럼 안녕!"
"즈덴카, 집안에 갖가지 불행이 있었다는 것을 들어서 알고 있습
니다. 자아, 함께 이야기합시다. 이야기를 하면 편안해질 것입
니다."
나는 말했습니다.
"아아, 당신께서는 우리 집안 식구에 대해서 들은 이야기를 모두
믿지 마십시오. 그리고 어서 나가세요. 지금 당장에요. 우물쭈물
하시다가는 파멸입니다."
"도대체 어떤 위험이 나에게 닥쳐온다는 것입니까! 즈덴카? 설마
한 시간가량도 여기에 있어서는 안된다는 것은 아니겠지요. 나는
딱 한 시간만 즈덴카와 이야기를 나누고 싶습니다."
즈덴카는 몸을 떨며 서있었는데 무언가 기묘한 변화가 그녀의 마
음속에서 일어나는 것 같았습니다.
"그럼 꼭 한 시간만⋯⋯."
그녀는 말했습니다.
"한 시간만이에요. 꼭 한 시간요. 언젠가 내가 옛날 임금의 노래
를 부르고 있을 때 당신께서 이 방에 들어오셨던 그때와 마찬가
지로요. 당신께서 말씀하시었지요? 한 시간만 함께 있자구요. 좋
습니다. 그런데 안돼요! 안돼!"
그녀는 황급하게 나를 돌아보며 말했습니다.
"나가 주세요. 일각이라도 빨리 나가 주세요. 도망치세요. 어서
도망치라니까요. 늦으면 안됩니다."
무언가 야성적인 활력이 그녀의 얼굴에 넘치고 있었습니다.
무엇이 그녀에게 그런 말을 시켰는지 그 이유는 이해할 수가 없
었지만 그녀가 너무나도 예뻐서, 나는 그녀가 하는 말에 귀를 기울

이지 않았으며 그냥 눌러 있기로 결심했습니다.

그녀도 마침내는 내 부탁을 받아들이어 나와 나란히 앉아서 지난날의 일들을 얘기하기 시작했고, 나를 처음 보는 순간부터 좋아했노라며 얼굴을 붉혔습니다. 이야기를 하고 있는 동안에 나는 그녀에게서 생겨난 기묘하기 짝이 없는 변화가 점점 더 확실해지는 것을 느꼈습니다.

아까까지 나를 염려해 주었던 모습과는 달리 묘하게도 허물없이 구는 면이 눈에 띄었습니다. 그처럼 내성적인 면을 보여주던 그녀의 눈에는 무언가 뻔뻔스런 점이 나타났습니다. 이윽고 나에 대한 그녀의 태도에는 지난날 그녀가 지니었던 특징인 신중성이 거의 남아있지 않았습니다. 그런 면들을 발견한 나는 경악을 금치 못했습니다.

'이런 일도 있을 수 있을까?'

라고 나는 생각했습니다.

'이 즈덴카는 반 년 전만 해도 내 눈에 비치던 것처럼 그렇게 순진하고 무구(無垢)한 처녀가 아니었단 말인가? 그녀는 오빠의 눈이 두려워서 그처럼 조신하게 행동했던 것에 지나지 않았단 말인가? 그렇다면 그때 그녀가 나를 보내려고 했었던 것은 무슨 이유에서일까? 그것은 일종의 계획적 미태(媚態)였던 말인가?

그런데도 나는 그녀를 이해하고 있는 것으로 알고 있었던 것이다. 그러나 어차피 마찬가지이다. 만약 즈덴카가 ― 내가 생각하고 있는 것과 같은 다이애나가 아니었다 하더라도 그녀를 매력이제일 적은, 다른 여신(女神)에 비하면 되는 것이야. 단, 나는 악타이온역(役)보다 아도니스역(役)을 좋아해야 할 것은 확실하다.'

내가 자기자신에게 적용한 이 고전적(古典的) 비유는 다소 유행에 뒤진 것처럼 생각될는지 모르겠지만 부인 여러분, 내가 지금 이야기하고 있는 사건은 1759년의 일이란 것을 상기해 주시기 바랍니다. 신화(神話)는 당시 사람들의 관심사이므로 나는 특별히 시대를 앞서가려는 것은 아니니까요.

이교(異敎)의 흔적뿐만 아니라 기독교 신앙까지도 배척하는 그것을 대신하여 '이성(理性)'이라고 하는 새로운 여신(女神)이 등장했습니다. 그러나 이 여신은 부인 여러분, 여러분과 마찬가지로 아름다운 부인들과 언제나 함께 있었던 나에게 있어서는 수호신이라고는 말할 수가 없으며 지금 이야기하고 있는 사건이 일어났던 무렵의 나는 '이성'의 여신에게 희생을 바칠 정신이 가장 모자랐었던 것입니다.

나는 즈덴카에게 이끌린 감정의 포로가 되어 있었으므로 그녀의 미태(媚態)에 기뻐하는 반응을 나타내고 있었습니다. 그런 감미(甘美)로운 친밀감을 즐기고 있는 동안에 그럭저럭 시간이 흘렀습니다.

나는 즈덴카를 기쁘게 해주기 위해 그녀가 가지고 있는 여러 가지 보석으로 그녀의 몸을 장식해 주었는데 마지막으로 테이블 위에 있던 예(例)의 칠보(七寶) 십자가 펜던트를 그녀의 목에 걸어 주려고 했습니다. 즈덴카는 몸을 떨면서 뒷걸음질을 쳤습니다.

"그런 유치한 장난은 이제 그만 하세요. 그따위 장난감은 집어 치우시고 당신의 일에 대해서, 장차 당신이 하실 일에 대해서 이야기하시자구요."

그녀는 말했습니다.

즈덴카가 낭패해하는 모습을 보자 나는 신경이 쓰여서 여러 가지로 생각해 보았습니다. 그녀를 주의깊게 바라보니 보통 세르비아인(人)이 어렸을 때부터 죽을 때까지 늘 지니고 다니는 소형 성상(聖像)과 향주머니를 그녀 역시 이전에는 목에 걸고 다녔는데 지금은 그게 없다는 것을 알아챘습니다.

"즈덴카, 즈덴카가 언제나 목에 걸고 있었던 성상은 어디 갔어?"
나는 물어보았습니다.
"잃어버렸어요."
그녀는 화가 난 듯한 목소리로 대답하고 곧 화제를 바꾸었습니다.
나는 그때 문득 혐오감이 들 것 같은 예감을 했습니다.
나는 서둘러 그곳을 떠나려고 했는데 이번에는 즈덴카가 나를 붙잡았습니다.
"어떻게 된 겁니까? 한 시간 동안 같이 있자고 했으면서 벌써 돌아가려는 것입니까?"
그녀는 말했습니다.
"즈덴카, 즈덴카가 나보고 나가라고 했던 것은 옳았던 말이야. 무언가 인기척이 나는 것 같아, 사람이 오는 소리가 들린다구."
"두려워할 것 없어요. 주위에 있는 사람들은 모두 정적에 잠겨 있으며 우리가 하는 얘기를 듣는 것은 풀숲 속의 귀뚜라미와 날아다니는 갑충(甲蟲)뿐인 걸요!"
"아냐, 그렇지 않다구. 즈덴카, 나는 가지 않으면 안돼!"
"기다려요. 기다리라구요! 나는 당신을 내 영혼보다도, 내 생명보다도 더 사랑하고 있습니다. 당신의 목숨도, 당신의 피도 내 것입니다. 당신 자신이 나에게 말하지 않았습니까?"
"하지만 즈덴카, 즈덴카의 오빠가 올 것 같은 예감이 든다구."
"걱정 마세요. 오빠는 나뭇잎들을 흔드는 바람소리를 자장가 삼아서 자고 있습니다. 그의 잠은 깊이 들어 있고 밤은 깁니다. 이번에는 내가 원하겠습니다. 한 시간이면 충분하니 같이 있어 달라구요!"
그렇게 말하는 그녀는 매우 예뻤기 때문에 나를 괴롭히고 있던 막연한 공포는 그녀와 함께 있겠다는 바람 쪽으로 한걸음 양보했습니다. 나의 모든 존재는 표현할 수 있는 감정, 무엇인가 공포와 관능(官能)이 뒤섞여 있는 것 같은 감각에 싸여져 있었습니다. 내 의지가 약해짐에 따라 즈덴카는 점점 더 우세해졌으며 나는 기(氣)가 느슨해져서 그녀가 하라는 대로 하고 말았습니다.

그러나 방금 얘기한 것처럼 유감스럽게도 나는 반쯤 분별력을 잃은 것 같은 상태였으므로, 즈덴카는 그러한 나의 기가 죽은 것을 눈치채고는 수도원의 은둔자에게서 받았다는 고급 포도주를 마시고 밤의 한기(寒氣)를 쫓자고 말했습니다. 내가 두말 없이 동의하자 그녀는 미소를 띠었습니다.

포도주는 금방 그 효력을 발휘했습니다. 두 잔째 입에 댈 때쯤에는 성상(聖像)이 없어진 데다가 십자가를 가슴에 달기를 거부할 때 보여주던 그녀의 그 나쁜 인상이 완전히 사라지고 말았습니다.

수수한 복장에 아름답고 풍부한 금발을 반쯤 흐트리고 달빛에 반짝이는 보석으로 몸을 장식한 즈덴카는 나로서는 저항하기 힘든 매력이었습니다. 나는 나 자신을 억제할 수가 없어서 그녀를 으스러지라고 포옹했습니다.

그런데 부인 여러분, 나로서는 도저히 설명할 수가 없는데 ─ 그리고 그것을 인정하는 경향은 나에게는 없었는데도 불구하고 체험상 그 존재를 믿지 않을 수 없는 불가사의한 사건의 하나를 그때 나는 발견했던 것입니다.

내가 즈덴카를 있는 힘껏 끌어안았을 때 그 탄력으로 십자가의 날카로운 끝부분 하나가 내 가슴을 찔렀습니다. 그것은 여러분에게 얘기한 ─ 파리를 떠날 때 드 그라몽 공작 부인으로부터 받은 십자가였습니다. 그순간 느껴지는 통증은 모든 만물을 조사(照射)하는 광선(光線)처럼 나에게는 느껴졌습니다.

나는 즈덴카의 얼굴을 보았습니다. 그토록 아름다웠던 그녀의 얼굴은 죽음의 고통으로 일그러져 있고 그 눈은 아무것도 보지를 못하며, 그 미소는 죽은 사람의 얼굴에 새겨진 고통의 경련에 지나지 않았습니다. 그와 동시에 나는 방안에서 무덤 속의 시체가 내는 냄새, 구역질이 나는 냄새가 풍기는 것을 느꼈습니다.

무시무시한 진실이 지금 내 눈앞에서 모조리 그 추함을 드러내고 있었던 것입니다. 나는 수도사의 경고를 떠올렸는데 때는 이미 늦었습니다. 나는 자신이 놓여져 있는 상황의 위험성을 이해하고 있었고 모든 일은 내 용기와 침착성에 달려 있다는 것도 잘 알고 있었습니다. 나는 자신의 얼굴에 나타나 있을 것임에 틀림없는 공포의 기색을 눈치채게 해서는 안되겠다며 즈덴카에게서 얼굴을 돌렸습니다.

내 시선은 창밖을 향했습니다. 그곳에는 피투성이가 된 말뚝에 기대어 움직이려고조차 하지 않는, 그리고 하이에나와 같은 눈으로 나를 노려보고 있는 고르샤 노인의 무서운 모습이 있었습니다. 그리고 또 다른 창에는 무서울 정도로 아버지의 모습과 똑같은 게오르규의 흙빛깔 얼굴이 있었습니다.

이 두 사람은 나의 일거수 일투족을 지켜보고 있는 것처럼 생각되었습니다. 내가 조금이라도 도망치려는 기색을 보이면 당장 덤벼들 것임에 틀림없었습니다. 그래서 나는 그들을 못본 척하고 정신을 바싹 차리면서 ── 부인 여러분, 이 무시무시한 발견을 하기 이전과 마찬가지로 즈덴카를 계속해서 애무하고 있었습니다. 그와 동시에 비애(悲哀)와 불안을 느끼면서 어떻게 이곳을 벗어날까를 생각했습니다.

나는 고르샤와 게오르규가 즈덴카와 눈짓을 서로 했다는 것, 그래서 그들이 더 이상 기다리지 않을 것임을 눈치챘습니다. 벽 너머에서는 여자의 목소리에 뒤섞인 아이들의 떠드는 소리가 들려왔는데 그들의 목소리는 산고양이가 웃는 소리와 착각할 정도로 무서웠습니다.

'단단히 준비를 할 때다. 일각이라도 지체할 수 없어.'

나는 이렇게 생각했습니다.

나는 즈덴카에게 말을 걸 때 그녀의 무서운 아버지와 오빠도 들리도록 큰 소리로 말했습니다.

"저어, 즈덴카. 나는 몹시 지쳤어. 한 서너 시간 동안 누워서 쉬었으면 좋겠다구. 그러나 자기 전에 내 말이 먹이를 먹었는지 살펴보아야겠어. 내가 돌아올 때까지 어디 가지 말고 이곳에서 기다려 줘."

나는 즈덴카의 차디찬 입술, 생명이 없는 입술에 키스를 하고 그 자리를 떴습니다. 내 말은 온몸이 땀투성이가 되어 고삐를 벗겨 버리려 하고 있었습니다.

말은 귀리도 먹지 않고 있었습니다. 말은 내가 가까이 다가오는 것을 보자 높은 소리로 울었고 그바람에 나는 깜짝 놀랐습니다. 그 말 울음소리에 내 계획이 탄로나는 게 아닌가 걱정되었습니다.

그러나 흡혈귀들은 나와 즈덴카가 나누는 얘기를 들었음인지 아직은 움직이려 하지 않았습니다. 나는 문이 열려 있는 것을 보고는 재빨리 나가서 안장에 올라타고 말에 박차를 가했습니다.

문을 빠져나갈 때 나는 이집 주변에 숱한 흡혈귀들이 모여 있고, 그 대다수가 창문에 다가서서 집안을 노려보고 있다는 것을 알았습니다. 내가 집안에서 뛰쳐나와 출발하는 것을 본 흡혈귀들은 넋을 잃은 듯 멍하니 있었고, 잠시 동안은 한밤중의 고요 속에서 내가 탄 말이 달리는 소리만 들렸습니다.

나는 내 계략대로 되어가는 것을 기뻐하고 있었는데 그때 돌연 산에서 불어닥치는 폭풍과 비슷한 소요가 내 뒤에서 들려왔습니다.

몇천이나 되는 소리가 마치 큰 싸움이라도 하듯이 시끄럽게 떠들어대는 것이었습니다. 그러더니 싸움이 끝났는지 그 소리들은 침묵했고, 이번에는 마치 보병(步兵)의 소부대(小部隊)가 빠른 걸음으로 몰려오는 발짝 소리가 가까이에서 들려오는 것이었습니다.

나는 말에 박차를 무자비할 만큼 가했습니다. 내 혈관에는 열병성(熱病性)의 피가 끓어오르듯 했는데 나는 기력을 유지하기 위해 있는 힘을 다 짜냈습니다. 그때 내 뒤에서 소리가 들려왔습니다.

"기다려요, 기다려 주세요. 사랑하는 분! 당신은 내 혼보다 더 중요한 분이십니다. 기다려요, 기다려요. 당신의 피는 내 것입니다."

그와 동시에 차가운 숨결이 나에게 느껴졌습니다. 즈덴카가 말 뒤쪽에 올라탄 것입니다.

"사랑하는 분, 내 마음!"

그녀는 말했습니다.

"나는 당신밖에 보이지 않습니다. 나에게 필요한 것은 당신뿐입니다. 나는 이제 더 이상 나를 억제할 수가 없습니다. 강력한 힘이 시키는 것이어서 나는 더 이상 못참겠다구요. 용서하세요, 당신. 나를 용서해 주세요."

그리고 그녀는 내 몸을 끌어안고 뒤로 돌리어 목줄기를 물려고 했습니다. 그녀와 나 사이에는 무서운 격투가 벌어졌습니다. 나는 필사적으로 방전(防戰)했고 마침내 한쪽 손으로 즈덴카의 벨트를 붙잡을 수 있었습니다. 그리고 다른 손으로 그녀의 머리채를 잡음과 동시에 등자(鐙子)를 두 발로 밟고 일어서면서 그녀를 땅바닥에 집어던졌습니다.

그러나 내 온몸에서 힘이 다 빠지고 정신도 착란을 일으키기 시작했습니다. 수천이나 되는 괴물들 — 일그러진 가면들을 뒤집어쓴, 미친 짐승과 같이 무시무시한 괴물들이 나를 추적해 왔습니다. 게오르규와 그의 동생 베타르가 도로 양쪽을 따라서 달려오며 나를 협

공하고자 했습니다. 그러나 그것은 그들의 뜻대로 되지 않았습니다.

얼른 고개를 돌려 뒤쪽을 보니 고르샤 노인이 말뚝에 몸을 의지하여 마치 산사람이 바위 틈새를 이용하여 장대높이뛰기를 하는 요령으로 펄쩍펄쩍 뛰면서 쫓아왔습니다. 그러다가 돌연 그가 멎었습니다.

그러자 두 아이의 손을 잡고 그 뒤를 따라오던 며느리가 한 아이를 그에게 집어던졌습니다. 그는 그 아이를 말뚝 끝에 올려놓더니 마치 고대인(古代人)이 투석구(投石具)를 사용하듯 있는힘을 다하여 나를 목표로 날려 버렸습니다.

나는 그 공격을 용케도 피했습니다만 날아온 그 아이는 불독의 동작 이상으로 말의 목을 물었습니다. 나는 가까스로 그 아이를 떨쳐 버렸습니다. 똑같은 요령으로 또 한 아이가 나를 향해 날아왔는데 그 아이는 말발굽 바로 밑에 떨어졌고 말에게 짓밟히고 말았습니다.

그런 다음에는 어떤 일이 일어났는지 나로서는 기억이 없습니다. 그러나 내가 제정신을 차렸을 때는 이미 날이 밝아 있었고, 나는 길가에서 숨져 있는 내 말과 나란히 쓰러져 있었던 것입니다.

이렇게 해서 부인 여러분, 내 사랑의 여행 이야기는 끝이 났습니다만 이 일을 마지막으로 신기(新奇)한 것을 찾으려 하던 내 호기심은 끝이 났던 것입니다.

내가 귀국한 다음 이전보다는 다소 분별있는 사나이가 되었다는 것은 — 여러분의 할머니들로서 나와 동연배분들에게 물어보시면 알 수 있을 것으로 생각하는 바입니다.

그야 어찌되었든 그때 내가 만약 적(敵)에게 패배했더라면 나 역시 흡혈귀가 되었을 것인데, 그 생각만 하면 지금도 몸이 부들부들 떨리곤 합니다. 그러나 하느님의 섭리에 의해 그렇게 되지는 않았습니다.

　그런즉 부인 여러분, 여러분에게 피 좀 달라는 등의 갈망(渴望)은 조금도 하지 않을 나입니다. 오히려 여러분을 위하는 일이라면 이 늙은 몸을 돌보지 않고, 기꺼이 내 피를 마지막 한방울까지 흘리고 싶은 생각입니다.

방 위(防衛)
― 크리스마스 이야기 ―

이 이야기를 나에게 해준 사람은 R대령(大領)이다. 나는 그와 함께 우리 두 사람의 친척인 M씨 소유의 영지(領地)에 손님으로 머물렀다. 그것은 크리스마스 주간(週間)의 일로서 객실에서는 유령을 둘러싼 이야기가 시작되고 있었다.

대령은 그 이야기에 끼어들지는 않았지만, 우리 두 사람만 남게 되자(나와 그는 한방에서 자고 있었다), 대령은 담배를 피우기 시작했고, 다음과 같은 이야기를 나에게 했던 것이다.

"이것은 25년 전, 아니 그보다 훨씬 더 되었는지도 모르겠는데…… 1870년대 중반, 내 몸에서 일어났었던 일입니다. 나는 당시 사관(士官)에 갓 임명되었지요. 우리 연대(聯隊)는 어느 현(縣)의 작은 마을에 주둔하고 있었습니다. 우리는 보통 사관들이 하는 것처럼 행동하며 시간을 보내고 있었습니다. 즉 카드놀이를 한다든가 여자 뒤를 따라다닌다든가 하면서 말입니다.

그 지방 사교계에서 1등 자리를 차지하고 있던 사람은 S부인(夫人) 엘레나 글리고리에부나였습니다. 사실을 말한다면 그녀는 그 지방 사교계에 속해 있었던 것은 아닙니다. 왜냐하면 이전에는 줄곧 페테르부르크에 살았었기 때문입니다. 그런데 1년 전 미망인이 된 다음 이 마을에서 10리쯤 떨어진 자기 영지로 이사해 왔던 것입니다. 나이는 30여세쯤 되었는데 이상하게 큰 두 눈에서 어쩐지 어린아이와 같은 점이 깃들어 있었으며 그것이 부인의 매력이기도 했습니다. 우리 사관들은 모두 이 부인에게 열을 올리고 있었는데, 나는 20대 특유의 집중력으로 그녀에게 연정을 품게 되었습니다.

우리 중대장은 이 엘레나와 친척관계가 되었으므로 우리는 부인의 집에 출입할 수가 있었습니다. 부인은 과부 특유의 은둔자연하는 기색을 보이는 일은 없었고, 홀로 사는 집이건만 젊은이들을 자기 집에 자유로이 맞아들였습니다. 하지만 부인은 절도와 품위를 가지고 자신을 지키고 있었기 때문에 그 누구도 부인과 가까이 지낸다는 말을 함부로 하지 못했습니다.

나는 상사병에 걸리고 말았습니다. 무엇보다도 나를 괴롭힌 것은 부인에게 사랑한다는 말을 당당하게 털어놓을 가능성이 없다는 점이었습니다. 엘레나 앞에서 무릎을 꿇고 큰 소리로 '나는 당신을 사랑합니다'라고 말할 수 있게 되기 위함에서라면 이세상 모든 것을 희생해도 좋다는 생각이었습니다.

젊음이란 것은 어느 정도 술이 취한 상태와 비슷한 것인가 봅니다. 비록 30분 동안이라도 자신이 사랑하는 상대방과 단둘이만 있기 위해, 나는 자포자기의 수단에 호소코자 했습니다.

그해 겨울은 눈이 많이 내렸습니다. 나는 눈이 맹렬하게 내리는 날 저녁때를 선택하여 말에 안장을 얹고 올라탄 다음 들판으로 몰고 나갔습니다.

그때 일을 생각하면 죽지 않은 것이 기적 같기만 합니다. 가는 곳마다 한치 앞에는 회색 벽이 가로막고 있었으니까요. 그처럼 눈이 쏟아졌는데 도로에 쌓인 눈은 거의 무릎에까지 찰 정도였습니다.

나는 스무 번이나 길을 잃었을 정도입니다. 스무 번이나 내 말은 앞으로 전진하기를 거부했습니다. 나는 코냑 한 병을 가지고 있었으므로 그것을 마시면서 겨우 동사(凍死)를 면할 수 있었습니다. 10리를 가는 데 거의 3시간이 걸릴 정도였답니다.

내가 S저택에 도착할 수 있었던 것은 실로 어떤 기적과 같은 것이었습니다. 밤은 이미 깊었는데 나는 겨우 저택의 문을 두드릴 수 있었습니다. 문지기는 나를 보자 기겁을 했습니다.

내 몸은 온통 눈으로 범벅이 되었고 모든 부위가 얼어붙어 있었으므로 마치 얼음으로 가장(假裝)하고 있는 것 같았습니다. 물론 갑작스런 방문을 핑계대기 위한 구실은 준비하고 있었습니다. 내 계산에 오차는 없었습니다. 엘레나는 나를 자기 방으로 맞아들이지 아니했고, 그대신 하룻밤 지낼 방을 나에게 제공하라고 명령했던 것입니다.

30분 후, 나는 엘레나와 단둘이 식당에서 마주앉게 되었습니다. 그런데 엘레나는 비범한 재주를 발휘하여 연애에 관한 화제(話題)는 일체 피해갔습니다. 그래서 우리의 대화는 대야회(大夜會) ── 사람들로 북적거리는 대야회에서의 대화와 똑같은 것이 되고 말았습니다. 부인은 내 익살이라든가 경구(警句)에 흥미를 느끼고는 있었지만 이쪽의 암시는 전혀 눈치채지 못한 시늉을 내며 얼버무리는 것이었습니다.

그런데도 불구하고 우리 두 사람 사이에는 일종의 독특한 친근감이 싹텄고 그 덕택에 두 사람 모두 가슴을 터놓고 대화할 수 있게 되었습니다. 그리고 이제 각기 자기 방으로 돌아갈 때가 되었다는 것을 알게 된 나는 마침내 뜻을 굳혔던 것입니다. 아무래도 이런 기회는 두번 다시 찾아오지 않을 것이라는 의식이 나를 충동질했다고 보아야겠지요.

나는 나 자신에게 말했습니다.

'오늘이란 날을 이용하지 않으면 너는 너 자신을 책망하게 될 거야.'

나는 다시 한번 뜻을 굳히어 불의에 대화를 중단한 다음 종잡을 수 없는 말투로 가슴속에 숨겨두고 지내온 것 모두를 털어놓았습니다.

'왜 우리는 시치미를 뚝 떼고 지내야 하는 것입니까? 엘레나 글리고리에부나! 오늘 내가 어떻게 해서 이곳에 왔는지 잘 알고 있잖습니까? 내가 이곳에 온 것은 당신을 사랑하고 있다는 말을 하기 위해서입니다. 그리고 지금 그렇게 말하고 있는 것입니다. 나는 당신을 사랑하지 않고는 견딜 수가 없습니다. 또 당신으로부터 사랑을 받고 싶습니다.

나를 쫓아내고 싶거든 쫓아내십시오. 그러면 나는 얌전히 나가겠습니다. 만약 당신이 나를 쫓아내지 않는다면 나는 그것을, 당신이 나를 사랑하고 있는 표시로 간주하겠습니다. 나는 이것도 아니고 저것도 아닌 것은 싫어합니다. 당신의 노여움을 사든가, 아니면 당신의 사랑을 받든가 ── 둘 중 하나를 원합니다.'

엘레나의 어린아이와 같은 눈은 수정처럼 차가워졌습니다. 나는 부인의 표정에서 명쾌한 해답을 읽어낼 수 있었습니다. 그래서 조용히 일어나 밖으로 나가려고 했던 것입니다. 그런데 부인이 나를 붙잡는 것이었습니다.

'이제 알았습니다. 어디에 가려는 겁니까? 어린아이도 아니면서…… 거기 앉아요!'

부인은 나를 자기 옆에 앉히자 마치 누나가 어린 동생을 달래듯 나에게 이야기하기 시작했습니다.

'당신은 아직 너무너무 젊어요. 그러니까 당신으로서는 사랑을 하는 것도 처음 경험하는 것이겠지요. 가령 나말고 이자리에 다른 여성이 있었다 하더라도 당신은 틀림없이 그 여성을 사랑했을 것입니다. 그리고 몇달이 지나면 또 다른 여성을 사랑하게 될 것이고요. 하지만 인간의 영혼을 그 밑바닥까지 품어올리는 그런 사랑도 있는 것입니다. 세상을 떠난 남편, 세르게이에 대한 내 사랑은 그런 것이었습니다.

나는 내 감정 모두를 그에게 바쳐왔었습니다. 당신이 나에게 아무리 사랑의 이야기를 하더라도 그 이야기를 듣고 있는 나로서는 변할 수가 없습니다. 잘 알고 있을 줄 믿습니다만 이미 내 속에는 그런 말을 이해할 만한 힘이 남아있지 아니합니다. 그런즉 귀머거리를 상대로 하여 이야기하는 것과 마찬가지일 것입니다. 이런 말을 한다고 해서 화를 내지 마십시오.'

엘레나는 미소를 띠우며 말했습니다. 그의 말투는 나에게 있어서는 모멸적인 것으로 받아들여졌습니다. 나로서는 그녀가 죽은 남편을 내세워서 조소(嘲笑)하는 것처럼 생각되었습니다. 그리고 안색이 창백해지고 말았습니다. 눈에는 눈물이 괼 정도였구요.

나의 보통이 아닌 태도를 엘레나가 모를 리 만무합니다. 살펴보니 그녀의 차가운 눈, 그 눈의 표정이 바뀌어 있었습니다. 내 고통을 알아차린 것입니다.

내가 잠자코 일어서려고 하는 것을 그녀는 한쪽 손으로 제지하자 내 곁에 자기 의자를 끌어다 놓았습니다. 그때 내 볼에는 그녀의 숨결이 닿는 것을 느꼈습니다.

그녀는 방안에는 우리 두 사람밖에 없는 것을 잘 알면서도 굳이 목소리를 낮추고는 ─ 아주 솔직하고 또 성의있는 말투로 이렇게 말하는 것이었습니다.

'만약 내가 당신에게 섭섭한 말을 했다면 용서해 주세요. 내가 당신의 마음을 오해하고 있었던 것 같습니다. 당신의 마음은 내가 생각하고 있었던 것보다 훨씬 더 진지한 것 같습니다. 그래서 말인데…… 나는 당신에게 사실 그대로를 이야기하겠습니다. 들어주기 바랍니다.

세르게이에 대한 내 사랑은 죽지 않았습니다. 살아있습니다. 내가 세르게이를 사랑하고 있는 것은 과거의 것이 아니라 현실의 것입니다. 나와 세르게이는 결코 헤어져 있지 아니합니다. 나는 당신의 고백을 웃음거리로 돌리지 않을 것이니 당신도 내가 하는 이 말을 웃음거리로 돌리지 말아 주십시오. 세상을 떠난 그날부터 세르게이는 내 앞에 나타나게 되었습니다. 눈에는 보이지 않지만 생시와 똑같이 말입니다.

나에게는 그가 다가오는 것이 느껴지며 그의 호흡하는 것도, 그리고 부드럽게 속삭이는 소리도 모두 느껴지고 들린답니다. 그래서 나는 그에게 대답을 합니다. 그리고 둘이서 은밀히 이야기를 계속 나눈답니다. 때로는 세르게이가 살며시 그러나 내가 알아차릴 정도로 내 머리에, 볼에, 또 입술에 키스를 해줍니다. 어둠침침한 속에서 거울에 비치는 그의 모습을 희미하게 보는 수도 있습니다.

나는 이제 이 망령(亡靈)과의 생활에 아주 익숙해져 있습니다. 나는 지금도 세르게이를 계속해서 사랑하고 있습니다. 그것은 다른 모습의 그이지만 옛날 사랑했을 때와 마찬가지로 정열을 기울이어 사랑하고 있습니다. 그와의 사랑 이외에는…… 나에게는 필요치 않습니다.

그리고 나는 이세상과의 경계를 넘나들면서까지 나를 버리지 않는 사람에 대하여 정조를 깨뜨리는 짓 따위는 할 수가 없습니다. 만약 당신이 ― 그것은 환각이다, 잠꼬대다라고 한다면 나는 이렇게 대답할 것입니다. 그래도 좋습니다!라고요 내 애정 덕택으로 나는 행복합니다. 이 행복을 깰 필요는 없겠지요 바라건대 내가 행복하도록 내버려두세요.'

엘레나는 이 긴 이야기를 부드럽게 목소리를 높이지 아니하고, 그러나 깊은 신념을 가지고 말했던 것입니다. 나는 그녀의 어조가 너무나도 진지함에 그만 깜짝 놀라서 뭐라고 대답해야 좋을지 몰랐습니다.

나는 일종의 공포와 동정을 기울이어 착란증세를 일으킨 여인을 보듯이 그녀를 바라보고 있었습니다. 그러나 그녀는 다시 주인의 처지로 돌아왔고 목소리를 바꾸어 지금까지 한 이야기 모두를 농담으로 바꾸기라도 하려는 듯 나에게 이런 말을 했던 것입니다.

'자아, 해방의 시각이 되었습니다. 마트베이가 오늘 밤, 당신이 쉴 방으로 안내할 것입니다.'

마트베이는 이집의 하인입니다. 나는 내미는 손에 기계적으로 입맞춤을 했습니다. 이윽고 마트베이가 왔고, 자기 뒤를 따라오라는 말을 무뚝뚝하게 내뱉었습니다. 그리고 저택 안을 이리저리 돌아서 준비된 침상으로 나를 안내하자 천천히 쉬라는 인사를 하고는 나만 홀로 남겨놓은 채 나가 버렸습니다.

이때가 되어서야 나는 어느 정도 제정신을 차릴 수 있었습니다. 그리고 좀 기묘한 이야기입니다만 제일 먼저 나를 엄습한 감정은 치욕감이었습니다. 나는 실로 쓸데없는 짓을 했다는 생각이 들면서 부끄러움을 느꼈던 것입니다. 젊디젊은 여성과 단둘이만 있는 — 그밖의 사람은 아무도 없는 것 같은 — 집안에 두 시간이나 함께 있으면서 그녀의 입술에 키스 한번 하지 못한 것이 부끄러웠던 것이지요.

그리고 이 몇분 동안 나는 엘레나에게 애정이 아니라 오히려 적의(敵意)를 느끼었고, 복수하고 말겠다는 욕망까지 느끼게 되었습니다. 나는 이미 그녀의 머리 상태가 이상해졌다는 등의 생각은 하지 않게 되었습니다. 그녀에게 우롱당했다는 생각을 했던 것입니다.

침상 위에 앉아서 나는 주변을 살펴보았습니다. 이집의 구조는 알고 있었습니다. 내가 있는 곳은 세상을 떠난 세르게이 드미트리에비치의 서재입니다. 그 이웃한 방은 그의 침실이었던 곳인데 모든 것이 그가 살아있을 때와 똑같이 남아있었습니다.

내가 있는 방의 정면 벽에는 그의 유화(油畵) 초상화가 걸려 있었습니다. 초상화는 프록코트를 입고, 프랑스 훈장인 레지옹 도뇌르를 달고 있었습니다. 언제 무슨 이유로 훈장을 받았는지는 알 수 없었지만 제2제정시대(第二帝政時代)에 받은 것 같았습니다.

그런데 일종의 이상한 연상이 떠오르는 것이었습니다. 다름아니라 이 훈장 수수가, 실로 기묘한 계획 아래서 일어난 것이 아닌가 하는 생각이었습니다.

나와 세르게이는 언뜻 보기에 얼굴이 비슷했습니다. 물론 그가 나보다 연장(年長)입니다. 그러나 두 사람 모두 콧수염을 기르고 있었고 헤어스타일도 같았습니다. 다만 그의 머리에는 백발이 섞여 있기는 했습니다만……

나는 그의 침실에 들어가 보았습니다. 양복장에는 자물쇠가 채워져 있지 않았습니다. 그래서 초상화에 그려진 것과 똑같은 프록코트를 찾아냈고 그것을 입었습니다. 또 훈장도 찾아냈습니다. 그리고 내 머리와 수염에 하얀 분을 듬뿍 발랐습니다. 요컨대 내가 고인(故人)이 된 셈이지요.

가령 이 계획이 성공했더라면 아마도 나는 부끄러워서도 이런 이야기를 당신에게 할 수 없었을 것입니다. 내 책략은 장난기도 있었으며 그것도 너무 심했다는 생각이 듭니다. 만약 내가 그토록 젊지 않았더라면 그녀가 절대로 허용하지 않았을 것입니다. 그렇기는 했지만 나는 자신의 행동에 대하여 응분의 보응을 받았던 것입니다.

옷을 갈아입은 나는 엘레나의 방으로 향했습니다. 당신은 지금까지 한밤중에 모든 사람이 깊은 잠에 빠져 있는 집안을 살금살금 걸어다녀 본 적이 있으십니까? 작은 소리도 아주 날카롭게 들려오고, 주위가 조용할수록 큰 소리를 내며 마룻바닥이 삐거덕거린답니다. 하인들 모두가 동시에 눈을 뜨는 게 아닌가 하여 몇번이나 멈춰섰었는지 모릅니다.

나는 가까스로 그녀의 방 문이 있는 곳까지 갔습니다. 심장은 심하게 두근거리고 있었습니다. 나는 문의 손잡이를 잡고 있었습니다. 그러자 문은 소리도 없이 열리는 것이었습니다. 들어가 보니 방안은 빨갛게 타오르는 성상대(聖像臺)의 촛불빛을 받고 있었습니다.

엘레나는 아직 잠자리에 들지 않고 있었습니다. 그녀는 나이트 가운을 걸친 채로 팔걸이 의자에 편안히 앉아서 책상을 향하여 무엇인가 깊은 생각에 잠겨 있었습니다. 내가 들어가는 소리도 그녀는 듣지 못하는 것 같았습니다.

몇분 동안 나는 어두컴컴한 속에 서있으면서도 한 발짝도 나가지 못했습니다. 그때 엘레나가 갑자기 이쪽을 돌아보았습니다. 내가 온 것을 돌연 알아차렸는지 아니면 어떤 소리를 들었는지 모르겠습니다만…… 내가 서있는 것을 확인한 그녀는 벌벌 떨기 시작했습니다. 내 책략은 기대했던 것 이상으로 성과를 거둔 것입니다.

그녀는 나를 죽은 남편으로 생각했을 것입니다. 희미하게 남편

부르는 소리를 내면서 그녀는 의자에서 몸을 일으키자 내가 있는 쪽으로 손을 내밀었습니다.

나는 그녀가 기뻐하는 소리를 분명히 들었습니다.

'세르게이! 당신은, 드디어!'

그런 다음 흥분에 도취된 그녀는 다시 의자 위에 쓰러지고 말 았습니다. 실신을 했던 것이 틀림없습니다.

자신이 무슨 짓을 하려는 것인지 확실하게 의식하지도 못한 채 나는 그녀 쪽으로 덤벼들었습니다. 그런데 내가 의자 옆으로 다가 간 그순간 나는 내 앞에 또 한 사람의 사나이가 있는 것을 알아 차렸습니다.

그것은 너무나도 뜻밖의 일이었기에 나는 그만 망연자실한 태 도로 서있을 수밖에 없었습니다. 그리고 내 앞에 커다란 거울이 있는 게 아닌가 생각했습니다. 그 사나이도 역시 검은색 프록코트 를 입고 그 가슴에는 역시 훈장을 달고 있었던 것입니다.

그러나 그 다음 순간이 지났을 때 나는 분명히 알아차렸습니다. 그 사람은 지금 내가 흉내를 내고 있는 그 주인공임에 틀림없다 는 것을 ─ . 그리고 자기 부인을 방위하기 위해 묘지에서 찾아 온 사람이 틀림없다는 것을 알아차렸습니다. 그러자 등줄기가 오 싹해지는 공포가 내 오체(五體)에 두루 느껴지는 것이었습니다.

몇초 동안 우리는 의자 앞에서 서로 노려보고 서있었습니다. 그곳에는 둘이서 서로 상대방에게 뺏기지 않으려는 여인이 실신 한 채로 누워 있었던 것입니다. 나는 몸을 움직일 수조차 없었습 니다. 그때 그 사나이 ─ 아니, 이 유령은 조용히 한쪽 팔을 들더 니 나를 위협하는 것이었습니다.

그후에 나는 터키전쟁에 참가한 적이 있습니다. 따라서 인간의 죽음이라든가 그밖의 무서운 일들을 숱하게 경험했습니다만 이때 내가 느꼈던 공포보다 더 무서운 일은 아직까지 체험한 일이 없습니다.

저세상에서 온 사나이의 협박은 내 심장의 고동, 혈관의 피가 흐르는 것을 모두 정지시킬 정도였습니다. 한순간 나는 죽은 사람처럼 되고 말았습니다. 그래서 나는 걸음아 나 살려라며 문 쪽을 향하여 달려갔습니다.

벽에 부딪치어 비틀거리기도 했고 자신의 발짝 소리가 얼마나 크게 울려퍼졌었을까? 그것도 모르는 채, 내 방에까지 돌아왔습니다. 나는 엎드리는 자세로 침대에 몸을 던졌습니다. 일종의 감각마비가 나를 침대에 못질하고 말았습니다.

나는 새벽녘에 눈을 떴습니다. 나는 여전히 남의 옷을 걸치고 있었습니다. 참을 수 없는 치욕감을 느끼면서 나는 그것을 벗어 원래에 있었던 장소에 걸었습니다. 그리고 내 군복으로 입은 다음 마트베이를 찾아내어, 지금 곧 돌아가겠노라고 말했던 것입니다. 마트베이는 깜짝 놀라는 표정을 지었습니다.

나는 하녀인 그라샤에게 부인은 편히 쉬시느냐고 물었습니다. 그녀가,

'예, 주무시고 계십니다.'

라고 대답하는 것을 들은 나는 안심했습니다. 그리고 작별 인사도 하지 않고 떠나는 실례를 용서해 달라는 말을 전해 달라고 부탁하자 말을 집어타고 그곳을 떠났습니다.

그리고 며칠 후 나는 동료들과 함께 엘레나의 집을 방문했습니다. 그녀는 평소와 마찬가지로 우리를 상냥하게 맞아주었습니다. 그날 밤에 있었던 일을 상기시킬 만한 말은 한마디도 하지 않았습니다. 지금까지 나로서는 알 길이 없습니다만 대체 그녀는 그날 밤 어떤 일이 일어났었는지 전혀 모르고 있는 걸까요?"

마(魔)의 레코드

1

입술을 꽉 깨물고 자기 팔걸이 의자의 쿠션에 두 손을 짚으며 몸을 지탱하면서 앞으로 내밀 듯 숙이고 있는 베베네르는 눈앞의 광경을 지켜보고 있었다. 그 단호한 눈동자는 조금도 움직이지 않고 있었다. 그리고 그가 보고 있는 것은 독을 마신 고나세트의 단말마적인 괴로움이었다.

고나세트는 상냥한 친구가 따라 준 ── 죽음의 와인을 마신 지 채 5분도 안되었었다.

그날 밤, 베베네르는 자신의 속이 검은 기도(企圖)를 표면에 나타내지 않았었다. 평소와 마찬가지로 마구 웃을 뿐, 그의 안정감이 없는 눈은 몇번씩이나 표정을 바꾸었다. 항상 이런 상태로 있는 것을 남에게 보이는 인간은 그 신경질적인 조급함 때문에 모든 의혹을 숨길 수 있는 법이다. 비록 온세계의 멸망이 문제화되어 버린 경우에라도 말이다.

베베네르가 고나세트를 죽인 것은 고나세트가 가희(歌姬)인 라스루스의 연인이었기 때문이다. 살인 동기치고는 분명 아주 평범한 것이었는데, 그렇다고 해서 베베네르가 시시한 독창성을 발휘함에 있어 훼방이 되었던 것은 아니다. 그는 어떤 살인계획을 미연에 방지

하기 위해서는 어떻게 해야 좋을지를 의논하고 싶다고 고나세트에게 말하고, 희생자가 될 이 사나이를 호텔의 자기 방으로 불렀던 것이다.

그 살인계획이란 — 베베네르의 설명에 의하면 — 고나세트도 베베네르도 잘 알고 있는 인간이 기도한 것으로서, 역시 고나세트도 베베네르도 잘 알고 있는 인간이 죽게 된다는 것이었다.

고나세트는 그 이름을 대라고 베베네르에게 요구했다.

2

"그 이름은…… 아주 위험해."

베베네르는 말했다.

"이런 곳에서는 함부로 입밖에 낼 수 없어. 극장에는 무대 뒤에도 귀가 있다고 하지 않던가 — . 오늘 밤, 호텔로 와주지 않겠나? '빨간 눈'이란 호텔의 12호일세. 그 이름은 호텔 방에서 이야기해 줌세."

고나세트는 뚱뚱하게 살이 찐 사람으로서 호기심이 많고 남을 잘 믿으며 로맨틱한 기질의 사람이었다. 그가 호텔 방에 들어갔을 때, 베베네르는 마침 맥주를 홀짝홀짝 마시고 있었는데 기분이 썩 좋은 것 같았다. 그는 연필과 종이를 손에 들고 있으면서 싱글벙글 웃고 있었다.

"자아, 어서 가르쳐 주게."

고나세트는 말했다.

"대체 누가 누구를 죽이려고 한다는 건가?"

"그럼 말해 줄까……."

두 사람은 맥주를 한 잔 마신 다음 두 잔, 석 잔을 마셨다. 그러나 베베네르는 말을 아끼며 우물쭈물하고 있었다.

마(魔)의 레코드 67

"즉, 말하자면 이렇게 된 거야."

겨우 입을 연 그는 납득이 안가는 말로 이야기하기 시작했다.

"오늘 밤에는 '오셀로' 공연이 있네. 마리아 라스루스가 데스데모나 역(役)을 연기하고 오셀로 역은 바르디오가 맡지. 알겠나? 고나세트. 자네는 아무것도 모르고 있어. 바르디오가 마리아 라스루스에게 홀딱 반해서 열을 올리고 있다는 것 정도는 자네의 무대 동료라면 누구나 다 알고 있어. 그런데 그녀는 바르디오를 뿌리쳐 버린 거야. 그래서 오늘 밤 무대의 마지막 막(幕)에서 바르디오는 마리아를 죽이려고 하는 거야. 연극에서가 아니라 진짜로 죽이려고 하는 것일세."

"그럼 왜 진작 말해 주지 않았나?"

라고 고함을 친 고나세트는 재빨리 일어났다.

"어서 가봐야겠네. 서둘러서!"

"농담은 그만하세."

라면서 베베네르가 친구의 앞길을 가로막았다.

"우리가 극장에 가본들 아무 소용도 없어. 바르디오가 살인을 기도하고 있다는 것을 어떻게 증명할 수가 있단 말인가? 극장 안을 온통 수라장으로 만들고 공연을 중단시키고 증거조차 없이 바르디오를 살인 미수로 몰아붙이다가 결국에는 명예훼손과 중상죄로 우리가 도리어 재판을 받게 될 것이 뻔해!"

3

"하긴 그렇겠군."

고나세트가 말했다.

"그런데 자네는 어떻게 그것을 알게 되었나? 그리고 어떻게 하면 좋다는 게야? 이제 한 시간 남짓밖에 안남았어. 머지않아 마지막

막이 오를 거라구, 마지막 막이 ······."
"내가 어떻게 그런 일을 알았는지는 ······ 아직은 비밀로 해두세."
베베네르가 대답했다.
"하지만 어떻게 해야 좋을는지는 알고 있네. 라스루스가 자기 파트를 최후까지 노래부르지 말고 ······ 극장에서 떠나게 하지 않으면 안되네. 그러니 자네가 그녀에게 편지를 쓰면 되는 거야. 자살했다는 편지를 ······."
"뭐라고?"
고나세트는 깜짝 놀랐다.
"하지만 무슨 이유로 자살을 한단 말인가?"
"자살할 이유 따위, 자네에게는 없지. 그런 정도는 나도 잘 알고 있네. 자네는 활발한 데다가 건강하고 유명하며 인기인이야. 그러나 그런 편지말고는 ······ 대체 어떻게 해야 마리아 라스루스를 극장에서 끌어낼 수 있겠는가? 그렇지 않은가?

다른 사람이 편지를 써서 자네가 죽었다는 것을 알린다 해도 그것을 믿겠는가? 그녀는 음모라고 생각할 게 뻔해. 자기에게 큰 실수를 하도록 하려고 누군가의 음모라고 말일세 ── . 그런 일은 전례(前例)도 있다네.

하지만 오페라 가수가 진심에서 우러나오는 박수 갈채라든가 꽃다발, 관객들의 미소 ── 이런 것들에서 그녀를 끌어낼 수·있는 것은 역시 가까이 지내는 사람의 죽음밖에 없을 것이야. 그러기에 자네가 자신의 손으로 가짜 편지를 써 가지고 마리아를 불러내지 않으면 안되는 거라 이말일세. 그녀는 자네의 시체를 보기 위해 달려올 것임에 틀림없어."
"그건 그렇다치고 바르디오에 관한 이야기를 좀더 자세히 해주겠나?"

"오늘 밤이 지난 다음에 얘기해 주도록 하지. 자아, 여기 종이와 연필이 있네!"
"마리아는 틀림없이 기겁을 할 거야."
고나세트는 편지를 쓰면서 중얼거렸다.
"섬세한 마음의 소유자이니까."
그가 쓴 편지 내용은 이런 것이었다.
'마리아, 나는 자살한다. 고나세트. 빅토리아가(街) 호텔 빨간 눈'

4

베베네르는 초인종을 눌렀다. 그리고 보이에게 봉한 편지를 넘겨주면서 이렇게 말했다.
"곧 전해 주게."
한편 고나세트는 밝은 표정으로 미소지었다.
"마리아는 나를 욕하겠지. 심하게 욕할 거야."
그는 속삭였다.
"아니야, 기쁜 나머지 — 너무나 기쁜 나머지 울 것일세."
베베네르는 반론을 펴면서 친구의 글라스에 독을 탔다.
"우리의 우정을 위해 건배! 이 우정이 앞으로 영원히 이어가도록!"
"하지만 그 바르디오라는 비겁한 놈에 대해서 반드시 얘기해 주어야 하네. 베베네르, 내 글라스는 벌써 비었는데 자네는 아직도 안 마시고 있어……. 너무나 흥분했기 때문인지 머리가 어지러워지는 것 같아……. 아니, 어쩐지 기분이 나빠지는걸…… 으윽!"
그는 셔츠의 깃을 힘껏 잡아당기면서 일어나는가 했더니, 살인자의 발 옆에 쓰러졌고 비틀리는 두 팔로 바닥의 융단을 우글쭈글하게 되도록 마구 잡아뜯었다. 그 몸은 심하게 흔들렸고 볼에는 피가 흘러서 빨갛게 물들였다.

마침내 고나세트는 조용해졌고 베베네르는 일어났다.

"이놈을 죽인 것은 너였어. 라스루스! 어리석은 여인이여!"

그는 복받치는 감정에 자기자신을 잊고 중얼거렸다.

"나 역시, 죽은 고나세트와 같을 정도로 너를 사랑하고 있었어. 그런데도 너는 내 사랑을 받아들이지 않았다구! 그래서 고나세트는 죽은 거야. 하지만 어때? 나는 혐의를 기가 막히게 떠넘겼다구. 이쯤되면 명인(名人)의 재주라고 할 수 있지."

그는 초인종을 눌러서, 의사를 부르기 위해, 기겁을 하며 놀라는 보이를 병원으로 보냄으로써 경악과 절망의 장면에 대한 연습을 시작했다. 의사와 망연자실하는 라스루스 앞에서 연기해 보여야 하는 연극의 리허설을 하자는 것이었다.

5

이 한 건에 관한 사법상의 수사는 아무런 성과도 올릴 수가 없었다. 오페라 가수 고나세트의 죽음이 자살에 의한 것임을 증명해 주는 그의 자필(自筆) —— 그 자신이 연인에게 쓴 편지가 진짜란 것에 대해서는 의론의 여지가 없었다.

베베네르는 울면서 이렇게 말했다.

"아아! 이 무슨 일이람! 나는 어쩐지 무거운 마음으로 그 호텔에 갔었습니다. 죽은 고나세트가 와달라고 했거든요. 단, 왜 오라고 하는지 그 이유에 대해서는 설명을 하지 않았습니다. 우리는 아주 친한 사이였거던요…… 우리 두 사람은 술을 마시기 시작했는데 고나세트는 무언가 골똘히 생각하는 것 같았습니다.

그러더니 돌연 나에게 종이와 연필을 달라고 했고, 무엇인가를 적었습니다. 그리고 그 편지를 라스루스에게 전하라고 나에게 명령을 하는 것이었습니다. 그런 다음 두통약을 먹는다면서 가루약을 글라스에 털어넣었고 그것을 마시는가 했더니 정신을 잃고 쓰러지는 것이었습니다.”

아무리 날카로운 통찰력을 가진 사람이라 해도 낙천적인데다가 행복했던 고나세트가 왜 자살을 했는지에 대해서는 설명할 수가 없었다. 라스루스는 얼마 동안 눈물로 세월을 보내다가 오스트레일리아로 가고 말았다. 그리고 1년이 지나자 이 슬픈 죽음에 대해서 잊고 말았다.

1월에 베베네르는 로우덴 회사로부터 몇장의 레코드 녹음을 하지 않겠느냐는 제의를 받았다. 그것을 수락한 베베네르는 거액의 개런티를 받고 아리아를 몇곡 불렀는데 그중에는 메피스토펠레스의 것도 있었다. ‘이 지상(地上)의 인류는 모두……’라는 아리아였다. 그것을 노래하기 시작했을 때 베베네르는 고나세트의 생각을 떠올렸다.

그것은 죽은 고나세트가 좋아하던 아리아였던 것이다. 베베네르의 눈에는 무대용 메이크업을 하고 손을 흔들면서 노래하는 고인(故人)의 모습이 생생하게 떠올랐다. 그리고 베베네르는 묘한 감정을 느꼈던 것이다. 몸은 무서울 만큼 기운이 빠져 있었는데 목소리는 힘을 잃지 않고 있을 뿐 아니라 한층 더 힘이 있었으며, 그래서 당당하게 울려퍼졌다.

노래가 끝났을 때 베베네르는 물을 두 컵이나 거푸 들이켰고, 인사도 대충대충 한 다음 당황하여 스튜디오를 떠났다.

6

한 달쯤 지난 후, 베베네르의 집에는 손님들이 모여들었다. 가수, 음악평론가, 화가(畫家), 시인(詩人) — 이런 사람들이 베베네르의 무대 활동 10주년을 축하하기 위해 모여든 것이다. 주인은 평소와 마찬가지로 발작적인 웃음을 웃어댔고 종종걸음을 치며 건강하게 응대했다. 꽃다발 사이로 부인들의 우아한 얼굴도 보였다.

방안에는 조명이란 조명이 모두 켜져 있어서 휘황찬란했다. 저녁 식사가 끝나갈 무렵, 하인이 식당에 들어와서 로우덴의 심부름꾼이 왔다고 보고했다.

"그것 참 잘되었군."

베베네르는 그렇게 말하면서 냅킨을 풀어놓고 자리에서 일어났다.

"내가 로우덴을 위해서 취입한 레코드를 가지고 왔다는군요. 자아 여러분, 레코드를 들으면서 내 목소리가 잘 녹음되었는지 어떤지 평해 주십시오."

레코드 외에 로우덴은 멋진 새 축음기도 보내왔다. 가수 베베네르에게 보낸 선물인 것이다. 함께 보낸 편지에 의하면 로우덴은 질병으로 인하여 축하하러 올 수 없다는 것이었다.

하인이 축음기를 자리잡아 놓고 바늘을 끼웠다. 베베네르는 손수 몇장의 레코드를 이것저것 뒤지면서 메피스토펠레스의 아리아를 찾아냈다. 그 레코드를 축음기에 돌려놓고 레코드 끝 쪽에 바늘을 내려놓은 그는 손님들 쪽을 바라보면서 이렇게 말했다.

"이 레코드에는 자신감이 그다지 없습니다. 노래 부를 때 약간 긴장했기 때문입니다. 그야 어쨌든 한번 들어보시지요."

7

주위는 다시 조용해졌다. 레코드 판 위를 미끄러져 가는 바늘의 부드러운 소리 —— 피아노의 신속한 화음(和音) ……. 그리고 힘차고 낭창낭창한 바리톤이 유명한 아리아를 부르기 시작했다. 그러나 이게 어찌된 일인가?

그것은 베베네르의 목소리가 아니었던 것이다……. 그 발랄한 발

성(發聲)은 그 장소에서 듣고 있던 사람들 모두가 잘 아는 사람의 목소리였다. 그 목소리의 갖가지 미묘한 표정으로 판단할 때, 노래 부르고 있는 것은 세상을 떠난 고나세트의 목소리가 분명한 것이다.

전원(全員)이 경악하는 시선으로, 오늘 밤 축하받는 주인공을 바라보았다.

베베네르는 웃었다. 그러나 그 웃음은 분명 꾸며내는 웃음으로서 견디기 어려운 웃음이기도 했다. 그리고 참석자 모두는 주인의 눈초리를 보고 소름이 끼치어 몸을 떨었다. 여기저기서 고함 소리가 터져나왔다.

"무언가의 착오야."

"고나세트는 레코드를 녹음한 적이 없다구!"

"로우덴이 다른 레코드를 보낸 게 아닐까?"

"들리십니까?"

죽은 사나이의 목소리에 그만 기가 죽고 굴복당한 베베네르는 힘을 잃고 이렇게 말하는 것이었다.

"들리십니까? 방금 노래한 것은 그 사나이입니다. 내가 죽인 사나이라구요! 나는 이제 도망칠 수도 없습니다. 그 친구가 여기까지 찾아왔으니 ……. 레코드를 멈춰주십시오!"

백지장처럼 창백해진 얼굴로 베베네르는 축음기 쪽으로 달려갔다. 그의 손은 떨리고 있었다. 바늘을 들어올리고 그는 레코드판을 떼냈는데 너무나 당황한 나머지 — 그리고 너무나 무서웠던 나머지 — 그 레코드를 바닥에 떨어뜨리고 말았다. 쨍그렁 소리를 내면서 검은 원반(圓盤)은 박살이 나고 말았다.

"이런 전대미문(前代未聞)의 일을 목격한 이상!"

바이올린 주자인 인디건이 레코드 파편을 한 조각 집어서 주머니 속에 넣으면서 말했다.

“하지만 이것이 무엇이든 간에 — 착각인지도 모르고, 미지(未
知)의 법칙에 근거한 현상인지도 모르겠지만 — 나는 기념으로
이 파편을 수집해 두기로 하겠습니다. 오늘 밤, 우리를 초대해 준
사랑하는 친구는 이제부터 경찰에 연행되어 가겠지만 이 레코드
의 색깔을 보면 그의 영혼이 띠고 있는 색깔을 언제까지나 떠올
리게 될 것입니다!”

빛과 그림자

1

바싹 야위었고 얼굴이 창백한 12세가량 된 소년, 브오로쟈 로브레프는 방금 중학교에서 막 돌아와서 저녁 식사를 기다리고 있는 터였다. 그는 거실에 놓여 있는 그랜드피아노 옆에 서있으면서 오늘 아침 우체국에서 배달된 〈니브아(당시 페테르부르크에서 출판되고 있던 인기 있는 삽화가 실린 週刊誌)〉 최신호를 훑어보고 있었다.

그 〈니브아〉 페이지에 끼어져 있던 신문에서, 얇은 회색 종이에 인쇄된 작은 책자가 떨어졌다. 그것은 삽화가 들어있는 잡지 광고였다. 이 소책자 속에서 발행인은 장래의 집필진으로서, 저명한 문학자의 이름을 50명 정도 지명하고, 잡지 전체에서부터 하나하나 세부에 이르기까지 온갖 말로 칭송해 놓았는데 견본 그림까지 싣고 있었다.

브오로쟈는 무심코 회색 책자의 페이지를 넘기다가 조그마한 그림을 바라보았다. 창백한 얼굴에 큰 눈으로 어쩐지 마음에 내키지 않는다는 듯 바라보고 있었다.

그중 어떤 페이지가 소년의 흥미를 끌었다. 그의 큰 눈은 점점 더 커졌다. 페이지 위에서 아래에 걸쳐 6개의 삽화가 인쇄되어 있는데 거기에는 여러 가지 모양으로 된 손이 그려져 있었다. 그 손의 그림자는 하얀 벽에 비추어 어두운 그림자를 만들어 내고 있는 것이었다. 뿔이 난 것 같은 이상한 모양의 모자를 쓴 아가씨라든가, 소라든가, 다람쥐가 앉아 있는 모양 등 여러 종류의 것들이다.

브오로쟈는 웃음을 띠면서 열심히 그림을 들여다보고 있었다. 그 놀이는 그에게도 익숙한 것이었다. 그도 자신의 한쪽 손의 손가락을 구부리어 벽에 토끼 얼굴을 비칠 수 있는 것이다.

하지만 여기에 있는 그림은 브오로쟈가 아직 본 적이 없는 것들뿐이었다. 더구나 가장 중요한 것은 ― 여기에 있는 그림자는 하나같이 복잡하여 양손을 사용하지 않으면 만들어 낼 수 없는 것이었다.

브오로쟈는 여기에 실려 있는 그림자를 자기도 만들어 보고 싶었다. 그러나 이런 시간, 스러지려는 가을철 저녁때의 산만한 햇빛에서는 물론 쉽게 될 일이 아니었다.

'이 책을 내가 보관하고 있어야지. 어차피 다른 사람에게 필요치 않을 테니까.'

그는 이렇게 생각했다.

이때 마침 옆방에서 어머니의 발짝 소리가 이쪽으로 다가오고 있었다. 어찌된 일인지 그는 얼굴을 붉히며 작은 책자를 재빨리 주머니 속에 쑤셔넣고는 그랜드피아노에서 떨어지며 어머니를 맞았다. 어머니는 그와 마찬가지로 눈이 크며, 창백하고 예쁜 얼굴에 부드러운 미소를 머금으며 그의 곁으로 다가왔다.

어머니는 평소와 마찬가지로 물어보았다.

"오늘은 별다른 일이 없었느냐?"

"예, 아무 일도 없었습니다."

브오로쟈는 눈썹을 치켜올리면서 말했다.

그러나 그순간 그는 자기가 어머니에게 거짓말을 하고 있다는 생각이 들어 부끄러웠다. 그는 상냥하게 미소를 짓자, 김나지움에서 있었던 일을 떠올렸다. 그러나 그런 일을 생각하면 더욱 지긋지긋한 생각이 나는 것이었다.

"그 프루지닌이 또 이상한 말을 했어요."

그는 너무 난폭한 까닭에 김나지움 학생들로부터 혐오의 대상이 된 교사에 대하여 이야기하기 시작했다.

"친구인 레온체프가 선생님의 지적을 받고 대답했지만 틀리게 대답했어요. 그러자 선생님은 이런 식으로 말했어요. — 됐다, 임마! 어쩔 수가 없는 이 멍청아!"

"너희가 하는 짓이 다 그렇지 뭐. 무슨 일을 하더라도 비난의 대상이 될 수밖에 없을 것이다."

"아녜요. 그 선생님이 너무 난폭하기 때문이라구요!"

브오로쟈는 잠시 잠자코 있다가 한숨을 길게 내쉬면서 불안에 가득 찬 말투로 중얼거렸다.

"그리고 그 사람들은 너무 성급하다니까요."

"누가?"

어머니가 물었다.

"선생님들 말이에요. 모두들 조금이라도 빨리 교과(教科)를 끝내고 시험공부를 하기 위한 복습을 충분히 하고 싶어한단 말예요. 무엇이든 질문을 하려고 하면 이런 식으로 나온다니까요. 이 학생은 지적받는 것이 싫어서 아무렇게나 대답을 하여 수업을 조금이라도 끌려고 한다는 오해를 하고 있어요."

"그럼 방과 후에 선생님하고 이야기하면 될 게 아니냐?"

"천만에요. 방과 후에도 성급하게 서두를 뿐이랍니다. 집에 돌아가야 하거나 여자 김나지움으로 수업을 하러 가야 하거든요. 그것만 하더라도 눈이 돌 정도랍니다. 기하(幾何)를 가르치는가 하면 이번에는 그리스어를 가르쳐야 하니까요."

"그러니까 너희는 어리둥절하게 된다는 말이로구나."
"예, 그래요. 어리둥절할 수밖에 없다니까요. 마치 닭장차 속에
갇힌 고양이 같답니다. 그러니 부아가 날 수밖에요."
어머니는 가벼운 웃음을 띠었다.

2

저녁 식사가 끝난 다음 브오로쟈는 예습을 하기 위해 자기 방으
로 들어갔다. 어머니는 브오로쟈가 부자유스럽지 않을까하며 신경을
쓰고 있었기 때문에 그의 방에는 갖춰야 할 물건을 무엇이든지 모
두 갖춰 주고 있었다. 자기 방안에 있으면 브오로쟈를 훼방하는 것
은 아무것도 없었다. 어머니조차도 이 시간에는 그의 방을 기웃거리
는 일이 없었다. 그 시간이 좀더 늦은 다음에, 만약 브오로쟈의 공
부를 도와줄 필요가 있을 경우, 찾아올 것이다.
브오로쟈는 성실하여 이른바 모범생이었다. 그런데 오늘은 공부
할 생각이 들지 않았다. 어떤 과목을 펴놓더라도 어쩐지 공부하기
싫은 생각만 드는 것이었다. 그 과목의 교사(教師)라든가 ─ 또는
교사가 불쑥불쑥 토해내는 ─ 어린 마음의 깊숙한 속에서 치유하기
어려운 상처를 남기게 되는, 난폭한 말이 자꾸만 떠오르는 것이었다.
어찌된 일인지 요즈음 어느 수업에서도 열심히 하고 싶은 생각이
들지 아니했다.
선생님들은 컨디션이 안좋은 듯, 업무의 성과가 오르지 않는 것
같았다. 그들의 하기 싫어하는 기분이 브오로쟈에게도 전염이 되어
이제는 책이나 노트의 페이지를 펴놓고만 있어도 우울해지고 막연
한 불안감에 사로잡히곤 하는 것이었다.
한 과목에서 다른 과목, 그리고 또 다음 과목으로 그는 허둥지둥
옮겨갔다. 그리고 내일, 학교에서 '멍청이'가 되지 않기 위해서는 서

둘러서 끝내지 않으면 안되는 몇몇 가지의 자질구레한 일들이 아른거리는데 그런 것들이 무의미하고 불필요한 것처럼 생각되어, 그를 초조하게 만들었다. 그는 지루함과 허무함을 견디다 못해 하품을 하기 시작했고, 의자 위에서 안절부절못하며 몸을 움직이는가 하면 다리를 흔들어댔다.

그러나 이런 숙제들은 모두 무슨 일이 있더라도 다하지 않으면 안된다는 것, 그리고 이것은 대단히 중요해서 그의 운명 전체를 좌우할 수도 있다는 점을 브오로쟈는 잘 알고 있었다. 그래서 그는 지루하기는 했지만 성의껏 공부를 하고 있었던 것이다.

브오로쟈는 노트에 작은 얼룩이 지자 펜을 놓았다. 자세히 살펴본 끝에 이 얼룩은 펜나이프로 긁어낼 수 있다는 생각을 했다. 기발한 아이디어를 떠올렸다는 점이 브오로쟈로서는 대단히 기뻤다. 책상 위에 나이프는 없었다.

브오로쟈는 주머니 속에 손을 넣고 찾아보았다. 남자에게는 흔히 있는 것처럼 먼지와 각종 부스러기가 잔뜩 들어있는 주머니 속에서, 그는 나이프를 찾아내고 그것을 꺼냈다. 그러자 나이프와 함께 작은 책 비슷한 것도 나왔다.

브오로쟈는 손에 잡히는 것이 무엇인지 처음에는 몰랐지만 그것을 다 끄집어내기도 전에 그것이 그림자 그림책이란 것을 알아차렸다. 그는 이 뜻밖의 것에 기뻐했으며 신바람이 저절로 나는 것이었다.

'그래, 이것은 바로 그 책이야.'

그는 공부를 하고 있는 동안에 그것을 까맣게 잊고 있었던 것이다.

그는 의자에서 벌떡 일어나자 램프를 벽에 가까이 걸어놓고, 누가 들어오지 않나 하여 닫아놓은 문을 곁눈질로 힐끔힐끔 바라보았다.

그런 다음 책 속의 그 페이지를 펴놓고, 첫번째 그림을 바라보면서
그 그림대로 손가락을 맞춰보았다. 처음에는 그림자가 뜻대로 만들
어지지 않았다. 한참만에야 가까스로 방의 하얀 벽지에 뿔과 같은
모자를 쓴 여자의 얼굴을 만들었다.

브오로쟈는 즐거웠다. 그는 손을 굽히고 손가락을 가볍게 움직였
다. 그러자 얼굴이 인사도 하고 미소를 짓기도 하고 묘하게 일그러
지기도 하였다.

브오로쟈는 두 번째 그림자 그림을 만들어 보았고 세 번째 그림
자 그림도 만들어 보았다. 그것들은 한결같이 처음에는 잘 만들어지
지 않았지만 그래도 브오로쟈는 노력하여 끝까지 만들어 보았다.

이런 짓을 하면서 그는 반 시간이나 보내면서, 공부와 김나지움과
이세상의 모든 일을 잊고 있었다.

그때 뜻밖에도 문밖에서 낯익은 발짝 소리가 들려왔다. 브오로쟈
는 깜짝 놀라며 책을 주머니 속에 쑤셔넣은 다음 위험하게도 램프
를 뒤집어 엎을 뻔하면서 재빨리 그것을 원위치에 갖다놓자 자리에
앉아서 노트 위에 몸을 구부리었다. 그때 어머니가 들어왔다.

"브오로쟈, 차를 마시자."

브오로쟈는 얼룩이 진 것을 내려다보면서 나이프를 펴는 시늉을
했다. 어머니는 그의 머리를 쓰다듬어 주었다. 브오로쟈는 나이프를
내려놓고 새빨개진 얼굴로 어머니를 올려다보았다. 어머니는 아무
눈치도 채지 못한 것 같았다. 그것은 브오로쟈에게는 행운이었다.
그러나 역시 바보스런 짓을 하다가 들킨 때처럼 심히 부끄러웠다.

3

식당 한복판의 둥근 테이블 위에서 사모바르(러시아 특유의 물
끓이는 기구)가 부글부글대면서 조용히 노래부르고 있었다. 늘어진

램프의 불빛이 하얀 테이블클로스와 어두운 벽지를 졸린 분위기로
가득 채우고 있었다.

어머니는 예쁘고 창백한 얼굴을 테이블 쪽에 숙이고 무엇인가 깊
은 생각에 잠겨 있었다. 브오로쟈는 테이블에 손을 놓고 컵 속을 스
푼으로 휘저었다. 단물이 차 속에서 뒤섞이면서 자디잔 거품이 표면
에 떠올랐다. 은(銀) 스푼은 조용한 소리를 냈다.

뜨거운 물이 물보라를 일으켰고 사모바르 주둥이에서 어머니의
컵에 딸려졌다. 차 속에 녹아들었던 희미한 그림자가 스푼에서 받침
접시와 테이블클로스로 옮겨졌다.

브오로쟈는 그 그림자를 바라보았다. 단물과 가벼운 공기방울이
비춰 주는 그림자 속에서 그것은 무엇인가를 생각나게 했는데 그것
이 무엇인지 브오로쟈로서는 알 수가 없었다. 고개를 숙이면서 스푼
을 뒤집어 손가락으로 문질러 보았지만 아무것도 없었다.

'그렇더라도……'

그는 끈질기게 생각해 보았다.

'그래, 꼭 손가락이 아니더라도 그림자 그림을 만들 수 있구나. 그
어떤 것으로도 만들 수가 있어. 연습을 해야겠지만……'

그리고 브오로쟈는 사모바르와 의자, 어머니의 머리 그림자라든
가, 식기 등이 테이블에 만들어 내는 그림자를 골똘히 바라보기 시
작했다. 그러자 여러 가지의 그림자가 어떤 형태와 비슷한 모양을
만들어 냈는데 그것이 어떤 모양인지 찾아내기 위해 반드시 생각을
깊이 했다. 어머니가 뭐라고 말했는데 브오로쟈는 그 말을 유심히
듣지 아니했다.

"로샤 시토니코프는 공부를 열심히 하는지 모르겠구나."

어머니가 말했다.

브오로쟈는 이때 우유가 든 병의 그림자를 바라보고 있는 중이었

다. 그는 정신을 차리고 당황하며 대답했다.

"고양이를 그대로 닮았네."

"브오로쟈! 너, 아직도 졸고 있는 거냐!"

어머니는 깜짝 놀라며 물었다.

"고양이라니?"

브오로쟈는 얼굴이 빨개졌다.

"예? 예. 모르겠습니다. 나는 어떻게 된 것 같습니다."

그는 말했다.

"죄송합니다, 어머니. 듣지 않고 있었습니다."

4

다음날 밤. 차 마시는 시간 전에 브오로쟈는 또다시 그림자 생각을 했고 그것을 만들기 시작했다. 아무리 손가락을 폈다 구부렸다 해도 잘 만들어지지 않는 그림자가 있었다. 브오로쟈는 그 놀이에 열중하던 나머지 어머니가 가까이 다가오는 것도 모르고 있었다.

문이 삐걱 소리를 내면서 열리는 소리를 듣고 그는 주머니 속에 얼른 책을 쑤셔넣자마자 벽에서 돌아섰다. 하지만 어머니는 그의 손을 보고 말았다. 그녀의 커다란 눈에 놀란 빛과 불안한 빛이 함께 떠올랐다.

"무슨 짓을 하고 있는 거니? 브오로쟈! 무얼 숨기는 게야?"

"예, 아무것도 아닙니다."

얼굴이 빨개지면서 우물쭈물 중얼거리는 브오로쟈였다.

어머니는 브오로쟈가 담배를 피려고 하다가 그 담배를 감춘 것으로 생각했다.

"브오로쟈, 네가 감춘 것을 어서 이리 내봐!"

어머니는 떨리는 목소리로 말했다.

"어머니! 정말 아무것도……."

어머니는 브오로쟈의 팔꿈치를 잡았다.

"그럼 내가 네 주머니를 뒤져볼까?"

브오로쟈는 아까보다 얼굴이 더 빨개지면서 주머니에 손을 넣어
책을 꺼냈다.

"이것입니다."

그는 말하면서 책을 어머니에게 내밀었다.

"이게 대체 뭐냐?"

"예……."

그는 설명했다.

"여기 그림이 있지요? 이 그림자 그림 말이에요. 그래서 나는 이
그림자를 벽에 비춰보려고 했는데 잘 안되네요."

"어머! 이따위 것을 숨길 필요가 뭐냐?"

어머니는 안심이 된다는 듯 이렇게 말했다.

"어떤 그림자냐? 내게도 좀 보여다오."

브오로쟈는 부끄러웠지만 시키는 대로 어머니에게 그림자를 보여
주기 시작했다.

"이것은 대머리 신사의 얼굴이구요, 이것은 토끼의 머리예요."

"아이구 애도 참!"

어머니가 말했다.

"이런 짓을 하면서 공부를 했단 말이냐?"

"조금밖에 안했어요, 어머니."

"조금밖에 안했다고? 그런데 왜 얼굴이 빨개졌어? 좋다. 하지
만 너는 해야 할 일을 틀림없이 하는 아이였지. 무슨 말인지
알겠니?"

어머니는 브오로쟈의 짧은 머리카락을 쓰다듬어서 수세미로 만들

고 말았다. 브오로쟈는 피식 웃으면서 달아오른 얼굴을 어머니의 겨드랑이에 숨겼다.

어머니는 나갔다. 하지만 브오로쟈는 여전히 찜찜했다. 만약 친구가 이런 짓을 하고 있는 것을 보았더라면 비웃어 주었을 것임에 틀림없었는데 그런 짓을 자기가 하다가 어머니에게 들키고 만 것이다. 브오로쟈는 자신이 영리한 아이라고 생각했었으며 자신은 성실하다고도 생각했었는데, 이런 놀이는 여자아이들이나 함께 모여서 하는 놀이였기 때문이다.

그는 그림자 그림책을 책상 서랍 깊숙이 넣어두고 1주일 이상이나 그곳에서 꺼내지 않았으며 그림자놀이도 1주일 동안 거의 생각하지 않았었다. 단지 밤이 되면 한 과목에서 다음 과목으로 넘어갈 때 뿔과 같은 영양(令孃)의 모자를 상기하면서 웃음을 띠기는 했었다. 때로는 서랍에 손을 디밀어 책을 꺼내려고 한 적도 있었지만 어머니에게 들켰을 때의 일을 생각하면 부끄러워서 얼른 하던 공부를 다시 하는 것이었다.

5

브오로쟈와 그의 어머니 에브게냐 스테파노부나는 현청(縣廳) 소재지의 마을 변두리에 있는 외딴 집에 살고 있었다. 에브게냐 스테파노부나는 미망인이 된 지 벌써 9년이 된다. 지금 35세이지만 아직 젊고 예뻤다. 그리고 브오로쟈는 어머니를 진심으로 사랑하고 있었다.

그녀는 오로지 아들을 위해서만 살아가고 있었다. 그를 위해 그리스·라틴어를 배웠고, 그의 학교에 대한 걱정에 마음을 쏟고 있었다. 그녀는 조용하고 상냥했는데 그 창백한 얼굴에서 부드럽게 빛나는 커다란 눈은, 마음 탓인지 두려움으로 세상을 바라보고 있었다.

이 모자(母子)는 하녀 한 사람과 셋이서 살아가고 있었다. 프라스코비야는 무뚝뚝한 동네 과부로서 힘이 세고 고집도 셌다. 45세 정도였는데 그 무거운 입은 백 살 먹은 노파 같았다. 검은 구름이 끼어 있어서 마치 돌덩어리와 같은 그녀의 얼굴을 보면 브오로쟈는 그럴 때마다 그녀가 무엇을 생각하고 있는지 알고 싶어지곤 했다.

긴긴 겨울 밤, 부엌에서 뜨개질 바늘이 이따금 희미한 소리를 내며 그녀의 뼈투성이인 손 안에서 규칙적으로 움직여 가고, 건조한 입술이 소리도 없이 숫자를 세어가고 있을 경우, 그녀가 상기하는 것은 모주망태였던 남편일까? 아니면 어려서 죽은 자식일까? 혹은 또 그녀의 앞에 떠오르는 것은 고독하고 의지할 데 없는 노년기(老年期)일까?

화석(化石)처럼 굳어 버린 그녀의 얼굴은 험악하기 짝이 없다.

6

가을철의 긴긴 밤 ─ . 밖에서는 비가 내리고 바람이 심하게 불고 있었다.

브오로쟈는 몹시 지루했다. 램프는 무표정하게 타고 있었다. 브오로쟈는 왼쪽 팔꿈치를 책상에 받치고 앉아서 방안의 새하얀 벽을, 그리고 창문의 하얀 커튼을 바라보고 있었다.

벽지 위에 그려진 새파란 꽃은 보이지 않았다……. 지루하기만 한 파란 꽃…….

하얀 삿갓이 램프빛을 다소 차단하고 있었다. 방안 위쪽 상반부(上半部)는 희미해져 있었다.

브오로쟈는 오른손을 위로 뻗어 올렸다. 램프 삿갓 때문에 희미해진 벽에 기다란 그림자가 뻗어 있었다. 그것은 윤곽이 확실치 않았다.

타락과 슬픔으로 가득 차있는 이세상에서 하늘 위로 날아 올라가는 천사(天使)의 그림자, 커다란 날개를 가지고 있으면서 불쑥 내민 가슴에, 슬픔으로 고개를 틀어박은 그림자가 비춰고 있었다.

천사는 그 부드러운 손으로 이세상에서 소중한, 그러나 그 누구도 돌아보지 않았던 무엇인가를 가지고 가는 것이 아닐까?

브오로쟈는 길게 한숨을 내쉬었다. 그의 손은 맥이 빠진 듯 축 늘어져 있었다. 그는 책을 향하여 지긋지긋하다는 듯 눈길을 주었다.

가을철의 긴긴 밤…… 싫증이 날 것 같은 새파란 꽃…… 벽 저편에는 울음소리와 중얼대는 소리…….

7

어머니는 브오로쟈가 그림자 그림 놀이 하는 것을 또 발견했다. 이번에는 황소 머리 그림자가 기가 막히게 잘 만들어졌으므로 그것에 정신이 팔리어, 황소의 머리를 늘려보기로 하고 또 황소가 우는 시늉도 내보았다.

그러나 어머니는 마음이 언짢은 표정이었다.

"공부는 전혀 안하는구나."

그녀는 나무라듯 말했다.

"그림자놀이를 조금 했을 뿐입니다, 어머니."

우물쭈물하면서 그는 중얼거렸다.

"그런 놀이는 공부를 한 다음에 해도 되잖니?"

그리고 어머니는 계속 말했다.

"너는 이제 어린아이가 아니야. 그런 바보 같은 짓만 하다니…… 부끄럽지도 않으냐?"

"어머니, 이제 안할게요."

그런데 브오로쟈로서는 그 약속을 지키기가 어려웠다. 그는 이 그림자 그림 만들기가 마음에 들고 신이 나서, 자기가 좋아하는 과목을 공부할 때에도 그 놀이를 하고 싶어지는 것이었다.

이 악희(惡戲)를 하기 위해 많은 시간을 빼앗겨서 수업의 예습을 충분하게 하지 못하는 날도 있었다. 그런 때에는 시간을 보충하기 위하여 잠자는 시간을 줄이지 않을 수 없었다. 그렇다고 해서 이 재미있는 놀이를 어찌 하지 않을 수 있단 말인가 — .

브오로쟈는 새로운 모양을 만들어 낼 수 있었다. 그것도 손가락만을 사용하는 것이 아니었다. 그 모양들은 벽 위에서 살고 있어서, 브오로쟈로서는 때로 이 그림자들이 자신과 재미있는 이야기를 주고받는 것처럼 생각되기도 하는 것이었다. 그는 이전부터 대공상가(大空想家)였기는 하지만 — .

8

밤이다. 브오로쟈의 방은 어둡다. 그는 침대에 누웠는데 잠이 오지 않았다. 브오로쟈는 벌렁 드러누워서 천장을 바라보았다.

거리를 누군가가, 램프를 들고 걸어간다. 그러자 사람 그림자가 램프불의 빨간 점(点)에 싸여서 천장을 살짝 스쳐서 간다. 통행인의 손에서 램프가 흔들리는 것을 알 수 있다. 그림자가 불규칙적으로 부들부들 떨 듯이 흔들리고 있는 것이다.

브오로쟈는 어쩐지 기분이 나쁘고 무서운 생각이 들었다. 그는 담요를 얼른 끌어다가 덮고 온몸을 떨면서 재빨리 오른쪽으로 돌아누웠고 공상에 빠지기 시작했다.

몸이 따뜻해져서 마음이 편안해지자 머리속에 사랑스럽고 순진한 공상이 떠오른다. 그것은 잠을 청하는 징후의 공상이다.

침대에 들어가면, 그는 갑자기 두려워지는 수가 있다. 마치 자기가 작아지고 또 약해지는 것처럼 — . 그러나 베개에 얼굴을 파묻

으면 여려졌던 마음은 사라지고 차츰 상냥해지든가 어머니를 끌어
안고 키스하고 싶어지는 것이다.

9

회색 황혼이 짙어졌다. 그림자는 녹아가고 있었다. 브오로쟈는 서
글퍼졌다.

그러나 램프가 여기에 있다. 책상에 깔려 있는 녹색 나사지(羅紗
地) 위에 빛이 쏟아지고, 벽에는 희미하고 사랑스런 그림자가 살며
시 비치었다.

브오로쟈는 기쁨과 생기가 용솟음치는 것을 느끼면서 슬며시 회
색 책을 꺼냈다.

황소는 울고…… 영양(令孃)은 깔깔대며 웃는다…… 대머리 신
사는 그 심술궂은 둥근 눈을 부릅뜨게 될 것이다.

그밖에 자기가 만들어 낸 것들 ─ .

초원(草原), 자루를 멘 나그네. 슬픈 노래를 부르는 나그네의 노
랫소리가 들려오는 것 같다…….

브오로쟈는 기쁘기도 했고 슬프기도 했다.

10

“브오로쟈! 내가 이 책을 네 방에서 발견한 것이 벌써 세 번째
다! 어떻게 된 거냐? 너는 매일 밤마다 네 손가락에 푹 빠져 있
구나!”

브오로쟈는 악희(惡戲)를 하다가 들킨 아이처럼 책상 옆에 서서
열이 나는 손가락으로 책을 만지작거리고 있었다.

“그 책 이리 내라!”

어머니는 말했다.

브오로쟈는 당황하여 그녀에게 책을 건넸다. 어머니는 책을 받아 들자 잠자코 나갔다. 브오로쟈는 노트를 펴면서 책상 앞에 앉았다.

그는 자기 고집대로 놀다가 어머니를 근심하게 한 것이 못내 부끄러웠고 또 어머니에게 책을 뺏긴 것이 후회스러웠다. 그리고 이처럼 사태가 악화된 것은 스스로 그런 일을 초래케 한 것이어서 더욱 후회스러웠다.

그는 심히 서먹서먹해졌으며 어머니에 대한 분노가 치밀기도 했다. 그러나 어머니에게 화를 낸다는 것은 부끄러웠다. 하지만 그는 화를 내지 않을 수가 없었다. 더구나 화를 낸다는 그 자체가 언짢았기 때문에 화가 더 나는 것이었다.

'그까짓 것 뺏기면 어때.'

그는 결국 이렇게 생각했다.

'책 같은 것은 없더라도 문제없어.'

실제로 브오로쟈는 이미 그림자 모양을 모두 외우고 있었으며, 책은 다만 틀리지 않기 위하여 사용하는 데 지나지 않았던 것이다.

11

어머니는 그림자 그림이 실려 있는 책을 자기 방으로 가져오자 그것을 펼쳐 보았다. 그리고 생각에 잠겼다.

'어찌하여 이런 것을 그토록 재미있어 하는지 모르겠네.'

그녀는 또 생각했다.

'그 아이는 머리도 좋고 착한 아이인데……. 그런 애가 이런 바보 같은 것에 골몰하다니…….'

'대체 어찌된 일일까?'

그녀는 자기자신에게 물어보았다.

기묘한 불안감이 그녀의 마음속에서 싹텄다. 그것은 이 검은색 그림들에 대한 적의(敵意)도 아니었고 두려움도 아닌 감정이었다.

그녀는 일어나서 밀랍 초에 불을 붙였다. 그리고 회색 책을 손에 든 채 벽으로 다가가자 우울한 마음으로 멈춰섰다.

'자아, 이것이 어떤 것인지 확인을 해봐야지.'

그녀는 결심을 했다. 그리고 그림자를 비치기 시작했다. 첫번째부터 마지막 것까지 — .

그녀는 자기가 만들려고 하는 모양이 제대로 나타날 때까지 끈기 있게, 그리고 주의깊게 손가락을 맞추고 손을 구부려 나갔다. 불안감을 조성해내는 것과 같은 겁이 나는 감정이 그녀의 마음속에서 솟구쳐 올랐다. 그녀는 이 감정을 뿌리치려고 애썼다.

그러나 불안감은 더욱 커졌고 그녀를 사로잡는 것이었다. 그녀의 손은 떨렸고 이념(理念)은 삶의 희미한 어둠에 흔들리어 두려움과 슬픔을 향해 달려가고 있었다.

그때 돌연 아들의 발짝 소리가 들려왔다. 그녀는 깜짝 놀라며 몸을 떨었고, 책을 감추는 한편 촛불을 껐다. 브오로쟈가 들어왔다. 어머니가 그를 무서운 눈으로 바라보면서 벽 옆에 어색한 자세로 서 있는 것을 본 그는 문지방 옆에서 멈춰섰다.

"어떻게 된 거냐?"

어머니는 엄숙하고 동요되는 목소리로 물었다.

어슴푸레한 예감이 브오로쟈의 머리를 스쳐갔는데 브오로쟈는 그것을 얼른 떨쳐 버리고 어머니와 이야기를 나누었다.

12

브오로쟈는 갔다.

어머니는 방안을 몇번이나 왔다갔다하고 있었다. 그녀는 배후의 방바닥 위에 자기 그림자가 움직이고 있는 것을 알아차렸다. 기묘한 일이었다! 그녀는 난생 처음 이 그림자에 당혹하고 말았던 것이다.
그림자가 존재한다는 생각은 끊임없이 그녀의 머리에 떠오르고 있
었다. 에브게냐 스테파노부나는 어떻게 된 일인지 이런 생각을 두려
워하며, 그림자를 안보겠다고까지 말했다.

그래도 그림자는 그녀의 뒤를 따라오면서 그녀를 안절부절못하게
만들었다. 에브게냐 스테파노부나는 억지로 다른 것을 생각해 보려
고 했지만 그렇게 되지는 않았다.

그녀는 급히 멈춰섰다. 창백한 얼굴과 불안감에 싸여서 ─ .

"그림자? 그림자라면 지겹다니까!"

그녀는 소리내어 이렇게 절규하고 묘하게 안절부절못하며 발을
굴러 소리를 냈다.

"그게 어떻게 되었다는 게야? 그게 뭔 말야?"

그러나 이런 식으로 절규하거나 발을 구르는 것이 바보스런 짓임
을 알게 된 그녀는 곧 조용히 있었다.

그녀는 거울 옆으로 다가갔다. 그 얼굴은 평소보다 더 창백했고
입술은 겁이 나서 증오로 떨리고 있었다.

'신경증(神經症)이야!'

그녀는 이렇게 생각했다.

'안정하도록 힘을 써야지.'

13

황혼이 내렸다. 브오로쟈는 공상에 젖어 있었다.

"브오로쟈, 산보하러 나가자."

어머니가 말했다.

하지만 거리에도 살며시 깔리는 황혼때의 그림자가 도처에 나타
나 있었다. 그리고 이 그림자들이 어쩐지 그리움과 서글픔을 브오로

쟈에게 속삭여 주는 것이었다. 연무(煙霧)가 낀 하늘에 두어 개의 별이 나타났는데 그것은 브오로쟈에게 있어서도, 그리고 그를 둘러 싸는 그림자에게 있어서도 너무나 멀어서 인연이 없는 것이었다.

그러나 브오로쟈는 어머니의 마음이 밝아지도록 별을 생각하기 시작했다. 이 별들만이 그림자와 인연이 없는 것이었기 때문이다.

"어머니!"

어머니가 무슨 말을 하려는 것을 가로챘음을 알아차리지 못한 채 그는 말했다.

"저 별이 있는 곳까지 갈 수 없는 것이 유감이네요."

어머니는 하늘을 올려다보면서 말했다.

"그런 일이 없더라도 괜찮다. 우리는 이 지상(地上)에 있으면 되는 거야. 그곳은 별세계(別世界)란다."

"저 별들의 빛은 왜 저토록 약한 것일까요? 하지만 그런 편이 오히려 낫네요."

"왜?"

"만약 저 별들의 빛이 더 강하다면 그 빛으로 인하여 그림자가 생길 게 아닙니까?"

"너도 참! 브오로쟈, 대체 너는 언제까지 그림자 생각만 하고 있을 거니?"

"그건 저도 모르겠습니다, 어머니."

브오로쟈는 후회하는 듯한 목소리로 말했다.

14

브오로쟈는 그러면서도 아직은 수업의 예습을 착실하게 하려고 노력하고 있었다. 태만함으로써 어머니를 슬프게 해드리면 안되겠다고 생각했던 것이다. 그러나 그는 기괴한 그림자를 새롭게 비춰 보

겠다며 매일 밤 책상 위에 여러 가지 물건을 쌓아올리는 데 있는 공
상력을 모두 짜내는 것이었다.

이런 식으로 하여 그곳에 있는 물건 모두를 잡히는 대로 쌓아올
려 보고, 하얀 벽 위에 의미있는 모양을 가진 그림자가 나타나면 기
뻐하곤 했다. 이런 그림자들의 모양은 그에게 있어 친숙하기 다시없
는 것들이었다. 그림자는 모두 무언(無言)이 아니라 말을 걸어왔다.
그리고 브오로쟈에게는 희미하게 속삭이는 그 말이 들리는 것이었
다. 이해할 수도 있었고 ─ .

떨리는 손으로 단장을 짚고, 구부러진 등에 자루를 짊어지고 넓은
길을 가을철의 질퍽거리는 곳을 향해서 가는 나그네가 무슨 말로
호소하고 있는지 그는 알 수 있었다.

눈이 덮인 겨울철의 고요 속에 잠긴 숲이 찬바람에 나뭇가지가
마구 흔들거리며 무엇을 떨어뜨리려는지, 늙은 떡갈나무 위에 느긋
하게 앉아 있는 갈까마귀는 뭐라며 울고 있는지, 나뭇가지 위에서
바쁘게 움직이는 다람쥐는 무엇을 호소하고 있는지 그로서는 알 수
있었다.

의지할 곳 없는 늙은이 ─ 넝마를 걸치고 있는 거지 노파가 음울
한 가을바람을 쐬면서 좋은 묘지의 기울어진 십자가라든가 시름없
는 묘지 사이에서 벌벌 떨며 우는데 무슨 말을 중얼거리고 있는지
그는 알 수 있었다.

자아(自我)를 잊고 자신의 몸을 돌볼 것 같지도 않은 적막한 분
위기에 사로잡혀 있었다.

15

어머니는 브오로쟈가 악희(惡戲)를 계속하고 있다는 것을 잘 알
고 있었다. 식사할 때 그녀는 말했다.

"브오로쟈, 네가 다른 것에 흥미를 가져 주었으면 한다."

"다른 것이라니, 어떤 것에요?"

"책을 읽는다든가……."

"하지만 책을 들고 읽고자 하면 역시 …… 그림자 그림이 머리속에 떠오르면서 떠나지를 않는 겁니다."

"뭔가 다른 놀이를 찾아냈으면 한다만은 ─ . 비누방울 놀이라든가 ─ ."

브오로쟈는 쓸쓸하게 웃었다.

"하지만 비누방울을 날려도 역시 그림자가 생기는 걸요."

"브오로쟈, 너 그렇게 그림자만 생각하다가는 신경이 이상해지고 말 거야. 엄마는 잘 알고 있어요. 너는 그런 것만 생각했기 때문에 지금 많이 여위었다구."

"어머니는 너무 과장하는 것 같아요."

"그렇지 않다. 엄마는 잘 알고 있어. 너 밤마다 잠을 충분히 안자지? 그리고 헛소리를 하는 일도 있어. 자아, 생각해 봐라. 그러다가 만약 병이라도 나면 어떡하니?"

"설마 그런 일이 ……."

"그래, 병이라도 난다면 큰일이고 ─ 정신이상에 걸린다든가 죽거나 하면 어떡해? 그런 일이 있다면 나는 슬퍼서 살 수 없을 거야."

"어머니, 저는 죽거나 정신이상에 걸리지 않아요. 앞으로는 절대로 안하겠습니다."

어머니는 브오로쟈가 벌써 울고 있는 것을 알아차렸다.

"자아, 됐다. 이제 됐어."

그녀는 말했다.

"됐다니까, 이제 됐어. 그것 봐라. 너는 이처럼 신경질이 되잖았니. 금방 울기도 하고 웃기도 하고 ……."

16

어머니는 걱정스럽다는 표정으로 브오로쟈를 물끄러미 바라보고 있었다. 이제는 아무리 사소한 일이더라도 그녀에게 불안감을 일도록 하는 것이었다.

그녀는 브오로쟈의 얼굴에서 불균형을 찾아냈다. 한쪽 귀가 다른 쪽 귀보다 위로 올라갔고 턱이 다소 옆으로 비틀어져 있었다. 어머니는 거울을 들여다보면서 브오로쟈가 그런 점까지 자기를 닮고 있다는 것을 알아차렸다.

그녀는 생각했다.

'이것은 좋지 않은 유전(遺傳)의 징후로서, 퇴화(退化)가 나타나지 않는 것인지도 모르겠어. 그렇다면 대체 누가, 이 좋지 않은 유전의 근원일까? 나도 그렇게 균형이 안잡혀 있는 것인지도 모르지. 아니면 저 애의 아버지가 그럴는지도 모르겠고'

에브게냐 스테파노부나는 세상을 떠난 남편을 떠올렸다. 그 사람은 선량하고 부드러운 사람이었는데 의지가 약하고, 정열에 휘말리어 열광하는 일이 많았다. 그런가 하면 신비적인 것에 매혹되어 보다 좋은 사회제도를 꿈꾸고 민중(民衆) 속으로 뛰어들기도 했다. 하지만 그 만년(晚年)에는 완전히 술에 빠지고 말았다. 그는 젊어서 세상을 떠났다. 35세의 나이였다.

어머니는 아들을 병원에까지 데리고 갔고 질병에 대하여 자세한 설명을 했다. 의사는 아직 젊은 나이인데다가 낙천가였는데 그녀의 이야기를 다 듣고는 웃으면서 농담을 섞어가며 식이요법(食餌療法)과 생활태도에 관한 충고를 주었다. 그리고 흔한 물약 처방전을 가볍게 쓴 다음 브오로쟈의 등을 가볍게 두드리며 장난기 어린 말을 덧붙였다.

"그러나 제일 좋은 약은 매로 때려주는 것입니다."

어머니는 브오로쟈에 대하여 그런 말을 듣게 된 점에 대하여 화가 났지만 다른 충고에 대해서는 의사의 지시에 따랐다.

17

브오로쟈는 교실에 앉아 있었다. 지루하기 짝이 없었다. 그는 선생님의 설명을 제대로 듣고 있지 않았다.

그는 눈을 들었다. 그러자 정면의 벽과 연결되는 천장에서 그림자가 움직이고 있었다. 브오로쟈는 제일 끝쪽의 창문에서 그 그림자가 들어온다는 것을 알아차렸다. 처음에는 그것이 창문에서 교실 한복판으로 비춰 들어왔는데 이윽고 브오로쟈가 있는 곳에서 재빠르게 앞쪽 벽으로 미끄러져 갔다.

틀림없이 창문 아래의 거리를 누군가가 걸어가고 있는 것이다. 아직도 이 그림자가 움직이고 있을 때에 두 번째 창문으로 또 하나의 그림자가 들어오는데 역시 처음에는 배후의 벽에 비추었는데 이어서 정면의 벽으로 돌아갔다. 똑같은 상황이 제3, 제4의 창문에서도 반복되었다. 그림자들은 교실의 천장에 비추었는데 통행인이 앞으로 걸어감에 따라서 뒤로 뻗어가는 것이었다.

'그렇다.'

브오로쟈는 생각했다.

'이것은 밖으로 개방된 장소에서 사람 뒤로 그림자가 따라서 서서히 가는 것과는 다른 것이야. 그래, 사람이 앞으로 나아가면 그림자는 뒤쪽으로 미끄러져 간다구. 그리고 다음 그림자가 앞쪽에서 또 나타나서 사람을 따라가는 거야.'

브오로쟈는 표정이 없는 선생님의 모습으로 시선을 옮겼다. 선

생님의 노랗고 쌀쌀한 얼굴이 브오로쟈를 안절부절못하게 만들었
다. 브오로쟈는 그의 그림자를 찾다가 선생님의 의자 뒤쪽 벽에 그
그림자를 발견했다. 그림자는 추하게 구부러지면서 흔들거리고 있
었다.

그러나 거기에는 노란 얼굴도, 심술궂은 조소(嘲笑)도 떠오르지
않았으므로 브오로쟈는 그것을 보는 것이 즐거웠다. 그의 생각은 어
딘지 먼곳으로 달려갔기 때문에 이제 아무것도 들리지 않았다.

"로브레프!"

선생님이 그를 불렀다.

브오로쟈는 평소와 같이 일어서서 멍청하게 선생님을 바라보고
있었다. 그가 너무나 멍청한 태도를 취하고 있었으므로 급우(級友)
들은 웃음을 터뜨렸고 선생님은 표정이 험해졌다. 그리고 브오로쟈
는 선생님이 비아냥대며 은근히 그를 비웃는 것을 들었다. 브오로쟈
는 분노와 무기력감으로 떨고 있었다. 그런 다음 선생님은, 아무것
도 모르면서 수업을 제대로 받지 않았기 때문에 그에게 낙제점수를
주겠노라고 언명했다. 그리고서야 앉으라고 했다.

브오로쟈는 얼간이처럼 웃음을 띠고 자기자신에게 어떤 일이 일
어났는지 생각하려고 했다.

18

낙제점수라니 — 브오로쟈의 인생에서 처음 있는 일이었다.

브오로쟈에게 있어 이 일은 아무리 생각해 봐도 묘한 느낌이었다.

"로브레프!"

동급생이 그를 놀리면서 웃어댔다.

"낙제점을 받다니! 축하한다!"

브오로쟈는 창피했다. 그는 이런 때에 어찌해야 좋을지 알 수가 없었다.

"그래서 어떻다는 거니?"

그는 괘씸하다는 듯 말했다.

"네가 상관할 일이 아냐!"

그때 게으름뱅이 스네기로프가 그에게 외쳤다.

"로브레프, 동료가 하나 생겼구나."

처음으로 받는 낙제점수이다. 그래도 어머니에게 보여드리지 않을 수 없었다. 그것은 한심하고 기가 막히는 일이 아닐 수 없었다. 브오로쟈는 가방을 등에 맸다. 오늘따라 가방이 기묘하게 무거운 것처럼 느껴졌고 안좋은 것이 듬뿍 들어 있는 것 같았다. 이 낙제점이 그의 의식에 아주 나쁘게 작용하여 그의 머리속은 아무리 좋은 것이더라도 떠오르지 아니했다.

'낙제점수라니!'

그는 낙제점이란 생각에 아무래도 마음이 안정되지 아니했지만, 그렇다고 해서 묘한 대책이 없었다. 김나지움 가까운 곳에 서있는 경찰관이 평소와 같은 엄격한 눈초리로 그를 바라보았을 때 브오로쟈는 어쩐지 이런 생각이 들었다.

'내가 낙제점 받은 것을 알고 있는 것일까?'

그것은 한심하기 짝이 없고 기가 막히는 일이어서 브오로쟈는 어떻게 머리를 들고 팔을 어떻게 흔들어야 좋을지 모를 정도였다. 아주 어색함이 그의 몸에 스며들었다.

그런데다가 급우들 앞에서는 아무 일도 없었다는 듯 태연한 표정을 짓고 다른 이야기를 화제로 삼지 않으면 안되었던 것이다.

급우들! 브오로쟈는 그들이 모두 자기의 낙제점을 아주 기뻐할 것이라고 생각하기에 이르렀다.

19

어머니는 낙제점수를 보자 의아하다는 눈으로 브오로쟈를 바라보다가 다시 성적표를 바라보았다. 그리고 조용한 목소리로 탄식하며 말했다.

"브오로쟈!"

브오로쟈는 어머니 앞에 섰는데 움츠리고 말았다. 그는 어머니가 입고 있는 옷의 주름과 창백한 손을 바라보고 있었는데 그녀의 겁먹은 눈초리가 움찔거리는 자기 눈꺼풀에서 느껴졌다.

"이것, 어떻게 된 거냐?"

어머니가 물었다.

"예, 엄마."

브오로쟈가 갑자기 지껄이기 시작했다.

"하지만 처음 있는 일입니다."

"처음이라니?"

"예, 이런 일은 누구에게나 있을 수 있는 일입니다. 그리고 아주 작은 실수로 그렇게 된 겁니다."

"오오, 브오로쟈, 브오로쟈!"

브오로쟈는 눈물을 흘리며 어린아이처럼 손가락으로 눈물을 문질러댔다.

"엄마, 화내지 마세요."

그는 속삭였다.

"네가 그 그림자 따위에 열중했기 때문이야!"

어머니는 말했다. 어머니의 목소리에 울음이 섞여 있다는 것을 브오로쟈는 알아차렸다. 그는 가슴이 저며오는 것 같았다. 그는 어머니를 바라보았다. 어머니는 울고 있었다. 그는 어머니에게 달려들었다.

"엄마! 엄마!"
어머니의 손에 키스를 하면서 그는 계속 어머니를 불렀다.
"저 이제 안할 거예요. 정말이에요. 그림자 그림 따위는 모두 버릴 겁니다."

20

브오로쟈는 온갖 노력을 경주하여 자기자신을 억제하고 아무리 그림자 그림 놀이를 하고 싶어도 참았다. 그는 뒤져 있던 공부를 만회하기 위해 열심히 공부를 했다.

그러나 그림자는 여전히 그의 마음에 떠올랐다. 손가락을 놀리어 그림자를 만들어 내지 않더라도, 벽에 그림자를 만드는 물건을 쌓아 올리지 않더라도 그림자가 그의 주변에서 집요하고 시끄럽게 구는 것이었다. 브오로쟈는 이제 물건에는 흥미가 없었다. 그는 물건을 바라보는 일도 거의 없었다. 그의 주의는 온통 물건이 만들어 내는 그림자에 쏠려 있었던 것이다.

집에 가기 위해 걸어갈 때, 구름에 가려 있던 태양이 가을철 비구름에서 얼굴을 내밀기라도 하면 그는 이곳저곳에 그림자가 생기는 것을 보고는 기뻐지는 것이다. 밤중에 집에 있으면 램프가 만들어 내는 그림자가 그의 옆에서 생겨나곤 했다.

이곳저곳 도처에 그림자가 있었다. 불꽃이 펼쳐 주는 강한 그림자 ─ . 한낮의 빈약한 빛이 만들어 내는 희미한 그림자 ─ . 이 모든 것들이 브오로쟈에게 밀려오고 교차되며 흩어지지 않는 그물이 되어 그를 얽매어 놓는 것이다. 그 그림자들 속에는 까닭을 알 수 없는 수수께끼와 같은 것도 있는가 하면 무엇인가를 생각하게 하는 것도 있고, 무엇인가를 암시하는 것도 있었는데, 사랑스러운 그림자, 친숙해진 그림자, 그래서 그리운 그림자도 있었다.

그런 그림자를 브오로쟈는 자신도 알아차리지 못하는 사이에 이곳저곳에서, 그리고 또다른 갖가지 그림자가 뒤섞여 있는 가운데에서 찾아내어 구분하고 있었다. 그러나 이처럼 친숙해진 그림자에는 어딘지 모르게 서글픈 면이 있었다.

자신이 그런 그림자를 찾아내고 있다는 것을 알아차리면 브오로쟈는 양심에 가책을 받아, 어머니에게 고백하러 가는 것이었다.

어느 날, 브오로쟈는 유혹을 뿌리치지 못하고 벽 옆에 몸을 기댄 채 황소의 그림자를 비추기 시작했다. 그런데 어머니가 그것을 발견했다.

"또 그짓을 하고 있구나!"

어머니는 화를 내며 고함을 쳤다.

"이젠 안돼! 너 정말 이러면 교장 선생님에게 너를 감금방(監禁房)에 가둬 달라고 부탁할 거다."

브오로쟈는 후회스럽다는 듯 얼굴을 붉히면서 목구멍으로 기어 들어가는 목소리로 대답했다.

"감금방에도 벽은 있습니다. 벽은 어디에나 다 있으니까요."

"브오로쟈!"

어머니는 슬픈 표정으로 외쳤다.

"너 무슨 말을 하는 게냐?"

그러나 브오로쟈는 벌써 자신이 난폭한 말을 한 것을 후회하며 울고 있었다.

"엄마, 저 자신도 왜 이러는지 모르겠어요. 저는 어떻게 된 것 같습니다."

21

어머니는 그림자에 대한 것을 두려워하면서도 역시 도망칠 수는 없었다. 자기도 브오로쟈처럼 그림자의 포로가 되는 게 아닌가 하는 생각이 점차 그녀를 사로잡아가고 있었다. 하지만 그녀는 자신을 위로하려고 애썼다.

'이 무슨 바보스런 생각인가?'

그녀는 혼잣말로 중얼거렸다.

"모든 일이 잘될 것임에 틀림없어. 저 하고 싶은 대로 한 다음에는 하기 싫어질 거라구!"

그래도 마음은 은근히 공포로 얼어붙었다. 그녀의 생각은 삶 자체에 겁을 집어먹게 되었고 슬픔 쪽으로 집요하게 달려가는 것이었다.

근심이 가득한 아침의 한때, 그녀는 자신의 생각을 확인해 보기 위해 자신의 생애를 더듬어 보았다. 그러나 그 생애가 허무하고 의미가 없으며, 무익한 것이라는 결론에 도달했다. 그것은 단지 농도를 더해가는 어둠 속에서 녹아가는 무의미한 그림자의 반짝임에 지나지 않았다.

'나는 왜 살고 있는 것일까?'

그녀는 자문(自問)했다.

'아들을 위해서? 하지만 왜? 그 아이가 그림자의 노예가 되어 편집적(偏執的)인 광인(狂人)이 되는 데 도움을 주기 위해서? 환상이라든가 생명이 없는 벽 위에 나타나는 의미도 없는 반영(反映)에 못박히기 위해서 살아간단 말인가?'

'그 아이도 언젠가는 생활 속에 들어가 생활인이 되겠지만 그것 역시 꿈과 같은 몽롱한 것이 될 게 틀림없을 것이고 무의미한 존재의 연속이 될 게 뻔하다구.'

그녀는 창가에 있는 팔걸이 의자에 앉아서 생각에 잠겼다. 그녀의 생각은 아들 생각이었고 근심어린 생각이었다.

그녀는 예쁘고 창백한 손을 우울하다는 듯 구부리었다. 그녀의 생

각은 차츰 무산되고 만다. 그녀는 구부린 팔을 바라보며 지금부터
어떤 그림자가 나타나게 될지 생각해 보았다. 그녀는 여기서 문득
자기자신으로 돌아왔고 놀란 나머지 벌떡 일어섰다.
 '아아! 어쩌자는 건가?'
 그녀는 외쳤다.
 "하지만 이것은 광기(狂氣)가 아니던가?"

   22
어머니는 식사를 하면서 브오로쟈를 바라보았다.
 '그 불길한 책을 손에 넣은 후로 이 아이는 안색이 창백해지고 여
위어 갔어. 그리고 이 아이는 완전히 딴 아이가 되어 버렸다구.
성격도 바뀌고 모든 것이 다 변했어. 죽기 직전이 되면 성격이 바
뀐다고 하더니 ……. 설마 이 아이가 죽는 것은 아니겠지?'
 '아니야, 제발 그런 일은 없게 해주소서.'
 스푼이 그녀의 손에서 떨리고 있었다. 그녀는 불안한 듯한 눈으로
성상(聖像)을 올려다보았다.
 "브오로쟈, 너는 왜 수프를 다 먹지 않는 게냐?"
 겁먹은 듯한 표정으로 그녀가 물었다.
 "먹고 싶지 않아요, 어머니."
 "브오로쟈, 너는 착한 아이야. 네 멋대로 굴지 말고 또 네 멋대로
지껄이지 마라. 몸에 안좋아요. 수프를 안먹겠다니?"
 브오로쟈는 마음에 없는 미소를 띠면서 억지로 수프를 다 마셨다.
어머니는 너무 많은 수프를 그에게 따라주었던 것이다. 그는 의자에
서 몸을 일으키며 수프가 너무 맛이 없었다고 투정을 하려고 했다.
그러나 어머니가 너무 걱정스런 표정을 짓고 있었기 때문에 브오로
쟈는 차마 그 말을 하지 못했고 창백한 미소를 띨 뿐이었다.

“이제 배가 꼭 찼어요.”
그는 말했다.
“안돼, 브오로쟈. 오늘은 네가 좋아하는 음식이 많이 있잖니?”
브오로쟈는 슬픈 얼굴로 한숨을 내쉬었다. 그는 잘 알고 있는 것이다. 어머니는 그가 좋아하는 요리라고 말할 때면 억지로라도 먹인다는 것을 ─ . 차 마시는 시간에도 어머니는 어제와 마찬가지로 고기를 먹이고자 애쓸 것임에 틀림없다.
그로서는 그렇게 생각되었다.

23

밤이 되자 어머니는 브오로쟈에게 말했다.
“브오로쟈, 너는 또 그 그림자에 푹 빠진 것 같구나. 그래서 말인데 문을 열어 놓은 채로 공부하는 게 좋을 것 같다.”
브오로쟈는 예습을 하기 시작했다. 하지만 뒤쪽 문이 열려 있어서 그 문 옆을 어머니가 때마침 지나가는 것을 알아차릴 수 있었는데 그것이 그로서는 마땅치 않았다.
“이러면 안돼요!”
큰 소리를 내면서 의자를 밀어젖히는 한편 그는 고함쳤다.
“문이 열려 있으니까 아무것도 할 수 없잖아요!”
“브오로쟈, 왜 소리를 지르고 야단법석을 떠는 거냐!”
어머니가 조용히 나무라듯 말했다.
브오로쟈는 벌써 후회하며 울고 있었다. 어머니는 그를 어루만지며 위로의 말을 했다.
“하지만 브오로쟈, 나는 네가 하는 그 놀이를 못하게 하기 위해 이처럼 머리를 써가며 걱정을 한단다.”
“그렇다면 엄마, 여기에 앉아 계세요.”

브오로쟈는 부탁의 말을 했다.

어머니는 책을 들고 브오로쟈의 책상 옆에 앉았다. 브오로쟈는 얼마 동안은 조용하게 공부를 했다. 그러나 어머니가 옆에 있기 때문에 신경이 쓰여서 차츰 안정감을 잃어갔다.

'마치 환자를 간병하는 것과 같군.'

그는 화가 치밀어서 이렇게 생각했다.

그의 사고(思考)는 중단되기 일쑤였다. 그는 지겹다는 듯 몸을 마구 흔들어댔고 입술을 깨물기도 했다. 어머니는 그러는 그를 보고 방에서 나갔다.

그러나 브오로쟈는 안심할 수가 없었다. 그는 참을성 없는 면을 어머니에게 들킨 것을 후회하며 고민했다. 그는 공부를 해보고자 노력했지만 공부가 되지 아니했다. 마침내 그는 어머니에게로 갔다.

"엄마, 왜 나가신 거예요?"

그는 쭈뼛쭈뼛하며 물었다.

24

축제일 전날 밤. 성상(聖像) 앞에는 등불이 켜있었다.

이제 날도 밝고 고요했다. 어머니는 잠을 잘 수가 없었다. 침실의 어둠 속에서 그녀는 무릎을 꿇고 어린아이처럼 소리내어 울면서 기도를 드리고 있다.

그녀의 늘어진 머리카락은 하얀 손에 늘어져 있고, 그녀의 어깨는 떨리고 있다. 그녀는 두 손을 가슴에 대고 울어서 붉어진 눈으로 성상을 올려다보고 있다. 쇠사슬에 매달린 등불은 그녀의 뜨거운 숨결에 살며시 흔들리고 있다. 그림자가 흔들리고 방안 구석에 모여져 있는 성상의 선반 그늘에서는 오묘한 소리가 난다. 그래서 뭔가 비밀스런 말을 속삭이고 있는 것 같다. 그 속삭임에서는 뭐라고 표현할 수 없는 우수(憂愁)가 느껴지고 그 서서히 흔들리는 것에서는 뭐라고 말할 수 없는 슬픔이 가득 차있었다.

크고 푸른 눈 — 그 눈을 기묘하게 뜬 어머니는 힘이 빠진 다리를 벌벌 떨면서 일어났다. 그녀는 브오로쟈가 있는 곳으로 발짝 소리도 내지 않으며 걸어갔다.

그림자는 그녀를 에워싸면서 그녀의 뒤를 따라 부드러운 소리를 내며 발밑을 기어갔는가 생각하면, 마치 거미집처럼 경쾌하게 어깨 위에 걸리기도 하고, 그녀의 커다란 눈에 스며들었다가 나가면서 무언지 뜻 모를 말을 속삭이기도 하였다.

그녀는 살며시 아들의 침대로 다가갔다. 등불빛에 비추어져서 그의 얼굴은 더욱 창백하게 보였다. 그 위에 뚜렷하고 묘한 그림자가 누워 있었다. 숨소리는 들리지 않았다. 그가 너무나 조용히 누워 있었기 때문에 어머니는 두려워졌다. 그녀는 희미한 그림자에 둘러싸이고 공포에 휘말리어 잠시 멈춰 서있었다.

25

교회의 높은 궁륭(穹窿)은 어두운 신비로 가득 차있었다. 저녁 나절에 부르는 찬송가가 이 궁륭으로 올라가고 그곳에서 엄숙한 슬픔으로 울려퍼졌다. 밀랍 초의 황색 불꽃에 비추어져서 어둡고 가라앉은 성상화(聖像畫)가 신비스럽고 엄숙한 눈초리로 내려다보고 있었다. 초와 향(香)의 따뜻한 숨결이 주변의 공기를 장엄한 슬픔으로 가득 채워 주고 있다.

에브게냐 스테파노부나는 성모상(聖母像) 앞에 밀랍 초를 세우고 무릎을 꿇었다. 그러나 그녀는 기도에 몰두할 수 없었다. 그녀는 자기가 세워놓은 밀랍 초를 바라보았다. 그 불꽃은 흔들리고 있었다. 에브게냐 스테파노부나의 검은 옷과 바닥 위에 밀랍 초에서 그림자가 떨구어졌고 불길하게 흔들리고 있었던 것이다.

그림자는 교회의 벽을 따라 흐르더니 어두운 궁륭 ― 그 높은 궁
륭으로 빨려들어갔다. 그곳에서는 엄숙하고 슬픔에 가득 찬 찬송가
가 울려퍼지고 있었다.

26

다음날 한밤중 ― .

브오로쟈는 눈을 떴다. 어둠이 그를 감싸면서 소리없이 꿈틀거리
고 있었다.

브오로쟈는 손을 서랍으로 뻗어 움직이면서 눈을 부릅떴다. 어둠
으로 인하여 손은 보이지 않았지만 그래도 그는 눈앞에서 어두운
그림자가 살며시 움직이고 있는 것처럼 생각되었다.

검고 신비스럽고 고독한 우수(憂愁)와 비애(悲哀)의 정을, 손에
비장하고 있는 그림자……

어머니도 역시 잠을 잘 수가 없었다. 우수(憂愁)로 괴로워하고 있
었던 것이다.

어머니는 초를 켜고 아들이 잠자고 있는 모습을 보기 위해 그가
알아차리지 못하도록 살며시 아들 방으로 들어왔다.

그녀는 소리를 내지 않으면서 문을 열고 조심조심 브오로쟈의 침
대를 바라보았다.

한줄기 노란색 빛이 브오로쟈의 빨간색 담요를 살짝 가로질러 가
더니 벽 위에서 떨었다. 그는 빛이 있는 쪽으로 손을 뻗더니 가슴을
두근거리며 그림자의 뒤를 쫓았다. 어디서 빛이 오는지 따위는 알려
고조차 하지 않는 그였다.

그는 완전히 그림자에게 푹 빠져 있었다. 눈동자는 벽에 못박혀
있었으며 격심한 광기(狂氣)에 가득 차있었다.

빛의 범위는 넓어지는데, 음울하고 허리가 굽은 나그네 — , 갈곳 없는 나그네 여인들과 같은 그림자가 달려가고 있다. 어깨에 짊어지고 있는, 하잘것없는 가재도구(家財道具)를 어디엔가로 운반하고자 허둥대고 있는 것처럼 — .

어머니는 두려움에 몸을 떨면서 침대 옆으로 다가가서 작은 목소리로 아들을 불렀다.

"브오로쟈!"

브오로쟈는 제정신이 들었다. 아주 잠시 동안 그는 그 커다란 눈으로 어머니를 바라보더니 온몸을 부들부들 떨었다. 그리고 침대에서 벌떡 일어나 어머니의 발앞에 몸을 던지자 그녀의 무릎에 기대면서 울음을 터뜨렸다.

"너, 아주 무서운 꿈을 꾸었구나. 그렇지? 브오로쟈."

어머니는 슬픈 표정을 지으며 그렇게 외쳤다.

27

"브오로쟈."

어머니는 아침 차 마시는 시간에 아들을 부르면서 말했다.

"이대로는 도저히 안되겠다. 매일 밤, 그림자만 찾으려고 하다가는 네 머리가 완전히 돌고 말 거야."

창백한 아들은 슬픔에 빠지고 말았다. 그의 입술은 신경질적으로 떨리고 있었다.

"그러니 어떡하면 좋겠니?"

어머니는 계속하여 말을 했다.

"매일 밤 우리 둘이서 함께 잠깐씩만 그림자놀이를 하고 그 다음에는 수업의 예습을 하는 게 어떨지 모르겠다. 괜찮겠니?"

브오로쟈는 그순간 기운을 되찾았다.

“엄마! 정말 멋쟁이 엄마야!”
우물쭈물하면서 그는 말했다.

28

바깥에 있던 브오로쟈는 꿈속에 있는 것 같은 불안한 감각에 사로잡혔다. 안개는 사방에 끼어 있고 추웠으며 또 외로웠다. 집들의 윤곽은 안개에 싸여서 이상하게 보였다. 사람들의 음울한 모습이 불길하고 데면데면한 그림자처럼 안개 속에서 움직이고 있었다.

모든 것이 너무나 이상한 광경이었다. 네거리에서 졸고 있던 합승마차(合乘馬車)의 말이 안개 때문에 무지무지하게 큰 짐승 — 아직까지 본 적이 없는 짐승처럼 보였다.

경찰관은 적군(敵軍)이라도 보듯이 브오로쟈를 노려보고 있었다. 낮은 처마 밑에 앉아 있던 갈까마귀는 브오로쟈에게 슬픈 일이 일어날 것이라고 예언하고 있었다. 그러나 슬픔은 이미 그의 마음속에 스며들어 있었다. 모든 것이 자기에게 적의(敵意)를 품고 있는 것처럼 보이는 것이 쓸쓸했던 것이다.

털 빠진 개가 문 밑의 틈에서 그를 보고 짖어댄다. 브오로쟈는 그런 것들에 대하여 어쩐지 분노가 치밀어오르는 것을 느꼈다.

거리를 지나가는 아이들도 브오로쟈를 분노케 만들었다. 그 아이들이 비웃으려고 하는 것 같았다. 이전이라면 혼을 내주었겠지만 지금은 두려움이 그의 가슴속에 가득 차있고 힘이 빠져 있어서 손이 올라가지도 않는 것이었다.

브오로쟈가 집에 돌아오자 프라스코비야가 문을 열었는데 음침하고 적의에 찬 눈으로 그를 바라보았다. 브오로쟈는 참을 수가 없었다. 그는 프라스코비야의 음울한 얼굴을 보는 것이 싫어서 서둘러 방안으로 들어갔다.

29

어머니는 혼자서 방안에 있었다. 황혼이 내리는 때여서 지루하기 짝이 없었다.

어디선가 빛이 빛나고 있었다.

커다란 눈 — . 다소 이상한 눈을 가진 브오로쟈가 생기있게 기쁘다는 듯 뛰어 들어왔다.

"엄마, 램프불이 켜져 있어요. 잠시만 놀아요."

어머니는 미소지으며 브오로쟈를 따라 나갔다.

"엄마, 나 새로운 모양을 생각해 냈다구요."

램프를 자리바꿈하면서 흥분한 모습으로 브오로쟈가 말했다.

"보세요…… 어떻습니까? 이것은 눈이 덮여 있는 초원(草原)이에요. 눈이 내리고 있어요. 바람에 날리는 눈!"

브오로쟈는 두 손을 들어 깍지를 끼며 말했다.

"다음에는, 이것 보세요. 할아버지가 걸어갑니다. 무릎까지 눈에 빠지면서도…… 걸어가기가 여간 힘든 게 아닙니다. 혼자서 갑니다. 사방은 모두 들판인데 마을은 아주 멀리 있습니다. 할아버지는 몹시 지쳐 있고 얼어서…… 무서워하고 있습니다. 이 할아버지는 허리가 완전히 구부러져 있구요. 나이가 아주 많기 때문이지요."

어머니는 브오로쟈의 손가락을 잡고 그 모양을 고쳐 주었다.

"아아!"

브오로쟈가 탄성을 질렀다.

"바람이 할아버지의 모자를 날려 버리고 머리카락을 엉망으로 만들었습니다. 할아버지를 눈속에 파묻으려고 하네요. 눈사람이 점점 커져가는데요. 엄마, 엄마, 듣고 계세요?"

"눈보라로구나."

“저 사람은 어떻게 될까요?”

“할아버지 말이니?”

“신음 소리 들리세요?”

“도와 줘!”

두 사람 모두 파랗게 질려서 벽을 바라보고 있다. 브오로쟈의 손
이 떨리자 할아버지는 쓰러진다. 어머니가 제정신을 차렸다.

“자아, 공부할 시간이다.”

그녀는 말했다.

30

아침 — . 어머니는 혼자서 집에 있다. 정신이 얼떨떨하여 어처
구니없는 생각에 마음을 뺏긴 그녀는 방안을 왔다갔다하고 있다.

하얀 문에는 안개가 낀 — 그래서 산만한 태양빛에 싸인 그녀의
그림자가 희미하게 그 윤곽을 드러내고 있다. 어머니는 문앞에 서자
묘한 몸짓을 하며 손을 쳐들었다. 그림자는 문 위에서 흔들리기 시
작했고 뭔가 그립고 슬픈 말을 속삭였다.

에브게냐 스테파노부나의 마음속에 불가사의한 기쁨이 용솟음쳤
다. 그녀는 문앞에 서서 두 손을 움직이고, 이상한 미소를 머금으며
번뜩이는 그림자를 따라갔다.

프라스코비야의 발짝 소리가 들려오자 에브게냐 스테파노부나는
자기가 바보스런 짓을 하고 있다는 생각이 들었다.

그녀는 다시 공포감에 사로잡혔고 풀이 죽었다.

‘이곳에서 나가야 해.’

그녀는 생각했다.

‘어딘가 새롭고 먼곳으로 가지 않으면 안돼.’

생각은 생각을 불러일으켰다.

‘여기서 도망쳐야지, 도망쳐야 한다구.’

그때 돌연 그녀는 브오로쟈가 한 말이 떠올랐다.

“그곳에도 벽이 있어요. 어디든 벽이 있으니까요.”

브오로쟈는 또 이런 말도 했잖은가.

“그 어디에도 도망칠 곳은 없습니다.”

그녀는 절망했다. 그리고 창백하고 예쁜 손을 문질러댔다.

31

밤이 되었다.

브오로쟈의 방, 그 방바닥 위에 램프가 켜져 있었다. 뒤쪽 하얀 벽 가까운 방바닥에 어머니와 브오로쟈가 앉아 있다. 두 사람은 벽을 바라보며 각기 두 손을 이상하게 움직이고 있다.

벽에는 그림자가 만들어지고 은은하게 흔들리고 있다.

브오로쟈와 어머니는 그것이 무엇을 의미하는지 알고 있다. 두 사람은 슬픔에 잠겨 있으면서도 미소를 머금고 서로 뭔가 알아들을 수 없는 대화를 나누고 있다. 그들의 얼굴은 평온했고 두 사람의 환상(幻想)은 확실했다. 두 사람의 기쁨은 치유할 방도가 없을 정도로 서글펐고, 두 사람의 슬픔은 이상한 기쁨으로 넘치고 있었다.

두 사람의 눈동자에 광기(狂氣)가, 행복한 광기가 빛나고 있다.

두 사람 위에 한밤중의 장막이 내리고 있다.

이상한 이야기

"15년 전의 이야기입니다만……."
이라며 H씨가 이야기하기 시작했다. 그의 이야기는 다음과 같다.

관청에 용무가 있어서 나는 현청(縣廳) 소재지인 T시(市)에서 며칠인가 묵지 않으면 안되었습니다. 내가 머물렀던 곳은 제대로 지은 여관으로서 벼락부자가 된 유태인 재봉소 주인이, 내가 그곳에 가기 1년 전에 세운 건물이었습니다. 소문으로는 이 여관이 번성한 것도 한때의 일이었다고 하는데 그런 일은 우리나라에서 흔히 볼 수 있는 일이지요.

그러나 내가 찾아갔을 무렵에는 아직 호화찬란했었습니다. 신품 가구(家具)들은 밤마다 권총을 쏘는 것과 비슷한 소리를 내고 있었고, 시트류(類)라든가 테이블클로스, 냅킨은 비누 향기가 났으며, 페인트칠을 한 바닥에서는 건유(乾油) 냄새가 났습니다.

더구나 종업원 — 이 사나이는 아주 청결하다고는 할 수 없어도 실로 품위가 있었는데 — 의 생각으로는 벌레가 퍼지는 것을 반드시 예방해야 한다고 했습니다. 이 종업원은 이전에 G공작(公爵)의 근시(近侍)로 있었다는 사나이로서, 그 언행에 사양이라고는 없었으며 자신만만한 태도가 두드러졌습니다.

언제나 낡은 연미복(燕尾服)에 닳고닳은 구두를 신은 차림새로 겨드랑이 밑에 냅킨을 끼고 돌아다니며, 볼에는 여드름이 잔뜩 나있는데, 땀투성이인 팔을 방약무인으로 흔들면서 촌철살인(寸鐵殺人)하듯 하는 말을 지껄이곤 했습니다.

나에 대한 그의 태도에는 나로 하여금 그를 교양이 있고, 세상 돌아가는 것을 잘 아는 사람으로 보게끔 하기 위해서 — 어딘가 보호자연(保護者然)하는 면이 있었습니다. 하지만 자신의 운명을 다소 환멸의 눈초리로 바라보고 있었습니다.

"지금 와서 이야기한들 아무 소용도 없습니다만."
이라며 어느 날, 그는 나에게 말했습니다.

"오늘날, 우리의 꼬락서니라니요? 실로 바람이 부는 방향에 따라 어디로 날아갈는지 모를 일이 아닙니까?"
그의 이름은 알다리온이라고 했습니다.

나는 그 도시의 관원(官員) 몇사람을 축하 방문할 필요가 있었습니다. 예(例)의 알다리온이 나를 위해 사륜(四輪) 포장마차와 하인을 조달해 주었습니다. 그런데 양쪽 모두 느슨하여 맺고 끊는 점이 없는 점에서는 난형난제(難兄難弟)였습니다. 그래도 하인은 정복을 갖추어 입고 있었으며, 마차는 문장(紋章)으로 장식하고 있었습니다.

공식 방문을 모두 마친 다음 나는 아버지의 옛 지인(知人)으로서 오래 전부터 T시에 살고 있는 지주(地主)를 찾아갔습니다. 그와는 20년 가까이나 만나지 못하고 있었습니다.

그는 이미 결혼을 하여 훌륭한 가정을 이루고 있었고, 홀아비 생활도 경험했으며 부자가 되어 있었습니다. 그는 징세(徵稅) 청부업자를 돕고 있었습니다. 즉 높은 이자(利子)를 받고 징세 청부인들에게 담보를 제공하고 있었던 것입니다.

"호랑이 새끼를 잡으려면 호랑이 굴에 들어가지 않으면 안되오!"

호랑이 굴만큼 위험하지는 않지만 우리가 이야기를 하고 있는 사이에, 주저주저하며 마치 발돋움하고 걷듯 하면서 17세가량 된 날씬한 몸매의 여자가 방안으로 들어왔습니다.

"이 애가……."

라며 내 지인(知人)은 나에게 말했습니다.

"내 장녀(長女)인 소피입니다. 소개하겠습니다. 세상을 떠난 아내 대신 수고를 해주고 있지요. 집안 살림서부터 남동생·여동생의 뒷바라지도 이 애가 도맡아서 해주고 있답니다."

나는 들어온 여자에게 다시 한번 인사를 하면서(그녀는 그사이에 잠자코 의자에 앉았습니다),

'이 아이는 살림이며, 아이들을 돌보는 일에 그다지 어울리는 아이가 아니구나.'

라는 생각을 했습니다. 그녀는 둥근 얼굴을 가진 아주 순진한 아가씨로 이목구비가 아담하여 인상이 썩 좋았는데, 얼어붙은 것 같은 표정을 짓고 있었습니다.

역시 꼼짝도 하지 않고 있는 두 눈썹 밑의 파란 눈은, 그 눈동자로 무엇인가를 응시하고 있었습니다. 경악을 금치 못할 정도의 눈초리로 마치 무엇인가 뜻밖의 것을 바라보는 듯한 표정이었습니다.

꽉 다문 입은 윗입술이 다소 삐뚤어진 것 같은데 웃지 않을 뿐 아니라 원래 웃는 습관조차 모르는 것처럼 보였습니다. 볼에는 부드럽고, 가늘고, 기다란 검은 점이 있고, 엷은 피부 밑에는 장미빛 피가 진하지도 흐리지도 않게 괴어 있었습니다. 더부룩한 금발(金髮)은 작은 머리의 양쪽으로 몇개의 작은 묶음이 되어 늘어져 있었습니다.

그녀의 가슴은 조용히 숨쉬고 있었고, 양쪽 팔은 몸통을 따라 늘
씬하게 뻗어 내려져 있었습니다. 파란 드레스는 주름 하나 지지 아
니했고 — 소녀답게 — 작은 발 밑에까지 늘어져 있었습니다. 이 아
가씨에게서 받은 전반적인 인상은 병적(病的)이라고까지는 할 수
없지만 어딘가 이상하다는 느낌이었습니다. 내가 보기로는 수줍음을
타는 시골 처녀가 아니라, 독특하여 뭐라고 말하기 어려운 인상을
마음에 남겨주는 존재였습니다.

그것은 나를 잡아끌지도 않았지만 불쾌하게도 하지 않았습니다.
나로서는 그런 점을 잘 파악할 수가 없었고, 단지 이처럼 성실한 영
혼을 만난 일은 아직 없었다는 것을 느낄 뿐이었습니다. 가련한 —
그렇습니다! 이 젊고 진지하며 긴장하고 있는 아가씨가 내 마음에
불러일으켜 주는 것은 가련함이었습니다 — 그 이유는 하느님만이
아실 것입니다!

'이세상의 사람으로는 생각되지 않아.'

나로서는 그런 생각이 들었습니다. 실제로 그 얼굴 표정에는 아무
런 '이념적(理念的)인' 것 따위는 없었으며, 그녀가 객실에 들어온
것은 아버지가 말한 것처럼 주부(主婦) 역할을 하기 위함이었던 것
만큼은 분명했지만 — .

나는 T시의 생활에 대하여, 이 거리에서 얻은 사교상(社交上)의
즐거움이라든가 오락 설비에 대하여 이야기하기 시작했습니다.

"이곳 주민은 온순합니다."

라고 내 지인(知人)은 말했습니다.

"현지사(縣知事)는 우울증에 걸려 있고 귀족단장(貴族團長)은
아직도 독신이랍니다. 그런데 내일 모레, 마침 귀족회관에서 대대
적인 무도회가 열리지요. 그곳에 와도 좋습니다. 이곳에도 미녀가
없지는 않으니까요. 그리고 이곳의 인텔리겐치아를 모두 만나볼

수 있을 것입니다."

내 지인은 일찍이 대학에서 배운 적도 있어서 난해(難解)한 표현을 즐겨 사용했습니다. 그는 그런 표현을 빈정대면서, 그러나 공손한 말투로 지껄였습니다. 그리고 주지하는 바와 같이 징세 청부업은 사람들과의 교제도 잘되게 할 뿐 아니라 어느 종류의 통찰력을 기르게 해주기도 했습니다.

"실례지만 그 무도회에 나오렵니까?"

나는 그 지인의 딸에게 말을 걸었습니다. 나는 그녀의 목소리를 듣고 싶었던 것입니다.

"아버지가 가실 계획입니다."

그녀는 대답했습니다.

"그래서 나도 같이 갑니다."

그녀의 목소리는 작고, 한마디 한마디 천천히 발음했는데 어쩐지 이해가 안된다는 말투였습니다.

"그렇다면 최초의 카드리유(프랑스 사교 댄스의 하나)를 부탁해도 되겠습니까?"

그녀는 동의한다는 표시로 머리를 앞으로 숙였는데, 그래도 역시 웃음을 띠지는 않았습니다.

나는 이어서 작별을 고했습니다만 기억하고 있는 바로는, 분명 그녀가 나를 응시하고 있는 그 눈초리가 하도 이상해서 그녀는 내 등 뒤에 있는 누군가를, 혹은 무엇인가를 바라보고 있는 것이 아닌가 생각되어 문득 고개를 돌릴 정도였습니다.

여관으로 돌아온 다음, 평소와 마찬가지로 수프 쥬리엔느에 커틀릿의 완두를 섞은 것, 시커멓게 되도록 구운 에조라이초로 식사를 끝내자 나는 소파에 앉아서 생각에 잠겼습니다. 그 대상은 그 소피,

내 지인(知人)의 그 수수께끼 같은 딸이었습니다.

그러나 식사가 끝나자 뒤치다꺼리를 하고 있던 알다리온은 내가 생각하고 있는 것을 자기 멋대로 해석했습니다. 그는 그것을 지루한 까닭이라고 생각했던 것입니다.

"이 거리에는 여행하는 분들이 기분을 풀만한 곳이 아주 드물답니다."

그는 평소와 마찬가지로 무례하기 짝이 없는 말을 했는데 그러는 동안 내내 그 더러운 냅킨으로 의자의 등을 계속 두드리고 있었습니다. 아시는 바와 같이 이것은 교양이 없는 종업원들이 으레껏 하는 동작입니다.

"정말로 얼마 없다니까요."

그가 입을 다물자 하얀 문자반(文字盤)에 연보라색 장미 무늬 모양의 대형 벽시계가 단조롭고 쉰 듯한 소리를 내면서 '똑딱 똑딱'하더니 마치 그의 말을 확인하기라도 하듯이 '땡! 땡!' 더욱 큰 소리를 냈습니다.

"콘서트도 없고, 연극도 없습니다."

알다리온은 덧붙였습니다.

"댄스할 곳도 없고요. 귀족 나리들의 야간 리셉션도 없습니다. 여하튼 이런 유(類)의 것은 전연 없다니까요."

(그는 한순간, 말을 끊었습니다. 아마도 자기가 하는 말이 세련되어 있다는 것을 나로 하여금 인정토록 하고 싶었던 것이었을 것입니다)

"서로 만나는 일조차도 아주 드뭅니다. 한 사람 한 사람이 모두 점잔을 빼기만 할 뿐입니다. 그러므로 다른 지방 사람들이 이곳을 찾아오더라도 나가서 교제할 만한 곳이라곤 없답니다."

알다리온은 나를 곁눈질로 보았습니다.

"다만…… 다만 말입니다."

라며 그는 말을 일단 끊었다가 다시 이었습니다.

"만약 생각이 있으시다면……."

그는 나를 힐끗 바라보고 엷은 웃음을 띠었습니다. 하지만 자기 마음속을 나에게 드러내는 일은 결코 없었습니다.

이 고급 종업원은 문 쪽으로 다가갔고 잠시 생각에 잠겼다가 다시 돌아오자 다소 망설이는 눈치였습니다. 그리고 내 귀에 입을 대고 장난기 어린 미소를 띠면서 말했습니다.

"저세상에 간 사람들과 만나실 생각은 없으십니까?"

나는 깜짝 놀라며 그를 바라보았습니다.

"그렇습니다."

그는 말을 계속했는데 이번에는 속삭이는 말투였습니다.

"이곳에는 그런 인간이 있습니다. 서민 출신으로서 읽고 쓰지는 못합니다만 아주 희한한 짓을 합니다. 예를 들면 나리가 그에게 가서서 — 누구라도 상관없습니다 — 아는 사람 가운데 세상을 떠난 사람을 만나고 싶노라고 하시면 그는 틀림없이 그 사람과 만나게 해줄 것입니다."

"어떻게 해서……?"

"그것은 그 사람의 비밀입니다. 왜냐하면 그는 읽기·쓰기도 할 수 없으려니와 솔직히 말해서 말도 잘하지는 못합니다만 접신(接神)하고 있는 것입니다! 상인(商人)들로부터는 굉장히 존경받고 있는 것 같습니다."

"그렇다면 그런 것을 이 도시에서는 다들 알고 있는가?"

"알만한 사람은 다 알고 있습니다. 하지만 물론 경찰은 조심하시지 않으면 안됩니다. 이런 일은 법에 걸리거든요. 일반 대중을 유혹한다는 것입니다. 이 일반 대중이란 오합지졸(烏合之卒)이며 결국에는 잘 아시다시피 시끄러워지게 마련입니다."

"그는 자네를 죽은 사람과 만나게 해준 적이 있는가?"

라고 나는 알다리온에게 물었습니다. 이처럼 교양이 있는 사람을 '자네'라고 부르는 것은 어쩐지 찜찜했습니다.

알다리온은 고개를 끄덕였습니다.

"만나게 해주었습니다. 부모님을요…… 마치 살아있을 때처럼 보여주었다구요."

나는 알다리온을 물끄러미 바라보았습니다. 그는 빙긋이 웃으면서 냅킨을 장난감처럼 가지고 놀았습니다. 그리고 새삼스럽게 허리를 낮추었는데 다시 의연한 자세로 이따금 나를 바라보는 것이었습니다.

"그거 참, 재미있는 말일세그려."

나는 말했습니다.

"내가 그 사람을 만나볼 수 없을까?"

"그 사람과 직접 교섭하는 일은 절대로 안됩니다. 그의 어머니를 통할 필요가 있습니다. 그런데 그 어머니인 노파가 또한 보통 사람이 아니지요 ─. 다리 위에서 물에 담가놓은 사과를 팔고 있습니다. 생각이 있으시다면 제가 그녀에게 부탁을 하고 오겠습니다."

"부탁하네."

알다리온은 손바닥을 입에 대고 기침을 했습니다.

"저는 생각해 주시지 않아도 상관없습니다만, 적당한 금액을 정하고, 그것은 물론 그녀에게, 즉 예의 노파에게 건네주어야 합니다. 저는 가서 노파에게 말하겠습니다. 나리는 여행객이시고 또 귀족이시므로 무서워할 필요가 없을 것이라고요. 그리고 나리께

서도 아시는 일이겠습니다만 이 일은 절대 비밀로 해주셔야 합니
다. 또 무슨 일이 있더라도 그녀로 하여금 불쾌한 생각이 들게 해
서는 안됩니다.”

알다리온은 한 손으로 쟁반을 들고, 자신의 몸과 이 쟁반을 우아
하게 흔들면서 문 쪽으로 걸어갔습니다.

“그럼, 믿어도 좋겠는가?”

나는 그의 뒤쪽을 향하여 물었습니다.

“예, 걱정하지 마십시오.”

자신감에 찬 그의 목소리가 들려왔습니다.

“노파와 약속을 한 다음 결과를 알려드리겠습니다.”

알다리온이 알려준 이상한 사실 때문에 내 머리속에 어떤 생각들
이 떠올랐는지에 대하여 여기서 중언부언할 생각은 없습니다. 그러
나 약속한 대답을 듣기 위해 목을 길게 빼고 기다렸다는 것을 인정
하지 않을 수 없습니다.

밤늦게서야 알다리온은 내 방에 왔고, 유감스럽게도 노파를 만나
지 못했노라고 했습니다. 그러나 나는 그를 격려할 목적으로 3루블
의 지폐를 건네주었습니다.

다음날 아침, 그는 다시 내 방에 나타났는데, 이번에는 밝은 표정
이었습니다. 노파는 나와 만나는 것을 동의했다고 말하는 것이었습
니다.

“애, 꼬마야!”

라며 알다리온이 복도를 향하여 불렀습니다.

“꼬마야! 이리 와!”

들어온 아이는 여섯 살 정도가 된 사내아이였는데 고양이 새끼처
럼 온몸이 그을음투성이인데다가 박박 깎은 머리는 듬성듬성 머리

털이 빠져 있었습니다. 그리고 이곳저곳 해진 줄무늬 웃옷을 걸쳤는
데 맨발에 허름한 덧신을 신고 있었습니다.

"이분을 그곳으로 모시고 가는 거다."

라며 알다리온은 '꼬마'에게 나를 가리키며 말했습니다.

"그리고 나리께서는 도착하시거든 마스토리디아 칼보브나를 찾으
십시오."

꼬마는 코를 벌름거렸고 이어서 우리는 출발했습니다.

우리는 상당한 시간 동안 T시의 비포장도로를 몇개나 돌아가며
빠져나왔습니다. 그리고 마침내 그중에서도 제일 인기척이 없는 거
리를 걷고 있을 때 나를 안내하던 소년은 허름한 2층집 목조 건물
앞에서 발길을 멈추고 웃옷 소매로 코를 닦아냈습니다.

"여기서…… 오른쪽으로 가세요."

나는 바깥 계단을 지나 입구로 들어갔고 오른쪽으로 정처없이 걸
었습니다. 나지막한 문이 있었는데 녹슨 경첩이 끼익 소리를 내는
가 했더니, 눈앞에 토끼털로 안을 댄 감색 짧은 겉옷을 걸치고 머리
에 얼룩무늬 수건을 쓴, 뚱뚱한 노파가 있었습니다.

"마스토리디아 칼보브나는?"

나는 물었습니다.

"바로 나입니다."

노파는 째지는 듯한 목소리로 나에게 대답했습니다.

"어서 오십시오. 따라오시지요."

노파가 안내한 방안은 갖가지 잡동사니와 넝마, 베개, 이부자리,
자루 따위가 흩어져 있어서 마음대로 운신조차 할 수 없었습니다.
햇빛이 먼지투성이인 두 개의 창에서 희미하게 들어오고 있었습
니다.

방 한쪽 구석, 행리(行李)가 산더미처럼 쌓여 있는 곳에서 탄식 소리가 약하게 들려오고 울음 섞인 소리도 들려왔습니다. — 그러나 누군지는 알 수 없었습니다 — 어쩌면 병이 든 아이인지도 모르고, 또 어쩌면 강아지인지도 모릅니다.

내가 의자에 걸터앉자 노파는 내 앞에 와서 우뚝 섰습니다. 그녀의 얼굴은 황색에 반투명하여 밀랍으로 만들어진 것 같았습니다. 입술은 완전히 움푹 패였는데 무수한 주름 속에 있어서 마치 큰 주름이 한일(一) 자처럼 가로로 뻗어 있는 것 같았습니다.

머리에 쓴 수건 밑으로 백발이 삐져나와 있으며, 튀어나온 이마 아래로 빨갛게 부어오른 회색 눈이 민첩하게 두리번거리며 바라보고 있었습니다. 그리고 뾰족한 코는 실로 송곳처럼 튀어나왔는데 공기를 들이마시고는 '나는 교활한 사람'이라고 말하는 것 같았습니다.

'거참, 당신은 방심할 수 없는 노파로군!'

나는 이렇게 생각했습니다. 그리고 그녀는 보드카 냄새를 다소 풍기고 있었습니다.

나는 그녀에게 찾아온 이유를 말했습니다. 내가 짐작하기로 그녀는 그것을 알고 있었을 것임에 틀림없었습니다. 그녀는 내 이야기를 끝까지 들은 다음 재빨리 눈을 깜박이더니 아까보다 더 세게 숨을 쉬었는데 그 모습은 마치 덤벼들기라도 할 것 같았습니다.

"예, 예, 그렇습니다."

그녀는 입을 열었습니다.

"알다리온 마토부에이치가 사전에 이야기해 주었습니다. 나리께서는 제 아들놈인 바신카의 재주를 필요로 하신다고요? 그런데 나리, 우리들에 대해서는 저어……."

"그게 무슨 말이오?"

나는 그의 이야기를 끊고 말했습니다.

“나에 대해서는 조금도 걱정할 것 없소이다……. 나는 밀고(密
告)를 하지는 않을 것이니까.”
“아니, 그런 것이 아니고요…….”
노파가 당황하며 말했습니다.
“무슨 말씀을 하시는 겁니까? 나리에 대해서 우리가 그런 생각을
하다니요? 그리고 우리가 밀고를 당하다니요? 우리가 어떤 큰 죄
라도 저지르고 있단 말씀인가요? 저어, 나리. 우리 아들놈은 무언
가 부정한 짓을 한다거나…… 무언가 마법(魔法)을 우롱한다거
나…… 그런 아이가 아닙니다. 오오, 하느님! 보살펴 주시옵소서!
성모(聖母) 마리아님!(이때 노파는 十字를 세 번 그었습니다)
　제 아들놈은 이 현(縣) 안에서 제일 신실(信實)하며 기도도 제
일로 잘 드리고 있습니다. 제일이라니까요. 나리! 아시겠습니까?
거짓말이 아닙니다. 아들놈이 받고 있는 은사(恩賜)는 그 깊이를
모를 정도랍니다. 그렇고 말고요! 이것은 제 아들놈 혼자의 재간
이 아닙니다. 이것은 하느님께서 함께하시는 일입니다. 예, 그렇
다니까요!”
“그렇소. 알겠소이다.”
그리고 나는 물었습니다.
“댁의 아들과 꼭 만나게 해주는 거죠? 언제 만나게 해줄 건가요?”
노파는 또 두 눈을 깜박이기 시작했고, 검은 손수건을 두 차례나
이 소매에서 저 소매로 옮겼습니다.
“오오, 나리. 하지만 우리로서는 아무래도, 저어…….”
“마스토리디아 칼보브나! 이것을 받으시오”
나는 그녀를 잡자 10루블짜리 지폐를 건네주었습니다.
노파는 올빼미 발톱을 연상케 하는 포동포동하고 뒤로 젖혀진 손
가락으로 날쌔게 그것을 받아서 소매 속에 넣더니 잠시 무언가를

생각하는 척하다가 마치 결심이라도 한 것처럼 양쪽 손가락으로 허벅지를 탁탁 쳤습니다.

"오늘 밤 7시가 지나서 와주십시오."

그녀는 평상시의 목소리가 아닌, 묵직하고 낮은 목소리로 이야기하기 시작했습니다.

"단, 이 방에는 들르지 마시고 곧바로 2층으로 올라가십시오. 그러면 왼쪽에 문이 있을 것이니 그 문을 여십시오. 나리께서 들어가시면 그 방안은 비어 있고 의자가 보일 것입니다. 그 의자에 앉아서 기다려 주십시오. 그리고 비록 어떤 것을 보시더라도 말을 — 한마디 말도 하지 마시고 아무 짓도 하지 마십시오.

우리 아들놈에게도 말을 하시면 안됩니다. 왜냐하면 아들놈은 아직 나이가 어린데다가 간질기가 있기 때문입니다. 하찮은 일에도 놀라기를 잘한다구요. 그러다가 부들부들 몸을 떨기 시작하는 날에는…… 큰일이 난답니다."

나는 마스토리디아를 바라보고 있었습니다.

"그가 어리다고 했지만 만약 당신의 아들이라면……."

"핏줄이 이어진 것은 아닙니다만 내 친자식과 같습니다. 저는 고아를 여러 명 보살피고 있답니다."

그녀는 그렇게 덧붙이더니 호소하는 듯, 삐이삐이 소리가 들려오는 쪽으로 고개를 돌렸습니다.

"오오, 하늘에 계신 하느님! 성모 마리아님! 그리고 나리! 나리께서 이곳에 오시기에 앞서 가족 중, 혹은 친지(親知) 중 돌아가신 분 가운데 — 그분들의 명복을 빕니다! — 만나보고 싶으신 분들을 깊이 생각해 주십시오. 돌아가신 분을 상기(想起)하시되 어느 분이든 선택을 하셨다면 오로지 그분만을 생각하십시오. 제 아들놈이 올 때까지 줄곧 그분만을 생각해 주십시오!"

"아들에게는 어떤 사람을 내가 생각하고 있었는지에 대해서 이야기하지 않아도 되오?"

"예, 한마디도 안하셔도 됩니다. 그 아이는 필요한 것을 나리의 마음속에서 찾아낼 것입니다. 나리께서는 다만 나리께서 만나보고 싶은 그분만을 깊이 생각하고 계시면 됩니다. 그런 다음 오찬 때에는 와인을 드십시오 — 두어 잔 정도를 드세요. 와인을 마시는 것은 결코 나쁜 일이 아니니까요."

노파는 말을 마치고 입술을 혀로 적시더니, 손으로 입가를 문지르고 길게 한숨을 내쉬었습니다.

"그럼 7시 반에……."

의자에서 일어서면서 나는 말했습니다.

"예, 7시 반입니다. 나리, 7시 반이에요."

마스토리디아 칼보브나는 나를 안심시키려는 듯 이렇게 말했습니다.

나는 노파와 작별하고 여관으로 돌아왔습니다. 내가 저들에게 속을 것은 뻔한 일이었습니다. 다만 어떤 짓을 할 것인지가 궁금했습니다. 그런 생각을 하자 나는 호기심이 점점 일었습니다. 나는 알다리온하고는 불과 두어 마디의 말밖에 하지 않았습니다.

"만나보셨습니까?"

그는 미간을 찌푸리며 나에게 물었습니다. 그리고 내가 긍정적으로 대답하자, 조용히 말하는 것이었습니다.

"그 노파는 대신(大臣) 못잖게 만나기 힘이 들거든요."

나는 그 '대신(大臣)'의 충고에 따라 죽은 사람에 관해서 생각을 하기 시작했습니다. 한참동안 이 생각 저 생각을 하다가 나는 오래 전에 세상을 떠난 내 가정교사 중 한 사람인 프랑스 노인을 떠올렸습니다. 내가 그를 선택한 것은 그에게서 특별한 매력을 느꼈었기 때문이 아니라, 그의 용모 전체가 실로 독특하여, 오늘날의 사람과는 비슷하지 아니했으며 그 흉내를 낸다는 것은 아주 불가능했기 때문입니다.

그의 머리는 커다랗고, 부스스한 머리카락을 뒤로 쓸어넘기고 있었으며 검고 진한 눈썹에 매부리코, 그리고 이마 한복판에는 연보라색의 커다란 혹이 두 개 나있었고, 미끄러운 놋쇠 단추가 달린 그린색 연미복을 입고 주름무늬가 있는 조끼에 가슴과 소매 끝에는 장식품을 단 차림이었습니다.

'만약 그가 내 가정교사였던 데세르 노인을 만나게 해준다면…….' 나는 이런 생각을 했습니다.

'그렇게 해준다면 나는 그가 마법사란 것을 인정하지 않을 수 없지.'

오찬 때 나는 노파의 충고에 따라 적포도주를 한 병 다 마셨습니다. 그것은 알다리온이 주장하는 바에 의하면 극상품(極上品)이라는 것인데 코르크 냄새가 여러 잔 마신 다음에도 글라스 바닥에 가라앉아 있었습니다.

정각 7시 반에 나는 마스토리디아 칼보브나 노파와 회담을 했던 그집 앞에 서있었습니다. 창의 덧문은 모두 닫혀 있었는데 문은 열려 있었습니다. 나는 집안에 들어가서 흔들거리는 계단을 올라가 2층으로 갔고 왼쪽에 있는 문을 열었습니다. 그러자 노파가 알려준 대로 텅 비어 있는, 꽤 넓은 방이 눈에 들어왔습니다.

창틀에 놓여 있는 짐승 기름으로 만든 초가 방안을 둔중(鈍重)하게 비춰주고 있었습니다. 문 건너편 쪽 벽 옆에는 등나무 의자가 놓여 있었습니다. 거의 다 탄 초는 그 밑에 촛농이 떨어져 있는데 나는 그것을 떼낸 다음 의자에 앉아, 기다리기로 했습니다.

처음 10분 동안은 어느 정도 빠르게 지나갔습니다. 방안에는 내 주의를 끌 만한 것이 한가지도 없었습니다. 그렇건만 바스락 소리만 나도 그때마다 나는 귀를 곤두세우고, 닫혀진 채로 있는 문을 노려보았습니다……. 심장이 두근거렸습니다.

처음 10분 동안에 이어 다음 10분도 지났습니다. 그리고 반 시간, 이어서 4분지 3시간이 지나갔습니다─. 주변에서 무슨 소리라도 나고 어떤 일이라도 일어났으면 좋겠다는 생각이 들더군요. 나는 몇 번인가 헛기침을 하면서 내가 있다는 것을 알리려고 했습니다.

이제 진절머리가 나고 화가 났습니다. 이런 식으로 속고 말다니…… 내 계산 착오였습니다. 나는 그만 의자에서 일어나 창가에 있는 초를 집어들고 아래층으로 내려갈 생각이었습니다……. 창가를 바라보니 초는 또 버섯처럼 촛농이 떨어져 있었습니다.

그런데 창문에서 문 쪽으로 시선을 옮겼을 때 나는 그만 기겁을 하고 말았습니다. 그 문에 몸을 기대고 서있는 사람이 있었던 것입니다. 그 사나이는 아주 재빠르게 소리도 내지 아니하고 들어왔으므로 나는 전연 눈치채지 못하고 있었던 것입니다.

그는 질소(質素)한 파란색 나사(羅紗) 상의를 입고 있었습니다. 키는 보통키 정도이고 꽤 튼튼한 체격의 소유자였습니다. 두 팔을 등쪽으로 돌린 그는 고개를 조금 숙인 채로 나를 노려보고 있었습니다.

초의 둔중한 불빛으로는 그의 이목구비를 제대로 분간할 수가 없었습니다. 확인되는 것은 단지 갈기처럼 부스스한 머리카락이 이마에까지 덮여 있는 것과 약간 비뚤어진 커다란 입술, 그리고 하얀 눈뿐이었습니다. 나는 문득 그에게 말을 걸 뻔했는데 마스토리디아가

한 충고를 떠올리고는 입술을 깨물었습니다.

들어온 사나이는 나를 계속 바라보고 있었습니다. 나 역시 그를 바라보고 있었는데 실로 이상한 일이었습니다! 나는 동시에 무언가 공포와 같은 것을 느꼈습니다. 그리고 마치 명령이라도 받은 것처럼, 갑자기 내 가정교사였던 노인을 생각해내기 시작했습니다.

그 '작자'는 여전히 문에 기대어 서서, 마치 산에 오르거나, 무거운 짐이라도 들어올리는 것처럼 괴로운 숨을 내쉬고 있었습니다. 그의 눈은 점점 더 띄는 것 같게도 보였고, 또 내가 있는 쪽으로 다가오는 것 같기도 했는데 — 그 집요하고 우직스럽고 위협하는 듯한 시선을 받고 있는 동안에 나는 숨이 막힐 것만 같았습니다.

이따금 그눈은 내면(內面)의 불길한 불꽃으로 활활 타올랐습니다. 그런 불꽃을 나는 토끼를 노리고 쫓을 때의 볼로이견(犬)에게서 본 일이 있습니다만 볼로이견과 마찬가지로 그 '작자'도 내가 주의를 다른 쪽으로 돌리려고 하면, 내 시선을 어디까지나 자기 시선으로 계속 뒤쫓음으로써 놓치려고 하지 않는 것이었습니다.

그런 상태로 어느 정도의 시간이 흘렀던 것일까? — 어쩌면 1분 일런지도 모르고 어쩌면 15분이 흘렀는지도 모릅니다. 그는 여전히 나를 노려보고 있었습니다. 나는 변함없이 어쩐지 숨이 막힐 것 같은 느낌으로 공포감을 참아가며 줄곧 가정교사였던 프랑스 노인만을 생각하고 있었습니다. 그러는 사이에 나는 두 번인가,

'이 무슨 멍청히 같은 짓이란 말인가? 이 무슨 엉뚱한 짓이람!' 이라며 자신에게 들려주었습니다. 그리고 빙그레 웃으면서 어깨를 한번 으쓱해 보이려고 했지만…… 소용없었습니다.

내가 마음속으로 어떤 결심을 해도 그것은 그자리에서 '얼어붙어 버리고 마는' 것이었습니다. 이 말말고는 당시의 상황을 설명할 수

있는 말이 없을 것 같습니다. 나는 어떤 종류의 허탈 상태에 사로잡히고 말았습니다.

나는 돌연 '그 작자'가 문 옆에서 어느 사이에 옮겨서 한 발짝인지 두 발짝인지 나에게 다가와 있는 것을 알아차렸습니다. 그런 다음 그는 두 발을 나란히 하고 아주 조금씩 뛰는 것처럼 움직이어 더더욱 가까이 왔습니다……. 그리고 다시 …… 또 다시 …….

위협적인 눈초리로 내 얼굴을 노려보았고 두 팔은 뒤로 돌려 있는 채였는데 넓은 가슴이 괴로운 듯 한숨을 내뿜고 있었습니다. 그가 뛰는 것은 보기에도 우스웠는데 그반면에 은근히 기분이 나빠지는 것이었습니다. 그리고 이것은 도저히 해명할 수 없는 것이었는데 갑자기 졸음이 오는 것이었습니다.

눈꺼풀이 맞붙는가 싶더니 — 파란색 상의를 입고 하얀 눈을 가진 자, 머리털이 덥수룩한 사람 그림자가 내 눈앞에서 둘로 나뉘는가 싶었는데 — 갑자기 형적도 없이 사라지고 만 것입니다! …… 나는 부들부들 떨었습니다.

그는 또다시 문과 나 사이에 서있었는데 어느 사이엔가 아주 가까이 와있었습니다.…… 그런 다음 또 그의 모습이 사라지고 — 뭔가 마치 안개에 싸여 있는 것 같았습니다. — 또 나타났다가는 — 또 사라지고 — 다시 나타났다가는 — 점차 가까이까지 옵니다…….

어느 사이엔가 그의 괴로운 듯한 콧김이 태풍처럼 내 얼굴에까지 와닿는 것이었습니다.…… 다시 안개가 깔리는가 했더니 그 안개 속에서 홀연히 다소 위쪽으로 치켜올라간 백발을 선두로 하여 데세르 노인의 머리가 또렷하게 나타나는 것이 아니겠습니까?

그렇습니다. 그의 혹, 그의 검은 눈썹, 그의 매부리코가 나타났습니다! 그리고 이번에는 놋쇠 단추가 달린 그린색 연미복에 주름무늬가 진 조끼, 또 가슴에는 장식이 있고…….

나는 고함을 치며 벌떡 일어났습니다.…… 그런데 자세히 보니 노인은 사라지고 그가 있던 곳에는 또다시 파란색 상의를 입은 사나이가 서있었습니다. 그는 비틀거리면서 벽 쪽으로 다가가더니 머리와 두 팔로 기대면서 녹초가 된 말[馬]처럼 씩씩거리며 쉰 목소리로,

"차(茶)! 차!"

라고 했습니다. 그러자 어디서 나타났는지 마스토리디아가 그에게 달려오더니,

"바신카! 바신카!"

라고 하면서 그의 머리털과 얼굴에서 폭포수처럼 떨어지는 땀을 정성껏 닦아주기 시작했습니다. 나는 그녀 쪽으로 다가갔는데 그녀는 실로 가슴을 쥐어 짜내는 듯한 목소리로 말했습니다.

"나리! 인정이 많으신 나리! 참아주세요. 제발 이러지 말아 주세요."

그래서 나는 그 말에 따랐습니다. 한편 그녀는 자기 아들에게 말을 걸었습니다.

"사랑하는 아들아! 귀여운 아들아!"

그녀는 달래듯 말하는 것이었습니다.

"곧 차를 가져다 주마, 지금 곧. 그리고 나리, 나리께서는 댁에 가셔서 차를 드십시오."

그녀는 내 뒤에서 큰 소리로 말했습니다.

숙소로 돌아온 나는 마스토리디아가 시킨 대로 차를 가져오도록 했습니다. 나는 심히 지쳐 있었으며 나른함을 느끼기까지 했습니다.

"그래서, 어떻게 되었습니까?"

알다리온이 물었습니다.

"찾던 분이 나타났습니까? 만나보셨나요?"
"분명히 보았네. 솔직히 말해서 이렇게 될 줄은 생각조차 하지 못했었어."
나는 대답했습니다.
"심오하기 그지없는 사나이이니까요."
알다리온은 사모바르를 치우면서 말했습니다.
"상인(商人)들로부터는 굉장한 존경을 받고 있는 것 같습니다."
자리에 앉아서, 내 몸에 일어났던 일에 대하여 이것저것 생각하던 나는 이 사건에 대하여 어쩌면 설명이 가능할 것 같았습니다. 이 사나이는 틀림없이 최면술을 잘하는 사람인 것입니다.

그는 물론 나로서는 알 수 없는 방법으로 내 신경(神經)에 힘을 가하여 내가 생각하고 있던 노인의 이미지를 내 뇌(腦) 속에 선명하게 일으키도록 하고, 그결과 나로 하여금 그 사람을 눈앞에서 보는 것처럼 만든 것입니다……. 그러한 '메타느타자', 즉 감각의 전이(轉移)는 과학에서도 잘 알려져 있는 터입니다.

멋진 일이었습니다. 그런 작용을 일으키게 할 수 있는 힘은 여전히 놀라운 수수께끼에 싸여 있는 채로 남아있습니다.

'누가 뭐라고 해도…….'
나는 생각해 보았습니다.
'나는 분명 보았던 것이다. 지금은 세상을 떠난 내 가정교사 노인을 분명 이 눈으로 틀림없이 보았던 거야. 뚜렷한 그 모습을…….'

그 이튿날, 귀족회관에서 무도회가 열렸습니다. 소피의 아버지가 나에게로 다가오더니 내가 그의 딸에게 이 무도회에 가라고 제안했던 일을 상기시켜 주었습니다. 밤 9시가 지난 다음, 나는 여러 개의 동(銅) 램프빛이 비추는 홀 중앙에서 그녀와 나란히 서있었습니다.

그리고 군악대가 연주하는 반주에 맞춰 카드리유의 부드러운 스텝을 밟으려던 참이었습니다.

광장한 인파였습니다. 특히 부인의 수가 많았는데 그 부인들은 한결같이 빼어난 미녀들이었습니다. 하지만 만약 어느 정도 기묘하고 수줍어하는 기색만 보이지 않는다면, 승리의 월계관은 누가 뭐라 해도 나의 귀부인 머리 위에서 빛나게 될 것입니다.

나는 그녀가 거의 눈을 깜박이지도 않는다는 것을 알아차렸습니다 ─ 그녀의 눈동자에서 드러나는 성실성, 의심할 여지가 없는 성실성을 가지고도 그녀가 지니고 있는 보통이 아닌 면을 커버할 수가 없었습니다. 그래도 그녀는 용자단려(容姿端麗)하고 조심성이 있었는데 그러면서도 우아한 몸매는 그대로 유지하고 있었습니다.

그녀가 왈츠를 추고 마치 파트너에게서 떨어져 나가려는 듯 상체를 약간 뒤로 젖히면서 쭉 뻗은 목을 오른쪽 어깨 쪽으로 기울일 때에는 ─ 이처럼 가슴에 와닿을 정도로 풋풋하고 청순한 것이 따로 있을까 하는 설레임이었으며, 그런 일은 상상도 못했던 일이었습니다. 그녀는 위에서 아래까지 하얀 옷을 입었는데 터키석(石) 십자가가 검은 리본으로 고정되어 있었습니다.

나는 그녀와 마주르카(3박자의 쾌활한 리듬의 폴란드 국민무용)를 추면서 대화를 하고자 했습니다. 그러나 그녀는 대답하기 싫은 눈치였습니다. 말수는 적었으며 내 이야기를 열심히 듣고 있었는데, 그 얼굴에는 내가 처음 만났을 때 나를 놀라게 했던 것과 같은 번민과 경악의 표정이 어려 있었습니다. 그녀 정도의 연령과 재주가 있는 아가씨에게 흔히 있을 수 있는 교태 따위는 찾아볼 수가 없었고, 그 두 눈은 언제나 대화하는 상대방을 뚫어지라고 바라보는 것이었습니다.

그와 동시에 그 눈은 마치 무엇인가 다른 것을 보고, 다른 것을 생각하는 것 같았습니다 ─ . 실로 이상한 아가씨였습니다! 결국 나는 그녀의 마음을 움직이는 기술을 모르는 채, 그녀에게 어제 있었던 이상한 사건에 대해서 이야기하려는 생각을 했습니다.

그녀는 내 이야기를 겉으로 보기에는 호기심을 불러일으킨다는 태도로 들었습니다만, 뜻밖에도 내 이야기에 놀라는 기색조차 없었습니다.

그리고,

"그 사람은 바실리란 이름이 아니었습니까?"

라고 물을 뿐이었습니다. 나는 노파가 내 앞에서 그를 가리켜 '바신카'라고 불렀던 것을 떠올렸습니다.

"그래요, 그 사람 이름은 바실리였습니다."

라고 나는 대답했습니다.

"설마 그 사람과 잘 아는 사이는 아니겠지요!"

나는 그녀에게 물었습니다.

"이 도시에는 바실리라는 이름을 가진 ─ 하느님의 뜻에 아주 적합한 사람이 한 명 살고 있답니다."

그녀는 다시 이렇게 덧붙였습니다.

"저는…… 그 사람이 아닌가 생각했습니다만…….…"

"하느님의 뜻에 적합하고 안하고는 이 경우 관계가 없습니다."

나는 얼른 말했습니다.

"이것은 동물자기(動物磁氣 : 최면 현상을 일으키는 것으로 상상했던 힘)의 작용에 지나지 않습니다. ─ 동물자기는 의사(醫師)와 과학자의 관심을 불러일으키고 있는 사실입니다."

나는 동물자기로 불리고 있는 특별한 힘에 대하여 ─ 어떤 사람의 의지가 다른 누군가의 의지의 지배하에 놓일 가능성 등등에 대해서 자연의 견해를 개진하려고 시도했습니다. 그러나 내 설명은 지리멸렬(支離滅裂)한 점이 있어서 아무래도 상대방에게 감명을 주지 못한 것 같았습니다. 소피는 내려놓은 손을 무릎 위에서 깍지 끼고, 손에 들고 있던 부채를 조금도 움직이지 않은 채 들고 있었습니다.

그녀는 그것을 만지작거리지도 않았고 손가락도 꼼짝하지 않고 있었습니다. 나는 석상(石像)을 상대하고 있는 것 같았습니다. 내가 하는 말은 모두 그녀에게 닿았다가는 튕겨나오는 것을 느꼈습니다. 그녀는 내 이야기를 이해해 주었는데 — 그러나 그녀에게는 그녀 나름대로의 확고한, 그래서 쉽사리 없어지지 아니하는 신념이 있는 것 같았습니다.

"그대는 기적 따위는 있을 수 없다고 생각하는 것 같군요?"

나는 놀라는 목소리로 물었습니다.

"물론, 기적을 믿고 있습니다."

그녀는 침착하게 말했습니다.

"어찌 기적을 믿지 않을 수 있겠습니까? 겨자씨 한 알만한 믿음이 있는 자라면 산을 옮길 수도 있다고 복음서(福音書)에는 쓰여 있습니다. 신앙을 가지기만 한다면 기적을 일으킬 수 있을 것입니다."

"아무래도 요즈음에는 신앙들이 약해진 것 같군요."

나는 반론을 폈습니다.

"기적에 대해서 듣는 일도 왠지 흔치 않으니 말입니다."

"그러나 역시 기적은 일어난다고 생각합니다. 당신께서는 몸소 보시지 않았습니까? 아니, 신앙은 요즈음에도 결코 스러진 것이 아닙니다. 신앙의 기초는……"

"예지(叡知)의 기초는 하느님에 대한 외포(畏怖)의 마음입니다."

하고 나는 뒤섞어가며 말했습니다.

"신앙의 기초는……"

소피는 몸을 움직이는 기색조차 없이 계속 말했습니다.

"헌신(獻身) …… 비하(卑下)하는 겁니다."

"비하하는 것이라고요?"

"그렇습니다. 인간의 자기 자랑, 오만, 그리고 우쭐대는 자부심 — 이런 것들을 완전히 조절하지 않으면 안됩니다. 아까 의지에 대해서 말씀하셨습니다만…… 그것이야말로 꺾어 버리지 않으면 안되는 것입니다."

나는 젊디젊은 처지이면서 이런 말을 하는 아가씨를, 정수리에서부터 발끝까지 차근차근 훑어보았습니다.

'아니, 이 아가씨는 아주 진지하게 말하고 있네.'

라고 나는 생각했습니다. 나는 마주르카를 추고 있는 다른 커플들에게 눈길을 주었습니다. 그들 역시 나를 바라보고 있었는데 내가 놀란 표정 짓는 것을 재미있어 하는 것 같았습니다. 그중 어떤 사람은 안됐다면서 나에게 미소를 보냈는데 그는 마치,

'어떻소! 이 도시 아가씨를 만난 감상이 어떠십니까? 여기서는 그녀의 성격을 모르는 사람이 없다오.'

라고 이야기하는 것 같았습니다.

"자신의 의지를 꺾으려고 했던 적이 있습니까?"

나는 다시 소피에게 말을 걸었습니다.

"누구든 자신이 옳다고 생각한 것을 할 일입니다."

그녀는 어쩐지 자로 잰 듯한 어조로 대답했습니다.

"실례가 될지 모르겠습니다만……."

나는 짧은 침묵이 흐른 후에 입을 열었습니다.

"죽은 사람을 불러올 수 있다고 믿습니까?"

소피는 서서히 고개를 가로저었습니다.

"죽은 사람은 없는 법입니다."

“그건 또 무슨 말입니까?”

“영혼은 죽는 일이 없습니다. 영혼은 불멸(不滅)인데, 나타나고 싶은 생각만 있으면, 언제 나타나더라도 이상할 것이 없습니다……. 계속 우리들 주변을 맴돌고 있는 것입니다.”

“뭐라구요? 그렇다면 저기에 있는 붉은 코의 주둔군 소령(少領) 바로 옆에서 불멸의 영혼이 맴돌고 있다고 생각합니까?”

“예, 내 말이 이상하다는 건가요? 태양빛이 저 사람과 그 코를 비추고 있습니다 — 그 태양빛도 — 아무리 빛이라 해도 하느님에게서 나오는 것이 아니겠습니까? 그리고 외견(外見)이란 것은 무엇입니까? 더러워지지 않는 자에게는 더러운 것이란 존재하지 않습니다. 다만 자신의 스승으로 추앙할 사람을 만나기만 한다면 — 인도해 줄 사람을 발견하기만 한다면!”

“저어, 실례지만……”

나는 입을 열었습니다. 그런데 고백하겠습니다만 심술이 나지 않는 것도 아니었습니다.

“그대는 인도자를 찾고 있습니다만…… 그렇다면 그대의 사제(司祭)님은 무엇을 위해 있는 것입니까?”

소피는 차가운 눈으로 나를 바라보았습니다.

“보아하니 나를 비웃고 있군요. 신부님은 나에게 자기가 해야 할 일을 하라고 말씀하십니다. 하지만 내가 필요로 하는 것은 자기를 희생하는 방법을 실제로 행하여 나타내 주는 그런 인도자입니다!”

그녀는 천장을 올려다보았습니다. 천진난만한 얼굴로, 얼어붙은 것처럼 미동도 하지 않은 채 생각에 잠겨 있으면서 계속 경악(驚愕)을 마음속에 비장하고 있음을 나타내는 그 표정에 의해 그녀는 라파엘로 이전의 성모(聖母)를 방불케 한다는 생각을 하게 했습니다.

“어디선가 읽은 일이 있습니다만……”

나를 바라보지도 않고 입술을 겨우 움직이듯 하면서 그녀는 계속 말했습니다.

"어느 고관(高官)이 교회를 찾아오는 모든 사람들의 발에 짓밟히도록 자기를 교회 입구 밑에 매장할 것을 명령했다는 것입니다…… 이것이야말로 살아있는 동안에 하지 않으면 안될 일입니다."

이때 2층 거실에서 팀파니가 울려퍼졌습니다. 정직하게 말해서 ― 무도회에서 이런 대화를 하는 것은 너무나 엉뚱하다는 생각이 들었습니다. 그것에 의해 더욱더 내 가슴에 용솟음치게 된 생각은…… 종교적인 것과는 정반대인 성질을 띠고 있었습니다.

나는 마주르카를 추고 있던 한 사람이 내 파트너를 유혹하여 뺏어 간 것을 기화로 하여 우리의 신학(神學) 논쟁을 그치기로 했습니다.

15분 후, 나는 소피양(孃)을 아버지에게 데려다 주었고, 그후 이틀쯤 되어 T시를 떠났습니다. 그리고 순진한 표정으로, 마치 돌로 만들어진 것인 양, 사람들을 가까이 오게 하지 않는 마음의 소유자인 이 아가씨의 면영(面影)은 곧 내 기억 속에서 사라지고 말았던 것입니다.

2년의 세월이 흐른 다음, 나는 우연한 일로 다시 그 면영을 떠올리게 되었습니다. 그것은 이런 이유에서였습니다.

어느 날, 나는 마침 남(南)러시아 방면의 여행에서 갓 돌아온 동료와 이야기를 나누고 있었습니다. 그는 T시에서 잠시 머물렀는데, 그곳의 이야기를 이것저것 나에게 들려주었습니다.

"그래, 그래, 그렇다니까!"

그는 말했습니다.

"자네는 분명 V.G.B와 잘 아는 사이였다며?"

"물론이지."

"그럼 그의 딸인 소피를 알고 있나?"

"두 번쯤 만난 적이 있네."

"그런데 그 아가씨가 도망을 쳤다는 게야! 사랑의 도피를 했다지 뭔가."

"설마!"

"아냐, 사실이라구. 행방불명이 된 지 벌써 석 달이 되었어. 그런데 더욱 놀라운 것은 누구하고 도망을 쳤는지 아는 사람이 아무도 없다는구먼. 알겠나? 짚이는 자도 없거니와 그 누구도 짐작을 못한다는 거야. 그녀는 어느 누구의 구혼(求婚)에도 응하지 않았다는구먼. 그런데 그 행동은 더없이 수수했었다는 게야. 어쨌든 얌전한 여자, 신앙심이 깊은 여자는 곤란해! 이 현(縣)에서는 굉장한 스캔들이라구!

그러나 저러나 가출을 해야 할 필요가 있었겠지 ……. 아버지는 그녀에게 무엇 한가지 부자유하게 한 기억조차 없다고 하던데 …… 아무래도 불가해(不可解)한 일은 이 현(縣)에 사는 러브레이스(S. 리처드슨의 소설에 나오는 등장인물. 칠칠치 못한 여자란 의미)는 한 사람 빠짐없이 모두 남아있다는데 ……."

"그래서 그녀는 아직 발견되지 않고 있나?"

"바다 속으로 가라앉은 게 아닐까? 부잣집 신부 후보가 또 한 사람 줄어들었다구. 아까운 일이야."

나는 이 소식을 듣고 매우 놀랐습니다. 그것은 내 마음속에 남아 있던 소피. B의 추억과 너무나도 차이가 있었습니다. 하지만 이 세상에서는 어떤 일이 일어나더라도 이상할 것이 없습니다.

같은 해 가을, 또다시 공무(公務)로 출장을 갔는데, 운명의 장난으로 인하여, 나는 S현(縣)을 찾게 되었습니다. 주지하는 바와 같이 이 현은 T현(縣)의 이웃에 있습니다.

비가 내리어 추운 날이었습니다. 내가 타고 가던 경사륜마차(輕四輪馬車)는 신작로의 진흙탕 속을, 잔뜩 지쳐 있는 역체마(驛遞馬)에 끌리어 가까스로 움직이고 있었습니다. 그날은 특별히 재수없는 날이었습니다.

세 번씩이나 수레바퀴의 바퀴통에까지 물이 차올랐으므로 진흙탕 속에서 죽을 고비를 넘겨야 했습니다. 내가 타고 있는 수레의 마부는 앞서간 수레바퀴 자국을 따라 수레를 몰며, 말에게 연거푸 채찍을 가하고 소리를 지르면서 이번에는 다른 바퀴 자국으로 이동시키고자 했지만 사태는 조금도 호전되지 않았습니다.

결국, 저녁때가 되자 나도 심히 지쳤는데 역에 도착하는 길로 여관을 찾아들었습니다. 나에게 주어진 방은 — 나무 소파는 찌그러지고, 바닥은 기울어 있었으며, 벽지는 찢어져 있었습니다. 그 방은 가마니와 양파, 심지어는 테레빈유(油)의 냄새까지 났으며 여기저기에 파리떼가 우글거렸습니다.

하지만 그런대로 비가림은 되었습니다. 비는 점점 굵게 쏟아졌습니다. 나는 사모바르 준비를 시킨 다음 소파에 앉아서 루시(러시아의 古名)를 여행하는 사람과 비슷한 여수(旅愁)에 잠겨 있었습니다.

내 머리속에 맴돌고 있던 생각은, 본채에서 들려오는 — 무엇인가를 두드리는 둔탁한 소리로 말미암아 중단되었습니다. 내 방과 본채는 널빤지로 만든 칸막이로 나뉘어져 있었던 것입니다. 그 소리와 함께 쇠사슬을 움직이는 금속음도 들려왔는데, 느닷없이 웬 사나이의 거친 목소리가 들려왔습니다.

"이집의 모든 사람들에게 하느님의 축복이 있기를! 하느님의 축복이 있으시기를!"

"하느님의 축복이 있으시기를! 아멘! 아멘! 사탄아, 물러가라!"

그 목소리는 어쩐지 한마디, 한마디의 마지막 음절(音節)을 이상하게 끌면서 반복하고 있었습니다……. 그리고 시끄러운 한숨 소리가 들리는가 했더니 묵직한 몸이 금속음과 함께 방바닥에 앉는 소리가 들려왔습니다.

"아크리나! 하느님의 종이여, 이리로 오라!"

또 그 목소리가 들려오기 시작했습니다.

"보라! 넝마를 걸치고 축복받는도다…… 핫하하하…… 오오, 하느님이시여! 오오 하느님이시여! 오오, 하느님이시여!"

그 목소리는 성가대(聖歌隊)의 바리톤처럼 나지막하게 들려왔습니다.

"오오, 하느님이시여! 내 생명의 주(主)시여! 죄 많은 저입니다……. 오오! 핫하하하…… 제 7시에 이집에 하느님의 은총이 있으시기를……."

"저건 누구요?"

나는 사모바르를 가져다 준, 마음씨 착해 보이는 여주인에게 물었습니다.

"아아, 저것은요…… 나리."

그녀는 속삭이듯 하는 목소리로 조급하게 대답했습니다.

"고마우신 성자(聖者)님이십니다. 최근 이 지방에 모습을 나타내셨습니다. 그리고 저의 집에 오셨답니다. 이처럼 비가 쏟아지는 날에 ─ . 몸에서 비가 뚝뚝 떨어지더라니까요! 그리고 저 쇠사슬! 저걸 좀 보세요. 웬 쇠사슬을 저렇게 많이 매달고 다니는지요……."

"하느님의 축복이 있으시도록! 하느님의 축복이 있으시도록!"

다시 목소리가 울려퍼졌습니다.

"아크리나여! 아크리나여! 아크리누시카! 친구여! 우리의 하늘나라는 어디에 있는고? 우리의 그 아름다운 하늘나라는? 광야에야말로 우리의 하늘나라가 있다…… 하늘나라가……. 그리고 이집에는 태초(太初) 이후로 큰 행운이 있…… 있…… 이…….”

목소리는 무슨 뜻인지 모를 말을 지껄이기 시작했습니다. 그리고 긴 하품을 한 후에 또다시 쉰 목소리의 웃음소리가 들려왔습니다. 이 웃음소리는 여러 차례나 무의식 속에서 웃어대는 것처럼 들려오곤 했습니다. 그런 다음에는 그때마다 분개하여 침을 뱉어대는 소리가 들려왔습니다.

"아이구! 스테파니카가 없네요! 이거 큰일났는걸!"

여주인은 마치 독백을 하듯 말하더니 귀를 곤두세우고 문 옆에 바짝 붙어 서있었습니다.

"무언가 구원의 말씀을 해주는데 저와 같이 어리석은 여자로서는 전연 알아들을 수가 없습니다."

이런 말을 남기고 그녀는 재빨리 나갔습니다.

칸막이 널빤지에는 틈이 벌어져 있었습니다. 나는 그곳에 눈을 갖다댔습니다. 성우자(聖愚者 : 넝마옷을 걸치고 미친 사람과 같은 언동을 하며 방랑하는 사람)는 나에게 등을 돌리고 널빤지 침상에 앉아 있었습니다. 나에게는 그의 유난히 큰 — 맥주 만드는 솥만큼이나 큰 — 덥수룩한 머리와 침을 뱉어대서 젖은 옷을 걸친, 구부러진 등밖에 보이지 않았습니다.

그의 앞은 토방인데 그곳에는 역시 낡고 젖은 평상복 상의를 걸치고, 눈까지 가릴 정도의 두건을 쓴 — 아주 나약하게 보이는 여인이 무릎을 꿇고 앉아 있었습니다. 그녀는 성우자의 발에서 구두를 벗기려고 했는데, 그녀의 손가락은 더럽고 미끈미끈한 살갗 위를 미꾸러지고 있었습니다.

여주인은 그녀 옆에서 팔짱을 끼고 서서, '성인(聖人)'의 행위를 공손한 눈초리로 바라보고 있었습니다. 그는 여전히 무언가를 중얼중얼, 알아들을 수 없는 이야기를 하고 있었습니다.

평상복 상의를 걸친 여인은 성우자의 구두를 가까스로 벗겼습니다. 그녀는 벌렁 나자빠질 뻔했는데 중심을 바로잡더니 성우자의 장딴지를 감았던 천을 풀려고 했습니다. 발등에는 상처가 있었습니다. ……나는 눈을 돌리고 말았습니다.

"차를 마시고 싶지 않으십니까?"

여주인의 아양떠는 목소리가 들려왔습니다.

"무슨 말을 하는 게야?"

성우자가 대응하는 것이었습니다.

"죄가 많은 육체를 호강시키려는 건가? ……오오! 오오! 몸속에 있는 모든 뼈를 부서지도록 때려도 시원치 아니하거늘…… 이 여인은 차 따위를 끓이려고 하다니! 오오! 노파여! 우리들 속에 있는 사탄은 무서운 놈이야! 그 사탄은 굶겨가지고도, 추위에 노출시켜도, 하늘의 바닥이 빠진 것처럼 쏟아지는 비를 가지고도…… 어쩔 수가 없는 지독한 놈이라구! 지성생신녀비호제일(至聖生神女庇護祭日)을 잊지 아니하도록! 풍성한 은총을 내리겠노라!"

여주인은 너무 놀란 나머지 나지막하게,

"앗!"

하고 소리를 내는 것이었습니다.

"내가 하는 말만 잘 들으면 괜찮아! 가지고 있는 것을 모두 내놓으라. 머리도, 속옷도 내놔! 그리고 내놓으라고 하지 않더라도 내놔! 왜냐하면 하느님은 모든 것을 다 내다보시기 때문이야! 하느님이 그대 집의 지붕을 날려 버리는 데 시간이 걸릴 줄 아나? 자

비로우신 하느님께서 그대에게 빵을 내리셨어. 그것을 부뚜막에
서 구우면 돼!

　하느님은 모든 것을 내다보고 계시다구! 내다…… 보고……
계신다…… 말야! 그 삼각형의 것 속에 있는 것은 누구의 눈인
고? 말해 보라…… 누구의?”

여주인은 삼각건(三角巾) 밑에서 몰래 십자(十字)를 그었습니다.

“예로부터의 적(敵)! 무서워! 무…… 섭단…… 말야! 무……
서…… 워!”

성우자는 이를 부드득 갈면서 몇번인가 반복했습니다.

“지난날의 뱀이란 놈! 그러나 하느님이 부활하셨음을! 하느님이
부활하시고 그 적(敵)들을 모두 없애신 것을! 나는 사자(死者)를
모두 불러낸다구! 하느님의 적과 싸우게 한다구! 핫하하하…….”

“댁에 기름은 없습니까?”

이때 겨우 들릴 정도의 다른 목소리가 말했습니다.

“상처에 발라 주세요. 천도 깨끗한 것이 있으니까요.”

나는 또 널빤지 틈으로 살펴보았습니다. 평상복 상의를 입은 여인
은 여전히 그 성우자의 병든 다리에 손을 대고 있었습니다.

‘막달라 마리아다.’

나는 이런 생각을 했습니다.

“당장 가져오겠습니다.”

여주인은 그렇게 말하자 내가 있는 방으로 들어왔고 성상(聖像)
앞에 있는 등잔에서 수저로 기름을 떠내는 것이었습니다.

“그를 섬기고 있는 사람은 누구인가요?”

나는 물었습니다.

“나리, 우리도 알지 못한답니다. 그분도 틀림없이 구원을 얻기 위
해 죄사함을 받으려는 것이겠지요. 그야 어쨌든 실로 신앙심이 깊

은 분임에는 틀림없습니다.”

“아크리누시카! 귀여운 내 딸아, 사랑스러운 내 딸아!”

그사이에도 성우자는 이런 말을 반복했는데 그러다가 돌연 울어
댔습니다.

그 앞에 무릎을 꿇고 있던 여인은 그를 올려다보았습니다…….
아니! 그런데 그 눈은 어디선가 본 것 같다는 생각이 들었습니다.

여주인은 수저에 가득 기름을 담아가지고 그녀에게 다가갔습니다.
여인은 응급치료를 끝내자 방바닥에서 일어났는데, 깨끗한 창고가
있느냐고 물었고, 건초(乾草)도 넉넉히 있느냐고 물었습니다.

“바실리 니키치치는 건초 위에서 잠자기를 좋아한답니다.”

그녀는 덧붙였습니다.

“그럼 이리로 오세요.”

여주인은 대답했습니다.

“어서 이리 따라오세요.”

그녀는 성우자를 향하여 말했습니다.

“옷을 말리고 쉬십시오.”

그는 꿈틀거리기 시작했고 천천히 널빤지 침상에서 일어났습니
다 — 그의 쇠사슬이 또 철렁철렁 소리를 냈습니다 — 그리고 몸을
돌리어 내가 있는 쪽으로 얼굴을 향하면서 성상(聖像)을 눈으로 찾
더니 십자(十字)를 긋는 것이었습니다.

나는 그순간 그가 누구인지 알았습니다. 이 사나이는 지난날 나
를 — 세상을 떠난 가정교사와 만나게 해주었던 바실리, 바로 그 사
람이었습니다.

그의 얼굴 모양은 거의 변한 것이 없었습니다. 단지 그 표정이 이
전보다 심상치 않게 무서워졌을 뿐이었습니다……. 부은 얼굴 아래
쪽에는 온통 덥수룩한 턱수염으로 싸여 있었습니다. 그 수염은 너무

지저분하게 쥐어 뜯어놓은 것 같아서 나는 공포감보다도 혐오감을
느꼈습니다.

 그는 십자 긋기를 그쳤는데 여전히 얼빠진 눈초리로 방구석과 방
바닥을 두리번거리고 있어서, 마치 무언가를 기다리고 있는 것 같았
습니다…….

 "바실리 니키치치, 어서 이곳으로 오세요."

 평상복 상의를 입은 여인이 공손히 손짓을 하면서 말했습니다. 그
는 갑자기 기세좋게 머리를 흔들며 방향을 바꾸었는데 다리가 뒤얽
이어 비틀거리기 시작했습니다. 그의 길동무인 여인이 곧 그에게로
다가갔고 겨드랑이에 손을 넣어 바로 세워주었습니다. 그 몸매와 목
소리로 짐작컨대 아직 젊은 여성 같았습니다. 그녀의 얼굴은 거의
볼 수가 없었습니다.

 "아크리누시카, 친구여!"

 성우자는 다시 한번 소름이 끼치는 목소리로 말하더니 입을 크게
벌리고 자기 가슴을 치며 영혼의 깊숙한 바닥에서 울려나오는 것
같은 신음 소리를 냈습니다. 두 사람은 여주인의 뒤를 따라 방에서
나갔습니다.

 나는 딱딱한 소파에 누워, 지금까지 보아온 것에 대하여 장고(長
考)에 들어갔습니다. 나에게 최면술을 걸었던 최면술사는 결과적으
로 성우자였던 것입니다. 그것은 곧 싫건 좋건 간에 그의 속에서,
그의 힘으로 이끌어 낸, 그리고 그가 행했던 바인 것입니다.

 다음날 아침, 나는 출발할 준비를 하고 있었습니다. 두 다리는 어
제와 변함이 없었지만 나는 이 이상 우물거리고 있을 수가 없었던
것입니다.

 세숫물을 떠가지고 온 하인의 얼굴에는 비야냥대는 표정을 억제

하고 있는 것 같은, 일종의 독특한 엷은 웃음이 피어오르고 있었습니다. 그 엷은 웃음의 뜻은 나도 잘 알 수 있었습니다. 그것은 이 하인이 양가(良家) 사람들에 대하여 무엇인가 이상한 소문, 무언가 수상한 소문을 들었다는 것을 의미하고 있었습니다. 그는 그 내용을 나에게 말하고 싶어 견딜 수가 없다는 표정이었습니다.

"그래! 도대체 무슨 일인가?"

나는 마침내 묻고 말았습니다.

"어제, 성우자를 보셨습니까?"

하인은 기다렸다는 듯이 물었습니다.

"보긴 보았는데…… 그게 어떻게 되었다는 건가?"

"동행한 여인도 보셨나요?"

"보았네."

"그 여인은 처녀랍니다. 귀족 출신이고요."

"뭐라고?"

"거짓말이 아닙니다. 오늘 T현(縣)에서 상인(商人) 일행이 와서 지나갔습니다만…… 그들의 말로 알게 되었습니다. 그 집안의 이름까지 대주었는데 그것은 그만 잊었습니다."

내 머리속에서는 마치 번갯불이 번쩍거리는 것 같았습니다.

"성우자는 아직 있나? 아니면 출발했는가?"

나는 물었습니다.

"아마, 아직 있을 것입니다. 방금 문앞에 앉아 있으면서 묘한 말을 했었는데 무슨 말을 하는 건지 전혀 알아들을 수 없었습니다. 태평하게 미친 사람 같은 짓을 하더라구요. 그 작자는 그런 짓을 해도 자신에게 손해가 안된다는 것을 잘 알고 있는 겁니다."

그 하인은 알다리온과 마찬가지로 교양이 있는 하인배의 부류에 속해 있었습니다.

"그 처녀도 함께 있던가?"

"예, 같이 있었습니다. 그 옆에 붙어 있더라구요."

나는 현관으로 나가서 성우자를 보았습니다. 그는 문 옆의 벤치에 앉아서 두 손의 손바닥으로 벤치를 꼭 잡고, 숙인 머리를 좌우로 흔들고 있었습니다. ― 그 모습은 우리 속에 갇혀 있는 짐승과도 같았습니다. 잔뜩 자란 곱슬머리가 눈까지 덮고 있는데 그 늘어진 머리는 입술까지 늘어져 있었습니다.

기묘하기 짝이 없는 ― 그래서 인간의 말이라고는 생각되지 아니하는 말을 그는 중얼거리고 있었습니다. 그와 동행한 여인은 마침 두레박 물로 세수를 막 끝냈을 때였습니다 그녀는 수건을 걸친 채 문 쪽을 향하여 뒷걸음치고 있었습니다.

나는 이제 어느 방향에서도 볼 수 있는 그녀의 얼굴을 바라보다가 그만 놀란 나머지 나도 모르는 사이에 두 손바닥을 마주치고 말았습니다. 내 눈앞에 있는 여인은 ― 바로 그 소피. B가 아니겠습니까?

그녀는 재빨리 돌아서면서 그 파란 눈 ― 지난날처럼 깜박이지도 않는 그 눈으로 나를 바라보았습니다. 그녀는 매우 수척해 있었으며 볕에 그을어서 거무튀튀한 피부에 코끝은 날카로워졌고 입술은 윤곽이 뚜렷해져 있었습니다.

그래도 그녀의 용색(容色)에 쇠약한 면은 보이지 않았습니다. 단지 옛날 생각에 잠기면서, 경악으로 떠는 표정이었는데 그것과는 별도로 의연한 ― 두려움을 거의 모른다는 내면적 앙양(昂揚)으로 분기(奮起)하는 표정이 가려져 있었습니다. 그 얼굴에는 이미 순진성 따위는 그림자도 없었습니다.

나는 그녀 쪽으로 다가갔습니다.

"소피 브라지로부나."

나는 그녀를 불렀습니다.

"정말로 — , 그대입니까? 이런 몰골로 …… 이런 사람과 함께 ……."

그녀는 움찔했습니다. 그리고 자기에게 이야기를 거는 사람이 누구인지를 확인하려는 듯, 아까보다 눈을 더 크게 뜨면서 나를 바라보았는데, 나에게는 한마디 대답도 하지 않은 채 자기 일행에게 다가갔습니다.

"아크리누시카."

성우자는 중얼거리듯 말하더니 한숨을 길게 내쉬었습니다.

"우리의 죄야! 우리의 죄라구!"

"바실리 니키치치, 어서 출발하시자구요. 아시겠습니까? 지금 당장 떠나자구요. 어서요."

이렇게 말하면서 그녀는 한 손으로 베일을 얼굴에 쓰면서 다른 손으로 성우자의 팔꿈치를 잡으며 안아 일으켰습니다.

"떠나자구요, 바실리 니키치치. 이곳은 위험해요."

"갑시다. 좋소, 갑시다."

성우자는 조용히 대답했고, 온몸을 앞쪽으로 숙이며 벤치에서 일어났습니다.

"단, 이 사슬을 단단히 매야 하오."

나는 다시 한번 소피에게로 다가갔습니다. 그리고 내 이름을 대면서 내 이야기를 듣고 한마디 해달라고 간청하기 시작했습니다. 나는 그녀에게 장대같이 퍼붓는 빗줄기를 보라고 가리켰습니다. 나는 그녀 자신과 동행자의 몸을 소중히 하라는 부탁을 했고, 그녀의 아버지에 대한 이야기도 했습니다.

그러나 그녀는 왠지 악의(惡意)에 찬, 그래서 주체할 수 없는 앙양감(昂揚感) 같은 것에 지배당하고 있었습니다. 나 같은 것은 일고

의 가치도 없다는 듯, 이를 악물고 숨을 헐떡이는 그녀는 성우자에
게 나지막한 목소리로 지껄였습니다.

그리고 그의 허리띠를 졸라매 주고, 몸에 쇠사슬을 단단히 채워
주고, 머리에는 침이 묻은 어린이용 모자를 씌워 주고, 한쪽 손에
지팡이를 쥐어 주고, 자신의 어깨에는 배낭을 짊어지고 문 바깥쪽
길로 나가는 것이었습니다.

있는힘을 다해서 그녀를 잡을 권리가 나에게는 없었고, 잡는다 해
도 아무 소용이 없었을 것입니다. 절망적인 내 최후의 눈길을 그녀
는 돌아다보려고조차 하지 않았습니다.

'성인(聖人)'의 팔을 떠받치면서 그녀는 질척거리는 시커먼 길을
종종걸음으로 걸어갔는데, 몇초 후에는 어둠침침한 아침 안개 속에
서 — 그리고 이어지는 빗줄기 속에서 이 성우자와 소피 등, 두 사
람의 그림자가 마지막으로 힐끗 보였습니다. — 그런 다음에 두 사
람의 그림자는 길가에 늘어서 있는 집들의 모퉁이를 돌아갔는데 이
로써 그들은 영원히 사라지고 만 것입니다.

나는 내 방으로 돌아왔습니다. 그리고 깊은 생각에 잠겼습니다.
나로서는 전연 알 길이 없었습니다. 그처럼 성장과정이 좋았고 젊으
며 유복한 아가씨가 왜 자신이 태어난 집도, 가족도, 친지도, 친척도
모두 버리고, 또 그때까지의 모든 습관과 생활을 단념했던가? 무엇
을 위하여!

나로서는 도저히 이해할 수가 없었습니다. 반미치광이 방랑자의
뒤를 따라다니며 그의 시중을 들어주기 위해서일까? 이런 결의를
하기에 이른 원인이 도착적인 것이라 하더라도 마음 깊숙한 곳에
있는 성향(性向) — 사랑이라든가 격정(激情)에 의한 것이라고는
생각할 수조차 없는 일이었습니다.

'성인(聖人)'의 눈을 속이고자 하는 모습을 한번이라도 보여주었다면 그런 생각을 머리속에서 떨쳐 버리기에 충분했을 것입니다! 아니, 소피는 조금도 더럽혀지지 않은 채였습니다. 그리고 지난날 그녀가 나에게 말했던 일이 있었던 것처럼 그녀에게 있어서는 더럽혀지는 일 따위는 한 가지도 하지 않았을 것입니다.

그래서 나로서는 소피의 행동이 이해되지 않았습니다. 하지만 나는 그녀를 책망하지는 않았습니다. 나중에 자기네들이 진실이라 생각하고, 거기서 자신의 사명을 찾아내기 위해, 마찬가지로 모든 것을 바친, 다른 아가씨들에 대해서 책망하지 않았던 것처럼 말입니다.

소피가 실로 이 길을 택했다는 것은 유감천만이었습니다. 그러나 그녀에게 감탄의 생각을, 다시 말해서 존경의 생각을 느낄 수도 없었습니다. 그녀가 나에게 헌신(獻身)에 대하여, 비하(卑下)에 대하여 이야기했던 것도, 이유 없는 일은 아니었습니다.

그녀에게 있어서는 말과 행위가 어긋나는 일은 없었습니다. 그녀는 인도자를 찾고, 지도자를 구했는데 그것을 찾았던 것입니다……. 그러나 그것이 누구였을까? 오오, 하느님!

그녀는 남의 말에 밟히고 — 짓밟히도록 스스로 나아갔던 것입니다……. 이윽고 세월이 흐르고, 풍문으로 들은 이야기에 의하면 가족들은 마침내 이 길 잃은 어린양을 찾아냈고 집으로 데려왔다는 것이었습니다. 하지만 그녀는 박명(薄命)하여 '침묵행자(沈默行者)'처럼, 그 누구에게도 입을 열지 않은 채 세상을 떠났다는 것입니다.

가련한 존재, 수수께끼와 같은 존재여! 그대의 마음속에 평안이 있으라! 바실리 니키치치는 아마 지금도 성우자의 행동을 계속 하고 있을 것입니다. 이런 사람들의 고집에는 실로 놀라운 면이 있으니까요. 단지, 그도 간질 때문에 어디선가 쓰러지고 말았을는지 모르지만 —.

어떤 인물의 수기(手記)

그저께 세미욘 알다리오노비치는 나에게 이런 질문을 했다.

"저어 이반 이바노이치, 자네는 술에 취하지 않은 적이 있나? 한 번 말해 보게."

이상한 요구이다. 나는 화를 내지 아니했다. 나는 겁쟁이인 것이다. 그런데도 나는 미치광이 취급을 받은 적이 있는 것이다. 이따금 어떤 화가(畫家)가 내 초상화를 그렸다.

"누가 뭐라 해도 그대는 문학자였으니까."

라고 그는 말하는 것이었다. 나는 그의 말에 따랐다. 그는 그것을 전람회에 냈던 것이다. 신문을 읽으니,

'이 병적(病的)이고 미치광이에 가까운 얼굴을 보러 가는 게 좋겠다.'

라고 쓰여 있었다.

이런 것은 별로 상관이 없겠지만, 그래도 이처럼 적나라하게 활자화(活字化)해도 좋은 것일까? 신문이라든가 잡지에서는 뭐니뭐니 해도 품위가 있지 않으면 안된다. 이상(理想)이 있지 않으면 안된다. 그렇건만 이래가지고는……

적어도 우회(迂回)하여 적었으면 좋겠다. 그것을 위해서는 문체(文體)란 것이 있다. 그런데 우회한 것 자체가 싫다는 것이다. ─

오늘날에는 유머라든가 멋진 문체란 것들은 모습을 감추었고 욕설과 잡담이 재치있는 비아냥을 일삼고 있다. 그러나 나는 화를 내지 않는다. ― 나는 대단한 문학가는 아니다. 소설을 쓰고 있지만 실어주지 아니했다. 풍자적인 읽을거리를 썼지만 거절당하고 말았다.

이런 작품들을 나는 여러 번이나 편집부에 가지고 갔었지만 가는 곳마다 계속 거절했다.

"당신 것은 청신한 맛이 모자라오."

라고 말하는 것이었다.

"어떤 점이 그렇다는 겁니까? 야티카퐁(風)의 멋진 점이 모자란다는 건가요?"

나는 비아냥대는 어투로 물었었다.

그러나 이해해 주지 않는 것이다. 그래서 주로 서점(書店)을 위해 프랑스어의 번역을 하고 있다. 상인(商人)들을 위해 광고문을 써주고 있다.

'희귀한 상품! 자가(自家) 농장에서 생산하는 차(茶)'

뭐 이런 식이다.

고(故) 피오토르 마토베비치 각하에게 바치는 송사(頌詞)를 써서 돈을 듬뿍 받았다. 《부인(婦人)들에게 인기있는 비결》이란 책을 서점의 주문으로 써준 일이 있다. 이런 종류의 책을 나는 실로 지금까지 6권 정도 낸 일이 있다. 볼테르의 경구집(警句集)을 만들고 싶지만 우리나라 독자들에게는 인기가 없을 것 같아서 걱정이다. 이 시대에 볼테르가 어떤 도움이 되겠느냐고 비아냥댈 것이니 말이다. 이제는 볼테르는 아무 소용도 없다고 할 것이니 말이다.

내 문학상의 작업이란 그런 것들이다. 돈도 되지 않는데 내 이름을 풀네임으로 서명한 편지를 이곳저곳 편집부로 보내곤 한다. 이런저런 훈계를 늘어놓기도 하고, 충고하기도 하고, 비판해 보기도 하고, 길을 가르쳐 주기도 하고 있다.

어떤 편집부에 지난 주, 편지를 보냈는데 2년간에 40통째 보내는 편지였던 것이다. 우표값만 40루블을 사용했다는 결론이 나온다. 내 이상한 성격은 이와 같았었다.

내가 생각하기로는, 그 예의 화가가 나를 모사(模寫)했던 것은 문학을 위해서가 아니다. 내 이마에서 대칭을 이루고 있는 두 개의 사마귀 때문이었던 것 같다 — 즉 아주 드문 유(類)의 현상이었기 때문이었다. 사상(思想) 따위가 분명치 않은 사람들은 갖가지 드문 현상을 좋아하는 법이다. 그야 어찌되었든 그가 그린 초상화에서 내 사마귀는 어쩌면 그렇게 잘 그렸는지 감탄할 정도였다 — 진짜와 아주 똑같았던 것이다! 이런 것을 사람들은 리얼리즘이라고 한다.

그런데 광인(狂人) 운운의 이야기인데 우리나라에서는 작년에 숱한 사람들이 광인 리스트에 올랐었다. 그것도 이런 식으로 올리는 것이었다.

‘이처럼 타고난 재능을 가지고 있으면서도…… 결국에는 이상과 같은 일이 밝혀졌다…… 원래는 훨씬 이전부터 예견하고 있었던 일이지만……’

운운 — . 이렇게 되면 아주 곤란하다. 순수한 예술적 견지에서 보더라도 — 칭찬해도 좋을 정도이다. 그래서 이 무리들이 돌연 한층 더 현명하다는 것이 된다. 그러므로 우리나라에서는 사람으로서의 이성(理性)을 잃게 되는 짓만 할 뿐, 사람에 의해 분별을 하게끔 시도하지는 않는다.

내 생각으로는 누구보다도 현명한 사람은 한 달에 한 번이라도 좋은데 — 자기자신을 바보라고 부를 수 있는 사람이다 — 요즘에는 거의 예가 없는 능력이다! 지난날에는 적어도 바보도 바보 나름대로 1년에 한 번 정도는 자기자신에 대하여 ‘나는 바보이다’라고 자각을 했었는데 오늘날에는 전연 없다. 그리고 바보와 현명한 사람의 구별조차 할 수 없을 정도로 사태는 혼란스러워졌다. 이것은 사람들이 일부러 만든 것이다.

2세기 반이나 전에 프랑스 사람들은 자기 나라에 최초의 정신병원을 세웠는데 그때 스페인에서 말한 경구(警句)가 있다. 그것이 문득 마음에 떠오른다.

'그들은 자기네들이 현명한 인간임을 내세우기 위하여 자기 나라의 바보들을 한 사람 남기지 않고 모두 특별한 건물 속에 가두었다.'

라고 했던 것이다. 그것은 사실이다. ― 다른 사람을 정신병원에 가두어 둔다고 해서 자기네의 현명함을 입증할 수는 없다.

"K는 미쳤다. 그러므로 이제 우리는 현명한 인간인 것이다."

라는 것일까? 아니, 그것은 그렇게 될 수가 없는 것이다.

그러나 어리석었다. ― 왜 나는 내 지혜를 자랑하고 떠들어댔단 말인가 ― 나는 시종 중얼거리고 다녔던 것이다. 하녀도 나에게 지겹다는 생각을 하게 되었다.

어제는 친구가 집에 찾아와 주었다. 그는 말했다.

"자네의 문장(文章)은 이상해. 과감하게 자르곤 한단 말일세. 중얼중얼대면서 짧게 잘라 버리곤 하네그려. ― 그리고 삽입문(揷入文)이 오더군. 그 삽입문에 또 삽입문이 와. 그런가 하면 괄호 속에 또 무엇인가를 넣고 ― 또 다시 잘라 버린단 말일세."

친구가 하는 말이 맞다. 나에게는 무언가 기묘한 일이 일어나고 있는 것이다. 그리고 성격도 바뀌어 가고 있고 두통이 일어난다. 나는 무엇인가 기묘한 것을 보거나 듣게 되었다. 그것은 목소리는 아니지만 역시 누군가가 마치 옆에 있으면서,

"보보크, 보보크, 보보크!"

라고 하는 것 같은 것이다.

그런데 이 보보크란 대체 무엇일까? 정신을 똑바로 차릴 필요가 있다.

기분전환을 하기 위해 걷고 있는데 장례식장에 이르렀다. 먼 인연이 있는 사람이다. 그런데 이사람의 지위는 육등관(六等官)이다. 미망인(未亡人)과 5명의 딸이 있는데 이 딸들이 모두 결혼 전인 것이다. 그런 까닭에 구두만 사려고 해도 얼마가 들게 될 것인지 알 수가 없다. 고인(故人)의 수입은 좋았었지만 이제는 몇푼 안되는 연금(年金)밖에 없다.

얼마 안가서 초라한 살림이 되고 말 것이다. 나는 이사람들에게 환대(歡待)를 받은 적이 한 번도 없다. 그러므로 이런 특별한 경우가 아니었더라면 오늘도 이런 식으로 모습을 나타내지는 않았을 것이다.

다른 사람들과 함께 묘지(墓地)에까지 따라갔다. 모두 나를 피하여 무뚝뚝하게 있다. 내가 입고 있는 간소복은 실제로 다소 낡아 있었다. 생각컨대 25년간 나는 묘지에 발길을 들여놓은 적이 없었다. 어쨌든 기분 좋은 곳은 아니다.

첫째로 이 냄새다. 죽은 자가 15명이나 온 것이다. 시체를 덮은 천도 좋은 것, 나쁜 것 등 여러 가지이고, 영구대(靈柩臺)가 두 개나 있었다 — 어떤 장군(將軍)도 있었고, 또 어느 누군가의 귀부인도 있었다. 슬픔에 잠긴 얼굴도 많았고, 비탄한 표정을 일부러 짓고 있는 사람도 많았는데, 기뻐하는 모습을 노골적으로 짓고 있는 사람도 많았다. 승려(僧侶)들이 잔소리를 하는 일은 없다 — 받는 것이 있기 때문이다.

그러나 이 냄새, 그리고 냄새 — . 이런 곳에서 일하는 승려가 되고 싶은 생각은 없다.

나는 내가 그렇게 감수성이 예민한 성격이 아니란 것을 잘 알고 있었기 때문에 죽은 사람들의 얼굴을 주의깊게 살펴보았다. 유화(柔和)한 표정도 있거니와 불유쾌한 표정도 있다. 개중에는 아주 싫은 것도 있다. 나는 싫다. 꿈속에 나타날 것만 같다.

미사가 한창 진행되고 있었는데 나는 교회 밖으로 나왔다 — 회색이 깔려 있는 날이었는데 몹시 건조했다. 그 때문에 춥기도 하다. 그렇다. 벌써 10월이니까 — 나는 묘지 사이를 왔다갔다해 보았다.

갖가지의 등급(等級)이 있다. 3등급은 30루블이다. 상당히 잘 정비되어 있었고 값도 그다지 비싸지 않다. 1등급인 두 개의 묘는 교회 안에서 위로 올라가는 출입구 밑에 있는데 이것은 비싸서 쓰기가 쉽지 아니하다. 이때 3등급 묘지에 장사지낸 사람은 6명 정도인데 그곳에는 그 장군이라든가 귀부인도 있었던 것이다.

묘지 속을 기웃거려 보았다 — . 심하다. 물, 이 무슨 물이란 말인가! 물은 완전히 녹색(綠色)을 띠고 있고…… 너무 심했다! 묘지를 파내는 인부가 계속해서 퍼내고 있었다.

장례식이 진행되고 있어서, 나는 밖으로 나와 어정거리며 걷고 있었다. 그곳에는 이제 양로원이 들어서 있고 다시 조금 더 앞쪽에는 레스토랑도 있다. 그것은 그저 그렇고그런 수준의 레스토랑이다 — . 음식을 조금 시켜 먹을 수도 있고 많이 시켜 먹을 수도 있다. 장례식에 참가했던 사람들도 많이 있었다. 대개가 밝은 얼굴이어서 실로 생기가 넘쳐나는 느낌이었다. 나는 조금 시켜서 먹고 술도 한 잔 마셨다.

그런 다음 관(棺)을 교회 안에서 묘지로 옮길 때 나도 도왔다. 죽은 사람이 관 속에 들어가면 왜 이렇게도 무거워지는 것일까? 무엇인가 타성(惰性)의 힘에 의해 — 그 몸이 무슨 까닭에서인지 — 자신으로서도 어찌할 수 없게 되기 때문이란 말도 있다……. 그래서 그런 식의 농담이 생겨나게 된 것이다. 역학(力學)이라든가 건전한 상식으로는 도저히 알아들을 수 없는 이야기이다.

우리나라에서는 보통학교의 교육밖에 받지 않고서도 전문적인 말을 하는 경향이 있는데 나는 그것을 좋아하지 않는다. 그러나 우리나라에서는 해마다 연중(年中) 그런 일이 있다. 문관(文官)은 군사적인 일을 논(論)하기 좋아하고, 원수(元帥) 소관인 사항까지 논한다. 그리고 공과(工科) 교육을 받은 사람이 철학이라든가 경제학을 논하는 수도 있다.

죽은 사람을 위한 추선(追善) 기도를 하는 곳에는 가지 않았다. 나는 긍지가 높은 인간이다. 그러므로 비상시라고 하여 하는 수 없다는 식으로 맞아준다면…… 장례식이라고 해서 그런 자들이 맞아주는 자리 따위에서 어슬렁거릴 내가 아니다! 단지 알 수 없는 것은 내가 왜 묘지에 남아있었느냐란 점이다. 묘지 위에 앉아서 나는 생각에 잠겼다.

그 생각은 ― 모스크바 전람회에서 시작하여 일반적인 테마로서의 '놀라움'으로 끝났다. 이 '놀라움'에 대해서 내가 내린 결론은 다음과 같은 것이었다.

'모든 것에 놀란다는 것은 물론 어리석은 일이며 어떤 것에도 놀라지 않는다는 것은 아주 아름다운 것이라고 할 뿐 아니라 왠지 훌륭한 행동으로 인정되고 있다. 그러나 사실이 그러한 것일까? 내 의견으로는 어떤 것에도 놀라지 않는다는 것은 모든 것에 놀라는 것보다 훨씬 더 어리석은 것이다. 그리고 그것뿐만이 아니다. 어떤 것에도 놀라지 않는다는 것은 어떤 것에도 존경하지 않는다는 것과 거의 같은 것이다. 실제로 어리석은 자는 존경할 수가 없는 것이다.'

‘그렇다. 나는 무엇보다도 존경하는 것을 바라고 있다. 나는 존경
할 것을 열망하고 있는 것이다.’

실은 내 지인(知人)이 지난날, 어떤 게제에 이런 말을 나에게 한
적이 있었던 것이다.

이 사람은 존경할 것을 열망하고 있는 것이다. ― 아니 뭐라고?
그따위 말을 지금 다시 굳이 활자화(活字化)해 보라구 ― 너는 무
슨 일을 당할는지 모를 것이야!라구?

그래서 나는 나 자신을 잊고 생각에 잠겼었다. 나는 묘비명(墓碑
銘) 읽기를 좋아하지 않는다. 영원히 변하는 일이 없다. 내 옆의 평
평한 묘석(墓石) 위에는 먹다 만 샌드위치가 놓여져 있다 ― 바보
처럼 장소도 분별치 못한 것이다. 그것을 집어 땅바닥에 던졌는데,
왜냐하면 그것이 빵이 아니라 단지 샌드위치였기 때문이다. 땅바닥
에 빵을 떨어뜨리고 그것을 밟아서 부수는 것은 아무래도 죄가 되
지는 않을 것 같다. 상(床) 바닥 위라면 죄가 되는 것이다. 스보린이
발행한 일력(日曆)을 참조하기 바란다.

나는 틀림없이 오래 앉아 있었던 것 같다. ― 너무 많은 시간을
보낸 것만 같다. 즉, 대리석(大理石) 관(棺)과 같은 모양의 기다란
돌 위에 눕는 꼴이 되어 있었다. 그랬더니 어찌하여 그렇게 되었는
지는 모르지만 돌연 여러 가지가 들려왔었던 것이다.

처음에는 신경도 쓰지 않았고 무시했었다. 그런데도 그 대화는 계
속되고 있었다. 귀에 들어오는 것은 낮은 목소리였는데 마치 베개로
입을 가리고 있는 느낌이었다. 그런데도 불구하고 그 목소리는 분명
하게 들려왔고 아주 가까이에서 들려오는 것 같았다. 나는 나 자신
으로 돌아왔고 주의깊게 듣기 시작했다.

“각하, 그건 실로 알 수 없는 일입니다. 각하께서는 하트라고 선
언되셨습니다. 제가 어시스트하는 쪽인데 각하께서는 갑자기 다

160

이아몬드 7을 내셨습니다. 사전에 다이아몬드에 대해서 말을 맞춰놓지 않으면 안되었던 것입니다."

"뭐야? 그럼 하나하나 기억하고 있지 않으면 안된다는 말인가? 그렇다면 재미가 없지 않은가?"

"안됩니다, 각하. 개런티란 것이 없으면 할 수 있는 것이 아닙니다. 어차피 공석(空席)의 순서를 대행(代行)하지 않으면 안되고 또 찍어서 맞출 수밖에 없으니까요."

"그러나 이마당에 멍청한 공석 따위를 찾아낼 수 있겠는가?"

그러나 저러나 이 얼마나 엉뚱한 대화인가! 이상하기도 하지만 뜻밖이기도 하다. 한쪽은 묵직하고 자신감에 찬 목소리인데, 한쪽은 부드럽고 아첨하는 것 같은 목소리이다. 내 귀로 직접 듣지 않았더라면 도저히 믿어지지 아니할 그런 목소리였다. 나는 추선(追善) 미사에는 참석하지 않았던 것 같다. 하지만 무엇 때문에 이런 곳에서 선택(選擇) 게임 따위를 하고 있단 말인가?

그리고 이 장군 각하는 대체 누구란 말인가? 묘 밑에서 목소리가 나는 것은 의심할 여지도 없는 일이다. 나는 허리를 굽히고 묘비명을 읽었다 — .

'이곳에 잠든 것은 육군 소장(陸軍少將) 페르보에도프의 유해(遺骸)이다……. ○○ 및 ×× 훈장 소유자이다. 금년 8월 몰(沒) …… 향년 57세 …… 친애하는 시체여, 기꺼이 아침까지 잠드시라!'

흐음……, 실로 진짜 장군이로구나! 아첨하는 듯한 목소리가 났던 조그만 묘에는 아직 묘비가 없었다. 단지 평평한 묘석(墓石)이 있을 뿐이었다. 틀림없는 신참(新參)일 것이다. 목소리에서 받은 느낌으로는 칠등관(七等官) 상당의 궁정참사관(宮廷參事官)일 것이다.

"오호! …… 꼴깍 꼴깍!"

장군이 있는 장소로부터 10m쯤 떨어진, 최근에 만들어진 묘 밑에서 다시 새 목소리가 들려왔다. 평민 계급의 사나이 목소리인데 아주 정중한 느낌을 주는 목소리였다.

"오호! 꼴깍, 꼴깍!"

"아아, 저 남자가 또 딸꾹질을 하고 있군!"

돌연 상류사회 사람 같은 귀부인의 신경질적이고 안절부절못하는 목소리가 들려왔다.

"이런 장사꾼과 같은 사람 옆으로 오다니, 정말로 참을 수가 없군!"

"나는 딸꾹질 따위는 한 적이 없습니다. 그리고 아무것도 먹은 것이 없구요. 이것은 내 버릇일 뿐입니다요! 그러나 저러나 마님! 마님은 이곳에서도 여전히 멋대로 구시는군요. 조용히 계시지를 못하고……."

"대체 그대는 어인 일로 이곳에서 잠자게 되었는가?"

"저를 이곳에 두었기 때문이지요. 아내와 어린 자식들이 이곳에 갖다놓았기 때문에 이곳에서 잠자게 된 것이랍니다. 내가 스스로 찾아와서 누운 것은 아닙니다. 이게 다 죽음의 신비(神秘)이지요. 저에게는 그런 까닭이 있어서입니다만…… 돈이 아무리 많은 분이라 하더라도 당신 곁에서 잠자고 싶지는 않았습니다.

그야 어쨌든 나는 내 주머니 사정을 감안하여 값으로 보아 적당한 곳에서 잠자고 있는 셈입니다. 이렇게 말씀드리는 것은 우리네의 묘지를 위해 3등급의 요금을 낼 정도의 돈은…… 언제나 낼 수 있거든요."

"부지런히 모았었군. 손님들의 계산서를 속였겠지?"

"1월 이후로 마님은 나에게 지불한 돈이 아마도 한푼도 없었을 것입니다. 그러나 내가 어찌 마님을 속였겠습니까? 마님의 계산서는 우리의 어느 가게에도 없습니다.”

“아이구, 이 무슨 말이야! 내가 생각하기에는 이런 곳에서 그런 계산의 검산(檢算)을 하다니 진짜 바보 같은 짓이라구! 사바세계로 돌아가요! 그리고 내 조카에게 물어보라구요! 그 아이가 상속인(相續人)이니까…….”

“이 시점에서 도대체 어디 가서 물을 수 있단 말입니까? 그리고 어디에 갈 수 있단 말입니까? 두 사람 모두 올 데까지 와 버렸으며 하느님의 재판이 있기 전에는 무거운 죄를 지었다는 점에서 똑같습니다요!”

“죄가 무겁다니?”

죽은 여인은 경멸하듯 말했다.

“더 이상 나에게 그따위 말은 하지도 마!”

“오호! 꼴깍!”

“그런데 저 장사꾼놈, 부인의 말을 잘 듣는데요, 각하!”

“그놈이…… 말을 잘 듣지 않을 까닭이 없잖은가?”

“그거야 당연한 일이지요, 각하. 왜냐하면 여기에서는 새로운 질서가 있으니까요.”

“그 새로운 질서란 것이 무엇인데?”

“우리는 말하자면 죽은 게 아니겠습니까? 각하.”

“아아, 그렇군! 응, 죽었어도 역시 질서란 것은…….”

거참, 그럴 듯한 말이로군. 그런 말을 해가면서…… 위안을 하는 것이었다. 여기서도 — 이런 곳까지 와서도 그런 얘기를 하다니 — 지상(地上)의 사바세계에서라면 무엇을 기대할 수 있겠는가? 그건 그렇고 이 무슨 웃음거리란 말이냐. 나는 굉장히 분개했는데 그래도 듣는 귀는 계속해서 쫑긋 세우고 있었다.

"아니야. 나는 살고 싶었어! 아니야…… 나는 저어…… 살고 싶었단 말야!"

돌연 장군과 짜증부리기 잘하는 부인 사이에서 누군가 새로운 목소리로 외쳐댔다.

"들어 보세요, 각하. 저자가 또 똑같은 말을 중얼거립니다. 사흘 전까지는 침묵을 지켜 왔었는데 갑자기 '나는 살고 싶었다. 아니, 나는 살고 싶었던 거야'라고 하는군요. 그것도 저렇게 소리소리 지르면서요. 히히히!"

"그래, 그것도 아주 경박한 말투로 말이야."

"갑작스럽게 저러네요, 각하. 그리고 완전히 매장되었는데도 말입니다. 벌써 넉 달 동안이나 이곳에 있었습니다요. 그러던 것이 돌연 '나는 살고 싶었던 거야!'라고 하다니요!"

"그러나 저러나 따분하군."

각하는 말했다.

"예, 다소 따분합니다. 각하, 아부도차 이구나체부나라도 좀 놀려 줄까요? 어떻습니까? 힛히히!"

"아니야, 그만두세. 이제 그 건방진 울보라면 지긋지긋해."

"나도 역시 당신네들 두 사람이라면 참을 수가 없어요."

울보 부인은 자못 싫증이 난다는 듯 대답했다.

"당신들 두 사람이야말로 더 이상 따분할 수가 없다니까…… 이상적인 것은 단 한 가지도 이야기할 수가 없으니 말이에요. 각하, 당신에 대해서는 ― 제발 그처럼 난 체하지 말아요 ― 이야기 한 가지 해볼까요. 어떤 사람 부인의 침대 밑에서 이른 아침에 ― 하인의 바닥 닦는 브러시로 밀쳐나오게 했다는 이야기를 해볼까요?"

"못말리는 여자로군."

장군은 치아(齒牙) 사이로 토해내듯 중얼거렸다.

"여보세요, 아부도차 이구나체부나."

돌연 또 그 소상인(小商人)이 절규했다.

"부인, 들려주십시오. 옛날의 증오는 잊고 —. 나는 전생의 업보를 하나하나 받고 있는 것인가요? 아니면 무언가 다른 일이 일어나고 있는 것인가요?"

"아이구, 이사람 또 똑같은 말을 하고 있구면. 그럴 것이라는 예감이 들었었어. 그것은 냄새가 나기 때문에 몸부림을 치고 있기 때문이야!"

"몸부림 따위는 치지 않는다구요. 여보세요, 그리고 나는 그런 특별한 냄새는 맡지도 않구요. 왜냐하면 내 몸은 완전히 원래 그대로입니다. 부인, 부인이야말로 이제 썩기 시작했습니다. 그 냄새라니 여기서도 견딜 수가 없네요. 예의상 말을 하지 않았을 뿐입니다."

"아아, 보기도 싫은 무뢰한 같으니라구. 자기에게서 냄새가 나는데…… 그러면서도 내게서 냄새가 난다고 하다니……."

"핫하하하! 그 49제(祭)가 빨리 왔으면 좋겠네. 내 위쪽에서 우는 소리가 들려올 것이고 — 아내의 우는 소리와 아이들이 조용히 흐느껴 우는 소리가 들려오겠지."

"울긴 왜 울어 — 49제 지낸 다음 제사 음식을 잔뜩 먹고, 곧바로 돌아갈 것인데…… 아아, 누구 — 눈뜨고 일어나는 사람이 없을까?"

"아부도차 이구나체부나!"

그 아첨꾼 관리(官吏)가 말했다.

"잠시만 기다리시오. 새로 온 자들이 이야기하기 시작할 것이니."

"그 가운데 젊은이들도 있는지 모르겠네요?"

"젊은이요? 있습니다. 아부도차 이구나체부나, 젊은이라고 해도
좋을 사람이 있습니다요."
"그것 참 안성맞춤이로군요."
"그런데 왜 지금까지 이야기를 하지 않고 있는 게야?"
"그저께 온 사람들은 아직 눈을 뜨지 못했습니다. 각하, 잘 아시
지 않습니까. 경우에 따라서는 1주일씩이나 입을 열지 않는 수도
있으니까요. 어제와 그저께, 그리고 오늘, 어찌된 일인지 돌연 한
무리씩이 왔으니 잘된 일입니다. 그렇지 않았더라면 이곳에서 사
방 20m는 거의가 작년에 온 사람들 뿐일 테니까요."
"그렇겠구먼. 재미있는 일이야."
"그리고 각하, 오늘은 문관(文官) 이등급(二等級)으로서 현임(現
任) 추밀고문관(樞密顧問官)인 타라세비치님이 장사지내졌습니
다. 사람들이 지껄이는 말을 듣고 알았습니다. 그분의 조카와 저
는 잘 아는 사이인데 조금 전 그 사람이 관(棺)을 메고 와서 내려
놓았답니다."
"흐음…… 그래. 그럼 지금 어디에 있나?"
"예, 각하. 그분은 각하가 계신 곳에서 다섯 발짝쯤 왼쪽에 있습
니다. 바로 장군의 발치에 있다고 해도 좋을 것입니다…… 각하,
어떠십니까? 이웃에 온 게 잘된 일이지요? 각하께서 가까이 사귀
시도록 하시지요."
"흐음…… 아무래도 내가 먼저 이야기를 걸어야겠지?"
"아닙니다. 그분이 먼저 이야기를 하게 될 것입니다. 각하, 그분
으로서는 그렇게 하는 것이 기쁠 것이라고 해도 좋을 정도입니다.
저에게 맡겨 주십시오. 각하, 그러면 제가……."
"아아! 아아! 나는 대체 어떻게 된 것이란 말인가?"
이때 돌연 누군가 신참인 듯한 자가 기겁을 했다는 목소리로 중

얼거렸다.

"신참입니다, 각하. 신참이라구요. 잘된 일입니다. 그러나 저러나 굉장히 빨리 입을 열었네요. 때로는 1주일씩이나 입을 열지 못하는 일도 있는데요……."

"아아! 아무래도 젊은 사람 같네요!"

하며 아부도차 이구나체부나는 째지는 목소리로 외쳤다.

"나…… 나…… 나는 병발증(倂發症) 때문에 갑자기!"

젊은이는 또 더듬거리며 말하기 시작했다.

"어젯밤, 슐츠가 나에게 말했답니다 — 당신은 병이 병발되고 말았다구요 — 그런 다음 돌연 새벽녘에 나는 죽고 말았습니다. — 아아! 아아!"

"저어, 젊은이. 하는 수 없는 일이라네."

친절하게 장군은 말했는데 이 신참이 온 것을 분명 기뻐하고 있었다.

"평안하게 있지 않으면 안돼. 우리는 이른바 요샤파테 골짜기에 온 거야. 우리는 선량한 인간들이라구. 차차 사귀어 보면 그렇다는 것을 알게 될 거야. 육군 소장(陸軍少將) 바실리 바실리에프 페르보에도프일세. 도움이 될 것이네."

"아아! 아닙니다! 아니에요. 다릅니다! 저는 슐츠에게로 갔던 것입니다. 그런데 내 병이 병발하고…… 처음에는 가슴이 미어지는 것 같았고 기침이 났으며 — 그리고 감기가 들었던 것입니다. — 가슴 쪽과 병발이 된 것이지요…… 그리고 돌연 아주 뜻밖으로…… 중요한 점은 그 뜻밖으로란 점입니다."

"당신은 처음에는 가슴이라고 말했잖습니까?"

이 신참에게 용기를 주어야겠다는 목적으로 관리가 부드럽게 말을 했다.

“예, 가슴과 담(痰)이었습니다. 그런데 돌연 담이 안나오게 되었고, 가슴이 아프더니 숨을 쉴 수 없게 되더라구요…… 그 다음은 말을 안해도 아시겠지요…….”
“알겠습니다. 알았다구요. 그러나 가슴이 아팠다면 차라리 에크에게 가는 편이 좋았을 것입니다. 슐츠에게 가는 것보다는…….”
“그게 아니구요. 저는 차라리 보토킨에게 갈 생각이었습니다만……갑자기…….”
“그게 무슨 말인가? 보토킨에게 갔더라면 고생 많이 했을 거야.”
“그럴 리 만무합니다. 조금도 안아프게 해주었을 것입니다. 내가 듣기로 그 사람은 아주 친절한 사람이어서 사전에 모든 얘기를 다 해준다고 하던 걸요.”
“각하께서는 지금 비용에 대해서 말씀하신 것입니다.”
신참이 잘못 알고 있는 것을 관리가 바로잡아 주었다.
“뭐라구요? 하지만 전부 3루블입니다. 그런데도 진찰을 아주 잘 해주고, 처방전도…… 그래서 저는 꼭 가보고 싶었던 것입니다. 모두들 그렇게 말했었으니까요…… 어떻습니까? 여러분, 저는 어떻게 해야 좋겠습니까? 에크를 찾아갈까요? 보토킨을 찾아갈까요?”
“뭐라구? 누구를 찾아가면 좋으냐고 물었나?”
유쾌하게 웃으면서, 장군의 사해(死骸)는 흔들흔들 흔들기 시작했다. 관리가 장군의 흉내를 내며 킬킬대고 웃었다.
“귀여운 젊은이로군. 즐겁게 지낼 수 있을 것 같아. 잘됐지 뭐야.”
아부도차 이구나체부나는 신바람이 나서 째지는 것 같은 소리를 질렀다.
“내 곁에 이런 젊은이를 둘 수 있었더라면 좋았을 것을!”

아니, 이럴 수가 — 이것이 현세풍(現世風)의 죽은 사람들이란 말인가! 그러나 좀더 관(棺) 속에서 하는 말을 들어보기로 하자 — 깜짝 놀란 풋내기 같은 얼굴을 하고 있어서 불유쾌하기 짝이 없었다! 그러나 저러나 더 지켜보자. 앞으로 어떻게 되는지를……

그런 그 다음은 굉장한 혼란으로 시작되었기 때문에 그 시종 이야기를 모두 외우고 있을 수는 없었다. 왜냐하면 아주 많은 사람들이 동시에 눈을 떴기 때문이다. 오등관(五等官) 관리가 눈을 떴는데 그즉시로 장군과, 어느 성(省)의 새 분과위원회(分科委員會)의 계획에 대해서 이야기하기 시작했다. — 이 분과위원회에 관련하여 아마도 일어날 수 있는 공무원의 인사이동이 문제가 되었던 것이다.

이 이야기에서 그 문제는 장군의 마음을 잔뜩 상하게 만들었다. 사실을 말하자면 나 자신도 새로운 사실을 많이 알게 되었으며 그런 것을 알아내는 데, 이런 수단도 있구나라며 놀랄 정도였다. 이런 수단에 의해, 때로는 이 수도(首都)의 행정에 관계되는 뉴스를 알 수 있게 되는 것이다.

그런 다음 한 기사(技師)가 눈을 떴는데 비몽사몽간인 상태에서 전혀 의미가 없는 이야기를 길게 늘어놓는 것이었다. 그래서 동료들도 이 사나이의 말에는 대꾸를 하지 않고 잠시 쉬게 해주기로 했다.

마지막으로 오늘 아침 영구대(靈柩臺)에 올려졌다가 매장된 저명인사의 부인이 묘지적(墓地的) 흥분을 나타냈다. 레베쟈토니코프는 (페르보에도프 장군 옆의 내가 싫어하는 아첨꾼 칠등관이 레베쟈토니코프라는 이름을 알고 있었기 때문에 이렇게 적은 것이지만), 이번에는 이렇게도 일찍이 모두가 눈을 떴으므로 깜짝 놀라서 허둥지둥하고 있었다. 실은 나 역시 깜짝 놀랐던 것이다.

더구나 눈을 뜬 사람 중 어떤 사람은 바로 그저게 장사지내졌을 뿐인 경우도 있었다. 예컨대 16세 정도의 아주 어린 아가씨 등이 그러하다. 시종 킬킬대며 웃었던 아가씨인데…… 듣기가 싫다. 그 웃음이 음란하다.

"각하, 삼등문관(三等文官) 타라세비치 추밀참사관(樞密參事官)님이 눈을 떴습니다."

돌연 레베샤토니코프가 몹시 당황하며 보고했다.

"아니, 뭐라고?"

대단히 불유쾌하다는 언성으로 갑자기 눈을 뜬 삼등문관이 중얼댄다. 그 목소리의 음향에는 일종의 변덕스런 명령조가 섞여 있었다. 나는 호기심에 이끌리어 귀를 기울이었다. 왜냐하면 타라세비치에 대해서는 최근 어디선가 들은 적이 있기 때문이다. ― 그것은 지극히 유혹적이고 시끄러운 이야기였다.

"접니다, 각하. 당장은 저밖에 없습니다."

"청원의 취지는 무엇인가. 용건이 무엇이냔 말일세."

"단지 각하의 안부를 묻는 것뿐입니다. 여러분이 이곳에서 습관이 안되었기 때문에…… 처음에는 어려움이 많을 것 같습니다만…… 페르보에도프 장군께서 각하와 가깝게 지내실 영광을 원하시고 계시기에 가능하다면……."

"들은 적이 없네!"

"무슨 말씀이십니까? 페르보에도프 장군이십니다. 바실리 바실리에프님이라고……."

"자네가 페르보에도프 장군이신가?"

"아닙니다, 각하. 저는 단지 7등관인 레베샤토니코프입니다. 잘 뵈주시기 바랍니다. 그 페르보에도프 장군은……."

"어처구니가 없군! 제발 나를 좀 귀찮게 하지 말게!"

"그만해!"

마침내 페르보에도프 장군이 위엄있는 태도로 자진하여 묘지의 자기 부하를 말렸다.

"아직 눈이 뜨이지 않았기 때문입니다, 각하. 그점을 고려에 넣지 않으면 안됩니다. 이분들은 아직도 익숙해지지 못했습니다. ─ 눈이 뜨이면 그때는 상황이 달라질 것입니다."

"내버려 둬."

장군은 다시 반복해서 말했다.

"바실리 바실리에비치! 여보세요, 각하!"

아부도차 이구나체부나 바로 옆에서 돌연 새로운 목소리가 높은 어조로 외쳤다. ─ 그것은 귀족인 척하는 뻔뻔스런 목소리로서 지금 유행되고 있는 발음(發音)을 구사하면서 아주 시건방지게 말하고 있는 것이었다.

"나는 당신을 벌써 두 시간 동안이나 줄곧 관찰하고 있습니다. 실은 3일간이나 이곳에 누워 있었으니까요. 바실리 바실리에비치, 당신은 나를 기억하고 있습니까? 크리네비치입니다. 보로곤스키 가(家)에서 자주 만났었지요. 무슨 이유에서인지는 모르겠으나 그집에서는 당신도 손님 취급을 했었습니다."

"아니, 표트르 페트로비치 백작(伯爵) …… 그런데 당신이 어인 일로 …… 그렇게 젊은 나이에 …… 실로 억울한 일이외다그려."

"나 자신도 억울하다고 생각합니다. 하지만 나에게 있어서는 잘된 일입니다. 나는 모든 곳에서 가능한 일이라면 무엇이든지 이끌어 내기로 하고 있으니까요. 그리고 나는 백작이 아니라 남작(男爵)입니다. 보잘것없는 남작입니다. 내 집안은 옴 오른 것 같은 실로 하잘것없는 남작이며, 하인 출신의 가문입니다.

어떻게 하다가 그렇게 되었는지는 모릅니다만 나는 그런 일 따위는 상관하지도 않습니다. 나는 사이비 상류사회의 건달에 지나지 않지만 '사랑받을 방탕아'로 대접받고 있습니다. 내 아버지는 하잘것없는 장군이었는데 어머니는 궁정(宮廷)의 부름을 받은 적이 있습니다.

나는 지난 해, 유태인인 지프엘과 함께 5만 루블의 위조지폐를 만들었는데 그런 다음 그녀석을 밀고해 버렸습니다. 그래서 그돈은 모두 유리카란 놈이, 샤르반치에 드 류시낭이 보르도로 가지고 가버렸습니다. 그런데 나는 그때 약혼을 했었던 것이지요 ― 시츄브말레프스카야란 아가씨인데 16세에서 3개월이 모자라는 처녀로서 아직 학교에 다니고 있었으며 9만 루블의 지참금을 가지고 온다는 것이었습니다.

아부도차 이구나체부나, 기억하고 계십니까? 15년쯤 전의 일로서 아직 14세였으며 유년학교의 학생이었는데 그런 나를 타락시켰던 일을요……?"

"아아, 당신이었군요. 이 방탕아여! 하느님이 당신을 보내주신 것은 좋습니다만 이곳에서는……."

"당신은 이웃 장사꾼이 이상한 냄새를 풍긴다면서 이유도 없이 의심했었지요. …… 나는 아무 말도 하지 않고 웃고만 있었습니다. 그것이 실은 나에게서 나는 냄새였습니다. 이런 식으로 못박혀진 채 관(棺) 속에 넣어진 상태에서 매장이 되었으니까요."

"이 무슨…… 황당한 사람이란 말인가 ―. 하지만 나는 역시 즐거워요! 당신은 믿을 수 없겠지만 크리네비치, 믿으려고조차 안하겠지만…… 얼마나 생생한 기지(機知)가 결여되어 있다는 것을 말입니다."

"과연 그렇습니다. 그러기에 나로서도 이곳에서 무언가 색다른 것을 시작해야겠다고 생각하고 있습니다. 저어, 각하 ― 아닙니다. 당신이 아닙니다. 페르보에도프님! 각하라고 해도 다른 분입니다. 타라세비치님, 삼등문관님! 대답해 주세요! 크리네비치입니다. 수행(修行)할 때 마드모아젤 푸에리에게로 데려가 주었습니다만…… 들리십니까?"

"듣고 있네, 크리네비치군. 아니, 아주 반갑네…… 사실이야."

"사실이고 뭐고가 있겠습니까? 하찮다는 생각은 조금도 하지 않고 있습니다. 나는요…… 친애하는 노인…… 그저 실컷 입맞춤을 하고 싶을 뿐입니다. 그러나 그것도 할 수가 없군요. 여러분, 이 할아버지가 무슨 짓을 했는지 아십니까? 이분은 그저께인가 그끄저께 죽었는데요…… 그런데 말입니다. 전부 40만 루블이나 되는 공금을 횡령하고 온 겁니다.

그돈은 미망인과 고아들을 보살펴 주기 위한 돈이었습니다. 그런데 이분은 혼자서 그돈을 마음대로 처분하고 말았습니다. 그런데도 이 8년 남짓 동안 감사(監査) 한 번 받은 적이 없었던 것입니다. 그곳에서는 지금 모든 사람들이 얼마나 풀이 죽어 있는지, 그리고 이분에 대해서 어떤 생각을 하고 있는지…… 상상을 해보시라구요. 아니, 그런 생각을 하면 완전히 관능(官能)을 자극합니다.

나는 이 1년 동안 이런 70세의 노인들은 팔과 다리, 그리고 몸의 마디마디가 통풍(痛風)에 걸려 있건만, 방탕에 빠질 힘이 어디에 남아있는지 불가사의로 생각되었었는데…… 이제서야 그 수수께끼가 겨우 풀렸습니다! 미망인이라든가 고아들 말인데요 — 그런 사람들에 대해서 생각만 해도 벌써 이분은 온몸이 뜨겁게 달아올랐을 것임에 틀림없었던 것입니다!

나는 그일에 대해서는 이미 상당히 오래 전부터 알고 있었습니다. 나만이 알고 있었던 것입니다. 샤르반치에가 알려주었으니까요. 그것을 알게 되자 나는 곧, 부활제 주일의 일입니다만 이분이 있는 곳으로 가서 친지(親知)관계를 내세우며 못을 박았습니다. '2만 5천 루블을 내놓으시오. 그렇지 않으면 내일 당장 감사를 받게 될 것이오'라고요.

그런데 어떻게 되었는지 아십니까? 이분에게는 그때 단돈 1만 3천 루블밖에 없었던 것입니다. 그런 까닭에 사정이 아주 좋을 때 죽은 셈입니다. 할아버지, 할아버지, 들리십니까?"

"친애하는 크리네비치, 나는 자네의 말에 모두 찬성을 하네만 — 그래도 그렇지. 자네는 장난이 좀 심하군그래…… 그런 사소한 일까지 모두 얘기를 하다니 — . 인생에는 고민스러운 일이라든가 심한 괴로움 따위가 실로 많은 법인데 그 보응이란 것은 실로 작은 것들이지…… 결국 나는 안식(安息)을 얻은 것이야. 그리고 여기서 확인해 본 바에 의하면 이몸은 어떤 것이라도 끌어낼 수 있을 것 같은 생각이 들더라구……."

"내기를 해도 좋은데요. 녀석은 벌써 카치시 베레스토바의 일을 냄새맡았다구요!"

"어떤?…… 어떤 카치시를?"

노인의 목소리는 호기심이 잔뜩 발동한 것처럼 떨리고 있었다.

"아니, 어떤 카치시라니요? 이곳에서 바로 왼쪽입니다. 나에게서는 다섯 발짝, 그리고 할아버지에게서는 열 발짝쯤 떨어진 곳이라구요. 그 아가씨가 이곳에 온 지 벌써 닷새째가 되는데…… 할아버지, 그 아가씨가 얼마나 무서운 여자인지 아십니까…… 양가(良家) 출신에 교육도 받았고 도깨비 같은 여자입니다. 이 이상의 도깨비는 없을 것으로 생각되는 그런 도깨비랍니다! 나는 전생에서는 그 누구에게도 그 아가씨를 보여준 적이 없습니다. 알고 있었던 사람은 나 하나뿐이었습니다…… 카치시, 대답을 좀 해봐."

"힛히히……."

젊은 아가씨의 목소리인데 금이 간 것 같은 소리가 그말에 대답했다. 그러나 그 소리에는 어쩐지 바늘로 찌르는 듯한 느낌이 있었다 —.

"힛히히!"

"그런데 '금발머리'인가?"

할아버지는 세 음절로 나누어 천천히 더듬으며 말했다.

"나는…… 나는 아주 이전부터……."

노인은 헐떡이며 더듬더듬 이야기했다.

"금발머리 여인을 공상해 보는 것을 아주 좋아했었어…… 나이는 열다섯쯤 된 여인을…… 그것도 실로 이처럼 만반의 준비가 되어 있다면……."

"아아, 지독한 사람이로군!"

아부도차 이구나체부나는 소리쳤다.

"이제 그만둡시다!"

크리네비치는 그 이야기에 종지부를 찍었다.

"그러나 저러나 재료는 멋지군요. 우리는 이곳에서 곧 일을 좀더 잘 처리하도록 해야겠습니다. 요컨대 남은 시간을 유쾌하게 보내야겠다는 말입니다. 그런데 그것은 어떤 시간일까요? 혹 어쩌면 당신은 관리(官吏)인 것 같은데요…… 레베쟈니코프님이라고 했던가요? 그런 이름인 것으로 들었습니다만……."

"레베쟈토니코프입니다. 궁정참사관(宮廷參事官) 7등급입니다. 세미욘 에프세이치입니다. 이름을 불러주세요. 아주, 아주 즐겁습니다."

"당신은 즐거워하는 것 같은데…… 그런 것은 아무래도 상관없습니다. 그런데 이곳에서 모든 것을 다 잘 알고 있는 사람은 당신뿐인 것 같습니다. 우선 먼저 가르쳐 주지 않으렵니까(나는 어제부터 벌써 계속하여 놀라고 있었습니다), 우리는 어떻게 해서 이처럼 이곳에서 지껄이고 있는 겁니까? 우리는 죽었는데도 말입니다. 그렇건만 지껄일 수가 있으니…… 마치 몸도 움직이고 있는 것 같으면서도…… 그런데도 지껄이는 것도 아니고 몸도 움직여지지 않으니…… 이 얼마나 이상한 일입니까?”

“그것은 말입니다, 남작(男爵), 만약 원하신다면 나보다도 플라톤 니콜라에비치가 설명을 훨씬 더 잘해 줄 것입니다.”

“플라톤 니콜라에비치란 어떤 사람입니까? 애매모호한 이야기 따위는 집어치우고 본제(本題)로 들어가는 게 어떻겠습니까?”

“플라톤 니콜라에비치는 이 지방의 아마추어 철학자로서 박물학자이기도 하고 박사 칭호도 가지고 있습니다. 몇권의 철학책도 냈는데 이 석 달 동안 완전히 잠들어 있기 때문에 지금은 이 사람을 흔들어서 깨워도 소용이 없을 것입니다. 1주일에 한 번은 그다지 관계도 없는 말을 잠깐 중얼거리고 있습니다만…….”

“본제(本題)로 ― 본제로 들어가자니까요.”

“이 사람에 의하면 그런 것은 모두 지극히 단순한 사실로 설명되는 것입니다. 즉 지상(地上)의 세계에서 우리가 아직 살아있을 때에는 우리가 오인(誤認)하여 지상 세계에서의 죽음이 죽음이라고 생각했었다는 것입니다. 몸은 이곳에서 다시 한 번 되살아나는 것으로 생각하고 생명의 흔적이 한군데로 집중되는 것 같은데 그것도 의식(意識) 속에서의 이야기입니다. 즉 ― 제대로 표현을 할 수는 없습니다만 ― 생명이란 말하자면 타성(惰性)으로 지속되어지는 것과 같습니다.

이 사람의 의견으로는 모든 것이 의식의 어디엔가로 모여서 아직도 지속되어지는 것 같다는 것입니다. 2개월이라든가 3개월…… 때로는 반 년씩이나……. 예를 들면 여기에 한 사나이가 있는

176

데 — 거의 썩고 말았는데 아직도 6주일 사이에 한 번 정도는 돌연히 무언가 한마디를 중얼대는 것입니다. 물론 그것은 의미가 없는 말로서 어쩌면 '콩알(보보크)'이라고 하는 것 같은데…… 어쨌든 '보보크, 보보크'라고 말하는 것입니다. …… 하지만 이 사나이의 속에서도, 따라서 생명이 눈에는 안보이지만 불꽃처럼 의연히 희미하게나마 타고 있는 것입니다……."

"상당히 — 말 같지 않은 이야기로군요. 그런데 나는 후각(嗅覺)을 가지고 있지 아니하는데도 냄새를 맡을 수 있는 것은 어찌된 일인가요?"

"그것은 말입니다…… 헷헤헤…… 그쯤되면 우리 철학자도 안개 속에 들어가 있는 것 같아서 알 수 없게 되지요. 어떤 철학자는 그 후각을 — 이곳에서 느끼게 되는 것은 말하자면 정신적인 냄새라는 것입니다…… 헷헤헤…… 이른바 영혼의 냄새란 것인데, 그때문에 2, 3개월이 지나면 문득 느끼게 된다는 겁니다…… 이 것은 말하자면 최후의 은혜인 것입니다……. 다만 남작(男爵), 이런 것은 모두 신비적인 잠꼬대라고 나는 생각합니다. 그 놓여져 있는 상황으로 볼 때 아주 무리하기 때문입니다만……."

"됐습니다. 그 앞이야기들도 모두가 잠꼬대인 것은 확실하니까요. 요컨대 2, 3개월은 생명이 있더라도 결국에는 보보크일 것입니다. 나는 여러분에게 제안을 하겠습니다. 이 두 달 동안을 모쪼록 유쾌하게 지내시라구요. 그리고 그러기 위해서는 여러분이 다른 기초 위에 서서 생활하는 게 좋습니다. 여러분! 나는 그 무엇도 부끄러워하지 말라고 제안합니다!"

"그래요, 그렇게 합시다! 부끄러워하지 않도록 합시다!"

여러 소리가 들려왔는데, 묘하게도 아주 신참의 목소리까지 들려왔던 것이다. 즉, 마침 그때 다시 눈을 뜬 무리들의 목소리이다. 이제 눈을 완전히 뜬 기사(技師)는 특별하게 신이 나서 저음(低音)으로 자신의 찬의(贊意)를 나타냈다. 카치시양(孃)은 즐겁다는 듯, 소리를 죽여가며 웃기 시작했다.

"아아! 이제 나 역시 아무것도 부끄러워하지 않을 거라구!"

아부도차 이구나체부나는 신바람이 나서 외쳐댔다.

"들었습니까? 이 아부도차 이구나체부나가 아무것도 부끄러워하지 않게 되기를 원하고 있는 것 같습니다!"

"아니에요, 아닙니다, 크리네비치. 부끄러워하는 일에 대해서라면 그 세상에 있을 때에는 부끄러워하고 싶었습니다. 하지만 이곳에서는 나 말이에요 ─ 그 무엇도 부끄러워하고 싶지 않습니다."

"나는 알고 있습니다, 크리네비치."

라며 기사가 저음으로 이야기하기 시작했다.

"당신이 이곳의 ─ 이른바 이곳의 생활이란 것을 새롭게, 이번에야말로 도리에 맞는 원리 위에 세우자고 제안한 것을……."

"그런 일은 아무것도 아니야! 그일에 대해서는 쿠데야로프를 기다리기로 합시다. 어제 끌려왔습니다. 눈을 뜬 다음에는 무엇이든지 모두에게 설명해 줄 것입니다. 그 사람은 대단한 사람입니다. 아주 훌륭한 사람이라구요!

아마도 내일 끌려오는 사람 중 박물학자(博物學者)가 한 사람, 어쩌면 장교도 한 사람, 그리고 만약 내 짐작이 안틀린다면 3, 4일 후에는 신문에 이것저것 글을 쓰는 사람이 한 사람, 어쩌면 편집자와 함께 끌려올 것입니다. 더군다나 그 무리들은 자기 멋대로여서 목이 쉴 정도이겠지만 우리네 그룹이 제대로 대응하면 모두가 잘 되어갈 것입니다.

그야 어쨌든 지금으로서는 거짓말을 하고 싶지 않습니다. 내가 바라고 있는 것은 그것뿐입니다. 왜냐하면 그것이 중요한 일이니까요. 지상(地上)의 세계에서는 거짓말을 하지 않고도 살아간다는 것은 불가능합니다. 왜 그런고 하면 산다는 것과 거짓말을 한다는 것은 동의어(同義語)이기 때문이지요. 그러나 이곳에서는 은혜를 받게 된 것이니 거짓말을 하지 않도록 합시다.

빌어먹을! 묘지 따위가 무슨 뜻이 있단 말입니까! 우리는 하나부터 열까지 자기네들의 신상문제를, 목소리를 내어 이야기하되 조금도 부끄러워하지 않도록 합시다.

내가 먼저 나 자신에 대해서 이야기하겠습니다. 나는 말입니다, 육식동물에 속해 있다 이겁니다. 그곳 지상의 세계에서는 어느 경우든 썩은 줄로 묶여져 있었습니다. 그따위 줄 따위는 꺼져 버려라. 그리고 이 두 달 동안 완전히 파렴치한 진실 속에서 살아가도록 합시다. 자기자신을 완전히 드러내고 벌거숭이가 되십시다."
"벌거숭이가 되자, 벌거숭이가 되자!"
일제히 외쳐대기 시작했다.
"나는 멋지게, 아주 멋지게 벌거숭이가 되고 싶다구요!"
아부도차 이구나체부나가 째지는 소리를 질렀다.
"아아…… 아아…… 일이 재미있게 될 것 같다구요. 나는 이제 에크에게 가지는 않을 겁니다!"
"아니야, 나는 더 살고 싶어요, 네? 아직은 더 살고 싶단 말이에요."
"힛히히……."
카치시가 소리를 죽여가면서 웃었다.
"중요한 것은 어느 누구도 우리를 금지시키겠다는 말을 할 수 없다는 점입니다. 페르보에도프가 화를 내고 있는 것 같은데, 그래도 역시 그 사람의 손이 나에게 미치지는 못할 겁니다. 할아버지, 당신도 찬성합니까?"

“나도 완전히…… 완전히…… 그것도 대만족을 하면서 찬성이
야. 하지만 그것은 카치시가 제일 먼저 신상(身上)에 대한 이야기
를 해주겠다는 조건부로 찬성하겠네.”
“반대! 전력(全力)을 기울이어 반대하겠소.”
페르보에도프 장군이 단호하게 말했다.
“각하!”
무뢰한인 레베쟈토니코프가 걱정된다는 듯 얼른 목소리를 낮추며
어눌한 말투로 설득에 나섰다.
“각하, 찬성하시는 게 우리를 위해 좋을 것 같습니다. 저어, 이 아
가씨는…… 결국 여러 가지 이야기가 있을 것 같습니다만…….”
“하기야 아가씨가 말하는 것은 상관없겠지만…….”
“그렇게 하는 편이 좋을 것 같습니다. 각하, 그렇게 하도록 하십
시오. 자아, 시험 삼아서 한번 시켜보시지요.”
“묘지 속에 들어와서까지 조용히 있을 수 없단 말인가?”
“우선 첫째로, 장군! 장군은 묘지 안에서 선택(選擇) 게임 따위를
하자는 것입니까? 둘째로, 장군은 이제 별 볼일 없는 사람이라
구요.”
크리네비치가 결론을 짓겠다는 말투로 끼어들었다.
“실례지만 여보시오! 그래도 나를 잊지 않기를 바라겠소!”
“뭐라구요? 당신은 나에게까지 손이 닿지 않을 것이므로 나는 여
기서 당신을 저 유리카의 잡종개처럼 놀려줄 수가 있습니다. 그리
고 여러분! 이곳에서 어찌하여 저사람이 장군이란 것입니까? 그
곳에서는 장군이었다 하더라도 이곳에서는 헛것입니다. 말짱한
헛것이란 말이에요!”
“헛것일 수가 없어…… 나는 이곳에서도…….”
“이곳에서 당신은 관(棺) 속에 있으면서 썩어갈 뿐입니다. 그리고

당신의 물건이라면 놋쇠 단추가 여섯 개 남겨질 뿐이구요."
"브라보, 크리네비치! 핫하하……."
일동이 웅성거리기 시작했다.
"나는 폐하를 섬겼었다구…… 나는 검(劍)을 가지고 있어……."
"당신의 검 따위로는 쥐새끼나 찌르는 게 좋을 것이오! 그리고
당신은 그 검을 단 한번도 뺀 적이 없소이다!"
"그런 일이야 어찌되었든 상관이 없어. 나는 전체의 일부를 구성
하고 있었던 것이야."
"전체의 일부라구? 전체의 일부도 여러 가지가 있게 마련이
지……."
"브라보 크리네비치! 브라보, 핫하하……."
"검(劍)이란 무엇이오? 나는 알 수가 없구려."
기사(技師)가 선언했다.
"우리는 프러시아의 바퀴벌레나 쥐새끼처럼 도망을 쳤다가 엉망
진창이 되도록 당하고 말 것이야!"
멀리서 내가 듣지 못한 목소리가 소리쳤다. 그러나 그것은 문자
그대로 열광하는 나머지 목이 쉰 목소리였다.
"이것 봐! 검이란 것은 명예 그 자체라구!"
장군이 소리쳤지만 그 목소리를 들은 것은 나뿐이었다. 광포(狂
暴)한 포효(咆哮), 대소동, 왁자지껄한 소요가 계속되어, 아부도차
이구나체부나의 히스테릭하고 성급한 목소리, 그 째지는 것 같은 목
소리만 들릴 뿐이었다.
"자아, 빨리, 빨리…… 아무것도 부끄러워하지 않게 되는 것은
대체 얼마나 더 지나야 하는 것일까?"
"오호호! 실로 영혼이 사후(死後)의 고난길을 걷고 있는 것이로
구나!"

평민의 목소리가 들려왔다. 그리고…… 내가 이곳에서 돌연 딸꾹질을 하기 시작했다. 그것은 생각지도 않았던 불의(不意)의 사건이었는데 그 효과에는 놀라운 것이 있었다 — . 묘지답게 모든 것이 고요로 되돌아갔고 지금까지 있었던 시끄러웠던 일들이 꿈처럼 사라지고 말았다. 진짜로 묘지와 같은 정적(靜寂)이 찾아온 것이다. 내가 그곳에 있었기 때문에 그 무리들이 부끄러워한다고는 생각되지 아니했다. — 왜냐하면 그 어느 것도 부끄러워하지 않는다고 결심을 했기 때문이다!

나는 5분쯤 기다려 보았다 — 그런데 말도 소리도 — 아무것도 들려오지 않았다. 경찰에 밀고(密告)되는 것을 두려워했을 것으로 생각되지는 않았다. 왜냐하면 경찰에서도 이곳에서 해야 할 일이 없을 것이기 때문이다.

그래서 하는 수 없이 내가 내린 결론은 그들에게도, 역시 장차 죽어가야 할 인간에게도, 알 수 없는 비밀과 같은 것이 있고, 그것을 모든 살아있는 사람들에게 무슨 수를 써서라도 감추려는 것임에 틀림없다는 것이었다.

"자아, 사랑하는 사람들이여, 나는 또 당신네들을 찾아올 것입니다!"

나는 이런 말을 하고 묘지를 떠났다.

아니, 이런 일을 인정하는 것은 아니다. 아니, 그것은 절대로 있을 수 없는 일이다. 보보크(콩알)가 내 마음을 뒤흔들어 놓았던 것은 아니다(왜냐하면 그것이 실로 보보크란 것을 알았기 때문이다).

그런 장소에서의 퇴폐, 마지막 희망의 타락, 시들어서 썩어가는 시체들의 타락 — 그것도 의식의 마지막 순간조차도 소중히 하려고 하지 않은 채! — 그들에게 그런 것이 주어지고 이순간이 은혜롭게 주어진 것이지만…… 그러나 중요한 것은 그것이 그런 장소에서 행해지고 있다는 것이다! 아니, 나는 이것을 인정할 수가 없다……

다른 등급에 속하는 무리들이 있는 곳에도, 여기저기 찾아가 보자, 여기저기서 들어보자, 그렇다. 그런 개념을 만들어 내기 위해서는 한 군데뿐만이 아니라 여러 곳에서 들어보고 또 두 눈으로 확인하지 않으면 안된다. 어쩌면 재미나는 이야기와 만나게 될는지도 모른다.

그런데…… 그런데 말이다. 그 무리들이 있는 곳에는 꼭 한번 다시 가보도록 하자. 그 무리들은 자신의 신상 이야기라든가 갖가지 재미나는 이상한 이야기를 하겠노라고 약속을 했었다. 그러니 꼭 다시 가보자. 이것은 양심(良心)의 문제이다.

〈시민(市民)〉지(誌)에 가지고 가도록 하자. 그곳에서는 편집자의 초상화까지도 실어 주고 있으니 말이다. 어쩌면 게재해 줄 것이다.

베네젝토프

1

얼마 전부터 내가 즐겨 읽던 것은 《플루타르코스》뿐이다. 더 정직하게 말한다면 아티카 영웅들이 이루어 놓은 것은 다소 틀에 박히어 단조로우며, 숱한 전투장면에는 이따금 진력이 났었다.

그러나 고상한 티토우스 플라이에누스라든가 정열적인 아르키비아디스, 맹렬한 퓨루로스, 에페이로스왕(王), 그밖에 그들과 비슷한 사람들이 무수히 묘사되어 있는 페이지를 만나면 싫증나지 않는 매력이 얼마든지 발견되곤 하였다.

그런 위대한 사람들의 생애를 이것저것 생각해보는 사이에 사람들은 자기자신의 길고 긴 인생, 이제는 정채(精彩)를 잃고 꺼져 가려는 인생에 대하여 깊이 생각하게 된다.

밤마다 모스크바 강가의 언덕길을 산책하면서 구름이 드리워 주는 그림자가 루츠코에서 초원을 미끄러져 가는 것을 본다든가, 발비하의 가축 무리가 중대한 의식(儀式)이라도 치르러 가는 것처럼 서서히 올라가는 것을 본다든가, 사과나무 가지가 묵직한 과실의 무게로 휘어져 있는 것을 보고 있노라면 지난 5월에 이 똑같은 나뭇가지에서 향기 짙은 봄꽃이 피어 달콤한 향기를 내뿜고 있었던 것을 생각하며 인생이란 행로(行路)에 있어 만물은 실로 유전(流轉)하는

184

것임을 절실하게 실감했다.

그러다 보니, 전쟁만이 중요한 것이 아니려니와 철학자의 영지(英知)가 문제되는 것도 아니고, 태양 아래서 살고 있는 어떤 곤충이더라도 마찬가지이며, 하느님 앞에서는 우리네 자신의 인생도, 살라미스의 해전(海戰)이나 율리우스 시저의 공적(功績)에 못지않을 만큼 기억할 가치가 있는 게 아닌가 하는 생각을 하게 된다.

시골에 틀어박히어 있으면서 몇년씩이나 이것저것 생각하고 있는 동안에 나는 카이로네이아의 철학자 흉내를 내면서 아주 보편적인 러시아인(人)의 생활을 써보려고 생각했다.

그러나 그 어떤 사람도 남의 생활에 대해서는 상세한 것을 알 수가 없는 터에 장서(藏書)도 가지고 있는 것이 없어서 다소 뻔뻔스럽다는 생각도 들었지만, 나 자신의 신상에 일어난 일로서 기억할 수 있는 일들을 기록하기로 했다. 그중에는 독자 제현의 흥미를 끌 만한 것도 적지않을 것으로 생각한다.

나는 위대한 에카테리나 여제(女帝) 시대에 우리나라의 고도(古都)인 모스크바 사도베니키에 있는 브라고베셰니에 교구(敎區)에서 태어났다. 아버지는 7년전쟁에서 체르뉘쇼프가 예(例)의 유명한 베를린 습격을 했을 때 행동을 같이했던 근위대(近衛隊) 대령이었는데, 그 아버지에 대해서는 아무 기억도 없다. 어머니는 젊은 나이에 과부가 되었으며 심히 빈궁했는데도 불구하고 나와 단둘이서, 대(大) 토루마치 거리의 어딘가에서 살았다.

여름철에는 쿠스코보에서, 혹은 먼 친척에 해당하는 슈벤도루프의 집에서 보냈다. 슈벤도루프네의 이반 카룰로비치는 준마(駿馬) 사육장을 경영하고 있는데 그것은 골리초인 공작(公爵)이 소유하는 포도모스크바나야 브라헤른스카야, 별명(別名) 쿠지밍카에 있었다. 그런데 노공작(老公爵)은 이곳을 간단히 '제분소(製粉所)'라고 부르기를 좋아했다.

몇년이고 눈물어린 고생을 한 어머니는 세상을 떠난 아버지의 지인(知人)과 친구의 도움도 있었겠지만 고맙게도 나는 모스크바 대학 부속 기숙중학교(寄宿中學校)에 입학시켜 주었다. 그 중학교의 일을 떠올리면 지금도 경건한 생각이 든다.

아아, 친구여! 우리들의 아버지이자 은인이기도 한 안톤 안토노비치에 대하여 내가 예나 지금이나 변하지 않으며 느끼는 마음을 과연 써낼 수 있을 것인가? 예의와 댄스는 라미라리 선생이 가르쳐 주었고, 유명한 산도우노프가 우리의 어린이 연극을 지도해 주었다.

1804년에 암적색(暗赤色) 깃과 커프스, 그리고 금(金)단추가 달린 파란색 새 제복을 입은 나는 졸업식에서 학생 주임으로부터 학업 우수의 증표인 검(劍)을 받았다.

대학생활 1년째에 대해서는 아무것도 쓰지 않겠다. 슈바로프라든가 메릴시노라든가 헬라스코프가 만들어 낸 것에 대해서는 이미 슈비리요프의 천재적인 펜이 써내고 있으니 내가 새삼스럽게 반복할 필요도 없으리라.

한 가지만 말해둔다면 내 생활이 일련의 기억해야 할 사건에 말려들었고, 그때문에 그때까지의 흐름에서 벗어나게 되었던 것은 내가 바우제 교수 밑에서 슬라브 러시아의 고미술(古美術) 연구에 관계하고 있은 지 어언 반 년이 지날 무렵의 일이었다.

1805년 5월, 콘스탄틴 칼라이도비치와 함께 코로멘스코에 마을에서 돌아오는 도중의 일이었다. 나는 그가 변경 지대의 돌이 가지는 의의라든가 호로피 도시에 대하여 의기양양하게 얘기하는 것을 멍청히 들어 흘려 버렸으며, 그것보다는 맑게 개어 높기만한 봄하늘에서 지저귀고 있는 종달새 소리에 오히려 귀를 기울이고 있었다. 이윽고 도시에 들어간 다음 동행인과 헤어지자 나는 이상할 만큼 가슴에 압박감을 느꼈다.

마치 영혼의 자유도, 마음의 명료함도 영원히 잃어버리고, 누군가의 무거운 손이 내 두개골을 부수어 뇌(腦)를 휘저어 놓은 것처럼 생각되는 것이었다. 그런 다음에는 온종일 소파에 누워 있는 채 푸에그노스트에게 몇번씩이나 폰스주(酒)를 데우는 날이 이어졌다.

그때까지 있었던 슬라브 러시아의 고미술(古美術)에 대한 흥미는 내 마음에서 흔적도 없이 사라지고 말았고, 이전에는 종종 찾아갔던 애서가(愛書家)인 푸에라폰도프에게도 여름 내내 한 번도 가지 않았다.

모스크바의 거리를 걸어다니거나 극장·제과점 등을 찾아다니는 사이에도 나는 이 도시 안에 기분 나쁘고 압도적인 그 무엇이 확실히 존재한다는 것을 느꼈다. 이런 감각은 때로 약해지는가 하면 이번에는 무서울 정도로 강력해지므로 이마에는 식은땀이 배고, 손이 떨려오는 것이었다. — 누군가가 나를 바라보고 있으며 당장에라도 내 손을 잡으려고 하는 것처럼 느껴지는 것이었다.

이런 감각은 내 생활을 엉망으로 만들어 놓았을 뿐만 아니라 시간이 흐를수록 더해갔는데, 마침내 9월 16일 밤중에는 결정적인 것이 되었다. 이렇게 해서 나는 세상에서도 불가사의한 갖가지 사건을 체험하게 되었던 것이다.

금요일이었다. 나는 친구인 트레노보프네 집에 저녁때까지 장시간 동안 있었다. 그는 창문도, 문도 모두 커튼을 쳐놓고 '신(新) 키로페지야'를 나에게 보여주면서 모스크바의 멀치네스파(派) 프리네손의 사업에 대하여 비밀스런 이야기를 해주었다.

집에 돌아가던 도중, 나는 견디기 어려울 정도의 압박감에 시달렸는데 그것은 메독스 극장 옆을 지나갈 때 더 심한 중압감으로 변했다.

평소와 마찬가지로 등불빛이 거대한 극장을 비쳐주고 있었으며 그 건물 앞에, 나를 괴롭혀 온, 수수께끼 같은 자가 숨어 있는 것같이 느껴졌다. 이윽고 나는 이 가장(假裝)된 원형극장(圓形劇場) 안에 들어가 객석으로 향했다.

2

내가 조용하고 어두컴컴한 객석에 들어갔을 때는 이미 연극이 시작되고 있었다. 프리겔램프가 알 라시드 궁전(宮殿)의 흔들리는 그림자를 비추고 있었으며, 적자색(赤紫色) 망토를 입은 여배우 콜로소바가 현(絃)의 음향에 몸을 맡기며 미끄러지듯이 회전하고 있었다. 콜로소바는 무대 위의 여왕이었다. 나는 몇번이고 반복해가면서,

"브라보!"

라며 그녀에게 소리지르고 싶은 감정이었다.

그런데 지시받은 대로 제2열째 좌석에 앉으려는 순간, 콜로소바도, 칼리프 궁전의 동화(童話) 같은 정경(情景)도, 모두 내 마음에서 완전히 사라져 버리고 말았다. 조용해진 객석의 어둠 속에서 무엇인가 한 달 동안이나 내 마음을 괴롭혔던 예(例)의 '압도적이고 지배적인' 것의 존재를 확실하게, 그리고 싫을 정도로 느꼈던 것이다.

이때 상상외로 분명한 것이 떠올랐다. 그것은 어렸을 때 창들의 거미줄에 걸려 있기 때문에 거미가 다가와도 움직이지 못하는 벌레를 아리나 할머니가 구경시켜 주었던 일이었다.

"브라보! 브라보!"

콜로소바의 무대가 끝나자 이번에는 해적(海賊)들이 잡아놓은 그리스 여자들의 매력을 이슬람교의 군주에게 향하여 노래부르는 순서였다. 나는 의자에서 자세를 고쳐 망원경을 무대 쪽으로 향하고,

자신을 압박하고 있는 내적(內的) 감정과 싸워 이기려고 노력했다.

작고 둥근 렌즈 속에서 여자들의 팔과 드러난 어깨가 차례로 스쳐가는 사이에, 객석의 어두운 쪽도 지나가더니 긴장되고 사랑스러운 얼굴이 나타났다.

목에 검은 점이 있었던 것과, 규칙적으로 숨쉬는 숨소리에 맞추어 가슴 위에서 산호 목걸이가 아래위로 움직였던 일이 이 장면을 한 평생 동안 내 기억 속에 붙들어 매게 되었다.

무엇인가를 요구하는 그녀의 시선에는 견디어 낼 재간이 없을 정도의 순종성과 마음속의 고통이 간파되었다. 그녀도 나도 어떤 똑같은 운명적 힘에 순순히 따르고 있는 것임이 분명한 것 같은 생각이 들었다. 우리를 무겁게 짓누르는 거역할 수 없는 힘인 것이다.

무대가 진행되어 가는 중에 나는 간간이 그녀의 모습을 놓쳤었고 근시(近視)인 관계로 망원경 없이는 금방 찾을 수가 없었다.

그럭저럭 하는 동안에 무대에는 새로이 흑인과 백인의 여자 노예가 차례로 등장하며, 파 도 도우의 열(列)이 복잡한 피르에트를 보여주는 군무(群舞)로 바뀌었다.

돌연 애처롭기까지 한 괴로워하는 소리가 내 마음을 깊이 자극했다. 그 목소리를 듣고 나는 그녀임을 알아차렸다. 망원경의 둥근 렌즈에 그녀의 매력적인 얼굴이 다시 비취고, 그 주위에 물결치는 하얀 곱슬머리가 나타났다.

그녀의 목소리는 깊이가 있었으며 우수(憂愁)에 가득 차있고 용서를 비는 것 같았는데 이슬람교의 칼리프의 용서를 청하는 것은 아니었다. 그 목소리는 칼리프에게 하는 것도 아니었고 우리의 마음을 지배하고 있는 자에게 하는 것이었다. 나는 그놈의 악마와 같은 의사(意思)와 지옥과 같은 숨소리를 어둠 속에서 내 오른쪽 바로 옆에서 분명히 느끼고 있었다.

커튼이 내려지고 막간의 휴식 시간이 되었다. 내 시선은 무엇인가를 찾아 감색과 검은색의 연미복이 흔들리는 파도 사이를 헤맸는데 움찔움찔 흔들리는 어깨와 반짝반짝 빛나는 편(片)안경, 비단 드레스, 브란반드 지방의 레이스로 된 솔 등의 사이를 누비다가 딱 멈추었다. 틀림없었다. 그놈이다!

이 운명의 만남이 나에게 어떤 불안감과 어떤 감정을 가져다 주었는지 — 그것을 제대로 표현할 말을 지금은 찾을 수가 없다. 그놈은 키가 아주 큰 편이고, 유행에 다소 뒤진 그레이색 프록코트를 입고 있었다. 머리는 하얗게 세어 있고 생기가 없는 눈은 아직도 무대 쪽을 뚫어지라고 쳐다보고 있었다.

내 좌석에서 오른쪽으로 불과 몇발짝밖에 안되는 곳에 앉아서 의자 팔걸이에 팔꿈치를 대고는 기계적으로 편(片)안경을 오른쪽 눈에 댔다가는 왼쪽 눈에 대곤 하는 것이었다.

근처에 불꽃 혓바닥이 있는 것도 아니고, 유황 냄새가 퍼져 있는 것도 아니며 지극히 평범했다. 그러나 이 악마적인 평범함에 '압도적이고 지배적인 것'이 가득 차있었다.

그 사나이는 천천히, 그리고 매우 피로한 듯이 무대에서 시선을 떼고 복도로 나왔다. 나는 마치 그림자처럼 — 아우스부르그의 자동 인형처럼, 그 뒤를 따라갔는데 옆으로 다가갈 용기도 없으려니와 물러갈 힘도 없었다.

사나이는 나를 알아차리지 못했다. 멍청한 모습으로 복도를 왔다 갔다하고 있었는데 어디선가 들려오는 종소리에 관객들이 총총걸음으로 다시 객석으로 돌아오기 시작하자 멈춰서서 사람들이 빠져나간 로비를 멍청한 눈으로 둘러보다가 극장 내부의 계단을 내려가기 시작했다.

나도 그의 뒤를 따라서, 그때까지는 모르고 있었던 내부의 통로를 걸어갔다. 통로에는 아주 드문드문 흐릿한 불이 켜져 있을 뿐이었다. 어두컴컴한 복도, 어디론가 통하는 오름계단, 그리고 메독스 극장의 그림자를 삼킨 벽 — 나에게는 마치 미노타우로스의 미로(迷路)처럼 생각되었다.

갑자기 밝은 광선이 반짝이면서 문이 열렸고 주름이 진 무거운 망토로 몸을 감싼 여성이 내뿜는 빛과 함께 이쪽으로 나왔다. 그 여인은 방심한 모습으로 아무 말도 하지 않으며 그가 내민 손에 기대어 스커트를 날리면서 서둘러 내 옆을 지나 계단이 구부러지는 모퉁이로 모습을 감추고 말았다.

나는 그 여인이 누구인지를 알았다. 이름까지도 알고 있었다. 제1 여자 노예를 연기한 가수는 나스타샤 표도로부나 K라고 포스터에 기재되어 있었기 때문이다.

3

환상적인 모스크바의 야경(夜景) 덕택에 나는 다소 기분이 밝아졌다. 극장에서 나온 나는 올려다봐야 할 정도로 커다랗게 보이는 검은 마차가 나스타샤 표도로부나를 태우고 코피요 거리의 구세주 교회 모퉁이에서 페토로푸카 거리 쪽으로 돌아 어디론가 사라져 가는 것을 목격했다.

나는 밤의 모스크바 거리를 사랑하고 있으므로, 기꺼이 목적지도 없는 모스크바 밤거리가 좋아서 홀로 헤매며 걷는다.

그런 때는 잠에 빠진 집들이 마치 장난감 집처럼 보이곤 한다. 내 발짝 소리도, 눈을 뜬 개가 짖는 소리도, 정원이라든가 안뜰의 고요를 방해하지는 않는다. 불빛이 조금이라도 새어나오는 창문이 있으면 그것은 나에게 있어 조용한 생활, 처녀의 몽상(夢想), 고독한 밤의 사색이 넘치는 장소인 것이다.

교회는 사물의 생각에 잠겨 있고, 인기척이 없는 거리에서는 흔히 아플락실 궁전(宮殿)의 음침한 늘어선 기둥이라든가 하늘을 향하여 높이 솟아 있는 파시코프가(家)의 건물, 그밖에도 위대한 에카테리나 여제(女帝)의 솔개가 떨어뜨리는 돌의 그림자가 문득 떠오르곤 한다.

그런데 그날 밤은 불안에 사로잡힌 내 마음은 냉정한 관찰을 할 형편이 아니었다. 악마적인 만남이 있을 것임에 틀림없다는 생각이 머리속에서 맴돌며 떠나지 않아 심히 괴로웠던 것이다. 아니 무언가를 생각하고 있지조차도 않았다. 사고(思考)의 움직임은 멎어 버리고 말았다.

나는 물에 빠져 가라앉은 것처럼 예(例)의 낯모르는 사나이에 대하여 못박히어 움직이지 않는 사고에 잠겨 있었던 것이다.

나는 문득 누군가에서 세게 밀리어 우뚝 섰다. 멍청하게 있었던 까닭에 습한 안개 속에서 키가 큰 장교의 어깨에 부딪치고 만 것이다. 그 장교는 낮은 목소리로 욕을 해댔다. — 그 욕설을 알아들을 수는 없었다.

모스크바의 안개 속에서 그 사나이는 거인처럼 크게 보였다. 유행이 뒤진 군복을 입고 있었으므로 기묘하게도 7년전쟁의 영웅들과 똑같이 보였다.

"아아, 당신이었군!"

그 거인은 나를 뚫어지라고 바라보면서 그렇게 말하더니 밝은 불이 켜져 있는 건물로 들어갔고 쾅 소리를 내며 바깥문을 닫았다.

나는 그 이유를 전혀 모르는 채 한밤중의 어둠 속에서 빛나고 있는 안쪽의 흐릿한 창문 유리를 망연히 바라보고 있었는데, 문득 샤블루이킨 여인숙 건너편에 서있다는 것을 알아차리고는 어두컴컴한 거리 쪽으로 나갔다.

그리고 다시 생각에 잠겼다. 내 생각은 검은 당밀(糖蜜) 속에 떨어진 파리처럼 굳어져서 움직이지 못했고, 오감(五感)은 모두 어찌할 수 없도록 약해져 있었는데 어떤 한 가지 감각만은 예리해져 있었고 이상할 만큼 연마되어 있었다.

도시 안 어딘가의 거리를 거대한 검은 마차가 모르는 사나이를 태우고 달리는데 이쪽으로 가까이 오다가는 멀어지기도 한다는 것을 축축한 모스크바의 안개를 통하여 확실하게 느끼고 있었던 것이다.

집요하게 따라붙어 다니는 감각으로부터 어떻게든 도망치고자, 나는 머리를 세게 가로저으면서 밤공기를 가슴 가득 들이마셨다.

왼쪽에는 버드나무의 시커먼 그림자가 가득 메우고 있었다. 가는 방향으로는 세무서의 토담이 길게 이어져 있었으며, 어둠 속에 녹아들고 있었다. 그 건너편에는 마리나 로시챠 지구(地區)의 집들이 고요 속에 잠든 모습으로 겹쳐져 있었다. 오전 0시가 되려면 아직도 시간이 많이 남아있었다.

나는 집에 돌아가야겠다고 생각했으며 머리속에는 집까지 가는 최단(最短) 코스를 이미 그리고 있었다. 푸에그노스트를 일으키고 딸기를 찌게 하는 한편, 폰스주(酒)를 데우라고 해야겠다는 생각을 하고 있노라니, 또다시 발작(發作)이 일어나는 것을 알아차릴 수 있었다.

또 그 캄캄한 도시를 시커먼 마차가 다가오는 것을 느끼고 — 나는 달려가고 싶어졌다. 그러나 다리가 땅바닥에 못박힌 것처럼 전혀 움직일 수 없게 되었다.

무서운 사륜마차(四輪馬車)가 이 거리에서 저 거리로 날아다니다시피 하며 점점 이쪽으로 다가오는 것이 느껴졌다. 마차가 가까이 옴에 따라 포장된 도로가 덜거덕거리며 흔들린다. 식은땀이 이마를 적시고 완전히 힘이 빠져 버린 나는 넘어지지 않도록 버드나무 줄기에 기대어 있지 않으면 안되는 상태였다.

숨가쁜 몇분간이 지나가자 오른쪽에서 무시무시한 마차가 나타났다. 초승달이 파랗게 흔들리는 빛을 내뿜는 가운데 마차 바퀴의 스프링을 흔들어 대면서 토담을 따라 그 마차는 다가오고 있었던 것이다. 마부석에는 높직한 실크해트를 쓴 마부가 앉아 있었고 유리 같은 눈을 크게 뜨고 있었다.

마차가 내 바로 옆에까지 오자 갑자기 문이 열렸고, 하얀 드레스로 몸을 감싼 여성이 전속력으로 달리고 있는 마차에서 굴러떨어졌으며, 다리가 드레스에 걸리어 쓰러졌다. 손에는 무엇인가를 들고 있었다. 마차는 멀리까지 달려갔는데 돌연 방향을 바꾸어 멈춰섰다. 차체가 부자연스러울 정도로 심히 옆으로 기울어졌다.

그리고 낯모를 사나이가 내려오더니 여자 쪽으로 서둘러 다가왔다. 여자는 그 나스타샤 표도로부나 나스첸카였는데 일어나자,

"이제는 나를 지배할 힘을 가지고 있지 못합니다!"
라고 외쳐대면서 연못 쪽으로 달려갔다.

그러나 연못에 도착하기 전에 그녀는 두 손에 들고 있던 것을 머리 위로 들어올리더니 온 힘을 다 쏟아가며 물속에 집어던졌다. 그리고 그자리에 쓰러지고 말았다. 정체되어 있던 밤중의 연못물은 던져진 물건을 삼켜 버렸다.

낯모르는 사나이가 다가갔다. 나스첸카가 심히 울부짖었기 때문에 내 마음은 완전히 공포에 사로잡히고 말았다. 그녀를 도우러 달려가고 싶은 마음은 굴뚝 같았지만 한발짝도 떼어놓을 수가 없었고, 또 그 사나이에 의해 완전히 지배당하고 있는 나 자신임을 느끼면서 마법(魔法)에 걸린 사람처럼 토담 옆에 서있을 뿐이었다.

"이봐!"

그 사나이의 위압적인 목소리가 들려왔고, 나는 그쪽으로 발길을 옮겼다.

그 사나이와 둘이서 나는 나스첸카를 땅바닥에서 일으키어 마차
에 태웠다. 그러나 어떻게 해서 그녀를 일으켰고 태웠는지, 그리고
내가 어떻게 해서 그녀 옆에 앉아 있었는지, 또 어떻게 해서 마차가
달렸는지 전혀 기억이 나질 않는다.

기억에 남는 것은 단 한 가지, 연못가에서 몸을 구부리고 집요하
게 무엇인가를 찾고 있는 낯모를 사나이의 새우등 모습을, 떠나갈
때에 밤안개 속에서 내가 오래도록 바라보고 있었다는 것뿐이다.

4

나스첸카의 집은 나스타샤 우글레시첼리니츠아 교회 바로 옆, 니
에그린카 강가에 있었다. 그곳에 그녀를 싣고 왔을 때, 어머니 마리
아 프로코피에부나는 너무 놀란 나머지 두 손을 모았다.

그 선량한 부인은(천국에 들어갈 만한) 곧 이것저것 응급처치에
착수했다. 둘이서 나스첸카를 카레리아 자작나무로 만든 괘종시계
아래에 있는 소파에 눕혔다. 그리고 마리아 프로코피에부나는 나에
게 사모바르를 불 위에 올려놓으라 하고 자기는 나스첸카의 코르셋
을 느슨하게 풀어 주었다.

그녀의 의식을 회복시키는 데는 시간이 상당히 걸렸다. 가엾게도
나스첸카는 울어대다가 여러 가지 뜻모를 말을 지껄이곤 했다.

밤이 밝았다. 닭이 세 홰째 울자 이 가엾은 사람은 제정신이 들었
고, 우리는 미소를 지으면서 조용히 잠이 들었다. 모슬린 커튼이라
든가 창가에 늘어놓은 로즈메리 가지를 뚫고 아침하늘이 장미빛으
로 물들어 오는 것을 알아차렸다. 마리아 프로코피에부나는 필요성
이 없어진 촛불을 껐다.

나스첸카는 규칙적으로 숨을 쉬며 가슴을 들어올렸다 내렸다 했
다. 금색 곱슬머리가 얇은 아마(亞麻) 베갯잇에 펼쳐져 있었다. 아

침의 정적 속에서 시계의 째각거리는 소리가 특별히 깊은 의미를 가지고 침착하게 들려왔다. 이윽고 코비요 거리의 구세주 교회 근처에서 아침 기도를 알리는 종소리가 들려왔다.

나는 유감스런 마음으로 의자에서 일어나 돌아가려는 생각에서 모자를 찾기 시작했는데, 마리아 프로코피에부나는 나를 돌려보내려고 하지 않고 함께 아침 커피를 마신 다음에 떠나라며 자꾸만 붙잡는 것이었다. 이 선량한 부인은 나를 마치 오래 전부터 잘 아는 사이처럼 대우해 주었는데, 실은 그 이전에는 한번도 만난 적이 없었던 것이다.

이날의 일은 결코 잊지 못할 것이다. 이날 보았던 모든 것이 나에게 있어서는 기념할 만한 일이 되었다. 광택이 있는 바닥에 깔려 있는 매트도, 크라비코드라든가 열려져 있는 채로 있던 모차르트의 악보도, 도기(陶器)라든가 은(銀)식기가 들어 있는 찬장도 — .

그러나 가장 강렬하게 기억 속에 남은 것은 마호가니 등받이에 아침 해의 반점이 졸음을 가져다 주는 푹신푹신한 소파와 공들인 액자에 넣어져서 소파 위에 걸어놓은 자개 바탕의 섬세한 묵화(墨畵)의 초상화였다.

마리아 프로코피에부나는 구리 재질의 오뚜기 모양의 포트로 나에게 석 잔째의 커피를 따랐고, 나스첸카를 구해낼 때의 상황을 설명해 달라고 졸라댔다. 벌써 다섯 번째인데 청하는 대로 내가 얘기를 해주고 있노라니 문이 열리면서 장미색 잠옷을 걸친 나스첸카 그 장본인이 침실에서 나오는 것이었다. 그녀는 내가 하는 이야기를 듣고 얼굴을 붉히고 있었다.

5

이미 해가 기울고 있었다. 나는 페토로푸카 거리를 알바토 거리

쪽을 향하여 걷고 있었는데 그다지 크지 않은 봉투를 손에 들고 있었다. 봉투 겉쪽에는 나스첸카의 필적으로 ‘알바토 거리 마드릿드 관(館)의 표토르 페토로비치 베네젝토프님에게 친전(親展)’이라고 씌어 있었다.

봉투에는 코를 찌르는 제비꽃 냄새의 향수가 뿌려져 있었다. 내 마음에는 형용하기 어려운 질투가 용솟음치고 있었는데 나로서는 질투할 자격 따위가 없었던 것이다.

나는 멍청히 걷고 있었으므로 페토로프스키문(門) 가까이에서 영국 클럽에 모여든 저명인사들의 마차들에 의해 걷어채일 지경이었다. 클럽의 하얗고 장대한 주랑(柱廊)은 금색으로 색칠을 한 가을 잎사귀들에 파묻히어 있으면서 오는 손님들을 맞이하고 있었다.

가을철의 가로수 거리는 신선한 기쁨으로 넘쳐 있었고, 푸른 하늘을 한층 더 돋보이게 했다. 구름 덩어리가 모스크바 상공에 퍼져 있었다. 누군가를 기다리고 있는 모습으로 내 앞을 천천히 걸어가고 있는 새로운 모스크바의 다나에 가을철의 금색(金色)이 쏟아지고 있었다. 그녀는 파란 정장을 입고 있으며, 가느다란 손에는 시들은 아스타 꽃다발이 들려 있었다.

베네젝토프는 38호실 한복판에서 낡고 손때가 묻어 더러워진 녹색 소파에 앉아서 설대가 긴 담뱃대를 빨고 있었다. 멋스러운 브타라 상의를 입고 털이 덥수룩한 가슴을 드러내고 있었다.

방은 번쩍거리는 여러 가지 것들이 이곳저곳에 흐트러져 있는데 트렁크라든가 궤짝의 뚜껑이 열려져 있는 것으로 미루어 여행을 할 생각이란 것을 짐작할 수 있었다. 테이블 위에는 쇠로 만든 손궤가 있었다.

“뭐야? 자네였던가?”

베네젝토프는 불만스런 태도로 냉담하게 나를 맞아주었다. 나는 크게 동요하고 있었는데 잠자코 그에게 편지를 내밀었다. 떨떠름하게 편지를 받아든 그는 필적에 눈길을 주더니 움찔하며 몸을 떨었는데,

"뭐라고?"

라며 소리를 지르면서 일어섰다. 그리고 땀이 난 이마를 두 손으로 씻어내리면서 밝은 쪽에 가서 봉투를 뜯고 기고만장하여 읽기 시작했다.

나는 자신의 역할은 끝났으므로 운명적인 편지를 손에 들고 있는 베네젝토프를 방 한복판에 남겨둔 채, 눈치채지 못하도록 나가는 편이 좋을 것으로 생각했다.

가구(家具)가 붙박이로 되어 있는 하숙집 계단은 침으로 더럽혀졌고 어두컴컴한데 시큼한 양배추 냄새가 났다. 얼굴에 주근깨투성이인 남자가 침을 뱉어가면서 경기병(輕騎兵)의 장화를 닦아내고 있었다. 밖에 나오자 나는 안도의 한숨을 쉬며 가슴을 쓸어내렸다.

아아, 신사 여러분! 자기자신이 반한 상대방으로부터 봉인된 편지를 맡아가지고 다른 누군가에게 전해 준다는 것은 실로 지극히 괴로운 일이라오.

어디라고 방향도 없이 물이 고여 있는 진창 속을 걷고 있자니, 또다시 남의 의사가 내 마음을 조종해 오는 것을 느끼게 되었다. 누군가의 의사가 나에게 이리이리 하라고 명령을 하고 있다는 것을 알고는 심히 괴로웠다.

나는 코트 자락을 꽉 여미고는 그놈의 말대로 하지 않으련다, 내가 가고 싶은 쪽으로 가련다며 굳게 마음에 다짐했다. 내 마음은 마치 태풍에 흔들리는 버드나무가 그 태풍 속에서 가지를 구부리는 것과 비슷했다.

그러나 내 의사는 차츰 박약해졌으며 누군가의 — 스치쿠스강의

물처럼 음침한 악마의 의사에 흔적도 없이 녹고 마는 것이었다.

나는 38호실 문을 소리도 내지 않고 열었다. 그리고 나쁜 짓을 한 학생처럼 상인방(上引枋)의 아래에 가서 섰다. 베네젝토프는 빛을 내고 있었고 방안은 변모되어 있었다.

여행을 하기 위해 준비했던 물건들은 소파 밑에 정리되어 있었고 테이블 위를 보니 보헤미안유리의 와인잔에는 샴페인이 거품을 내고 있었다. 또 린부르크산(産) 치즈가 모스크바의 온실에서 만들어진 갖가지 과실에 섞여져서 진열되어 었었다.

"무어라고 인사를 해야 좋을까? 불가코프!"

표토르 페토로비치는 그렇게 말하면서 나에게 잔을 내밀었다.

"대천사(大天使) 가브리엘이라 해도 자네만큼 기쁜 소식을 가져 다 주지는 못할 것이니 말일세. 그리고 다소나마 자네가 이해할 수 있었으면 좋겠네만…… 불가코프! 사슬을 풀어 버리고 자유롭 게 된 마음이 나를 사랑해 주고 있는 것이야!"

마시다가 남은 와인이 몇병 있었다. 베네젝토프는 이미 상당히 취해 있었고, 나를 테이블 앞에 앉히더니 취해서 호의적이 된 말투로 음식을 이것저것 열심히 권했다.

샹파뉴 지방의 거품이 잘 이는 액체로 인하여 혓바닥이 잘 돌아 가게 된 그는 나를 앞에 두고 사랑의 고민을 털어놓는 것이었다. 이 윽고 점점 더 취기가 돌아서 견딜 수 없게 된 그는,

"정말로! 조금이라도 자네가 이해해 주면 좋겠네만은 ― 불가 코프!"

란 말을 반복하게 되었는데 나중에는 흉포해졌으며, 보석이 박혀 있 는 쇠반지가 번쩍이는 커다란 손으로 주먹을 불끈 쥐고 테이블을 탕탕 두들겨 댔다. 그가 너무 심하게 두들겼기 때문에 촛불은 흔들 리기 시작했고, 잔은 바닥에 떨어져 불안감을 더하는 소리를 내면서

깨졌다.

"나는 츠알리다! 나에 비하면 너 따위는 벌레에 지나지 않아! 불가코프!"

그는 고함을 질렀다.

"자아! 울어 봐! 울어 보라고 했잖아!"

그러자 나는 마음이 슬픔으로 가득 차오르는 것을 느꼈다. 무정하게도 목구멍이 경련을 일으켰고 눈에서는 눈물이 흘러내리는 것이었다.

"웃어 봐! 이 노예놈아!"

베네젝토프가 있는힘을 다 짜내는 목소리로 웃으면서 그런 말을 계속하자, 이번에는 밝고 애처로운 기쁨이 내 슬픔을 씻어내 버리고 말았다. 테이블에 흩어져 있는 복숭아도, 깨진 잔의 파편도, 와인 방울이 묻어 얼룩투성이인 테이블클로스 위의 촛대와 촛불이 흔들리는 것 등 모두가 기쁨을 자아내 주고 있는 것처럼 생각되었다.

"내 지배력은 끝이 없을 만큼 크고, 우수(憂愁)는 끝없이 깊다네. 불가코프! 힘이 크면 클수록 우울감은 깊어지는 게야!"

그리고 그는 눈물 머금은 목소리로 다음과 같이 말했다.

— 인류의 영혼은 그에게 복종하며 그의 의사가 명하는 대로 따른다. 그는 나스첸카를 사랑하고 그녀의 사랑을 받고 싶어한다. 그런데 복종이 아니라 자유로운 사랑을 하고 싶다. 그의 의사가 명령함으로써 생겨나는 사랑이 아니라 영혼의 자연적인 움직임으로 생겨나는 사랑을 하고 싶은 것이다.

지금까지는 그녀를 영원히 잃게 되는 것이 두려워서 그녀에 대한 지배력을 버리지 못하고 있었던 것이다. 그러나 그날 밤, 나스첸카의 영혼을 지배하는 힘과 헤어지고 나니, 하느님은 그녀의 자유의사에 의한 사랑으로 채워 주셨다. 내가 가지고 갔던 파란 봉투야말로 그것을 알려주는 통지(通知)였다는 것이다.

베네젝토프는 점점 더 분별력을 잃어갔다. 그는 두 손을 휘두르면서 방안을 왔다갔다했고, 열(熱)에 들뜬 사람처럼 알아들을 수 없는 말을 중얼거리고 있었다. 그의 모습이 움직이면서 만들어 내는 그림자(그것은 한 개가 아니라 여러 개의 그림자였다)가 벽에서 흔들거리고 있었다.

커튼을 치지 않은 창문으로 차가운 달빛이 스며들었고, 촛대에서 타고 있는 밀랍 초의 황색 빛과 함께 녹아들고 있었다. 0시를 알리는 구세주탑(救世主塔)의 종소리가 들려왔다.

"아무것도 모르고 있는 게야, 자네는!"

무서운 이야기 상대는 내 눈앞에서 우뚝 섰다.

"이 쇠로 만든 손궤 속에 무엇이 들어 있다고 생각하는가?"

그는 만취하여 무엇이나 다 폭로하고 싶어하는 발작이 일어나서 계속 중얼거리는 것이었다.

"자네의 영혼이 들어 있다구! 불가코프! 알겠나?"

6

한밤중인 2시경이었다. 베네젝토프는 자기 글라스에 술을 가득 붓더니 그것을 쭉 들이키고 얘기를 계속했다.

"그래서 말이지, 캄캄한 그 방안에 들어가니 무언가 유황 같은 냄새가 섞인 강력한 담배 연기 때문에 눈이 감길 정도였어. 연기는 몇개의 줄기를 이루면서 피어오르고 있었지. 밀랍 초 대신 등잔접시에 켜놓은 불은 마치 알코올을 태우고 있는 것처럼 빨간색과 파란색 불꽃의 혓바닥을 날름거리며 흔들리고 있더군.

검은색 모직 천이 깔려 있는 대형 둥근 테이블에는 카드에 뒤섞이어 금색(金色) 삼각형(三角形)이 빛나고 있었어. 신사들이

30명가량 적색과 흑색의 프록코트를 멋들어지게 걸치고 실크해트를 쓰고 있는데, 모두가 내 일행과 마찬가지로 치질을 앓고 있는 안색(顏色)으로 때로는 욕설을 퍼붓고, 어떤 자는 입을 다문 채 한마디 말도 하지 않은 채 게임을 하고 있더군.

위트차베르 거리에서 놀다가 성직자로부터 구제를 받은 빨간머리 사나이는 바로 옆의 신사들과 악수를 했는데 내가 그곳에 있다는 것은 까맣게 잊은 채 테이블 옆에 가서 앉았어.

나는 방치당한 채 주변을 두리번거리며 살펴보았지. 처음에 그 방은 둥근 천장인 것처럼 생각했으나 무엇인가가 타오르는 이상한 냄새가 나는 쪽에 눈길을 주니, 천장이 전혀 없든가, 있다 하더라도 그 천장이 투명한 것 같더구먼. 어쨌든 한 면에 무수한 별들이 가느다란 줄기 모양의 연기에 덮이어 희미하게 빛나고 있는 거야.

오른쪽 깊숙한 곳에는 무지하게 커다란 조상(彫像)이 솟아 있는데 악마 아슈마다이가 어떤 의식(儀式)을 위해 양(羊)의 모습을 띠고 있다는 것을 알 수 있었네. 브랑톰의 책에 그것과 똑같은 내용이 적혀 있었으니까 ─ . 흉포한 아슈마다이의 모양이라니 보기에도 지겨워서 입으로 옮길 수가 없네. 이 조상은 정수리에서 발끝까지 파란 불꽃을 내는 분(糞)에 파묻혀 있더군.

차례로 찾아드는 방문객들은 악마의 신(神)에게 바치기 위해 몸을 심하게 떨면서 배 속을 가볍게 하는 거야. 이 시커먼 미사에서 피어오르는 악취가 괴물의 머리 위에서 횃불을 두 개 들고 흔들어 대는 배불뚝이 늙은 사제(司祭) 이에로 판토를 덮어서 감추고 있었어.

모직 천을 씌워놓은 테이블이 회색 연무(煙霧) 속에서 밝은 반점(斑點)처럼 떠올라 있었지. 테이블에 앉아 있는 신사들은 카드

에 정신이 팔려 있는데 더러는 톡톡 소리를 내며 물건을 맞부딪
치고 있었고 …… 마치 마녀들이 야회(夜會)를 열고 있는 것 같
았는데 — 그렇지만 여기에 있는 것은 남성들뿐이었지.

 '시류센(독일어로 끝났다, 닫는다는 의미).'
이라며 허름한 노인이 말했고 내 손을 잡더니 잠시 자리를 떠나
야겠으니 대신 게임을 해달라고 말하면서 카드를 넘겨주었네. 따
는 돈은 반씩 나누자고 하더군.

 나는 자신이 무엇을 하는 것인지도 제대로 이해하지 못한 채,
자리에 앉았는데 들고 있는 카드에 눈길을 주는 순간, 피가 머리
위로 흘러 올라가고 관자놀이가 지끈거리기 시작했어.

 손 안에서 떨리고 있는 것은 온세상의 포르노 예술에 새파랗게
질린 것 같은 사람들뿐이더라구. 그곳에 그려진 것은 — 당장에
라도 부풀어서 터질 것 같은 엉덩이와 가슴, 그리고 배들이었는데
그런 것들을 바라보고 있노라니 눈이 충혈되더라구.

 그런 것들이 내 손가락 밑에서 진짜로 살아 숨을 쉬고 움직이
고 있으니 가슴이 설렐 수밖에 — 빨간머리 사나이가 내 옆구리
를 쿡쿡 찌르더군. 내 차례가 된 거야. 노름판 주인이 카드를 넘
기자 그것은 스페이드 잭이었는데 어쩐지 음란한 경련을 일으키
는 — 보기도 싫은 니그로였어.

 으뜸패의 퀸을 그것에 겹쳐놓으니 니그로와 퀸은 서로 뒤엉키
고 관능적인 동작을 하면서 빙글빙글 돌더군. 노름판 주인은 나에
게 눈부시게 빛나는 삼각형을 던지더라구. 그러자 마치 해머로 두
들겨 맞은 것처럼 관자놀이에서 피가 격렬하게 뛰었어.

 그러나 얼굴에 그런 표정을 지어서는 안되겠다며 주의를 하면
서 게임을 계속했지. 차례가 되어 온 카드는 숱한 사람들이 뒤엉
킨 번식(繁殖)의 신(神) 브리아브를 찬양하며 뒤죽박죽인 소요를

일으키고 있는 것으로서 …… 나에게는 아주 유리하게 작용했네.

예(例)의 허름한 신사가 돌아왔을 때, 테이블 위에는 내 몫의 금화(金貨)가 산더미처럼 쌓여 있었네. 그 작자는 뜻밖이라며 기뻐하더니 삼각형을 몇개인가 집어서 내 손에 쥐어주면서 등을 툭 치더니,

'헤헤 …… 시류센!'

이라고 외쳤고 다시 게임에 합류하더군. 나는 악마의 카드에서 떠나 핏발이 서고 탁해진 눈으로 홀 안을 둘러보았지. 런던의 악마 클럽에 와있다는 것은 이제 의심할 여지가 없었어. 어떻게 해서든 도망치지 않으면 안된다.

위트차벨 거리에서 만난 빨간머리 신사는 나에게 도움이 안될 것이다. 모조리 잃은 처지에 턱수염이 비비 꼬여 있는데 미치광이처럼 위축되었다가는 몸을 펴곤 한다 …… 다행하게도 빨간 프록 코트에 호박색 가죽 바지, 검정 실크해트를 쓴 차림의 배가 튀어나오고 키가 작은 두 사람이 눈에 들어왔어. 두 사람은 뭐라고 언쟁을 하면서 가까이에 있는 동료들에게 작별 인사를 했지. 그리고는 아무래도 출구(出口) 쪽으로 나가는 것 같았어.

나는 아무도 눈치채지 못하게 두 사람의 뒤를 따라갔지. 그 작자들은 튼튼한 벽돌 벽에 가까이 갔는가 생각했는데 보조(步調)를 느슨하게 하는 일도 없이 그대로 벽 속에 녹아 들어가고 말았네. 나는 오른쪽 어깨를 앞으로 내밀고 벽으로 돌진했지. 차가운 돌에 부딪칠 것으로만 생각했는데 아니, 이게 웬일이란 말인가! 벽 표면에 닿자마자 벌써 피커딜리 스트리트의 혼잡한 황혼길에 섞여져 있는 것이 아닌가."

베네젝토프는 여기서 일단 이야기를 멈추더니 땀투성이가 된 이마를 손수건으로 문지르고, 글라스를 단숨에 비었다. 그리고 다음

애기를 계속해 나가는 것이었다.

"숙소로 돌아와 7개의 삼각형을 테이블 한복판에 늘어놓았는데 그것들이 어떤 의미를 가지고 있는 것인지 오랫동안 모르고 있었네. 그것은 금(金)이라든가 혹은 플라티나로 된 두꺼운 판(板)으로서 겉에 아이크 베카의 마크와 마법진(魔法陣)이 새겨져 있었지. 많이 닳은 것을 보니 상당히 오랫동안 사용한 것 같더라구. 아슈마다이의 검은 미사의 악마적 불꽃을 속에 비장하고 있는 게 아닌가 생각되었어.

무엇에 쓰는 것인지 몰라서 그중 한 개쯤 손에 들고 바라보면서 깊이 생각을 하고 있는데…… 내 속에서 새로운 감각이 싹트고, 그것이 점점 팽창되더라구. 그때까지는 없었던 것 같은 감정이 치밀어오르는 것이 느껴지더군. 그리고 눈이 잘 보이게 되는데, 어찌된 영문인지 자유롭게 물체를 관통하고, 시선이 어디까지나 날아가는 게야.

어떤 새파란 연기 같은 것 속으로(그렇다고 해서 연기 속은 아니고 벽 위도 아니며 새로운 감각의 방법인데 어떻게 설명을 해야 좋을지 알 길이 없는데) — 침대 위에서 자꾸만 돌아눕곤 하는 아가씨가 보였네. 꿈을 꾸고 있는지 그 아가씨는 모포를 걷어차고 아름다운 나체를 내 눈앞에 드러냈어. 나는 가슴이 울렁거리더군.

아가씨의 얼굴이 보이지 않으므로 나는 어떻게 해서든지 그 아가씨의 얼굴을 보고 싶다는 생각으로 머리속이 가득해졌다네. 그러자 그런 바람을 듣기라도 했다는 듯이 아가씨는 괴로운 표정의 얼굴을 이쪽으로 돌렸어. 그 얼굴의 예쁨이란 말로 다 표현을 할 수가 없네!

드러낸 가슴도 굉장히 아름다웠어! 그런 다음 내가 아가씨에게 눈을 한번 떴으면 좋겠다고 원하자 아가씨는 눈을 번쩍 뜨는 거야. 눈을 뜬 채 침대에 누워서 겁먹은 표정을 짓고 있더군. 한번 일어났으면 좋겠다고 원하자 아가씨는 굳어진 표정으로 일어서는데, 매우 괴로워하는 눈치였지. 속치마가 발 아래까지 흘러내리는데 그순간 마치 바다의 거품 속에서 태어난 키프리라처럼 눈앞에 서있더라구.

그리고는 제정신이 번쩍 들었는지 속치마를 서둘러 치켜올린 아가씨는 이콘이 들어 있는 성상(聖像) 상자 앞에 무릎을 꿇었어. 그 속에서는 등불빛이 희미하게 타고 있었고……. 그러자 그리스도의 얼굴이 내 마음을 노려보았고 환상은 사라지고 말았네.

나는 들고 있던 삼각형을 떨어뜨리고 상당히 오랜 시간 동안 허공만 바라보고 있었다네…… 한 시간 — 아니 어쩌면 두 시간 정도였을는지도 몰라…… 장작은 난로 안에서 다 타가고 있더군. 서서히 나 자신으로 돌아와, 또 한 개의 플라티나제(製) 삼각형을 손에 집어들었는데 등골이 오싹해지면서 떨어뜨릴 뻔했었어…… 그런데 벽이 좌우로 갈라지면서 길이 열려진 곳에 자네타 레크라크가 있는 게 아닌가.

파라스 극장의 여배우로서 내가 사랑을 이루지 못했던 여인이야. 자네타는 상반신을 일으킨 모습으로 소파에 누워 있었으며 소파 바로 옆에는 스코틀랜드의 근위대 장교가 무릎을 꿇고 있더군. 복장이 흐트러져 있고 공손한 태도를 취하고 있는 것으로 보아 두 사람이 밀회를 하고 있는 것임에 틀림없었어. 자네타는 몸을 떨면서 나른하다는 듯 드러낸 팔과 반쯤 벌어진 입술을 사나이 쪽에 내밀고 있었지.

그래서 나는 온 신경을 긴장시키며 자네타에게 피하라고 명령했지만 그 지배력은 자네타에게까지는 미치지 못하는 것 같았어.

자네타는 백발이 섞인 대령(大領)을 드러낸 두 팔로 껴안더군. 나는 머리끝까지 화가 치밀어서 이번에는 사나이에게 ‘일어서!’라고 명령했지. 그러자 사나이는 얌전하게 내 명령에 따라 자네타의 포옹을 풀고 무릎 꿇었던 자세에서 일어섰네.

그래서 내가 지배할 수 있는 것은 남성쪽의 영혼이란 것을 알았지. 그런데 여성쪽의 그 뻔뻔스러움은 실로 불가해한 것이어서 — 자네타는 몸을 사나이 쪽에 기대듯 다가갔네. 나는 화가 치밀었어. 스코틀랜드인(人)의 모든 근육을 지배하고 있음을 느끼면서 그놈의 두 손으로 자네타의 목을 잡고 자네타의 몸이 경련을 일으키기까지 조이도록 했던 거야.

그런 상태에서 자네타가 죽은 것을 확인하자 다시 의지력을 짜내어 스코틀랜드인이 난로 모퉁이에 머리를 박도록 조치했지.

환상은 사라지고 삼각형은 산산조각이 났는데 나중에는 화상(火傷)을 입었을 때의 느낌만이 남았네. 나는 긴 의자에 몸을 던지고 심히 괴로운 꿈을 꾸면서 꾸벅꾸벅 졸았어.

다음날 아침, 무서운 꿈을 꾸었다는 얘기를 할 생각으로 자네타네 집에 갔는데 얼마나 놀랐는지는 얘기할 필요도 없을 것이야. 그곳에서 본 것은 구경꾼들로 사방이 둘러싸인 집과 목졸려 죽은 자네타, 그리고 저녁때 찾아온 스코틀랜드인이 방구석에서 두개골 파괴로 죽어 쓰러져 있는 모습이었지. 내 인생은 불이 꺼진 것처럼 되어 버렸어. 런던의 악마들이 있던 곳에서 손에 넣었던 것은 인간의 영혼이었던 거야.”

7

베네젝토프는 점점 더 취기가 돌아서 하는 이야기가 지리멸렬해 갔다. 과거의 환영(幻影)이 그의 뇌를 갈래갈래 찢어 버리고 있는 것이다. 그는 팔걸이 의자에 깊숙이 앉아서 설대가 긴 담뱃대를 물고 있는데 그 연기를 가슴속 깊이까지 빨아들이고 있었다.

죽음 그 자체처럼 창백해진 그는, 상원의원(上院議員)인 크류경(卿)과 갓 결혼한 젊디젊은 숙녀의 영혼과 몸을 마음대로 조종하고, 지나가는 묵직한 다리가 들꽃을 밟아 으깨듯이 그 숙녀의 일생을 망쳐놓았는데, 그녀는 알데바란성(星)의 마법진(魔法陣)에 의해 자기 영혼이 지배당하고 있다는 것 따위는 꿈에도 생각하지 못했을 것이라고 말했다.

그는 손궤를 열고 남아있는 네 개의 삼각형을 나에게 보여주었는데 또 한 개 있었던 나스첸카의 영혼 호부(護符)는 그녀가 마리나 로시차의 연못에 집어던졌기 때문에 찾아내지 못했노라고 했다.

술에 만취한 베네젝토프는 누구의 영혼인지 알 수 없는 플라티나 판(板)을 주먹으로 두드리면서 모습을 나타내라고 명령하기도 하고 심한 욕설을 퍼붓기도 했는데, 그러는 사이에 침착을 되찾은 그는 내 영혼을 걸고 피켓놀이를 하자고 권하자 기꺼이 응해 왔다.

나는 어렵지 않게 순식간에 그에게서 이겼고 악마의 삼각형을 떨리는 손으로 붙잡았다. 밀랍 초가 다 타더니 꺼지고 말았다. 연기만 내고 있는 램프 불빛으로 베네젝토프가 무거운 머리를 테이블에 박고 있는 것이 보였다.

8

나는 일련(一連)의 ― 세상에서도 불가사의한 사건에 말려들었다가 가을철의 진창을 저벅저벅 걸어갔는데 심장은 크게 고동쳤고 눈은 침침했었다.

모스크바의 밤 장막이 나를 삼켜 버렸다. 어디를 어떻게 걸었는지 기억이 나질 않는다. 저질스런 여인이 뒤에서 나를 따라오더니 스커

트를 걷어올리면서 시궁창으로 나를 유인했다. ······ 경찰관에게는
두 번이나 검문을 받았다. 정신을 차리고 보니 눈앞에 빛이 반사하
고 있는 것이 보였으므로 ― 그쪽을 돌아다보니 쿠르스크행 경량
우편(輕量郵便) 마차의 숙역(宿驛)이 불빛을 발하고 있었다.

이곳은 부슬부슬 내리기 시작한 비를 피하며 새벽녘까지 생각을
정리할 수 있는 유일한 장소였다. 나는 숙역 안에 들어가서 빗방울
을 털어냈다. 비는 더 심하게 쏟아졌다. 숙역의 큰 방안에는 불이
두 개 켜져 있었는데 어두컴컴했다.

오른쪽의 작은 테이블에서는 몇몇 손님이 한동아리가 되어 보드
카의 하프볼트 두 병을 둘러싸고 있고, 카운터 건너편에서는 이미
초로(初老)가 된 야로슬라블 출신인 주인이 꾸벅꾸벅 졸고 있다. 왼
쪽의 큰 테이블에는 이곳에 숙박하고 있는 사나이였던 한 사람이
앉아 있었는데 그 얼굴을 보고 순간 나는 등골이 오싹했다.

그것은 언젠가 밤에 내가 맞부딪쳤던 그 이상한 장교였던 것이다.
사나이는 앉아서 뭔가를 쓰고 있었다. 밀랍 촛불이 유행에 뒤진 군
복과 운두가 높은 장화를 비춰주고 있으며, 나는 또 7년전쟁의 영웅
들을 떠올리게 되었다.

방안의 공기가 극도로 긴장되어 있다는 것을 느꼈다. 돌아보니 산
전수전 다 겪은 손님들은 독수리가 가까이 오는 것을 보고 놀라서
조용해지는 조그만 새들처럼 숨을 죽이고 있는 것 같았다. 글라스의
보드카도 목구멍에 넘어가지 않는 것 같다.

글씨 쓰는 솜씨가 서툴러서 찍찍 소리를 내는 펜으로 종잇쪽지에
뭔가를 적고 있는 장교를 모두가 음침한 기분으로 바라보고 있었다.
이윽고 이 정체불명의 사나이는 펜을 집어던지고 쓴 쪽지를 네 번
접더니 발짝 소리를 내면서 출구(出口)로 향했다.

"말을 준비하라! 페토르힌. 1시간 있으면 출발이다."

그 사나이는 주인에게 말하고, 물이 괸 곳을 첨벙첨벙 소리를 내며 쏟아지는 빗속으로 나갔다.

"터무니없는 악당놈이라구!"

입속으로 중얼대는 사람은 생기가 없는 사나이였는데 그 사람이 고문서(古文書) 기록담당자란 것은 금방 알아냈다.

"그런 놈과 만나다니 기분 좋은 일은 아니로군."

기록담당관의 친구가 그렇게 말하면서 보드카 병을 잡았다.

"여보, 역장(驛長)님. 그 시건방진 놈은 누구요?"

"세이도릿츠입니다."

솔직한 야로슬라블 출신의 주인은 왜 그러는지, 아주 주의깊고 정중하게 대답했다.

"뭐하는 놈인데?"

"글쎄요, 그것을 아무도 알지 못한답니다. 여러 가지 소문이 돈답니다. 2년쯤 전의 일입니다만 그놈은 노부오트로츠키에 세를 얻어 살고 있었는데 사기꾼인 부엘른스키를 창문에서 밀어 떨어뜨렸답니다. 그놈은 죽고 말았다는 것입니다."

그 이름은 들은 기억이 나는 것 같았다. 생기가 없는 사나이가 점점 더 초췌한 얼굴이 되면서 말했다.

"페테르부르크에 있을 때, 세이도릿츠란 놈의 이름을 들은 적이 있는 것 같아. 그러고 보니 세상에도 불가사의한 모습으로 페테르부르크에 나타났었던 것 같은데……."

"그무렵 파리에서 메스메르라나 뭐라나 하는 사나이가 암약하고 있었는데 뭔가 몽둥이 같은 것을 사용하여 누구든지 자기 마음대로 조종하고 있었지. 그놈이 뭐라고 말하면 누구나 말한대로 되어버리는 거야. 명령당하면 무엇이든지 그대로 되고 만다니까……. 예를 들어 각하(閣下)라 하더라도 이리가 되라면 네 발로 기어

다니며 캥캥 짖어대는 거였어. 백작(伯爵) 부인도 당신은 닭이 되라고 하면 꼬끼요 꼬끼요하며 울어댔지 뭔가.

그래서 말인데 이것은 들은 이야기이지만 어느 때 그놈이 독일 경기병(輕騎兵) 대령에게 임신 7개월이 되라고 말했던 거야. 그러자 그 대령의 배가 불러왔는데 그때 너무 버티다가 당사자인 메스메르가 그만 갑자기 죽어 버린 거야. 그러니 아무도 마법을 풀 수가 없었지. 대령도 결국에는 2개월 후에 죽고 말았지. 프러시아 왕의 시의(侍醫)가 그의 배를 째고 아기를 꺼내 보니 온몸이 녹색이고 끈적끈적하고 머리가 커다란 아기였었다는 게야……."

문이 열리고 박차(拍車) 소리가 났으므로 이야기는 여기서 끊어졌다. 세이도릿츠가 돌아온 것이다. 그는 가죽부대와 다섯 군데나 봉랍(封蠟)으로 봉인된 편지를 역장에게 집어던졌다.

"아침이 되거든 사령관에게 보내도록 하오."

세이도릿츠는 기세 좋게 그렇게 말하자 다시 출구 쪽으로 향했다. 그곳에 있던 무리들은 모두 입을 다물었다. 감돌고 있던 밤의 공포가 그 정체를 드러냈다. 주루룩 비가 쏟아지고 있건만 세이도릿츠의 코트는 전혀 젖지 않았다. 물 한방울 묻지 않은 것을 모두가 확인을 한 것이다.

나는 잠시 후 계산을 끝내고는 밖으로 나왔다.

9

아침에 잠을 잤기 때문에 나는 아주 기분이 좋았다. 드리워진 커튼을 통하여 햇빛이 스며들고 있었다. 둥근 태양의 반점이 중국인을 상징하는 자기(磁器)라든가 무늬를 조각한 권총 자루 위에 비추어 방안을 조용하게 밝히고 있었다. 그 권총은 아버지가 미얀체프 자도우나이스키 장군에게서 선물로 받은 것인데 내가 침상 곁에 있는 긴의자 위쪽 벽에 걸어놓았었다.

몇달 사이에 마음에 걸려 있던 압박감이 깨끗하게 사라진 점을 나는 느끼고 있었는데 어찌된 까닭인지 내기를 해서 이기어 차지한 삼각형은 생각조차 하지 않았었다. 그만큼 자기자신의 운명 등을 하 잘것없는 것으로 생각했었던 것이다.

나는 넋이 나간 사람처럼 되어 있어서 기쁨도 슬픔도 느끼지 못했다. 어찌된 일인지 어떤 일에 대해서도 의욕이 일지 아니했다. 단, 나스첸카에 대해서 생각할 때만은 마음이 반짝이기 시작하는 것이었다.

그렇지만 나스첸카에게 있어 나 같은 것이 무엇이란 말인가? 그러나 동시에 나스첸카가 없는 내 인생은 도저히 생각조차 할 수 없는 것이었다.

내가 새파란, 작은 집에 들어갔을 때 그곳에서는 모두가 기쁨에 가득 차있었다. 마리아 프로코피에부나가 소매까지 걷어붙이고 가미 (加味)한 8자 빵을 쿠션 위에 놓으려는 참이었는데 로즈마리라든가 티토우리가 방향(芳香)을 내뿜고 있었다.

새 파란색 리본을 단 흰고양이는 기쁘다는 듯 등을 더 둥글게 구부리고 있었다. 크라비코드의 현(絃)이 당장에라도 스스로 모차르트의 노래를 연주할 것처럼 생각되었다.

나스첸카는 컬한 머리카락과 하얗고 보드라운 드레스 위에 걸친 레이스 달린 숄의 주름을 거울 앞에서 바로잡고 있었다. 질투심에 싸여 슬픈 마음으로 내가 들은 것은 베네젝토프가 한 시간만 있으면, 즉 2시에는 오게 되어 있다는 것과, 파라스케브아 피야토릿츠아 의 바실리 신부(神父)가 약혼식 때문에 곧 오게 되어 있다는 것과, 나는 아주 비범하고 아주 친절하여 사람들에게 행복을 가져다 주는 인간이란 점이었다.

2시를 알리는 종이 울렸다. 니콜라이 포리칼포비치 숙부님이 성장(盛裝)한 아이를 데리고 찾아왔다. 머리에 큰 리본을 단 젊디젊은 아가씨들, 즉 나스첸카의 연주 동료들도 2, 3명 와서 모두 8자 빵을 맛보았다.

3시 가까이가 되자 바실리 신부가 왔다. 차츰 기쁨이 걱정으로 바뀌어 갔다. 와있는 사람들은 음식을 들며 보나파르트의 이야기를 하고 다시 한 번 먹었다.

신부는 5시경에 다시 오겠다고 말하고 돌아갔다. 공기는 무거워지면서 무서운 분위기로 바뀌었다. 나는 가슴속으로 죄 깊은 기쁨의 감정을 사그라뜨렸는데 마지막에는 도대체 무슨 일이 있었는지 베네젝토프가 있는 곳에 가서 상황을 보고 오겠노라고 말했다. 나는 나스첸카의 눈길이 나에게 쏠리기를 원했는데 그 눈은 기대와 감사에 넘쳐 있었다. 거의 달리듯하며 페토로푸카 거리를 서두르고 있었다.

알바토 광장에 가까워졌을 때 눈에 들어온 것은 왕래하는 사람들의 불안한 듯한 표정이었고, 무언가 모든 것이 평정을 잃고 있는 광경이었다. 붙박이 가구가 달려 있는 하숙집 '마드릿드'는 서민이 많이 둘러싸고 있었으며 그 옆에는 본 적이 있는 경찰서장의 포장마차가 서있었다.

사환들도, 경찰관들도, 사람들을 안에 들여보내 주지 않았지만 내가 이름을 대고 표토르 페토로비치 베네젝토프에게 용건이 있다고 말하자 누군가가 손을 잡고 매우 난폭하게 38호실로 밀어넣었다. 안에 들어가자마자 나는 다리를 움츠리고 말았다.

방안은 뒤죽박죽이 되어 있었고 필사적으로 맞잡고 싸운 흔적이 남아있었다. 방안 중앙에 있는 팔걸이 의자의 파편이라든가 우글쭈글 구겨진 카펫 속에 두개골이 산산조각난 표토르 페토로비치가 자

빠져 있었다. 자골레리스키 이등대위(二等大尉)가 이 방의 소유자인 여성을 상대로 조사하기 시작했는데 그 덩치 큰 여성은 완전히 새파랗게 질려 있었다.

10

집안에 2층이 있는 조그마한 파란집이 눈앞에 나타났을 때 이미 나는 공포감에 완전히 싸여 있어서 한발짝도 앞으로 내딛을 수가 없었다. 오늘 밤만이라도 나스첸카가 아무것도 모르는 채 잠을 자주었으면 좋으련만! 나스첸카의 불안이 암담한 절망으로 바뀌는 일이 없었으면 좋으련만……

나는 집에 돌아와서 거울을 들여다보았다. 카레리아산(産) 자작나무 틀 속에서 여윈 얼굴이 이쪽을 보고 있었다. 눈꺼풀이 무겁게 늘어지고 깊숙이 패인 눈에는 안타까운 빛이 보였다. 억지로라도 저녁 식사를 하려고 했지만 따뜻한 폰스주(酒)를 두 모금 마셨을 뿐 도저히 먹을 수가 없었다. 그래서 소파에 널빤지 바닥을 두 개 만들고, 두 개의 타이프에도 좀더 든든하게 카프스탄을 끼워놓도록 푸에그노스트에게 부탁했다.

날이 밝아왔는데 두서없는 생각이 차례로 떠올라서 옷을 갈아입지조차 못했다. 나는 아무것도 이해하지 못한 채 꺼져가는 초의 불꽃을 물끄러미 바라보고 있었다.

그러자 커튼 내리는 것을 잊고 있었던 창문을 똑똑 두드리는 소리가 들려와서 나는 괴로운 생각을 중단하고 말았다.

대천사(大天使) 라파엘도 이토록 나를 동요시키지는 않았을 것이다. 창문으로 달려간 내가 흐릿한 유리를 통하여 달빛 속에 있는 것을 본 것은 — 머리도 빗지 않은 채 무명으로 만든 두꺼운 숄로 몸을 감싸고 있는 모습의 나스첸카였던 것이다.

"도와주세요! 살인자가 곧 여기에까지 쫓아오고 있습니다!"

이것저것 쓸데없는 질문을 하지 않았다. 나는 수치심 따위는 버리고 얼른(아아, 친구여! 이런 때에도 수치심을 잊어서는 안되는 것인지 모르겠다만……) 속치마 한 장만 걸치고 서있는 나스첸카에게 남성용 양복을 걸쳐 주고는, 두 사람이 벽을 뛰어넘어 사제(司祭)의 부인 집 뜰로 뛰어내렸다. 내 손에는 아버지의 권총이 들려 있었는데 어찌나 꼭 쥐고 있었는지 손이 경련을 일으킬 정도였다.

그때 우리집 문을 누군가가 집요하게 노크하는 소리가 들려왔다. 반 시간 후에 우리는 사도부니키에 있는 — 이전부터 잘 알고 있었던 여인숙에 도착했다.

그리고 새벽녘에는 어려서부터의 내 친구이자 같이 젖을 먹고 자라기도 한 젖친구이기도 한 체렌치 코크린이 역마권(驛馬券)도 패스포트도 가지고 있지 않은 우리를 킬쟈치시(市)에 살고 있는 내 이모 페라게야 미니슈나에게로, 자기 소유인 삼두마차(三頭馬車)로 데려다 주는 것이었다.

11

"저어…… 이렇게 되었던 것입니다, 페라게야 이모님. 그 이상의 일은 저도 모릅니다."

나는 이야기를 끝내고 늙으신 이모님을 바라보았다. 호인(好人)인 이모는 한숨을 길게 내쉬었고 우리를 돌봐주기 시작했는데 더 이상 아무 말도 묻지 않았다. 다만 이따금 나스첸카의 얼굴을 쳐다보기도 했고 내 얼굴을 살펴볼 뿐이었다.

나스첸카에게는 영국제 플란넬로 만든 간단한 원피스를 입혀 주었는데 그 원피스는 너무나 잘 어울렸다. 또 이모의 것이었던 엘리자베타 페토르부나 여제(女帝) 시대라든가 에카테리나 여제(女帝)

의 전성시대에 유행했던 소매 넓은 드레스도 역시 나스첸카에게 잘 어울렸다.

처음 며칠 동안, 가엾은 나스첸카는 우리 속에 갇혀 있는 동물처럼 몸도 움직이지 않고 소파 끝에 앉아 있는 채 무엇인가에 놀란 듯한 눈으로 우리를 바라보고 있었다.

즐거운 듯한, 또는 쓸쓸한 듯한 기분으로서 분명하게 기억나는 것은 — 가사(家事)를 끝내고 우리들 옆에 앉아서 뜨개질을 하는 이모님, 뜨개질 바늘을 부지런히 움직이면서 양말을 뜨는 이모님 — . 그리고 나스첸카가 몇개 안남은 낙엽이 떨어지고 있는 뜰을 바라보며, 하얀 고양이를 쓰다듬고 — 깊은 생각에 잠겨 있던 나날들이다.

나는 나스첸카의 발치에 앉아서 코츠에브의 저작(著作)이라든가 카람린씨의 여행기라든가 위대한 델자빈의 감동적인 시편(詩篇) 등을 읽고 있었다.

아아, 친구여! 이제는 모두 옛날 이야기가 되고 말았다.

1주일 후에, 나는 모스크바에 가서 나스첸카네 집이 불타버리고 마리아 프로코피에부나는 행방불명이 되었다는 것을 알았다.

약 1개월 동안 나는 외국 여행용 패스포트를 얻기 위하여 동분서주하지 않으면 안되었었다. 당시도 패스포트를 손에 넣는다는 것은 지금과 마찬가지로 큰일이었던 것이다. 결국 우리가 프러시아 국경을 넘은 것은 가까스로 10월이 다 지난 다음이었다.

프리드리히 대왕의 생활상이 아직도 남아있는 베를린, 무수한 망루(望樓)와 라인강의 회색 물결이 아름다운 쾰른, 금(金)과 여자와 군사적 영예의 우레소리 때문에 청렴결백한 맥시밀리앙의 유훈(遺訓)에 이미 덮개를 씌워 버린 파리, 이런 것들이 눈앞에 어른거렸다.

나스첸카는 자기 주변에서 일어나고 있는 일에 전혀 관심을 나타내지 않고 있었다. 나는 심각한 고민에 싸여 있게 되었다. 어머니는

216

세상을 떠날 때, 그때까지 소중하게 다루었던 아버지의 유산을 나에게 주었는데 그 유산이 들어 있는 지갑이 날로 가벼워져서 장래의 일이 걱정되었다.

나와 나스첸카는 서로 이끌리고 있었는데 두 사람의 관계는 원래부터 그렇게 되어서는 안될 모습이었다. 나스첸카는 결혼에 대해서는 전혀 생각하지 않고 있었다. 잠잘 때는 방문에 자물쇠를 단단히 잠그고 있었다.

내가 미주알고주알 신상문제에 대해서 질문을 하면 주로 어렸을 때의 일이라든가 연극학교에서 있었던 일밖에 얘기해 주지 않았는데 그것도 마지못해서 해주는 것이었다. 숙명적인 비밀이 나스첸카의 마음에 무거운 짐으로 작용한다는 생각이 들었다. 우리의 앞날에 다시 한 번 비극의 가면이 나타나고, 다시 피가 흐르지 않으면 두 사람의 행복은 흔들릴 수밖에 없을 것이라는 생각이 드는 것이었다.

1806년 4월 29일. 우리가 폰텐부로 부근의 숲을 산책하고 있을 때의 일이다. 이곳은 몇세기에 걸쳐 프랑스의 왕들이 사냥을 하고 프랑수아왕(王)이 자기의 성(城)을 장식할 프레스코화(畵)에 대해서 생각했던 곳이다.

댕댕이덩굴이 감고 올라간 너도밤나무 줄기라든가 가시가 돋혀 있는 저목(低木)이 우리의 가는 길을 방해하고 있었다. 길을 잘못 든 게 아니냐며 걱정하고 있을 때, 돌연 펜싱 검(劍)을 서로 부딪는 소리가 들려왔다. 얼굴을 들어 나스첸카를 보니 그녀는 새파랗게 질리어 우거진 나무들 틈으로 건너편 초지(草地) 쪽을 바라보고 있었다.

그 시선 끝을 바라보니 녹색 풀 위에서 기병대의 멋쟁이 제복을 입은 사나이들이, 기고만장하여 장검(長劍)을 휘두르고 있는 두 명의 결투를 관전하고 있는 것이 아닌가. 나는 결투를 하고 있는 한

쪽이 세이도릿츠란 것을 알고는 그만 전율하고 말았다.

그런데 그순간 세이도릿츠가 나스첸카의 모습을 확인하고 한걸음 뒤로 물러섰다. 상대방의 검이 번개처럼 번쩍 빛나면서 세이도릿츠의 가슴을 찔렀고, 세이도릿츠는 천둥과도 같은 소리를 지르며 풀밭 위에 거꾸러졌다. 입회인이 달려왔다.

"C' est fini!"

초로(初老)의 장교가 숨을 거둔 세이도릿츠의 손을 잡고 외쳤다.

"이곳에서 데려가 주세요."

나스첸카의 째지는 것 같은 소리가 들려왔다.

저녁때, 나스첸카가 엉엉 울면서 띄엄띄엄 얘기해 준 것에 의하면 그 운명의 날 밤, 술에 만취한 베네젝토프는 자기 말을 듣지 않는 마귀의 혼을 줄곧 기다리고 있었다. 그것이 나타나자 내기를 했는데 패했기 때문에 나스첸카를 세이도릿츠에게 넘겨주고 말았다. 그리고 이 프러시아인(人)에게 무리를 해서라도 양도증을 탈환하기 위해 죽이려고 하다가 죽었다는 것이다.

"이렇게 되니 이제 나는 자유롭게 되었습니다."

나스첸카는 이야기를 끝내더니 나에게 두 손을 내밀었다. 그날 밤, 그녀는 침실 문을 잠그지 않았다.

12

이 이상 무엇을 더 써야 좋을는지 모르겠다 ― 내 인생을 흔들어 놓은, 그러기에 기억해야 할 사건은 오래 전에 결과가 나오고 말았다. 그 속에서 주요한 등장인물을 말한다면 나는 아니었다. 하느님은 교묘하게도 인간으로서의 경계선을 뛰어넘고 만, 인물의 죽음에 나를 입회시키고 보물과 같은, 귀중한 유산을 나에게 주었던 것이다.

나와 나스첸카는 그해에 모스크바로 돌아왔고 코피요 거리에 있는 구세주 교회에서 결혼식을 올렸다. 생활은 아무 어두운 그림자도 없이 흘러갔고, 그루지뉘 거리에 세워진 우리의 작은 집은 예(例)의 프랑스인(人) 나폴레옹이 오더라도, 그리고 화재에도, 강도에도 피해가 없었다.

나스첸카는 무대생활을 그만두고 가사(家事)에만 열중했다. 그러나 우리는 아기를 낳지는 못했다. 그러므로 돈스코이 수도원에 있는 나스첸카의 무덤에는 언제나 나 혼자서만이 찾아갔다.

이것으로 내 인생에 대한 이야기는 끝이 났다. 마지막으로 한마디 덧붙여둔다면 예(例)의 프랑스인(人)과의 전쟁으로부터 5년쯤 지났을 때였는데 뫼닌씨와 포자르스키 공작(公爵)을 기념하는 비(碑)의 제막식이 있었으며 우리 부부는 초대장을 받았으므로, 입고 갈 예복을 찾으려고 궤짝을 뒤지다가 나의 옛 학생복을 발견했다.

그리고 그 주머니 속에서 금색(金色)을 띤 내 영혼의 삼각형이 떨어졌다. 우리는 한참동안 그것을 어떻게 해야 좋을지 몰라서 야릇한 기분으로 그 삼각형을 바라보고 있었는데, 이윽고 트럼프놀이인 아크리카를 했으며 나는 나스첸카에게 패하여 그 삼각형을 뺏기고 말았다.

나스첸카는 떨리는 손으로 그것을 쥐자 목에 걸고 있던 십자가에 맸다. 실로 불가사의한 일인데, 그 이후 나는 질병도 슬픔도 모르는 채 살아왔다. 지팡이에 의지하여 모스크바 강가의 언덕길을 걷고 있는 지금도 슬픔과는 무관한데 그것은 돈스코이 수도원 관(棺) 속에서 나스첸카가 내 영혼을 지켜주고 있기 때문인 것이다.

검은 옷의 승려

1

학사(學士)인 안드레이 바시리치 코브린은 피로곤비한 나머지 신경이 쇠약해졌다. 별다른 치료는 받고 있지 않았지만 어느 때 포도주를 마시면서 문득 친구인 의사(醫師)에게 그 이야기를 했던바, 봄철과 여름철에는 시골에 가서 지내라는 권고를 받았다.

때마침 타냐 페소츠카야가 장문(長文)의 편지를 보내왔는데 보리소프카에 오라는 부탁을 했다. 그래서 그도 떠나야 할 필요가 있다고 마음에 정했다.

우선 먼저 — 그것은 4월의 일이었다 — 그는 조상 전래의 영지(領地)인 코브린카에 가서 3주일쯤 조용히 지냈는데 다시 도로 상태가 좋아지기를 기다렸다가 본디 그의 후견인이자 양육자(養育者)였던 페소츠키가 있는 곳에 마차로 달려갔다. 이 사람은 러시아 내에 그 이름이 알려진 원예가(園藝家)이다.

코브린카에서 페소츠키가 살고 있는 보리소프카까지는 70km가 채 안되는 거리로서 보드러운 봄길을 조용한 스프링이 달린 포장마차를 타고 흔들거리며 가는 것은 무어라 말할 수 없는 기분이었다.

페소츠키의 저택은 굉장히 컸다. 여러 개의 원주(圓柱)가 늘어서 있고 이곳저곳에 회반죽이 떨어진 사자상(獅子像)이 장식되어 있었는데 연미복 차림의 하인이 나와서 마차를 세웠다. 영국풍으로 설계된 음침하고 위엄이 있는 고풍(古風)의 정원이 저택 바로 앞에서부터 강(江)까지 1km에 걸쳐 뻗어 있고, 그 좌우에는 털이 수북하게 나있는 다리와 마찬가지로 뿌리를 드러내고 있는 소나무가 즐비하게 늘어서 있는 급경사의 점토(粘土)가 강 양쪽에 이어져 있다.

그 아래로는 강물이 반짝이며 흐르는데 물새가 애처로운 울음소리를 내며 날아가곤 한다. 언제 보더라도 문득 그곳에 앉아서 서사시 한 수 쓰고 싶은 충동을 느끼곤 하게 된다. 그와는 반대로 저택 주변이라든가 안뜰, 그리고 묘상(苗床)을 포함하여 30헥타르 정도의 면적을 가진 과수원은 날씨가 나쁜 날에도 맑은 날의 생기에 넘치고 있다.

이렇게 아름다운 장미라든가 백합, 동백꽃, 그리고 순백색에서부터 칠흑색에 이르기까지 모든 색깔이 섞여 있는 튤립 등등 페소츠키가(家)에 있는 이런 풍부한 꽃들을 지금까지 코브린은 본 적이 없었다.

아직 이른 봄이어서 화원(花園)의 진짜 화려함은 온실 깊숙한 곳에 있었지만 가로수 곁에, 혹은 화단 이곳저곳에 피어 있는 꽃만으로도 정원을 걸으면서 예쁜 색깔의 나라를 방문한 기분을 내기에 충분했다. 꽃잎 하나하나에 이슬이 반짝이는 아침 나절에는 더욱 그러했다.

정원에 장식적인 부분으로 만들어 놓았던 — 페소츠키 자신이 비웃었을 정도로 쓸모가 없었던 근방은, 소년시절에 무언가 옛날 이야기와 비슷한 느낌을 코브린에게 주었던 곳이다. 그곳에는 갖가지 이상야릇한 기형(奇形)이라든가 자연에 대한 비웃음으로 나타나 있었다.

과실나무를 모아놓은 울타리도 있는가 하면 피라미드 모양의 포플러를 본뜬 배나무도 있고, 공 모양의 떡갈나무라든가 모란나무도, 사과나무의 파라솔도, 아치도, 짜맞춘 문자(文字)도, 샹들리에도, 그리고 페소츠키가 처음으로 원예에 관여했던 연도를 나타내는 1862라고 하는 자두로 만든 숫자까지도 있었다.

그곳에는 또 종려나무처럼 올곧고 딱딱한 줄기를 가진 아름답고 늘씬하게 뻗은 어린 나무들의 숲이 있는데 그것을 자세히 살펴보면 구즈베리나무이다. 그래도 이 정원에서 무엇보다도 즐겁고 또 이 뜰에 생기를 주고 있는 것은 끊임없이 움직이는 사람들이었다.

아침 일찍부터 저녁때까지 나무들과 숲 주위, 늘어선 가로수와 화단 속에서 밀차와 삽, 그리고 물뿌리개를 손에 든 사람들이 개미처럼 움직이고 있는 것이다.

코브린은 밤 9시가 지나서 페소츠키가(家)에 도착했다. 마침 타냐와 아버지 에고르 세미요뉘치가 큰 소동을 벌이고 있는 참이었다. 별이 촘촘히 박힌 하늘과 온도계가 내일 아침에는 서리가 내릴 것을 예고하고 있건만, 정원사(庭園師)인 이반 카를루이치가 마을에 나갔기 때문에 믿을 만한 남자 손이 없게 되었다는 것이다.

야식을 먹는 동안에도 화제는 아침 이슬에 대한 것뿐이었으며, 결국에는 타냐가 잠을 자지 않고 12시경까지 정원을 순찰하면서 이상유무를 확인했고, 한편으로는 에고르 세미요뉘치가 3시인가 그이전에 일어나야 했다.

코브린은 저녁 내내 타냐와 함께 보냈고 한밤중이 지났을 때는 정원으로 같이 나갔다. 날씨는 추웠다. 안뜰로 내려서자마자 이미 타는 냄새가 코를 찔렀다.

상업용(商業用)으로 불리는 것으로서 해마다 에고르 세미요뉘치에게 몇천 루블씩이나 순이익을 내게 해주는 큰 과수원에 검고 짙게 자극하는 듯한 연기가 지면(地面) 가득히 퍼져 있고, 그 연기가 나무들을 둘러싸면서 수천 루블을 안개로부터 구해내고 있는 것이다. 이 나무들은 장기 말을 늘어놓은 것처럼 질서정연하게 서있는데, 그 한 열(列) 한 열이 군대의 열처럼 똑바로 줄지어 늘어서 있다.

그리고 엄격한 현학적(衒學的) 정렬방법이라든가 모든 나무들의 키가 같으면서도 그 가지와 줄기의 굵기가 같고 또 똑같은 모양을 하고 있다는 점이 단조로워서 오히려 보기에 지루함을 나타내고 있었다.

코브린과 타냐는 비료와 짚, 그리고 갖가지 검불더미를 쌓아놓고 불을 지른 나무들 사이를 걸어 나갔다. 이따금 인부들이 연기 속을 망령(亡靈)처럼 헤매며 오가고 있었다.

벚나무와 자두나무와 몇종류의 사과나무만이 꽃을 피우고 있었으며 온 과수원 안이 연기 속에 가라앉아 있는데 묘상(苗床) 옆에 나왔을 때에야 겨우 코브린은 가슴 가득히 밤공기를 들이마셨다.

"나는 어렸을 때 이곳에서 연기 때문에 자주 재채기를 하곤 했었지."

그는 어깨를 한번 으쓱하면서 말했다.

"그러나 저러나 이 연기가 어떻게 해서 냉해(冷害)를 막는다는 것인지 나는 지금도 이해가 안돼."

"구름이 없을 때는 연기가 그 대리 역할을 한답니다."

타냐가 대답했다.

"그렇다면 구름은 왜 필요한 거지?"

"구름이 잔뜩 끼는 날에는 아침 이슬이 맺히지 않습니다."

"아아, 그래서 그렇군."

그는 문득 웃으면서 그녀의 팔을 잡았다. 검은 가느다란 눈썹에 통통하고 순진해 보이는 그녀의 얼굴은 매우 춥다는 듯 머리를 자유롭게 움직이지 못할 정도로 외투 깃을 올리고, 밤이슬에 젖는 것이 싫어서 옷깃을 꼭 여민 그녀 — 야위어 유난히 키가 커보이는 그녀의 몸매에 그의 마음은 감동되고 있었다.

'아아, 이 사람도 벌써 어른이 되었군.'

그는 말했다.

"5년 전에 내가 마지막으로 이곳을 떠났을 때 타냐는 아직 어린 아이였었는데…… 바싹 여윈 몸에 다리만 기다랗고 머리에는 리본도 하나 달지 않았으며, 길이가 짧은 옷을 입고…… 나는 타냐를 풋내기라면서 놀려대곤 했었지. 세월은 참으로 무서운 것이로군."

"그랬어요. 5년 전의 일이지요."

그렇게 말하면서 타냐는 한숨을 내쉬었다.

"그때로부터 세월이 많이 흘렀습니다. 그렇지요 안드류샤. 진짜 생각하는 바를 들려주세요."

그녀는 그의 얼굴을 바라보면서 힘있게 이야기하기 시작했다.

"당신은 이제 우리에 대한 것을 잊었을 것입니다. 하지만 무엇인가 나에게 묻고 싶은 게 있을지도 모르겠네요. 당신은 남자입니다. 이제 재미있는 자기의 생활을 가지고 있을 겁니다. 그리고 훌륭하게 되셨죠…… 인연이 멀어지는 것도 당연합니다! 하지만 안드류샤! 나 역시 당신이 우리를 한가족으로 생각해 주기를 원하고 있어요. 우리에게는 그렇게 원할 권리가 있으니까요."

"나는 그렇게 생각하고 있소, 타냐."

"정말?"

"그럼, 정말이지."

"당신은 오늘 우리집에 당신 사진이 너무 많이 걸려 있는 것을 보고 깜짝 놀라시더군요. 그러나 알고 계십니까? 우리 아버지는 당신을 존경하고 있다는 것을…… 나로서는 이따금 아버지가 나보다도 당신을 더 사랑하고 있다는 생각이 든답니다. 아버지는 당신이 자랑스러운 겁니다.

당신은 학문이 있는 비범한 분으로서 출세도 하셨습니다. 아버지는 당신이 훌륭하게 된 것을 자신이 길러냈기 때문이라고 생각하고 계십니다. 나도 아버지의 그런 생각에 이의를 제기하지 않습니다. 그렇게 생각하는 것이 좋으니까요."

밤은 이미 깊어가고 있었다. 야기(夜氣)를 통하여 연기를 쐰 기둥이라든가 나뭇가지들이 차츰 확실하게 보이는 것이 무엇보다도 그 증거였다. 휘파람새가 지저귀는 들판에서는 메추라기의 울음소리가 들려왔다.

"이제 그만 잘 시각이에요."

타냐가 말했다.

"그리고 춥네요."

그녀는 그의 팔을 잡았다.

"안드류샤, 와주셔서 정말로 고맙습니다. 이 근방에 있는 사람들은 모두 보잘것없는 자들인데, 그런 사람들조차도 많이 있지 않습니다. 단지 과수원, 과수원, 과수원뿐이라구요 — 그것 이외에는 아무것도 없습니다. 어미그루에 새끼그루에 ……."

라며 그녀는 웃었다.

"파란 사과에 빨간 사과, 그리고 접아(接芽)에 접지(接枝) …… 우리들 생활의 전부가 하나같이 과수원에 관계되고 있어서 나는 사과나 배의 꿈밖에 꾼 것이 없을 정도랍니다. 하기야 과수원도 좋지요. 유익하기도 하구요.

하지만 때로는 무언가 변화가 있었으면 좋겠습니다. 아직까지도 기억을 하고 있습니다만 당신이 전에 휴가라든가 무슨 일로 우리 집에 오시면 온 집안이 샹들리에와 가구에 이르기까지 번쩍번쩍

거리며 생기에 넘쳤었지요. 나는 그무렵 아직 어렸었지만 그런 것들을 다 알고 있었습니다.”

그녀는 오랫동안 기억을 더듬으면서 이야기하고 있었다. 그러자 왠지 문득 그의 머리에, 자신이 이 여름 동안 이 조그만 — 약하디 약한 수다쟁이 아가씨에게 애착을 느끼게 되고 열중하게 되었다가 나중에는 사랑하게 될는지도 모른다는 생각이 떠올랐다.

두 사람의 처지로 볼 때, 그것은 있을 수 있는 일이며 또 자연스런 일이기도 하다! 그렇게 생각을 하니 감동스러웠고 동시에 또 어쩐지 겸연쩍은 생각이 들었다. 그는 귀엽고 걱정스런 눈치인 상대방 얼굴 가까이에 몸을 굽히고 낮은 목소리로 노래부르기 시작했다.

오네긴, 나는 숨지 않을래
미칠 것같이 타챠나가 좋은걸……
　　　　　－푸슈킨 작 〈예브게니 오네긴〉에서

집에 돌아와 보니 에고르 세미요뉘치는 벌써 일어나 있었다. 코브린은 졸리지 않았기 때문에 노인과 이야기를 하면서 나란히 과수원으로 나갔다.

에고르 세미요뉘치는 장신(長身)에 어깨가 넓고 배가 튀어나와서, 천식(喘息)으로 고통을 받고 있었는데도 뒤따라 가기가 어려울 정도로 걸음이 빨랐다. 그는 언제나 근심어린 표정으로 쉴새없이 어디론가 서둘러 이동하곤 했으므로 단 1분이라도 늦었다가는 ‘모두가 파멸이야!’라고 말하려는 표정이었다.

“여보게! 재미있지 아니한가…….”

그는 한숨 돌리려는 듯 발걸음을 멈추면서 말했다.

“지면(地面)에는 이와 같이 서리가 내려 있지만 장대 위에 온도

계를 달아가지고 지면에서 4m가량 들어올려 보면 그곳은 따뜻하다네…… 무슨 까닭일까?”

“글쎄요, 모르겠는걸요.”

코브린은 대답하면서 웃었다.

“흐음…… 그건 말이야, 무엇이든지 다 알 수는 없는 법이거든 ……아무리 지혜 주머니가 크다고 하더라도 세상 모든 것을 다 집어넣을 수는 없으니까…… 그건 그렇고…… 자네는 여전히 철학(哲學)만을 하고 있는가?”

“예, 심리학을 하고 있습니다만 대체적으로 철학이 본업(本業)입니다.”

“그래, 지루하지 않은가?”

“천만에요, 그것만 믿고 따르면서 살아가고 있습니다.”

“음…… 그것 잘됐군그래.”

에고르 세미요뉘치는 동의한다는 듯 하얀 수염을 쓰다듬으며 말했다.

“잘했어, 잘했어……. 나는 자네 때문에 아주 기쁘단 말야…… 기쁘다니까.”

그때 갑자기 그는 귀를 곤두세웠다. 그리고 무서운 표정으로 바꾸자 옆쪽으로 달려갔는데 순식간에 나무들이 많이 서있는 쪽 연기 구름 속으로 모습을 감추었다.

“사과나무에 말을 매놓은 놈은 어떤 놈이야!”

그의 절망적이고 가슴을 에이는 듯한 목소리가 들려왔다.

“어떤 멍청이가 말을 사과나무에 매두었어! 아니, 이 일을 어쩌면 좋담? 망쳐놓았군. 엉망진창이 됐어! 이건 대책이 없잖아! 과수원을 망쳐놓았단 말야! 아아!”

코브린에게로 돌아왔을 때 그는 힘이 다 빠지고 모욕을 당한 표정을 짓고 있었다.

"그런 대책 없는 놈을 상대해야 하다니…… 정말로 어찌할 방법이 없다니까."

그는 두 팔을 펼치면서 울음 섞인 소리로 말했다.

"스쵸프카란 놈이 한밤중에 비료를 가지고 와서 말을 사과나무에 매놓은 거야! 바보 같은 놈! 너무나 고삐를 단단히 맸기 때문에 수피(樹皮)가 세 군데나 벗겨지고 말았어. 이 무슨 짓이야! 아무리 말려도 그놈은 작대기처럼 서있으면서 눈만 껌벅인다니까! 목을 매서 죽여도 시원치 않을 놈이라니까!"

흥분이 다소 가라앉자 그는 코브린을 얼싸안고 한쪽 볼에 키스를 했다.

"흐음…… 참 잘했어…… 잘했네……."

그는 중얼거렸다.

"자네가 와줘서 나는 여간 기쁜 게 아니야. 말할 수 없을 정도로 기쁘네. 정말 고마워."

그리고 그는 여전히 종종걸음을 치고, 걱정된다는 표정을 지으며 과수원을 둘러보았다. 그리고 온실(溫室)이라든가 서리 가리개라든가, 금세기(今世紀)의 기적으로 불리는 두 동(棟)의 양봉장(養蜂場) 등을 지난날의 피양육자(被養育者)에게 보여주었다.

두 사람이 걷고 있는 동안에 태양이 떠올라서 과수원을 밝게 비추고 있었다. 주변이 따뜻해졌다. 밝게 갠 긴 하루가 찾아왔음을 느끼면서 코브린은 문득, 지금은 아직 5월 초순으로서 이제부터 이와 똑같이 밝고 맑은 긴 여름의 계절이 한참동안 이어질 것임을 떠올렸다.

그러자 돌연 그의 가슴에 아직 어렸을 때, 이 과수원을 뛰어다니면서 맛보았던 즐겁고 풋풋한 기분이 감도는 것이었다. 그래서 그는 노인을 껴안고 가볍게 키스를 했다.

두 사람은 감동하며 집안으로 들어가, 우유와 버터가 듬뿍 들어 있는 영양 만점의 비스킷과 크림을 차를 곁들이어 먹었고 고풍스런 도기(陶器) 찻잔으로 홍차도 마셨다.

그러자 이런 사소한 일 하나하나가 다시 코브린에게 소년시절과 청년시절을 상기시켜 주었다. 멋들어진 현실과 문득 떠오른 과거의 갖가지 인상이 하나로 용해되는 것이었다. 그때문에 가슴이 미어지는 것 같은 생각이 들었지만 그래도 유쾌했다.

그는 타냐가 깨는 것을 기다렸다가 함께 커피를 마시고 잠시 산책을 한 다음 자기 방으로 들어가 작업을 하기 시작했다. 열심히 독서를 하고 노트를 하면서 이따금 눈을 들어 열어젖힌 창문과 책상 위에 놓여 있는 꽃병의 풋풋하고 아직 이슬이 맺혀 있는 꽃들을 바라보다가 다시 책으로 눈길을 돌렸다. 몸속의 혈관(血管)이 하나하나 기쁨으로 떨리고 있는 것 같은 기분이 들었다.

2

시골에서도 그는 도시에 있을 때와 마찬가지로 신경질적이고 안정되지 못하는 생활을 계속하고 있었다. 독서와 글쓰기에 정력을 쏟았고 이탈리아어를 공부하며, 산책에 나섰을 때도 이제 다시 곧 작업을 시작해야겠다며 그 세부계획을 생각하고 있었다.

그는 또 모두가 놀랄 정도로 조금씩만 잠을 잤다. 어쩌다가 낮에 30분 정도 자고 나면 그대로 밤을 샜고, 그렇게 잠을 안자고 나서도 낮동안 기분 좋게 지내곤 하는 것이었다.

그는 열심히 떠들어대고 포도주를 마시기도 하며 고급 시거를 피우기도 했다. 페소츠키가(家)에는 이따금 — 이따금이라기보다 거의 매일같이 동네 아가씨들이 찾아와서는 타냐와 함께 피아노를 친다든가 노래를 부르곤 했다. 때로는 역시 동네 사람인 바이올린의 명수인 청년이 찾아오는 일도 있었다.

코브린은 음악이라든가 노래를 실컷 들었는데 그때문에 그만 지칠대로 지쳐 있었다. 그리고 그것이 곧 육체적 반응으로 나타나서 눈꺼풀이 무거웠고 골치가 지끈지끈 아팠다.

어느 날의 일이다. 저녁때, 차를 마시고 난 그는 발코니에 앉아서 책을 읽고 있었다. 때마침 객실에서는 타냐가 소프라노, 한 아가씨가 콘트랄토, 예의 청년이 바이올린을 연주하며 브라가의 유명한 세레나데를 연습하고 있었다.

코브린은 그 가사(歌詞)에 — 그것은 러시아어(語)였다 — 귀를 기울였는데 아무래도 그 의미를 알 수가 없었다. 책을 꺼내놓고 그것을 보며 다시 귀를 기울이고서야 겨우 알아냈다.

그것은 공상(空想)의 병에 걸린 한 아가씨가 밤새도록 정원에서 신비적인 어떤 가락을 듣는데, 그 가락이 뭐라고 말할 수 없을 정도로 불가사의했기 때문에 그녀는 그 가락을 우리 인간들의 한계성이 있는 몸으로는 이해할 수 없는 것이며, 그러하기에 아무 효험없이 하늘로 날아 올라가는 성스러운 가성(歌聲)이라고 생각했다는 이야기이다.

그러는 동안에 코브린은 눈꺼풀이 붙기 시작했다. 그는 일어서서 지친 몸으로 객실을 한바퀴 돌고 다시 거실을 걸었다. 합창이 끝났을 때 그는 타냐의 팔을 잡고 함께 발코니로 나왔다.

"나는 오늘 아침부터 줄곧 어떤 전설(傳說)을 생각하고 있었어."
그는 말했다.

"어디서 읽은 것인지 아니면 들은 것인지 전혀 기억이 나지 않는데 이상하게도 그 이유를 알 수가 없는 전설이야. 우선 먼저 단정해두지 않으면 안될 것은 그것이 희미하다는 점이야. 1천 년이나 이전의 일, 검은 옷을 입은 승려, 어디에 사는지 모르는 승려가 시리아가 아니면 아라비아의 사막을 걷고 있었지…….

그러자 그 승려가 걷고 있는 장소에서 몇마일쯤 떨어진 곳에서 어부들이 — 또 한 사람의 검은 옷 입은 승려가 호수 표면을 걷고 있는 것을 본 거야. 이 두 번째의 승려는 신기루(蜃氣樓)였었어. 저어, 광학(光學)의 법칙은 잊기로 하고 — 어쨌든 이것은 전설로서 법칙 등이 적용되는 것은 아니니까 — 그다음을 이야기하기로 하지.

그 신기루에서 또 하나의 신기루가 생겨나고, 그리고 또 다른 신기루가 생겨나는 식으로, 이 검은 옷 입은 승려의 모습이 대기(大氣)가 있는 층(層)으로부터 다른 층으로 끝없이 전해져 가는 거야. 아프리카에서도, 에스파냐에서도, 인도에서도, 북극권에서도 보였지…… 마침내는 대기권 밖에 나가서 온 우주 전체를 헤매고 다니는 거야.

지금까지도 도저히 사라져 버릴 조건을 만나지 못하고 있다는 것인데 아마도 지금쯤에는 어딘가 화성(火星) 가까이에, 혹은 남십자성(南十字星) 옆에 있을지도 모를 일이야. 그러나 이 전설의 본질은 예의 승려가 사막을 걷고 있었던 해로부터 헤아려서 꼭 1천 년이 되는 해에 다시 신기루가 대기권 속에 나타나고 사람들의 눈에 띈다는 것이지.

더구나 이 1천 년이 아무래도 다 된 것 같아…… 전설이 의미하는 바에 의하면 검은 옷을 입은 승려를 우리는 오늘, 아니 내일에라도 볼 수 있을 거라구."

"이상한 신기루로군요."

타냐가 말했다. 그녀는 이 전설이 마음에 들지 아니했다.

"그전에 제일 이상한 것은……."

이라며 코브린은 웃었다.

"어디서 이 전설이 내 머리속에 들어온 것인지 …… 그것이 아무래도 떠오르지 않는다는 점이야. 어디서 읽은 것인지, 아니면 들은 것인지, 그것도 아니라면 내가 검은 옷의 승려를 꿈에서라도 본 것인지?

그점이 천지신명께 맹세하고 …… 영 기억이 나지 않는단 말야. 그런데 이 전설이 나를 붙잡고 놓아주지를 않는 거야. 나는 오늘 온종일 이 전설만을 생각하고 있다니까."

타냐를 손님들이 있는 곳으로 돌려보낸 다음, 그는 집을 나서서 생각에 잠기며 화단 주위를 한바퀴 돌았다. 해가 지고 있었다. 꽃들은 방금 물을 주어서 성싱하고 향긋한 향기를 내뿜고 있었다. 집안에서는 다시 합창이 시작되었는데 멀리서 들으니 바이올린이 인간의 목소리와 같다는 느낌을 주었다.

코브린은 그 전설을 어디서 들었는지 혹은 어디서 읽었는지를 기억해 내려고 사고(思考)의 실마리를 찾고자 애를 쓰며 천천히 공원으로 향했는데 어느새 강가로 나왔다.

노출된 나무뿌리 옆을 지나서 깎아세운 것 같은 강가로 뻗어 있는 오솔길을 더듬어가며 그는 강가를 걸어 나갔다. 도요새 무리가 시끄럽게 우지짖고 있는데 두 마리의 오리가 푸드득 날아갔다. 음울한 소나무 숲속에는 아직도 마지막 햇살이 비치고 있었는데 강물의 수면(水面)에는 어느새 저녁 노을이 드리워져 있었다.

코브린은 널빤지 다리를 지나 강 건너로 갔다. 그의 앞에는 아직 꽃을 피우지 않은 어린 나맥(裸麥)밭이 넓게 펼쳐져 있었다. 끝이 안보일 정도로 나맥이 펼쳐져 있어서 인가(人家) 한 채 보이지 않고 사람 하나 보이지 않는다.

가느다란 외줄기 오솔길을 따라서 가자니 해가 떨어지고 있었다.

지는 해가 빨갛게 비추는데 마치 미지의 수수께끼 세계로 들어가는 것 같은 기분이었다.

'이곳은 …… 이 얼마나 넓고 자유롭고 조용한 곳이란 말인가?'

코브린은 오솔길을 가면서 생각했다.

'그리고 온세계가 나를 바라보면서 숨을 죽이며 내가 그것을 이해하기를 기다리고 있는 것 같군!'

바로 그때 나맥밭 위를 물결치면서 황혼의 미풍이 조용하게 지나가다가 그의 머리를 스쳤다. 그리고 1분쯤 지나자 또다시 일진의 바람이 불어왔는데 이번에는 상당히 강하게 — 나맥이 우수수 소리를 내기 시작했고 뒤쪽에서는 소나무숲이 둔탁한 소리를 내는 것이 들려왔다.

코브린은 움찔하며 그자리에 멈춰섰다. 지평선 근방에서 회오리바람이 용틀임을 하며 높게 피어올라 가더니 시커먼 한 개의 기둥이 지면(地面)에서 중천(中天)으로 솟구쳤다.

윤곽은 희미한데 언뜻 보는 순간 그것이 한곳에 서있는 것이 아니라 무서운 기세로 움직이는데, 그것도 이쪽을 향하여, 즉 코브린을 목표로 해서 똑바로 가까이 오는 것을 알았다. 그리고 가까워지면 가까워질수록 차츰 작아지고 분명해졌다. 코브린은 바로 옆의 나맥밭으로 뛰어들었고 길을 열어 주었다. 그것은 간일발(間一髮)의 차이였다.

검은 옷을 입고 백발의 머리에 검은 눈썹이 나있는 승려 한 사람이 가슴에 두 손을 모으고 코브린 옆을 지나갔다……. 그의 한쪽 발은 지면을 밟고 있지 아니했다. 6, 7m가량 지나가자 그는 코브린 쪽으로 몸을 돌리어 바라보면서 고개를 끄덕이더니 교활한 미소를 띠는 것이었다.

그런데 이 얼마나 청백한 — 소름이 끼칠 정도로 청백하고 여윈

얼굴이란 말인가! 한편 그런 생각을 할 사이도 없이 다시 커지면서
강을 뛰어넘어 소리도 없이 점토(粘土)인 강기슭과 소나무숲에 부
딪치더니 그 사이로 연기처럼 사라져 갔다.
　"아니, 저런……."
코브린은 중얼거렸다.
　"그렇다면 그 전설은 역시 진짜였단 말인가?"
　이 기괴한 현상을 풀어서 밝히려고도 하지 않은 채, 자기가 검은
색 승복(僧服)뿐만 아니라 그 얼굴과 눈을 그토록 가까이에서 그처
럼 확실하게 본 일에 만족하면서 흥분된 마음으로 그는 집을 향해
걸음을 재촉했다.
　공원과 정원에서는 사람들이 조용히 걸어다니고 있었고, 집안에
서는 음악이 이어지고 있었다. ─ 그도 그럴 것이 코브린 혼자서만
승려를 보았었기 때문이다. 그는 타냐와 에고르 세미요뉘치에게 보
고 들은 것을 모두 이야기하고 싶어서 견딜 수 없을 정도였었지만,
다분히 그 두 사람은 자기 이야기를 헛소리로 취급하며 그저 놀라
기만 할 것 같아서 차라리 이야기하지 않기로 했다.
　그는 큰 소리로 웃기도 하고 노래를 부르기도 하면서 시치미를
떼었고, 또 마주르카(3박자의 쾌활한 리듬의 폴란드 국민무용)를 추
기도 하였다. 아주 밝은 기분이었다. 손님들도 타냐도 ─ 모두들 오
늘은 그가 일종의 특별한 영감(靈感)에 가득 차있는 표정을 짓고
있는 것을 확인했고, 그래서 아주 유쾌한 기분이란 것을 느꼈다.

　　　3

　저녁 식사가 끝난 다음 손님들이 돌아가자 그는 자기 방으로 들
어가서 소파에 누웠다. 그 승려에 대해서 생각하고 싶었던 것이다.
그러나 1분쯤 지나자 타냐가 들어왔다.

"안드류샤, 아버지가 쓴 논문을 읽어 보아요"

그녀는 한다발의 팜플렛과 인쇄물을 내밀면서 말했다.

"훌륭한 논문이라구요. 아버지는 글솜씨가 아주 좋답니다."

"천만에, 글솜씨가 좋다니?"

딸의 뒤를 따라 방에 들어온 에고르 세미요뉘치는 일부러 웃음을 지어 보이면서 말했다. 부끄러워하고 있었던 것이다.

"이리 주게, 읽지 말라구! 만약 잠을 자야겠거든 읽어 보라구. 아주 효과있는 수면제가 될 테니까."

"나는 훌륭한 논문이라고 생각해요."

타냐는 확신이 선 말투였다.

"읽어 보세요, 안드류샤. 그리고 더욱 많은 논문을 쓰도록 아버지에게 권해 주세요. 아버지는 훌륭한 원예론(園藝論)을 쓸 수 있다구요."

에고르 세미요뉘치는 굳어진 표정으로 얼굴을 붉히며 큰 소리로 웃었다. 그리고 당혹한 저자(著者)가 언제나 하는 말을 늘어놓다가 마침내 두손들고 말았다.

"꼭 읽으려면 우선 먼저 고시에의 논문과 여기에 있는 러시아인(人)의 논문을 읽게나."

그는 떨리는 손으로 팜플렛을 선별하면서 중얼거렸다.

"그렇게 하지 않으면 자네는 이해하지 못할 테니까. 내 반박문을 읽기 전에 내가 무엇을 반박하고 있는지를 알지 않으면 안돼. 그러나 쓸데없는 짓이야…… 지루하기만 할 걸. 그리고 벌써 잠잘 시간일세."

타냐는 방에서 나갔다. 에고르 세미요뉘치는 코브린과 나란히 소파에 앉자 한숨을 길게 내쉬었다.

"다 그런 것이라네."

그는 한참동안 잠자코 있다가 입을 열었다.

"모두가 그런 것이라니까. 귀여운 학사(學士)님 — 나는 이처럼 논문도 쓰는가 하면 전람회에 출품도 하지. 그리고 메달도 받는다구. 이세상에서는 이 페소츠키가 인간의 머리만큼 커다란 사과도 딸 수가 있다고들 말하네. 나 페소츠키는 과수원으로 재산을 모았다고들 말하지. 한마디로 말해서 코츄베이는 부자가 된 데다가 영예도 얻었다는 게야.

그러나 나는 묻고 싶은데 이런 일이 도대체 무슨 소용이란 말인가? 우리 과수원이 멋진 것은 틀림없어. 모범적이기도 하고 — 이곳은 과수원이라고 하기보다도 고도(高度)의 국가적 중요성을 띠고 있는 훌륭한 시설이야. 왜냐하면 이곳은 이른바 러시아의 농업, 러시아의 산업이 새로운 시대로 들어가는 하나의 단계이기 때문이지. 그러나 그게 무슨 소용이란 말인가? 무슨 목적이 있단 말인가?"

"일이 스스로 말해 주는 법입니다."

"나는 그런 의미에서 말하고 있는 게 아니야. 내가 묻고 싶은 것은 내가 죽은 후에 이 과수원이 어떻게 될 것이냐란 점이라구. 내가 죽으면 이 과수원은 지금 자네가 보고 있는 것과 같은 모습을 단 한 달 동안도 유지하지 못할 것이네. 성공의 모든 비밀은 과수원이 크고 인부의 숫자가 많다는 데 있는 게 아니야. 내가 일을 사랑하고 있다는 점에 — 알겠는가? — 아마도 나 자신보다도 더 사랑하고 있는 점에 있는 거야.

나를 좀 보게나. 나는 무슨 일이든 내가 직접 하고 있네. 아침부터 밤까지 열심히 일을 하고 있어. 접목(接木)도 직접 내가 하고 있어. 가지치기도 내가 하고 묘목 심기도 내가 하고 — 모든 것을 내가 직접 하고 있단 말일세. 남에게 도움을 받으면 나는 시

샘이 나고, 초조해지고 끝내는 난폭해지고 만다네.

모든 비밀은 사랑에 있는 거야. 즉 주인의 예리한 눈에, 그리고 주인의 손에 — 알겠는가? 반 시간이라도 어디에 손님으로 가서 앉아 있으면 어쩐지 안절부절못하고, 내가 나 자신이 아닌 것 같은 생각이 들며 과수원에서 어떤 일이 일어나지 않을까 걱정이 되는데 — 그런 감정이 언제나 있는 게야.

내가 죽으면 누가 뒤를 보아준단 말인가? 누가 대신 일을 해준단 말인가? 정원사가? 인부들이? 천만의 말씀. 그래서 나는 자네에게 말하고 싶은 거야. 내가 하는 일의 가장 큰 적(敵)은 토끼도 아니고 풍뎅이도 아니며 서리도 아닐세. 그것은 다른 사람의 손이야!"

"그럼 타냐는요?"

코브린은 웃으면서 말했다.

"타냐가 토끼보다 유해(有害)하지는 않을 게 아닙니까? 타냐는 일을 사랑하고 또 이해하고 있습니다."

"그래, 그애는 일을 사랑하고 또 이해하고 있는 게 사실이야. 내가 죽은 다음 그애의 손에 과수원이 넘어가고 그애가 주인이 된다면 물론 그보다 더 좋은 일은 없을 것이네. 그렇지만 그애가 시집을 가는 날에는 어떻게 되겠나?"

에고르 세미요뉘치는 그렇게 속삭이듯 말하더니 겁먹은 표정으로 코브린의 얼굴을 바라보았다.

"그렇다니까. 그점이 문제야. 시집을 가서 아기를 낳는다, 그렇게 되면 결국 이 과수원 따위는 생각할 틈도 없을 것이야. 내가 제일 두려워하는 것이 바로 그점일세. 그애가 어떤 젊은이와 결혼을 한다, 그리고 욕심이 나서 과수원을 어느 상인에게 임대해 준다. 그렇게 되면 1년도 되기 전에 모든 것은 끝장이 난단 말일세. 우리의 일이 …… 여자는 하느님의 채찍이라네.”

에고르 세미요뉘치는 또 한숨을 길게 내쉬더니 잠시동안 입을 다
물고 있었다.

“이것은 다분히 이기주의일 것일세. 그러나 터놓고 솔직히 말한
다면 나는 타냐가 시집가지 않기를 바란다네. 시집갈까봐 걱정이
되는 게야. 우리집에 이따금 바이올린을 가지고 오는 청년이 있는
데 그는 끼이끼이대며 바이올린을 켜대지. 타냐는 그런 젊은이에
게는 시집가지 않을 것이란 점을 나는 잘 알고 있네. 암, 잘 알고
있고 말고 — . 그러나 그 청년을 보면 나는 참을 수가 없는 거
야! 나는 아주 이상한 성격이지? 그점은 나도 인정하네.”

에고르 세미요뉘치는 일어서서 흥분된 표정으로 방안을 거닐었다.
무언가 중요한 것을 얘기하고 싶은데 그 얘기를 꺼내지 못하고 있
는 것 같았다.

“나는 자네를 진심으로 사랑하고 있네. 때문에 자네를 상대로 하
여 솔직하게 이야기하겠네.”

두 손을 주머니 속에 넣으면서 그는 겨우 용기를 내어 입을 열
었다.

“어떤 종류의 델리킷한 문제에 대하여 나는 간단명료한 태도를
취하면서 생각한 바를 솔직하게 털어놓는 성격일세. 이른바 비밀
을 참으며 간직하지 못한단 말일세. 솔직히 털어놓겠는데 자네는
내가 내 딸을 주어도 걱정이 안되는 유일한 남성이야. 자네는 현
명하고 정이 두터워. 그러므로 내가 사랑하는 일을 망치지는 않을
것이야.

더구나 제일 중요한 이유는 — 내가 자네를 친아들처럼 사랑하
고 — 자랑스럽게 생각한다는 점일세. 만약 자네와 타냐 사이에
로맨스라도 생긴다면 — 그렇게 되면 어떻게 할까? 나는 더없이

238

기뻐하며 행복해질 것이야. 나는 망설임 없이 솔직하게 정직한 인간으로서 이렇게 말하고 있는 것일세.”

코브린은 웃었다. 에고르 세미요뉘치는 방에서 나가기 위해 문을 열고 문지방 위에 섰다.

“만약 자네와 타냐 사이에 아기가 생기면 나는 그 아이를 원예가로 만들겠네.”

그는 잠시 생각하다가 말했다.

“하기야 이건 쓸데없는 공상이네만…… 그럼 쉬게.”

혼자 남게 되자 코브린은 마음이 가벼워져서 자리에 누웠고 논문을 읽기 시작했다. 첫 번째 논문에는 〈중간 재배(中間栽培)에 대하여〉란 표제가 붙어 있었으며, 두 번째 논문에는 〈새로운 과수원의 토양(土壤)을 파서 일구기에 관한 Z씨의 메모에 대하여〉, 세 번째의 것에는 〈또다시 잠든 아(芽)의 접아(接芽)에 대하여〉 ― 모두가 이런 종류의 것들이었다. 그나저나 모두가 안정되지 않은 ― 들쑥날쑥 식이었다. 이 무슨 신경질적이고 거의가 병적(病的)인 열정이란 말인가!.

예컨대 실로 흔해빠진 제목의 평범한 내용처럼 보이는 논문이다. 러시아산(産)의 만성종(晩成種) 사과에 대한 논문이다. 그런데 에고르 세미요뉘치는 그 논문을 ‘audiatur altera pars : 반대의견도 들어야 한다’에서 시작하여 ‘sapienti sat : 賢者에게는 충분하다’로 끝내는데, 이런 격언(格言)들 사이를 ‘내 강단(講壇)의 높이에서 자연을 관찰시키는 내 전매특허적 원예가 제씨(諸氏)의 학적무지(學的無知)’에 향하여, 혹은 ‘문외한이라든가 딜레탕트 등의 덕택으로 성공을 얻은’, 고시에씨에 향하여, 갖가지 독(毒)이 있는 말의 분수(噴水)로 메우고 있다.

그리고 그곳에서는 과실을 훔쳐간다거나 그로 인하여 수목(樹木)

을 상하게 하는 농군들조차도 지금에 이르러서는 때리지 못한다는
모순성과 불성실함을 유감스럽게 생각한다고 부연하고 있었다.

'아름답고 사랑해야 할, 건전한 일인데도 역시 고난과 투쟁이 있
는 것이야.'

코브린은 그렇게 생각했다.

'어디서나 틀림없이 — 어떤 세계에서도 이상가(理想家) 타입의
사람은 신경질적이고 특수한 감수성(感受性)을 가지고 있음에 틀
림없어. 다분히 그렇지 않으면 안되는 것이리라.'

그는 타냐에 대해서 생각해 보았다. 그녀는 에고르 세미요뉘치의
논문을 아주 좋아한다고 했다. 아담한 몸집에 청백하고 쇄골(鎖骨)
이 보일 정도로 여위어 있는 타냐 — . 큼직하고 검은 빛이 나며 영
리해 보이는 눈은 언제나 무엇인가를 바라보면서 무엇인가를 찾고
자 하고 있다.

걸음걸이는 아버지를 쏙 닮아서 보폭이 좁은 종종걸음이다. 말수
가 많고 논의하기 좋아하며 언제나 하찮은 말을 할 때에도 몸짓을
크게 하며 손짓도 크게 한다. 그 아가씨도 틀림없이 신경질적일 것
이다.

코브린은 논문 앞쪽을 읽어 나갔지만 무엇 한 가지 이해가 되지
않으므로 팽개치고 말았다. 아까 마주르카를 추고 음악을 들을 때의
유쾌한 흥분이 이제는 그를 괴롭혔으며, 차례로 숱한 생각을 도출시
켜 나갔다.

그는 일어나서 검은 옷 입은 승려에 대한 생각을 하면서 방안을
서성대기 시작했다. 만약 그 불가사의한, 그래서 초자연적인 승려를
본 사람이 자기 한 사람뿐이라면 — 그렇다면 자기는 병에 걸려 있
고 이미 환각(幻覺)을 일으킬 정도로 진행이 되어 있단 말인가 —
문득 이런 생각이 그의 머리에 떠올랐다. 그렇게 생각하니 등골이

240

오싹해졌는데 그것이 그다지 오래 가지는 않았다.

'하지만 기분도 좋고, 그 누구에게도 나쁜 짓을 하지 않았잖은가. 즉 내 환각에는 무엇 한 가지도 나쁜 것이라고는 없어.'

그는 그렇게 생각했다. 그리고 다시 좋은 기분을 회복했다.

그는 소파에 앉자 자기자신의 존재 모두를 만족시켜 주고 있는 정체불명의 기쁨을 억제하면서 두 손으로 깍지를 끼어 머리를 감쌌다. 그런 다음 다시 한 번 방안을 빙그르 돌고 이번에는 일에 착수했다.

그러나 책에서 읽어내는 갖가지 사상(思想)도 그를 만족시키지는 못했다. 그는 무언가 터무니없이 크고 무한한 것, 경천동지(驚天動地)할 만한 것을 가지고 싶어졌다. 새벽녘이 가까워서야 그는 옷을 벗고 슬슬 잠자리에 누워 잠을 청했다. 잠을 자지 않으면 안되었던 것이다.

과수원으로 나가는 에고르 세미요뉘치의 발짝 소리가 들려올 때, 코브린은 벨을 눌러서 하인에게 포도주를 가져오라고 시켰다. 그는 서너 잔의 라퓌트를 맛있게 마신 다음 이불을 머리까지 뒤집어썼다. 이윽고 의식이 희미해지면서 그는 잠에 빠져들었다.

4

에고르 세미요뉘치와 타냐는 흔히 말다툼을 하고는 불유쾌한 말을 하기 일쑤였다.

어느 날 아침, 두 사람은 무슨 일인가로 언쟁을 했다. 타냐는 울면서 자기 방으로 들어갔다. 그런 후로 그녀는 점심 식사 때도, 그리고 차 마시는 시간에도 얼굴을 내밀지 아니했다.

에고르 세미요뉘치는 처음에는 자기가 이세상에서 정의(正義)와 질서를 무엇보다도 중요하게 생각하는 자라며 당당한 얼굴로 돌아다니고 있었지만 이윽고는 의지가 꺾이어 풀이 죽고 말았다.

그는 침통한 표정으로 공원을 어슬렁거리고 다니다가 계속,

"한심하다. 아아, 한심하다니까!"

라며 한숨을 쉬었다. 그리고 점심 식사 때도 빵 한쪽 들지 아니했다. 마침내 그는 미안한 듯한 표정으로 또 양심이 괴롭다는 얼굴로 잠겨진 딸의 방문을 두드리면서 조용히 불렀다.

"타냐! 타냐!"

그러나 문 저쪽에서는 울다가 지친 목소리, 그러나 분명한 목소리의 대답이 들려왔다.

"내버려 둬요, 제발 부탁입니다."

주인들의 고민은 온집안에, 과수원에서 일하는 사람들 사이에까지도 반영을 불러일으켰다. 코브린은 자신의 흥미깊은 작업에 몰입하고 있었는데 결국에는 그 역시 침울해져서 기분이 안좋았다. 온집안의 가라앉은 분위기를 어떻게든 밝게 만들기 위해 중재해야겠다고 결심했고, 저녁때가 되기 전 그는 타냐의 방문을 노크했다. 그는 방안에 들어갈 수 있었다.

"아이구 딱도 해라. 부끄럽지도 않아?"

그는 울다가 지쳐 벌겋게 된, 그리고 슬픔에 차있는 타냐의 얼굴을, 놀란 표정으로 바라보면서 농담 섞인 말문을 열었다.

"대체 무슨 일로 그처럼 심각해진 거야? 딱도 하군."

"하지만, 아버지가 나를 얼마나 괴롭혔는지 안다면……"

그녀는 말했다. 그러자 눈물이, 뜨거운 눈물이 그 큰 눈에서 뚝뚝 떨어졌다.

"아버지는 나에게 지독한 말을 했다니까요!"

그녀는 두 손을 문질러 대면서 말을 이어나갔다.

"나는 아무 말도…… 말도 하지 않았건만…… 나는 단지 이렇게

말했을 뿐입니다. 언제라도…… 언제라도 일용 인부는 고용할 수 있으니 필요없는 인부를 고용해 두고 있을 필요가 없다구요. 그런데…… 그런데 인부들은 벌써 만 1주일 동안 아무 일도 하지 않은 채 놀고 있답니다…….

　나는…… 나는 단지 그말만 했을 뿐입니다. 그런데 아버지는 머리끝까지 화가 치밀어서 고래고래 소리지르는 거였어요…… 나에게…… 심한 말로, 마음에 상처입을 심한 말을 마구 해대는 겁니다. 왜 그런 말을……."

"알겠소, 이제 그만……."

코브린은 흐트러진 그녀의 머리를 가지런히 펴주면서 말했다.

"그만해, 그리고 그만큼 울었으면 되었을 테니 울음도 그치고……. 자꾸만 화를 내면 못써요. 몸에 안좋다구 ─ 그리고 아버지는 타냐를 무척 믿고 사랑하셔. 눈에 집어넣어도 아프지 않을 정도로 ─."

"아버지는 내 한평생을……내 한평생을 망쳐놓았다니까요."

타냐는 흐느끼면서 말을 이어나갔다.

"언제나 사람을 바보 취급한답니다…… 모욕적인 말을 마구 해대는 거예요…… 아버지는 나를 이집에서 쓸모없는 사람으로 취급한다니까요. 그래요, 아버지만 옳아요! 나는 내일 당장 여기서 나갈 겁니다. 전신국(電信局)에 가서 취직을 하겠어요…… 뭐가 되든지 상관 말라고 하세요."

"그만, 그만해…… 그만 울음을 그치라구. 타냐, 울지 말아요…… 타냐와 아버지 모두 성미가 불같이 급해서 그러는 거야. 양쪽 모두 안좋아요. 자아, 갑시다. 내가 중재 역할을 해주겠으니……."

코브린은 상냥하게 말하면서 달랬다. 그녀는 여전히 어깨를 들먹이며 두 손을 꼭 잡고 계속 울었다. 마치 진짜로 무서운 불행을 당한 것 같은 모습이었다. 그는 그녀가 그토록 심각한 슬픈 일을 당한 것도 아닌데 그처럼 괴로워하는 것이 더욱 가엾게 여겨졌다.

이 약하디 약한 여성을 온종일, 아니, 한평생 동안 불행하게 만든다는 것은 얼마나 어리석은 일이란 말인가. 타냐를 위로하면서 코브린은 이 아가씨와 그 아버지를 내 몸처럼 사랑해 줄 사람은 대낮에 횃불을 켜들고 찾아다녀도 발견되지 않을 것으로 생각했다.

만약 이 두 사람이 없었더라면, 어렸을 때 부모를 다 잃었던 그는 가까운 육친에 대해서만 사람이 느낄 수 있는 그 진정어린 사랑을 죽을 때까지 모르고 살았을 것이다.

그리고 그는 이렇게 울면서 몸을 떨고 있는 아가씨의 신경이 자석(磁石)과 쇠붙이처럼 자기자신의 반병적(半病的)인 초조한 신경에 짜릿짜릿 전해오는 것을 느꼈다. 그는 건강해서 볼이 빨간 여성을 사랑한다는 것은 평생을 두고 할 수 없을 것이지만, 창백하고 약하며 불행한 타냐는 좋아지는 것이었다.

그는 기꺼이 용기를 내어 그녀의 머리와 어깨를 쓰다듬어 주었고 손을 잡으면서 눈물을 씻어 주었다…… 드디어 그녀는 울음을 그쳤다. 그러더니 또 한참동안 자기 아버지에 대해서, 그리고 이 집안에서의 자기 위치와 고생하는 점에 대해서 이야기한 다음, 코브린에게 하소연도 곁들였는데 이윽고는 점차 미소를 머금었다.

그리고 하느님이 자신에게 이처럼 천한 성격을 주신 점을 탄식하기 시작했고 결국에는 크게 웃는가 하면 자기를 바보스런 여자라며 방안에서 뛰어나갔다.

잠시 후 코브린이 과수원에 나가 보니 에고르 세미요뉘치와 타냐는 아무 일도 없었다는 듯, 가로수 길을 나란히 산책하면서 나맥으로 만든 빵에 소금을 쳐서 먹고 있었다. 두 사람 모두 배가 고팠던 것이다.

5

중재자 역할이 성공한 점에 만족한 코브린은 공원으로 나갔다. 벤치에 앉아서 생각에 잠겨 있는데 마차가 달려오는 소리와 여성의 웃음소리가 들려왔다 — 손님들이 마차를 타고 온 것이다.

저녁나절의 그림자가 과수원에 내려깔리기 시작할 무렵, 바이올린 소리와 노랫소리가 은은하게 들려왔다. 그것을 듣고 있자니 문득 검은 옷 차림의 승려 생각이 났다. 어느 나라를, 그리고 어느 유성(遊星)을, 지금쯤 그 광학상(光學上)의 모순은 날아다니고 있는 것일까?

그가 예(例)의 전설을 떠올리면서, 지난번 나맥밭에서 본 검은 옷의 환상을 상기하는 그순간 — 바로 그때 정면에 있는 소나무 숲속에서 소리도 없이 — 옷깃 스치는 소리도 없이 중키의 사나이 한 명이 나왔다.

백발의 머리를 드러내고 온몸이 시커먼 사람, 그는 마치 거지와 같았는데 그 창백하여 죽은 사람과 같은 얼굴에는 검은 눈썹이 분명히 나있었다. 이 거지라고 하기보다는 순례자라고나 할까, 그는 상냥하게 고개를 끄덕이면서 벤치에 다가와 앉았다.

그순간 코브린은 그것이 예의 검은 옷의 승려라는 것을 알아차렸다. 1분쯤 둘이는 서로 상대방을 탐색하고 있었다 — 코브린은 놀란 눈으로, 승려는 그때와 마찬가지로 부드러운 눈초리로, 그러나 다소 능글맞게 빈틈없는 표정을 띠면서 — .

"그런데 당신은 신기루가 아니오?"

코브린이 말했다.

"무슨 일로 이곳에 와서 우두커니 앉아 있는 게요? 전설(傳說)과는 이야기가 다르지 않소?"

"마찬가지요."

승려는 코브린 쪽으로 고개를 돌리면서 잠시 뜸을 들이다가 작은 목소리로 대답했다.

"전설도, 신기루도, 그리고 나도……그런 것들은 모두 당신이 흥분한 상상력의 산물(産物)들이오. 나는 환상이고 —."

"그럼 당신은 실재(實在)하지 않는다는 거군요?"

코브린이 물었다.

"좋을 대로 생각하시구려."

승려는 그렇게 말하더니 빙긋이 웃었다.

"나는 당신의 상상 속에 존재하는데, 당신의 상상은 자연의 일부인 까닭에 — 즉 나는 자연 속에도 실재하는 결과가 되오."

"당신은 나이가 굉장히 많고 영특하며 멋스럽고 의미있는 표정을 짓고 있어서 마치 천년 이상이나 살아온 것 같소이다."

코브린이 말했다.

"나는 실로 내 상상력이 이런 현상을 창조할 수 있으리라고는 생각하지 못했었소. 어쨌든 당신은 왜 그렇게 내 얼굴을 재미있다는 듯 바라보는 게요? 내가 마음에 드시오?"

"그렇소. 당신은 하느님에게 올바로 선택될 자로 불리기에 부족함이 없는 몇 안되는 사람 중 한 사람이오. 당신은 영원히 진실에 봉사하고 있소이다. 당신의 사상(思想)도, 목표도, 당신의 놀라운 학문도, 아니 당신의 한평생 전부가 하느님의, 천계(天界)의 각인(刻印)을 띠고 있소. 왜냐하면 그런 것들이 이성적이고 아름다운 데다가 — 즉 영원한 것에 바쳐지고 있기 때문이오."

"당신은 영원한 진리에라고 말했소…… 그러나 영원한 생명이 없는 인간에게 영원한 진리를 알 수 있을까요? 영원한 진리가 필요할까요?"

"영원한 진리가 있는 게요."

승려는 말했다.

"당신은 인간의 영혼의 불멸(不滅)을 믿고 있군요?"

"그렇소. 물론, 당신네들 인간을 기다리고 있는 것은 위대하고 빛나는 미래요. 그리고 이 지상에 당신과 같은 인간이 많아지면 많아질수록 그만큼 빠르게 이 미래가 실현되는 것이오. 의식적인, 그리고 자유스러운 생활을 보내고 있는 당신네들 최고 원리(原理)에 대한 봉사자가 없으면 인류는 실로 보잘것없는 것으로 타락하여, 자연의 순서에 따라 발전하면서 이 다음에 다시 오랜 세월 그 지상의 역사적 종말을 기다리지 않으면 안될 것이오.

당신이 있기에 수천년이나 빠르게 인류를 영원한 진리의 나라로 이끌어 갈 수가 있는 것이오······ 그리고 또 그곳에 당신네들의 위대한 공적(功績)이 있는 것이고······ 당신네들은 인간들 사이에서 잠들어 버린 하느님의 축복을 몸소 나타내고 있는 것이오."

"그렇다면 영원한 생명의 목적은 무엇이란 말이오?"

코브린이 물었다.

"어떤 생명도 다 마찬가지인 것처럼, 쾌락(快樂)이지요. 진짜 쾌락은 인식(認識) 속에 있소. 더구나 영원한 생명은 인식을 위해 수도 없이 — 퍼내도 퍼내도 마르지 않는 샘물의 원천과 같소. 우리 아버지이신 하느님의 집에는 무수한 처소(處所)가 있다고 하는 것은 이런 의미이지요."

"당신의 이야기를 듣는 것이 얼마나 즐거운지 모르겠습니다."

코브린은 만족스럽다는 듯이 두 손을 모으며 말했다.

"그것 참 고맙소이다."

"그러나 나는 알고 있습니다. 당신이 가버리고 나면 당신의 본질(本質)에 대한 문제가 나를 불안하게 만든다는 것을 — 당신은 환상이요, 환각이외다. 그렇지 않다면 내가 정신병으로 이상(異

常)한 상태란 걸까요?"

"그렇다면 그렇게 해두구려. 그런 걸 가지고 우물쭈물할 필요가 없잖겠소? 당신은 병(病)이야. 왜냐하면 끈기있게 일을 하다가 지쳤기 때문이라구. 그러나 그것은 당신이 자기 건강을 사상(思想)의 희생으로 만든 증거로서 당신이 생명 그 자체를 사상에 바칠 때가 가까워졌다는 증거이기도 하지. 그것보다 더 좋은 일이 있겠소? 이것이야말로 대개 본능적인 모든 고결한 본성(本性)이 나아갈 길이지."

"그러나 자기가 정신병이란 것을 알고 있다면 나는 나 자신을 믿을 수 있겠소?"

"그렇다면 어찌하여 당신은 온세계가 믿고 있는 천재(天才)들이 한결같이 환각을 보지 못했다고 말할 수 있겠소? 오늘날 학자들은 천재와 정신착란자와 종이 한 장의 차이라고들 말하고 있소이다. 건강하고 정상적인 사람은 여보시오, 평범한 이른바 군중들뿐이라오. 정신병 시대다, 과로(過勞)다, 타락이다 등등의 생각에 진정으로 흥분하는 것은 인생의 목적을 현재에 두고 있는 무리들, 다시 말해서 군중들뿐이오."

"로마인들은 말하고 있소이다. '건전한 정신은 건전한 육체에 깃든다'고 ─ ."

"로마인이라든가 그리스인이 말했다고 해서 전부가 진실은 아니오. 고상한 마음이라든가, 흥분이라든가, 황홀이라든가 ─ 그러한 예언자나 시인, 사상가들 등등 거취를 같이하는 사람들을 흔한 무리들과 구별하는 것은 전부, 인간의 동물적인 면(面), 즉 육체적인 건강에 반(反)하는 것이오. 바꾸어 말하면 건강하고 정상적이라면 군중의 무리 속에 들어가도록 하오."

"이상도 하군. 당신이 반복해서 말하는 것은 내 머리에 잘 떠오르는 생각하고 똑같구려."

코브린은 말했다.

"마치 당신이 내 비밀스런 생각을 모조리 꿰뚫고 있는 것 같소이다. 그러나 나는 이야기하지 않겠소. 당신은 영원한 진리란 말로, 무엇을 의미하고 있는 게요?"

승려는 대답하지 않았다. 코브린이 그의 얼굴을 살펴보고 있노라니 그 얼굴은 이미 분별되지가 않았다. 윤곽이 희미해져 있었던 것이다. 이어서 머리가, 그리고 손이 사라지기 시작했다. 몸통이 벤치와 황혼과 뒤섞이었다. 그리고 마침내 완전히 사라지고 말았다.

"환각이 끝난 것이야!"

코브린은 그렇게 말하면서 웃었다.

"서운하군."

그는 후련하고 행복한 기분으로 집을 향해 걸어갔다. 검은 옷 입은 승려가 말한 몇마디가 그의 자존심이라기보다 영혼 전체를 — 존재 전체를 부추기었다.

선택받은 사람이 된다는 것, 영원한 진리에 봉사하는 것, 수천 년이나 먼저 인류를 하느님의 왕국에 어울리는, 즉 인류를 수천년씩이나 쓸데없는 투쟁과 죄와 괴로움에서 해방시키는 사람들 틈에 낀다는 것, 이런 것 일체를 — 청춘도, 힘도, 건강도 — 사상을 위해 바친다는 것, 일반적인 행복을 위해 죽을 각오가 되어 있다는 것 — 이것이야말로 얼마나 고상하고, 얼마나 행운의 운명이란 말인가?

문득 그의 기억 속을 맑고 청결한, 노동에 만족하는 과거가 스쳐지나갔다. 그는 자기가 배운 것이라든가 사람들에게 가르친 것을 상기하며, 검은 옷의 승려가 한 말에는 조금의 과장도 없었다는 것을 알았다.

공원 안에서 그는 타냐와 마주쳤다. 그녀는 이미 다른 옷으로 갈아입고 있었다.

"여기 계셨군요?"

그녀가 말했다.

"나는 여태까지 찾아다녔어요. 한참동안이나요…… 그런데 어떻게 된 겁니까?"

그의 환희에 찬 얼굴과 눈물이 쏟아질 것 같은 눈을 보자 그녀는 깜짝 놀라면서 말했다.

"정말로 이상한 분이네요, 안드류샤!"

"나는 만족하고 있어, 타냐."

코브린은 그녀의 어깨 위에 두 손을 얹으며 말했다.

"만족 정도가 아니라 그 이상이야. 나는 행복하다구! 타냐, 귀여운 타냐. 타냐는 정말로 마음씨 착한 아가씨라구. 귀여운 타냐! 나는 지금 이렇게 즐거워, 이렇게 기쁘고……."

그는 그녀의 두 손에 열렬하게 키스를 하며 말을 계속했다.

"나는 방금 밝고 멋진 시간 — 이세상의 것이 아닌 시간을 맛보았어. 그러나 타냐에게 그 전부를 이야기해 줄 수가 없어. 이야기를 하면 나를 미친 사람 취급하면서 내 이야기를 받아들이지 않을 테니까……. 그것보다 타냐에 대한 이야기를 하자구. 귀엽고 사랑스런 타냐! 나는 타냐를 사랑하고 있어. 타냐를 사랑하는 데 아주 익숙해졌다구. 타냐가 옆에 있는 것이 — 온종일 열 번이나 얼굴을 마주하는 것이 내 영혼의 요구가 되어 버리고 말았단 말야. 내가 여기를 떠난다면 — 당신이 없는 곳에서 어떻게 살아가야 할지 나는 모르겠다구."

"어머!"

라며 타냐는 웃었다.

"이틀만 지나면 우리들의 일 따위는 까맣게 잊으실 겁니다. 우리는 보잘것없는 집안이지만 당신은 훌륭한 분이십니다."

"아니오. 진정으로 하는 이야기요."

그는 말했다.

"나는 타냐를 데리고 갈 거야. 괜찮겠지? 나는 타냐와 함께 갈 거라고! 타냐는 나를 따라가겠지? 당신은 내 것이 되어 주겠지?"

"어머 어머!"

타냐는 그렇게 말하면서 웃으려고 했지만 웃지는 않았다. 빨간 반점이 그녀의 얼굴에 떠올랐다.

그녀는 숨을 몰아쉬더니 종종걸음으로 달려갔다. 집 쪽이 아니라 공원 깊숙한 곳을 향해서 달려갔다.

"나는 그런 것 생각해 본 적이 없어요 — 생각해 본 적이 없다구요!"

그녀는 마치 절망한 사람처럼 두 손을 맞잡으면서 같은 말을 반복했다.

코브린은 그녀의 뒤를 쫓아가면서 변함없이 명랑하고 환희에 찬 얼굴로 말했다.

"나는 내 모든 것을 붙잡을 사랑이 필요한 게요. 그런 사랑이 필요하다구. 그런 사랑을 나에게 줄 수 있는 사람은 타냐, 당신 한 사람뿐이야. 나는 운이 좋아요, 행운아입니다!"

그녀는 어안이벙벙하여 몸을 움츠렸다. 그녀의 얼굴은 단숨에 10년이나 늙은 것처럼 보였다. 그러나 코브린은 그녀를 예쁘다고 생각하고 큰 소리로 환희의 절규를 했다.

"이 아가씨는 어쩌면 저렇게도 예쁘단 말인가!"

6

로맨스가 이루어졌을 뿐 아니라 결혼까지 하겠다는 이야기를 들

은 에고르 세미요뉘치는 흥분을 가라앉히려고 애쓰면서 한참 동안
이나 방안에서 이 구석 저 구석을 왔다갔다하고 있었다. 손은 떨렸
고, 목은 보라색으로 부풀어 올라 있었다. 그는 경주용(競走用) 마
차를 준비하라고 이른 다음 어디론가 나갔다.

타냐는 아버지가 말에 채찍을 가할 때의 모습과 귀까지 덮이도록
모자를 깊숙이 눌러 쓴 모습을 보고는 그의 기분을 짐작했다. 그녀
는 자기 방에 들어가 문을 잠그고 온종일 울어댔다.

온실 속에서는 때이르게 복숭아와 살구가 익어가고 있었다. 이처
럼 연하여 부서지기 쉬운 과실 짐을 포장하고 발송하는 데는 대단
한 주의력과 노력과 배려가 필요했다. 그런데다가 이번 여름은 너무
덥고 건조했으므로 나무 한 그루 한 그루에 물을 주어야 했다.

따라서 그만큼 많은 시간과 노동력이 들어가는 데다가 해충까지
엄청나게 발생하여 코브린은 싫어하면서도 해충 구제에 나섰다. 인
부들도, 에고르 세미요뉘치도, 그리고 타냐까지 동원되어 손가락으
로 벌레를 눌러서 죽여야 했다.

그러는 한편에서는 가을철의 과실이라든가 과수 묘목의 주문을
맡기도 하고 방대한 양의 편지를 접수하고 발송하지 않으면 안되었
다. 더구나 그 누구에게도 시간여유라고는 단 1분도 없는 판국에 들
일까지 겹쳐서 과수원의 작업 인원을 반이나 뺏어갔다.

에고르 세미요뉘치는 시커멓게 탔고 지칠대로 지쳐서 허덕이었다.
그는 과수원으로, 들로 말을 타고 달리면서 손발이 떨어질 것만 같
다고 푸념했다.

그런 와중에서도 혼사(婚事) 준비로 소동을 벌여야 했다. 이 혼사
준비를 페소츠키가(家)에서는 굉장히 중시하고 있었다. 재깍재깍 가
위 소리가 났고, 재봉틀 돌아가는 소리, 음식 장만하기 위해 불을
피우니 화기(火氣)가 돌았다. 신경질적이어서 화를 잘 내는 부인 재

252

봉사가 떠들어 대기 때문에 온 집안 식구들이 안절부절못하여 이리 뛰고 저리 뛰고 있었다.

그런데다가 일부러 노렸다가 찾아오기라도 하듯 매일 손님들이 찾아오니 그들을 맞이하고, 대화도 해야 하고, 음식 대접도 해야 하며, 잠자리도 마련해 주어야 한다. 그래도 이런 고역은 마치 안개 속에서 벌어지는 것처럼 알게 모르게 지나갔다.

타냐는 열네 살 때부터 왠지 코브린과 자기는 틀림없이 결혼할 것이라고 생각했었는데 지금은 마치 사랑과 행복이 불의에 자기를 묶어놓은 것 같은 기분이 들었다.

그녀는 놀랍기도 하고 당혹스럽기도 했으며 자기가 과연 자기인지 믿겨지지 아니했다. ……돌연 구름 아래에까지 날아가고 그곳에서 하느님에게 기도를 드리고 싶은 기쁨이 용솟음치는가 하면 갑자기 8월에는 그리운 옛집을 떠나고 아버지를 남겨둔 채 떠나지 않으면 안된다는 생각이 떠오르기도 했다. 그럴 때면 자기는 아무 쓸모도 없는 여자로서 코브린과 같은 훌륭한 사람에게는 어울리지 않는다는 생각도 떠올랐다.

그런 생각을 하던 그녀는 자기 방으로 도망치듯 들어가서 문을 잠그고 몇시간씩이나 훌쩍거리며 울어댔다. 손님이 오면 손님이 오는 대로 돌연 그녀는 코브린이 보통 이상으로 아름다워서 모든 여성들이 그에게 사랑을 느끼며 질투의 불꽃을 태우는 것 같기도 했다. 그럴 때면 마치 자기가 전세계를 정복한 것처럼 환희와 긍지로 가슴이 미어지는 것 같았는데 그가 다른 처녀와 싱글벙글하며 대화를 하면 그만 질투로 몸을 떨며 자기방으로 뛰어 들어갔다.

그리고 다시 눈물로 시간을 보내는 것이었다. 이처럼 새로운 감각의 노예가 되어 버리니 그녀는 기계적으로 아버지를 도울 뿐, 복숭아에 대해서도, 해충에 대해서도, 인부들에 대해서도, 시간이 흘러가는 것에 대해서도 무신경이었다.

에고르 세미요뉘치에게도 거의 똑같은 일이 일어났다. 그는 변함 없이 아침부터 밤까지 일을 했고, 끊임없이 어디엔가를 돌아다니는 가 하면 화를 내거나 했는데 그런 일이 모두 무언가 마법(魔法)에 걸린 상태에서 이루어지고 있었다.

그의 내부에는 두 사나이가 살기 시작한 것처럼 보였다. 하나는 정진(正眞)한 세미요뉘치로서, 그는 정원사인 이반 카를뤼치가 두서 없이 하는 보고를 듣고는 분개하거나 절망적으로 머리채를 휘어잡 기도 했다.

또 하나의 세미요뉘치는 반쯤 취해 있는 진짜 세미요뉘치가 아닌 데 그는 업무에 관한 이야기를 한참 듣다가 돌연 상대방을 가로막 고 정원사의 어깨를 잡으며 이런 이야기를 시작하는 것이다.

"뭐니뭐니해도 피는 못 속이는 거야. 그 사람의 어머니는 놀랄 만 큼 희귀한 — 아주 고귀한 — 세상에서 보기 드문 총명한 여성이 었다네. 천사처럼 선량하고 명랑하며 맑은 그 얼굴을 바라보면 마 음이 기뻐지는 게야. 그림도 잘 그리고 시도 잘 짓는가 하면 외국 어를 다섯 가지나 했었지. 그런데 가엾게도 — 그녀를 천국으로 불러가셨어 — 폐병으로 죽고 만 거야."

가짜 에고르 세미요뉘치는 한숨을 내쉬면서 잠시동안 잠자코 있 었다.

"그 코브린이 아직 어렸을 때, 우리집에서 자랄 적에는 똑같은 천 사 — 명랑하고 선량한 바로 그런 얼굴이었어. 눈초리도, 행동거 지도, 말씨도 그 어머니와 마찬가지로 부드럽고 우아했었지. 머리 는 또 얼마나 좋았는지 아나? 그 아이는 언제나 그 좋은 머리로 우리를 놀라게 했던 거야. 그렇고 말고…… 그 아이가 학사(學 士)님이 된 것은 당연한 일이지, 암 당연한 일이고 말고! 두고보라고, 이반 카룰뤼치. 10년 후에는 어떤 사람이 될는지! 만나보기조차 힘들 거야."

그러나 이 시점에서 진짜 에고르 세미요뉘치가 자신으로 되돌아왔고 무서운 형상을 띠며 머리채를 끌어당기면서 이렇게 말했다.

"이놈아! 왜 망쳐놓고 말았어! 엉망진창으로 만들어 놓았다니까! 과수원이 없어졌다! 과수원이 멸망했어!"

한편 코브린은 여전히 작업에 열심이었고, 주변의 소요에도 전혀 신경을 쓰지 않았다. 사랑에만은 불꽃에 기름을 붓고 있었다. 타냐와 밀회를 즐긴 다음에는 언제나 행복해했고 환희에 취해서 자기 방으로 돌아가 타냐와 키스를 하고 그녀에게 사랑을 맹세했던 때와 똑같은 감격으로 독서에 몰두하거나 원고 집필에 정력을 쏟았다.

하느님에게서 택함을 받았다는 것, 영원한 진리, 인류의 빛나는 미래라는 것 등에 대하여 검은 옷의 승려가 말한 내용이 그의 작업에 특별하고 이상한 의의를 가져다 주었고, 그의 마음에 자긍심을 실어 주었으며 자기자신은 고상하다는 의식으로 가득 차있었다.

1주일에 한 번이나 두 번, 공원 또는 집안에서 그는 검은 옷 입은 승려와 만나서 장시간 이야기를 나누었는데 지금은 두려워하기는커녕 도리어 기뻐하고 있었다. 이러한 환영(幻影)이 찾아오는 것은 사상(思想)에 대한 봉사에 자기자신을 바치는 자로 선발되었다는 것은 훌륭한 사람들만일 것이라고 굳게 믿고 있었던 것이다.

어느 날, 점심 식사를 하고 있을 때 승려가 나타나서 식당의 창가에 앉았다. 코브린은 기뻐하며 아주 기묘하게 에고르 세미요뉘치와 타냐를 상대로 하여 승려도 기뻐할 이야기를 하기 시작했다.

검은 옷의 승려는 이야기를 들으면서 기분 좋게 고개를 끄덕이었는데 한편에서는 에고르 세미요뉘치와 타냐도 마찬가지로 듣고 기뻐하면서 미소를 띠고 있었다. 두 사람은 설마 코브린이 자기네들이 아닌 어떤 환영과 이야기하리라고는 생각하지도 않았던 것이다.

모르는 사이에 성모승천제(聖母昇天祭 : 舊曆 8월 15일)의 정진기(精進期)가 다가왔고, 곧 이어서 혼인날이 되었다. 에고르 세미요뉘치가 강력하게 원하여 혼례는 성대하게 치러졌다. 이틀 밤 이틀 낮 동안 말 그대로 대향연(大饗宴)이 열렸던 것이다.

3천 루블이나 들인 큰 잔치였는데 일부러 고용한 하급 악대(樂隊)라든가 여기저기서 술잔을 부딪는 건배라든가, 하인들이 돌아다니는 발짝 소리라든가 소음 등등 — 애써 모스크바에서 사온 값비싼 포도주라든가 호화로운 자쿠스카(러시아 요리의 前菜)의 맛도 전혀 모를 정도였다.

7

어느 긴 겨울 밤, 코브린은 침대에 누워서 프랑스 소설을 읽고 있었다. 도시 생활에 익숙하지 못했기 때문에 매일 밤 두통으로 고생하고 있는 가엾은 타냐는 이미 잠이 들었으며 이따금 앞뒤가 맞지 않는 잠꼬대를 중얼거리고 있었다.

3시를 치는 시계 종소리가 들려왔다. 코브린은 촛불을 끄고 잠자리에 들었다. 그리고 눈을 감은 채 오랫동안 누워 있었는데 침실이 덥기도 하고 타냐가 잠꼬대도 하기 때문에 잠이 들지 못했다. 4시 반경, 그는 다시 촛불을 켰다. 그러자 그때 검은 옷의 승려가 침대 옆에 있는 팔걸이 의자에 앉아 있는 것이 보였다.

"안녕하시오?"

승려는 말했다. 그리고 잠시 동안 가만히 있더니 물었다.

"당신은 지금 무얼 생각하고 있었소?"

"명성(名聲)에 대해서 생각하고 있었소이다."

코브린은 대답했다.

"내가 방금 읽은 프랑스 소설에 한 사나이에 대한 글이 있었소. 젊은 학자인데 이 사나이는 바보스럽게도 명성을 너무나 원했기 때문에 자꾸만 여위어 가는 것이었소. 나로서는 그런 원망(願望)이 이해가 안되는구려."

"그것은 당신이 영리하기 때문이오. 당신은 명성에 대하여 집착하지 않으니까요. 마치 흥미가 없는 장난감같이 생각을 하니까 그러는 거요."

"그렇소이다. 맞는 말입니다."

"명성은 당신의 마음에 들지 않는 거요. 당신의 이름이 묘석(墓石)에 새겨지고 또 그 비문(碑文)은 금박(金箔)과 함께 때가 지남에 따라 벗겨져 나가는 것이 — 그런 것이 무슨 기쁨이 되고 즐거운 일이 되고 교훈적인 것이 되리까? 그리고 약한 인간의 기억력으로 당신네들의 이름을 기억하는 데에는 한계가 있게 마련이지요."

"과연 그렇습니다."

코브린은 맞장구를 쳤다.

"그리고 무엇 때문에 그런 것을 기억 속에 담아둘 필요가 있느냐란 점이오. 그러나 저러나 다른 얘기를 합시다. 예를 들어 행복에 대해서 얘기할까요. 원래 행복이란 무엇이겠소?"

시계가 5시를 쳤을 때 그는 두 다리를 카펫 위에 늘어뜨린 채 침대에 누웠고, 승려 쪽을 바라보면서 이렇게 말했다.

"옛날 어느 행복한 사나이가 드디어 자신의 행복을 두려워하게 되었소 — 그만큼 멋지게 행복했었던 거요 — 그래서 신(神)들의 마음을 사기 위해 자신이 소중하게 여기던 보석 반지를 바쳤던 것이오. 알고 있겠지요? 나도 이 포리 클라스토와 마찬가지로 자신의 행복에 대하여 다소 불안해지기 시작했습니다.

　아침부터 밤중까지 오로지 기쁨만을 맛보고, 기쁨이 내 전부를 채워 주며, 그밖의 감정을 전부 없애 주는 것이 이상하게 생각되는 것이오. 나는 외로움도, 슬픔도, 지루함도 모르오. 이렇게 하며 한숨도 잠을 안자는 밤을 보내면서도 나는 지루함을 모른다오. 진실된 이야기로서 나는 의혹을 가지기 시작한 것이오."

"왜 그럴까요?"

승려는 깜짝 놀라며 말했다.

"기쁨은 과연 초자연적인 감정이란 말인가? 기쁨은 인간의 정상적인 상태에서는 안된다는 말일까? 인간의 지적(知的)인 정신적 발달의 정도가 높으면 높을수록, 인간이 자유로우면 자유로울수록 한층 더 만족감을 인생은 가지는 법이지. 소크라테스도, 디오게네스도, 마르쿠스 아우렐리우스도 기쁨을 맛보았기에 슬픔은 맛보지 아니했다. 사도(使徒)도 말했지 않았던가 — '항상 기뻐하라'고, 기쁨을 가지고 행운을 가지라고 — ."

"그러나 돌연 신(神)들이 분노하면 어떻게 하죠?"

코브린이 농담을 하면서 웃었다.

"만약 신들이 나에게서 안락(安樂)을 뺏어가고 나를 얼어붙게 만든다거나 굶게 만든다면 내 취미에 안맞게 되지요."

타냐는 그사이에 눈을 뜨고 놀라움과 공포심을 얼굴에 드러내며 남편을 바라보고 있었다. 남편은 팔걸이 의자를 향하여 이야기하고 있을 뿐 아니라 몸짓도 하고 웃기도 한다. 눈은 반짝반짝 빛나고 웃음소리는 어쩐지 이상하게 울려퍼지고 있었다.

"안드류샤! 당신 지금 누구와 이야기하고 있는 겁니까?"

그녀는 남편이 승려 쪽에 내민 손을 잡으면서 물었다.

"안드류샤, 누구하고 애기하고 있느냐니까요?"

"응? 저어……."

코브린은 난처하다는 듯 대답했다.

"저어 저사람하고…… 저기에 앉아 있는 사람하고……."

그는 검은 옷 입은 승려를 손가락으로 가리키면서 말했다.

"거기에는 아무도 없어요…… 아무도 없다니까요…… 안드류샤, 당신은 병에 걸린 겁니다."

타냐는 남편을 끌어안으면서 그를 환영(幻影)으로부터 지켜내려는 듯 다가갔고, 한쪽 손으로 그의 눈을 가렸다.

"당신은 병적이군요!"

온몸을 부들부들 떨면서 그녀는 엉엉 울었다.

"미안해요, 여보. 하지만 나는 훨씬 이전부터 당신의 정신이 이상하다는 것을 눈치채고 있었습니다…… 당신은 정신병을 앓고 있습니다, 안드류샤……."

그녀의 떨림이 그에게도 전해졌다. 그는 다시 한 번, 아무도 없는 팔걸이 의자에 눈길을 주었다가 갑자기 수족이 나른해지는 것을 느끼자 얼른 옷을 주워입기 시작했다.

"아냐, 아무것도 아니라구. 타냐, 아무것도 아니라니까……."

그는 떨면서 중얼거렸다.

"사실, 나는 건강을 좀 상했나봐…… 그것을 조금씩 자각(自覺)하고 있어."

"나는 벌써 오래 전부터 알았습니다. 아버지도 알고 있구요……."

타냐는 울지 않으려고 노력하면서 말했다.

"당신은 혼잣말을 하기도 하고 이상야릇한 웃음을 웃기도 하고…… 밤이 되어도 잠을 안자고…… 아아, 하느님, 하느님, 우리를 도와주세요."

그녀는 겁먹은 소리로 말했다.

"하지만 안드류샤, 걱정할 것 없어요. 걱정말라구요."

그녀도 마찬가지로 옷을 입기 시작했다. 그녀의 그러는 모습을 바라보고서야 코브린은 비로소 자기자신의 용태(容態)가 아주 위험하다는 것을 알아차렸다. 검은 옷의 승려가 무엇을 의미했는지, 그와 나눈 대화가 무엇을 의미하는 것인지를 이해했다. 자기가 미쳤다는 것을 이제서야 분명히 안 것이다.

두 사람은 자신들도 왜 그러는지 모르는 채 몸치장을 하고 거실로 나갔다. 타냐가 앞에 서고 그가 뒤를 따랐다. 거실에는 울음소리에 잠이 깬 에고르 세미요뉘치가 잠옷 차림에 촛불을 들고 서있었다. 그는 딸네집에 와있었던 것이다.

"걱정할 것 없어요, 안드류샤."

열병에 걸린 사람처럼 와들와들 떨면서 타냐가 말했다.

"걱정 안해도 돼요……아버지, 이런 것은 금방 낫지요……금방 완치되지요…….."

흥분한 나머지 코브린은 입을 열 수가 없었다. 그는 장인에게 농담을 섞어가며,

"축하해 주세요, 저는 드디어 머리가 돈 것 같습니다."

라고 말하고 싶었으나 단지 혀를 움직이면서 괴롭게 미소지었을 뿐이다.

아침 9시에 그는 외투를 입고 그 위에 모피 외투를 덧입은 다음 숄을 감고 포장마차에 몸을 싣고 의사에게로 끌려갔다. 그는 치료를 받아야 하는 몸이 되었던 것이다.

8

또다시 여름이 찾아왔고, 의사는 그에게 시골로 전지요양을 가라고 명령을 내렸다. 코브린은 이제 치유되어갔다. 검은 옷 입은 승려를 보는 일도 없었다. 이제는 체력만 보강하면 되었다. 시골의 장인

의 집에 살면서 그는 우유를 듬뿍 마셨고 하루에 2시간만 일을 했다. 술도 안 마셨고 담배도 안 피웠다.

이리야제(祭 : 舊曆 7월 20일) 전야(前夜), 집에서는 만도식(晩禱式)이 행해졌다. 하인이 사제(司祭)에게 향로를 건네주자 넓고 낡은 거실 안에서 묘지(墓地)와 같은 냄새가 퍼지기 시작했고 코브린은 어쩐지 적적한 기분이 들었다. 그는 정원으로 나왔다.

화사하게 피어 있는 꽃들에는 눈길도 주지 않은 그는 잠시동안 정원을 산책하다가 벤치에 앉았다. 그리고 이어서 공원을 걸었다. 강가에 당도하자 그는 아래로 내려가서 흐르는 물을 바라보며 생각에 잠겼다.

지난 해 이곳에서 풋풋하고 기쁨에 가득 찬, 그리고 기운이 넘치던 그의 모습을 바라보던 — 그 뿌리털을 잔뜩 드러내고 있던 소나무들은 이제 잎사귀 하나 움직이지 않은 채 벙어리처럼 서있었다. 마치 그것들은 여기 온 사람이 코브린이란 것을 모르고 있는 것 같았다.

그리고 또 사실 그의 머리는 짧게 깎여 있어서 숱이 많고 아름다웠던 머리는 이제 간 데 없었으며, 걸음걸이도 비틀거리는 데다가 얼굴도 작년에 비하여 살이 올랐고 창백했다.

널빤지로 놓은 다리를 지나서 그는 강 건너로 갔다. 지난 해 나맥(裸麥)밭이었던 일대에는 베어놓은 연맥(燕麥)이 열을 지어 누워 있었다. 태양은 이미 졌고 내일은 바람이 불 것을 알려주는 크고 빨간 석양이 지평선에서 타오르고 있었다. 사방은 조용했다.

작년에 처음으로 검은 옷의 승려가 나타났던 쪽을 바라보면서 코브린은 석양이 완전하게 지기까지 20분 정도를 서성거리고 있었다.

나른한 데다가 불만스러운 기분으로 집에 돌아왔을 때는 이미 만도식이 끝난 다음이었다. 에고르 세미요뉘치와 타냐는 테라스에 앉아서 차를 마시고 있었다. 두 사람은 무언가 계속 이야기를 나누고 있었는데 코브린이 나타난 것을 알아차리고는 갑자기 입을 다물었다. 그들의 표정으로 보아 코브린은 자신에 대한 이야기가 화제였었던 게 틀림없다고 생각했다.

"우유 마실 시간이에요."

타냐가 남편에게 말했다.

"아냐, 아직 이르다구……."

그는 테라스 계단 제일 아래쪽에 앉으면서 대답했다.

"타냐나 마시라구. 나는 마시고 싶지 않아."

타냐는 걱정이 된다는 듯 아버지를 바라보며 미안하다는 어조로 말했다.

"우유가 몸에 좋다는 것은 자기자신도 잘 아는데……."

"그럼 몸에 아주 좋지."

코브린은 그렇게 말하면서 빙그레 웃었다.

"나는 당신에게 축하의 말을 하는 겁니다. 금요일 이후 또 1파운드나 무게가 늘었으니까요."

그는 두 손으로 깍지 끼어 머리를 꽉 잡으면서 우울한 표정으로 말했다.

"무슨 이유로, 무엇 때문에 당신네들은 나를 치료한 겁니까? 브롬에 난의포식(暖衣飽食), 온욕(溫浴), 감시(監視), 음식 한 입을 먹는 데도, 한 걸음을 걷는 데도 전전긍긍하고 있습니다. 이렇게 해가지고는 결국 나를 백치(白痴)로 만들려는 게 아닙니까? 그래요, 나는 미쳤습니다. 과대망상증 환자입니다.

그러나 그대신 확실했고 기운찼었고 행복하기까지도 했습니다. 흥미가 있는 독창적인 사나이였습니다. 지금의 나는 분명 분별력도 없을 뿐 아니라 야무지게 되었습니다. 그러나 그대신 모든 사람과 똑같은 인간이 되어 버리고 말았습니다. 보통사람이 되어서 살아갈 수밖에 없는 인간이 되어 버렸단 말입니다…….

아아, 당신네들은 그 얼마나 나에게…… 잔혹한 짓을 한지 아십니까? 나는 환각을 보았습니다. 그러나 그것이 내 인생에 방해가 되어 버렸단 말입니다. 도대체 누가 이런 방해를 했단 말입니까?”

“너는 지금 무슨 말을 하고 있는 게야?”

에고르 세미요뉘치는 무뚝뚝하게 말하며 한숨을 내쉬었다.

“멍청이 같은 말만 하고 있으니…… 들어줄 수가 없어!”

“그럼 듣지 마십시오.”

사람이 옆에 있다는 것, 특히 에고르 세미요뉘치가 마주 앉아 있다는 사실이, 지금으로서는 코브린을 초조하게 만들었다. 그는 장인에 대해서 거북하고 차가운, 그리고 때로는 난폭한 대답을 했고, 장인의 얼굴을 볼 때는 비웃음과 증오의 표정을 띠고 있었다.

한편 에고르 세미요뉘치는 이따금 딱하다는 듯 기침을 하고 있었다. 타냐는 어찌하여 자기네들처럼 친한 사이, 부드러워야 하는 사이가 이처럼 급격하게 변했는지를 이해하지 못한 채 아버지의 눈치를 살피고 있었다. 매우 걱정스럽다는 표정으로 —.

그녀는 이해하고 싶다는 생각을 하면서도 이해할 수가 없었다. 그녀로서 분명히 알 수 있는 것은 자기네들의 관계가 아주아주 악화 일로를 달리고 있고, 아버지가 최근에는 눈에 띄게 늙어간다는 것과 한편으로는 남편이 성급하게 화를 내고 떠들어대는 보잘것없는 사나이로 바뀌었다는 것이었다.

그녀는 이제 웃는 것도, 노래부르는 것도 잊고, 식사 시간이 되어도 아무것도 먹지 않았으며 — 당장에라도 무서운 일이 일어날 것만 같아서 매일 밤 잠도 못자는 형편이었다.

그리고 피로곤비한 끝에 실신을 하고 점심때부터 밤중까지 계속해서 잠을 잔 일도 있다. 만도식(晚禱式)이 진행되던 때 그녀는 아버지가 흐느껴 우는 것을 보았지만, 지금 세 사람이 테라스에 나란히 마주 앉아 있으면서 그때의 일을 생각하지 않으려고 필사적인 노력을 했다.

"불타(佛陀)이든 마호메트든, 혹은 셰익스피어든……그 얼마나 운이 좋은 사람들이었던가. 선량한 친척이라든가 의사에게서 황홀한 영감(靈感)의 치료를 받지 않았을 것이니……."

코브린이 말했다.

"만약 마호메트가 신경증(神經症)이라 하여 브롬화칼륨을 마신다든가, 하루에 2시간밖에 일을 하지 않는다거나 우유를 마시거나 하면 그 위인(偉人)이 죽은 다음에는 개 한 마리 죽은 것 정도밖에 취급받지 못했을 거야. 의사라든가 선량한 친척이란 결국 인류를 우둔하게 만들고 범인(凡人)을 천재라고 생각하며 문명을 멸망시키고 마는 것이지요. 내가 얼마나 당신네들에게 감사하고 있는지……."

코브린은 화가 난다는 듯이 말했다.

"그것을 알고 있다면 말입니다."

그는 매우 초조했다. 그래서 쓸데없는 이야기를 하지 않으려고 재빨리 일어나서 집안으로 들어갔다. 집안은 조용했다. 열어젖혀진 창가로 정원에서 담배 연기와 분꽃 향기가 함께 스며들고 있었다. 넓은 거실, 어두컴컴한 거실 바닥과 피아노 위에 달빛이 녹색 그림자를 떨구고 있었다.

코브린은 분꽃 향기가 스며들고, 창으로 달빛이 쏟아져 들어오던 작년 여름의 어느 날 그 기뻤던 때를 상기했다. 그 작년의 기분을 되돌리기 위해, 그는 얼른 서재로 들어가서 독한 시거에 불을 붙이고 하인에게 포도주를 가져오라고 명했다.

그러나 시거를 피워 물자 입안이 아리고 씁쓸하여 불유쾌했을 뿐 아니라 포도주도 작년과 같은 맛이 나질 않았다. 습관이란 한번 끊어 버리면 이렇게 되는가 보다. 시거를 한두 모금 빨고 포도주를 한 모금 마셨건만 머리가 몽롱해지면서 가슴이 두근거리기 시작했다. 그는 브롬화칼륨을 먹지 않으면 안되었다.

침대에 앉기 전에 타냐가 이렇게 말했다.

"아버지는 당신을 존경하고 있습니다. 당신은 무언가 아버지에게 화를 내고 있습니다만, 그것이 아버지의 수명을 단축하고 있는 것입니다. 보세요, 아버지는 하루가 다르게 아니, 한 시간이 다르게 노화(老化)되어가고 있습니다. 부탁하겠습니다, 안드류샤. 당신의 돌아가신 아버지를 위해서라도…… 내 마음이 안정되도록 아버지에게 잘 대해 주세요."

"나로서는 할 수 없는 일이오. 또 그렇게 하고 싶지도 않고……."

"하지만 왜……."

타냐는 온몸을 와들와들 떨면서 반문했다.

"말해 주세요. 왜 그러는 거죠?"

"그 노인이 마음에 안들어. 단지 그것만이 이유라구."

코브린은 무뚝뚝하게 말한 다음 어깨를 한번 으쓱해 보였다.

"그러나 이제 그 노인의 이야기는 그만두기로 합시다. 타냐의 아버지이니까!"

"나는 도무지 모르겠네요. 나는 이해를 할 수가 없습니다."

타냐는 두 손으로 자기 관자놀이를 누르면서 한 곳을 뚫어지라고 응시하며 말했다.

"뭔가 정체를 알 수 없는 것이 우리 집안에서 일어나고 있다구요. 당신은 아주 이상해졌습니다. 딴 사람이 된 것 같아요. 당신처럼 머리가 좋고 우수한 사람이 하찮은 일로 화를 내고 큰 소리를 내며 싸우려고 하다니……다른 때 같으면 그저 웃어넘길……사소한 일을 가지고 흥분을 하다니…….

도대체 이게 뭡니까? 당신답지 않게……. 제발 화내지 말아 줘요. 제발요. 부탁합니다. 화를 내지 말아 달라구요.”

그녀는 자기가 한 말에 놀라서 자기 손으로 입을 가리며 말했다.

“당신은 머리가 좋고 선량하고 고상한 분입니다. 틀림없이 아버지에게도 잘해 드릴 수 있습니다. 아버지는 당신에게 아주 좋은 분이잖습니까?”

“그 사람은 좋은 사람이 아니야. 그저 남들을 좋아할 뿐이라구. 타냐의 아버지와 같은 혈색이 좋고 남들을 좋아하는 척하는……어쨌든 손님을 좋아하는 익살 떠는 배우 비슷한 아저씨는……전에는 소설이나 연극이나 실생활 속에서 나를 감격케 하기도 했고 웃기기도 했었지만 지금은 지긋지긋할 뿐이야.

그 사람은 뼛속까지가 에고이스트야! 무엇보다도 부아가 치밀어오르는 것은 그런 무리들의 뻔뻔스럽고 유들유들하게 살찐 모습과 황소라든가 멧돼지처럼 배짱 두둑한 낙천주의(樂天主義)야!”

타냐는 침대에 쓰러지면서 베개에 머리를 묻었다.

“고문(拷問)이에요. 이건 고문이라구요!”

그녀는 말했다. 그 목소리로 그녀가 이미 지칠대로 지쳐 있고, 말도 겨우 한다는 것을 알 수 있었다.

“겨울부터 줄곧 한순간도 마음 편할 때가 없었다구요!…… 아아, 무서워! 나 괴로워 죽겠어요!”

“그래, 물론 나는 헤롯이고 타냐와 타냐 아버지는 이집트로 가는 아기이지. 틀림없이 그렇다니까.”

타냐에게 이제 남편의 얼굴은 추하고 불유쾌했다. 증오와 조소(嘲笑)의 표정은 오히려 그의 얼굴 표정을 설명하는 데도 어울리지 않을 정도였다. 이전에도 그녀는 남편이 머리를 깎은 이후로 얼굴 그 자체가 변했던 것처럼, 무엇인가가 그의 얼굴에 결여되어 있다는 것을 알아차렸던 적이 있었다.

그녀는 무언가 모욕적인 말을 해주고자 했으나 그순간 자기자신의 적의(敵意)를 알아차리자 — 소름이 오싹 끼치어 침실에서 나갔다.

9

코브린은 독립된 강좌(講座)를 맡게 되었다. 첫 강의는 12월 2일에 하기로 정해졌으며 대학의 복도에 게시되기까지 했다. 그러나 그 날이 되어 그는 학생과장(學生課長) 앞으로 전보를 쳐서 질병 때문에 휴강할 수밖에 없노라고 통지했다.

목에서 피가 나왔던 것이다. 이전부터 혈담(血痰)을 토한 일이 있기는 했지만, 한 달에 두 번쯤 숱한 피를 토해냈고, 그런 때에는 심히 쇠약해져서 혼수상태에 빠지고 말았다.

이 질병이 그다지 그를 놀라게 하지 않았던 것은 세상을 떠난 그의 어머니가 같은 질병을 앓으면서도 10년 이상이나 생존해 있었다는 것을 알고 있었기 때문이다. 의사들도 위험하지는 않다고 말했고, 다만 흥분을 피하고 규칙적인 생활을 하되 가급적 이야기를 적게 하라고 권했을 뿐이다.

1월에도 강의는 똑같은 이유로 할 수가 없었다. 2월이 되자 강의를 시작하기에는 너무 늦었다. 내년도까지 연기하지 않으면 안되었었다.

그는 이미 타냐하고가 아니라 다른 여자와 동거하고 있었다. 이 여인은 그보다 두 살 연상으로서 아기를 돌보듯 그의 뒷바라지를 했다. 그의 기분은 온화하고 평정했다. 기꺼이 말을 하고 싶어지자, 발바라 니콜라에부나(그의 情婦는 이렇게 불리고 있었다)가 그에게 크림으로 갈 것을 권했을 때도 즉석에서 동의했다. 그렇건만도 이 여행은 그렇게 편안해질 것 같지 않다는 예감이 들었다.

그는 저녁때 세바스토폴에 도착하여 호텔에 묵었다. 한숨 돌린 다음날, 얄타로 가기 위해서이다. 두 사람은 여행으로 지쳐 있었다. 발바라 니콜라에부나는 차를 마시자마자 침대에 누워 곧 잠이 들었다.

그러나 코브린은 침대에 눕지 않았다. 정거장으로 나가기 한 시간쯤 전, 아직 집에 있을 때 타냐에게서 편지를 받았는데 봉투도 뜯을 기분이 나질 않아서 그대로 지금도 주머니 속에 넣고 있었는데, 그 편지를 생각하면 불유쾌하여 가슴이 두근거리는 것이었다.

실제로 그녀에 대한 추억이 — 마지막에는 살아있는 시체가 되어 물끄러미 상대방을 바라보는 — 그러면서도 영리한 듯한 그 큰 눈이 — 죽어 버린 것처럼 보이던 그녀에 대한 추억이, 그의 가슴 한 쪽에 가련함과, 그리고 자기자신에 대한 분노를 불러일으켰다.

봉투의 필적이 2년쯤 전의 자기가 얼마나 불공평하고 잔혹했었는지, 죄도 없는 사람들을 상대로 하여 얼마나 부조리하게 자신의 마음속의 공허함과 지루함과 고독과 인생에 대한 불만을 마구 털어놓았던지를 기억나게 했다.

그것에 따라 그는 어느 날, 자기자신이 질병을 앓던 사이에 쓴 학위 논문과 갖가지 논문을 모조리 찢어 창밖에 버렸고, 그 종잇쪽지가 바람에 날리어 나무와 꽃잎에 걸렸던 일을 상기했다. 그 한 줄 한 줄에 그는 기괴한 것, 아무 근거도 없는 자랑과 경박한 자신(自信)과 존대(尊大)함과 과대망상광(誇大妄想狂)의 표시 등을 읽었고, 그것이 마치 자기자신의 악덕의 기록을 읽은 것 같은 인상을 그에게 주었던 것이다.

그런데 최후의 노트가 찢겨져서 창너머로 흩어져 날아갔을 때, 그는 왜 그런지 분하고 비통한 기분에 사로잡히어 아내에게로 갔고, 생각해 왔던 온갖 불유쾌한 말을 퍼부었다. 아아, 그는 그녀를 얼마나 괴롭혔었던가!

어느 날 그는 아내에게 고통을 주고자 생각하여, 그녀의 아버지가 두 사람의 로맨스에 실로 해서는 안될 역할을 했었다, 왜냐하면 자기에게 그녀와 결혼해 달라고 간청했기 때문이라고 말했다.

에고르 세미요뉘치는 우연히 그말을 듣고는 방안으로 뛰어들었는데 절망한 나머지 한마디 말도 할 수 없었다. 단지 한 군데에 우뚝 서서 혀를 빼물은 것처럼 기묘한 소리를 내는 것이 고작이었다. 타냐는 아버지의 그런 모습을 보고는 째지는 것 같은 목소리를 한번 지른 다음 실신하고 쓰러져 버렸다. 이것은 이제 추악한 한마디로 끝나 버린 광경이었다.

이런 모든 사건이 눈에 익은 필적으로 쓰여진 내용을 들여다보니 갖가지 기억이 떠올랐다. 코브린은 발코니로 나왔다. 조용하고 따뜻한 날씨이며 바다 냄새가 풍겨왔다. 그림과 같은 바다의 휘어진 곳이 달그림자와 불그림자를 띠면서 쉽게 이름 지을 수 없는 이상한 색깔을 띠고 있다.

그것은 짙푸른색과 녹색의 우아한 물체라든가 부드럽게 혼색(混色)이 된 것으로서, 어떤 곳에서는 물이 황산염(黃酸鹽)과 똑같이 파랗고, 또 어떤 곳에서는 달빛이 농축되어 물 대신 바다의 휘어진 곳을 가득 채우고 있는 것처럼 보였는데, 전체적으로는 화려한 조화를 만들어 내어 무척 온화하고 평정하고 숭고한 기분이 감싸고 있었다.

발코니 아래의 1층 창문이 열려져 있는 것이리라. 여자의 이야기 소리와 웃음소리가 손에 잡힐 듯 들려왔다. 야회(夜會)가 열리고 있는 게 틀림없었다.

코브린은 용기를 내어 편지 봉투를 뜯었고 방으로 들어가서 읽었다 — .

'지금 아버지가 숨을 거두었습니다. 이것은 당신 때문입니다. 당신이 아버지를 죽인 것이니까요. 우리집 과수원은 멸망해 가고 있습니다. 지금은 이미 남이 관리하고 있습니다. 즉 가엾은 아버지가 그토록 두려워했던 일이 일어난 것입니다. 이것 역시 당신 때문입니다.

나는 마음속으로 당신을 증오하고 당신이 한시 빨리 파멸하도록 원하고 있습니다. 아아! 내 고생은 오죽하겠습니까? 참을 수 없는 고통이 내 마음을 괴롭히고 있습니다. 당신은 저주받아야 합니다. 나는 당신을 비범한 사람으로, 천재(天才)로 생각하고 있었는데 당신은 미치광이였던 것입니다……'

코브린은 더 이상 그 글을 읽을 수가 없어서 편지를 갈기갈기 찢어 버렸다. 공포와 비슷한 불안감이 엄습해 왔다. 칸막이 저쪽에서는 발바라 니콜라에부나가 잠자고 있었고, 코 고는 소리가 들려왔다. 1층에서는 여전히 여자의 이야기 소리와 웃음소리가 들려왔다. 그런데도 그는 마치 호텔 안에 자기 이외에는 살아있는 사람이 한명도 없는 것 같은 느낌이 들었다.

슬픔에 지쳐 쓰러진 타냐가 편지 속에서 그를 저주하고 그의 파멸을 바라고 있다고 했기 때문에 그는 언짢은 기분으로 문득 문 쪽을 바라보았다. 마치 2년 정도 사이에 그의 생활과 근친자들의 생활을 파괴한 그 정체 모를 힘이 방안으로 들어와서 또다시 그를 해치지나 않을까 걱정이 되어 겁먹은 눈초리로 말이다.

그는 경험을 통해 신경의 상태가 이상해지면 그것을 고치는 제일 좋은 방법은 일을 하는 것임을 잘 알고 있었다. 책상에 앉아서 무엇이든 한 가지 생각에 몰두하고 집중할 필요가 있다. 그는 빨간색 가방에서 편찬 작업을 위한 약간의 개요를 써놓은 한 권의 노트를 꺼냈다.

그 일은 크림에 머물러 있으면서 지루할 때를 대비하여 생각해 둔 일이었다. 그는 얼른 테이블 앞에 앉아서 하던 일에 착수했다. 온화하고 안정된, 그래서 기복이 없는 기분이 되살아난 것 같았다. 예전에 써놓은 노트는 인간 세상의 쓸모없는 소요를 지워 버리고 명상(瞑想)까지를 유도하는 것이었다.

그는 인생이 인간에게 줄 수 있는 그 하잘것없는 일방통행적인 행복의 대가(代價)로서 똑같은 그 인생이 얼마나 많은 것을 취하는지를 생각했다.

예컨대 40세 가까이 되어, 겨우 강좌를 하기 위해 평범한 교수가 되기 위해 — 나른하고, 지루하고, 괴로운 말을 하고, 적고, 더구나 남의 사상(思想)을 설명하기 위해 — 한마디로 말해서 보통 학자의 지위를 얻기 위하여 코브린은 15년이나 공부를 하면서 낮이나 밤이나 일에 열중하고, 괴롭디괴로운 정신병에 시달리며 결혼의 실패를 경험하고, 생각하기에도 불유쾌한 갖가지 바보스런 짓을 하지 않으면 안되었었다.

이제야 코브린은 자기가 범인(凡人)이란 것을 확실히 자각했으며, 기꺼이 그 자각과 타협했다. 그의 의견에 의하면 사람은 누구나 있는 그대로의 모습에서 만족하지 않으면 안되었기 때문이다.

원고 개설의 작업 덕분에 완전히 기분전환이 된 것으로 생각했는데 찢어 버린 편지가 바닥 위에서 하얗게 뒹굴고 있어서 마음의 집중을 못하게 만들었다. 그는 테이블에서 일어나 편지 조각들을 주워

모아가지고 창밖으로 집어던졌다. 그런데 바다 쪽에서 미풍이 불어 왔으므로 편지 조각은 창틀 위에 흩어졌다.

또다시 공포와 비슷한 불안감이 엄습해 왔고 호텔 안에는 살아있는 사람이 자기 한 사람말고는 아무도 없는 것 같은 기분이 들기 시작했다.…… 그는 발코니로 나갔다. 바닷가의 휘어진 곳이 살아있는 물체처럼 파란 눈과 감색 눈과 터키석(石)과 불덩어리와 같은 무수한 눈으로 그를 노려보면서 손짓을 하고 있었다. 실제로 무더워서 바다에 뛰어들고 싶을 정도였다.

돌연 발코니 아래쪽 1층에서 바이올린 켜는 소리가 울리기 시작했고 두 음색(音色)의 우미한 여자 목소리가 들려왔다. 어디선가 들은 기억이 나는 노래였다.

계단 아래쪽에서 노래부르고 있는 로맨스는 한밤중에 정원에서 이상한 음조(音調)를 내고 있는데, 그것이 우리의 한계가 있는 몸으로는 이해할 수 없는 성스러운 노랫소리로 생각되는 — 공상(空想)의 병에 걸린 어느 아가씨의 이야기였다.…… 코브린은 숨이 막힐 것 같았다. 심장이 슬픔 때문에 죄어들었다. 이미 잊고 있던 그 말할 수 없는 기쁨이 가슴속에서 요동치고 있었다.

그때 문득 회오리바람과 같은 시커멓고 높은 기둥이 바닷가 휘어진 곳 건너편에 나타났다. 그 기둥은 점점 작고 검어지면서 맹렬한 속도로 가로질러 호텔 쪽으로 다가왔다. 코브린은 간일발의 차이로 비켜서면서 길을 열어 주었다……:

시커먼 눈썹에 백발의 머리를 드러내고 맨발인 검은 옷의 승려가 두 손을 가슴에 댄 채, 옆으로 지나서 방 한복판에 우뚝 섰다.

"당신은 어찌하여 내 말을 믿지 않았던 거요?"

그는 코브린의 얼굴을 부드러운 눈초리로 바라보면서 꾸짖는 말투로 물었다.

"만약 그때 당신이…… 당신은 천재라고 했던 내 말을 믿었더라면, 당신은 이 2년 동안을 이처럼 어처구니없는 기분으로 살아가지는 않았을 것이외다."

코브린은 이제야 자기가 하느님으로부터 선택받은 사람이며 천재란 것을 믿어 의심치 않았다. 그는 검은 옷의 승려와 나누었던 이전의 대화를 또렷하게 기억해 내고는 입을 열 생각조차 못했는데 그때 목에서 피가 나와 가슴으로 흘러내렸다.

그는 어떻게 해야 좋을지 모르는 채 두 손으로 가슴을 감싸안고 있었는데 옷소매에까지 피가 흥건하게 배는 것이었다. 그는 칸막이 건너편에서 자고 있는 발바라 니콜라에부나를 부르려고 억지로 소리내어 외쳤다. ―

"타냐!"

그는 바닥에 엎어지고 말았다. 그리고 두 손으로 몸을 일으키려고 안간힘을 쓰면서 다시 한번 소리쳤다.

"타냐!"

그는 타냐를 부르다가 이슬을 머금어 호화로운 꽃들의 냄새가 풍겨나는 화원(花園)을 불러댔다. 그리고 공원(公園)을, 뿌리를 드러내고 있는 소나무숲을, 나맥(裸麥)밭을, 자기자신의 훌륭한 학문을, 청춘을, 용기를, 기쁨을 불러댔다. 그토록 아름다웠던 인생을 불러댔다.

얼굴 옆 바닥 위에 떨어져 있는 커다란 핏덩어리를 보고, 이제는 쇠약해졌기 때문에 한마디 말도 할 수 없게 되었지만 무어라 표현할 수 없는 무한한 행복감이 그의 존재를 구석구석까지 채워 주고 있었다.

발코니 아래의 1층에서는 세레나데를 켜고 있었다. 검은 옷의 승려는 그의 귓가에서 그가 천재이며, 그가 이제 죽어가는 것은 그의

약한 인간으로서의 육체가 평형(平衡)을 잃고 이 이상 천재로서의
역할을 해낼 수 없기 때문이라고 속삭이고 있었다.
　발바라 니콜라에부나가 눈을 뜨고 칸막이 저쪽에서 왔을 때, 코브
린은 이미 숨이 끊어져 있었는데, 그의 얼굴에는 행복한 듯한 미소
가 떠오르고 있었다.

장의사(葬儀社)

장의사를 경영하는 아드리안 프로포로프의 가재도구 중 나머지를 영구차에 싣자, 두 마리의 여윈 말은 바스만나야 거리에서 니키츠카야 거리로 갔고, 그곳에서 네 번째 길을 어슬렁거리며 걸어갔다. 장의사는 가족들까지 모두 그곳으로 이사를 가는 것이다.

그는 점포의 문을 닫은 다음, 겉문에 '집을 매매·임대함'이라는 쪽지를 써 붙이고 도보로 새 거주지를 향해 떠났다. 오래 전부터 점 찍어 놓았다가 상당한 돈을 주고 산 집이건만, 그 황색의 조그마한 집 가까이까지 와서도 장의사 노인은 자기 마음이 썩 내키지 않는 것을 은근히 느꼈다.

정들었던 집을 떠나 낯선 새집에 와서 보니 그로서는 옛집이 새삼스럽게 그리워지는 것이었다. 그집에서는 18년이나 사는 동안 모든 것이 잘 정돈되어 있었던 것이다. 그는 두 명의 딸과 하녀에게 지시를 하면서 자기 스스로도 일을 도왔다. 그러다 보니 어느 사이에 정돈이 되었다.

성상감(聖像龕)과 찬장, 테이블, 소파, 그리고 침대는 안쪽에 각각 적당한 장소를 택해서 배치했다. 부엌과 객실에는 주인의 제작품(製作品) — 크고 작은 색색의 관(棺)이며 장의용 모자라든가 망토, 횟불을 넣는 선반이 각각 자리잡고 있었다.

문 위에는 간판이 걸렸다. 간판에는 횃불을 거꾸로 든 뚱뚱보 유민의 그림 밑에 '흰나무 및 색칠한 영구(靈柩) 판매 및 장식 일체. 임대와 고관(古棺) 수선 주문에도 응함'이란 문구가 적혀 있었다. 딸들은 안쪽 작은 방을 쓰기로 하였다. 아드리안은 집안을 한바퀴 돌아본 다음 창문 옆에 자리를 잡고 사모바르(러시아 특유의 물 끓이는 기구)를 준비하라고 명했다.

교양이 있는 독자들은 잘 알다시피 셰익스피어도, 월터 스콧도 두 사람 모두 그 작품에 나오는 묘지를 파는 인물을 활발하고 익살꾼으로 묘사하고 있는데 그것은 이런 대조적인 묘(妙)로서 우리의 상상을 불러일으키기 위함이다. 그러나 진실을 중시하는 우리는 이 두 작가의 잠재수법을 따를 필요는 없다.

즉 우리가 소개하는 장의사의 성격은 완전하게 그 음침한 직업에 어울린다는 것을 인정하지 않을 수 없는 것이다. 아드리안 프로포로프는 평소에 굳은 표정을 하고 생각에 잠겨 있는 사나이였다.

그가 침묵을 깨는 경우는, 단지 딸들이 일도 하지 않은 채 창가에 멍청히 서서 지나가는 통행인들을 바라보고 있는 장면을 발견하고 잔소리를 할 때라든가, 아니면 그의 제작품에 용무가 있는 불행(또는 때로는 기쁨)을 당한 사람들과 의외의 값을 부를 때에 한정되어 있었다.

그야 어쨌든 아드리안은 창가에 앉아서 일곱 잔째의 차를 마시면서 예에 따라 슬픈 생각에 잠겨 있었다. 그는 1주일 전에 퇴직여행단장(退職旅行團長)의 장례식 때 마침 시문(市門)이 있는 곳에서 장례 행렬을 급습한 억수같이 퍼부었던 비를 생각하고 있었다.

그때문에 망토가 엉망진창으로 젖었고 모자도 쭈그러져서 쓰나마나였던 것이다. 예로부터의 장의 의상(衣裳)과 도구들이 이지경이 되었으니 그런 장의 도구들을 회수할 가망이 없다고 생각했다.

그는 이 손해를 메우기 위해서는 — 벌써 1년 동안이나 죽음과 싸우고 있는 장사꾼 노인의 부인인 토류히나의 장례식을 맡아서 치러 줌으로써 벌충해야겠다는 궁리를 했다.

그러나 토류히나가 살고 있는 곳은 라즈구랴이 거리로, 상속인들이 지난날 계약을 해두었다고는 하지만 이렇게 먼곳까지 부르러 올리 만무하고 — 근처의 청부인과 계약을 하지나 않을까 하여 — 그것이 프로포로프의 두통거리였던 것이다.

이런 걱정은, 불의에 비밀결사(秘密結社)식으로 세 번이나 문짝을 두드리는 소리에 사라지고 말았다.

"누구십니까?"

장의사 영감이 물었다. 문이 열렸다. 한눈에 보아도 독일 사람 직공임을 알 수 있는 사람이 와서 들뜬 표정으로 장의사 영감에게 다가왔다.

"실례합니다."

그는 억센 사투리로 말했다.

"방해를 해서 죄송합니다 …… 실은 일각이라도 빨리 가깝게 지내고 싶다는 생각이 들어서요 …… 저는 구둣방을 하고 있는 곳도리프 슐츠라고 하는 자인데, 댁의 창문과 마주보는 저기 저집에 살고 있습니다.

바로 내일이 제 은혼식(銀婚式)인데 간단하게 축하연을 하고자 합니다. 영감님도, 그리고 따님들도 오셔서 천천히 점심 식사나 하시면서 즐기시자고 이렇게 찾아왔습니다."

장의사 영감 아드리안은 초대를 기쁘게 받아들였다. 그리고 아드리안은 구둣방 주인에게 우선 앉으라며 차를 한잔 권했는데 곳도리프 슐츠의 밝고 개방적인 성격으로 인하여 두 사람은 곧 사이좋게 이야기를 나누었다.

"장사는 어떻습니까?"
아드리안이 물었다.
"헷헤헤 ……."
슐츠는 웃은 다음 이렇게 대답했다.
"그럭저럭 덕택으로 …… 고충을 얘기할 정도는 아닙니다 …… 우리가 하는 장사는 영감님이 하는 것과 같지 않으니까요. 살아있는 사람은 구두가 없어도 그럭저럭 지낼 수 있습니다만 죽은 사람은 관(棺) 없이는 지낼 수 없잖습니까."
"하기야 그렇겠군요."
아드리안이 입을 열었다.
"그런데 말이외다, 살아있는 사람은 설사 구두를 살 돈이 없다 하더라도 그렇게 곤혹스럽지는 않습니다. 어떻게든 걸어다닐 수는 있으니까요. 그런데 죽은 사람은 비록 거지라 하더라도 관(棺)을 그냥 가져가는 수가 있다니까요."
이런 식으로 두 사람은 이야기를 계속해 나갔다. 이윽고 슐츠는 일어났고 다시 한번 정중하게 초대를 한 다음 아드리안에게 작별을 고했다.
다음날 12시를 신호로 하여 장의사 영감과 두 딸은 새로 사서 이사온 집의 문을 나와서 이웃집으로 갔다. 그러나 여기서는 현대의 일반 소설가들의 습관에 따라 아드리안의 러시아식 장의(長衣)와 아크리나와 다알리야 등 두 딸의 유럽식 의상에 대해서 쓰는 것을 생략하기로 하겠다. 단, 두 처녀가 노란색 모자와 빨간색 구두를 신었는데 이것은 축하해 주는 경하의 장소에 가기 위해서였는데 그 점만은 기록해 둔다.
구둣방의 좁은 집안은 손님들로 가득 차있었는데 그 대부분은 아내라든가 종제(從弟)를 데리고 온 독일인 직공들이었다. 러시아 관리(官吏)로는 핀란드인(人)인 경찰관 유루코 한 사람만 와있었는데 그는 그 지방의 관할 경찰이기도 하지만 주인으로부터 특별한 대우를 받고 있는 처지이기 때문이었다.

그는 포고레리스키의 소설에 나오는 역마차의 마부처럼 성심성의껏 25년 동안이나 이 직업에 힘써 왔다. 12년의 대화(大火)는 황제가 계신 도읍을 모두 태웠고 그의 황색 파출소도 불태우고 말았다. 그러나 적군(敵軍)에 퇴각당하자 곧 본래의 장소에 새롭게 회색 칠을 한 파출소가 도리아식(式) 하얀 원주(圓柱)로 장식되어 세워졌다.

그리고 유루코는 월(鉞)을 손에 들고 회색 나사(羅紗)의 흉배를 가슴에 두르고 다시 그 일대를 활보하기 시작했던 것이다. 그는 니키츠카야 문(門) 부근에 살고 있는 대개의 독일인과 안면이 있었는데 그중에는 일요일부터 월요일까지 유루코네 집에서 머무는 무리들도 있었다.

아드리안은 그와 곧 교제를 맺었는데 이것은 유루코가 언제건 필요한 사람일 것으로 보았기 때문이다. 그리고 손님들이 식탁에 앉은 후에도 두 사람은 이웃한 자리에 자리를 잡았다. 슐츠 부처는 열일곱 살인 딸, 로토히엔과 함께 식탁에 앉기도 하고 접대역을 맡기도 하고 조리를 하고 하녀를 돕기도 했다.

맥주가 나왔다. 유루코의 수다스러움은 대단했는데 아드리안도 질세라 떠들어댔다. 그의 두 딸은 한 모금씩 마시고 기분이 상쾌해졌다. 독일어 회화(會話)로 각일각 시끄러워졌다. 그때 돌연 주인이 일동의 주의를 끌면서 수지(樹脂)로 밀봉한 병마개를 따면서 러시아어로 이렇게 외쳤다.

“내 아내 루이자의 건강을 축하합니다.”

샴페인이 터지면서 거품이 일기 시작했다. 주인은 40세된 아내의 예쁜 얼굴에 부드럽게 입을 맞추었고, 손님들은 그의 아내 루이자의 건강을 위해 시끄럽게 건배를 했다.

"친애하는 여러분의 건강을 축하합시다."

주인이 두 번째 병을 따면서 소리치자 손님들은 다시 건배를 하며 입을 모아 찬사를 외쳐댔다. 그런 다음 갖가지 건강이 차례로 축하되었다. 손님 한 사람 한 사람의 건강을 축하하며 마시는가 하면, 모스크바를 위시하여 1다스 정도나 되는 독일의 도시들 ─.

그 도시들의 건강을 위해서 마시고, 모든 직업조합(職業組合)을 하나로 뭉뚱그려서 그 건강을 위해 마시고, 또 다시 그 하나하나의 건강을 위해서 마시고, 부모들의 건강을 위해서, 도제(徒弟)들의 건강을 위해서 마신다는 식이었다.

아드리안은 열심히 잔을 비웠기 때문에 상당히 얼큰해졌다. 그래서 스스로 어떤 괴상한 건배를 제안할 정도였다. 그런데 그때 갑자기 손님들 가운데 뚱뚱보인 빵집 주인이 잔을 들고 소리쳤다.

"우리에게 돈을 벌게 해주는 사람들! 우리 고객들의 건강을 축하합시다."

이 제안에도 역시 이구동성의 환호성으로 화답했다. 손님들은 서로 동지들에게 인사를 나누기 시작했다. 재봉틀집은 구둣방에, 구둣방은 재봉틀집에, 빵집은 그 양쪽에, 그리고 일동은 빵집에, 그런 식으로 인사를 나누는 것이었다. 유루코는 이처럼 서로 인사를 나누는 사이에 이웃 자리에 앉은 사나이에게 말했다.

"어떻습니까? 아저씨, 아저씨도 망자(亡者)의 건강을 위해 축하주를 들자고 말씀하시지요?"

모두가 껄껄대며 웃었는데 장의사 영감은 기분이 언짢다는 듯 얼굴을 찡그렸다. 누구 한사람도 그것을 알아차리지는 못했고 손님들은 계속해서 마셔댔는데 이윽고 만도(晚禱)의 종소리가 울려퍼질

무렵이 되어서야 겨우 식탁에서 일어났다.

손님들이 흩어져 간 것은 밤이 상당히 깊어진 다음이었는데 대개는 거나하게 취해 있었다. 빨간색 모로코 가죽 장식과 같은 얼굴이 된 제본소 주인이 뚱뚱보 빵집 주인과 둘이서 유루코의 옆구리를 끼고 파출소까지 데려갔는데 그들은 이런 기회에 '은혜 갚은 것이야말로 아름답다'라는 러시아 속담을 지켰던 것이다.

장의사 영감은 취하여 휘청거리면서 돌아왔다.

"거참, 그게 무슨 짓이람."

그는 이렇게 중얼거리고 있었다.

"왜, 내가 하는 장사가 남들이 하는 장사보다 못하다는 게야? 장의사는 죄수의 목이나 치는 망나니의 형제란 말이더냐? 사교도(邪敎徒)들이 비웃을 자격이 있기나 하더냐? 장의사가 크리스마스의 익살꾼이라도 된단 말인가? 그놈들을 신장개업에 초대하여 크게 잔치를 벌이고 대접할까 했었는데 그만둬야겠다! 그대신 나는 초대할 게 있어. 나에게 돈을 벌도록 해준 사람들을 초대해야지. 정교(正敎)의 망자(亡者)들을……."

"어머, 무슨 말씀을 하는 겁니까? 나리."

마침 신발을 벗겨 주고 있던 하녀가 아드리안에게 말했다.

"농담도 정도가 있습니다요. 어서 십자가를 그으십시오! 신장개업에 망자(亡者)를 초대하시다니요? 듣기만 해도 으스스해지네요."

"아니야, 맹세코 초대할 것이라구!"

아드리안은 계속해서 중얼거렸다.

"그것도 당장 내일 초대하는 거야. 제발 내 은인분들이시여, 내일 밤 우리 신장개업 축하연에 꼭 와주십시오. 별로 차리는 것은 없지만…… 한상 차려드리겠으니……."

그렇게 말한 장의사 영감은 침상에 들었고, 곧 코를 골기 시작했다.

아직 밤이 새기도 전에 아드리안은 누군가가 흔들어서 일어났다. 예(例)의 장사꾼 부인인 토류히나가 마침 그날 밤중에 숨을 거두었으므로 지배인의 지시를 받은 심부름꾼이 그 소식을 가지고 말을 달리어 아드리안에게로 온 것이다.

장의사 영감은 그 심부름꾼에게 술값이나 하라며 10코페이카를 쥐어준 다음 허둥지둥 옷을 주워입고 역마차를 집어타고는 라즈규라이 거리로 향했다. 사망자네 집 문앞에는 벌써 경찰관이 보초를 서있고, 출입하는 상인(商人)이 마치 시체 냄새를 맡은 까마귀처럼 웅성대고 있었다.

고인(故人)은 밀랍처럼 노란 얼굴색으로 테이블 위에 누워 있었는데 아직 썩어 짓무르지는 않았기 때문에 냄새가 나지는 않았다. 그 주위에는 친척들과 동네 사람들과 하인들이 꽉 메우고 있었다. 창문은 모두 열려져 있었고 밀랍 초가 타오르고 있었는데 승려들이 경(經)을 외고 있었다.

아드리안은 토류히나의 조카인, 유행하는 프록코트를 걸치고 있는 젊은 주인 옆에 가서 영구(靈柩), 밀랍 초, 수의, 그밖의 장의용품 일습을 빠짐없이 모두 즉각 납품하겠다고 말했다. 이 후사(後嗣)는 건성으로 예(禮)를 말하고 가격면에 대해서는 이런저런 말을 하지 않았지만 어쨌든 만사를 그의 양심에 맡기겠노라고 간단히 말했다.

장의사 영감은 예에 따라 결코 에누리를 하는 일은 없을 것이라고 맹세한 다음 의미있는 눈짓을 지배인에게 던지고 준비를 서두르기 위해 집으로 발걸음을 재촉했다.

그날은 온종일 라즈규라이와 니키츠카야를 오가면서 바쁘게 보냈다. 저녁때가 되어 모든 절차가 끝이 났으므로 그는 도보로 집을 향

했다. 그날은 달밤이었다. 장의사 영감은 무사히 니키츠카야에 있는
집 근처까지 왔다. 그리스도 승천 교회 옆에서 예의 유루코가,
　"누구요?"
라며 수하(誰何)를 했는데 장의사 영감이란 것을 확인하고는 어서
들어가 쉬라고 말했다. 밤이 꽤 깊어졌다. 아드리안이 자기집 앞에
까지 왔을 때다. 이상하게도 누군가가 자기집 나무문을 열고 안으로
들어가는 것 같았다.
　'아니, 저게 누구지?'
　그는 생각해 보았다.
　'누가 나에게 용건이 있나? 혹 도둑이 들어간 건 아닐까? 아니면
이 멍청이 같은 딸년이 연애한답시고 놈팽이를 끌어들인 건 아닌
가? 어쨌든 수상한 일이야.'
　그래서 장의사 영감은 만약을 위해 친구가 된 유루코를 불러 도
움을 청할까 했다. 그런데 그때 또 누군가가 나무문 옆에 기대서더
니 안으로 들어가려고 했다. 그는 주인이 다가오는 것을 보고는 멈
칫거리다가 삼각모(三角帽)를 벗었다. 아드리안은 그 얼굴을 살펴
보았는데 어디선가 본 기억이 났다. 그러나 자세히 살펴볼 여유가
없었다.
　"나리는 나에게 용건이라도 있으십니까?"
　아드리안은 숨을 헐떡이면서 물었다.
　"어서 들어오시지요."
　"그렇게 몸이 굳어질 것까지는 없잖습니까, 아저씨."
　상대방은 공허한 목소리로 대답했다.
　"당신이 앞서서 들어가시구려. 그리고 손님을 안내해야 하잖소."
　아드리안은 몸이 굳어질 정도가 아니었다. 가까스로 나무문을 열
고 바깥 계단을 걸어 올라가니 상대방은 뒤따라 들어오는 것이었다.

아드리안은 집안에서 숱한 사람의 발짝 소리가 나는 것 같은 느낌
이 들었다.

'이 무슨 악마들의 소행이람?'

그는 이렇게 생각하며 서둘러 들어간 것까지는 좋았는데……. 들
어가는 순간 기겁을 하고 말았다. 방안에는 망자(亡者)들이 가득했
다. 창문으로 스며드는 달빛이 노란색의 얼굴이라든가 파란 얼굴,
움푹 패인 입, 침침하게 흐려져서 반쯤 감은 눈이라든가 우뚝해진
코를 비춰주고 있었다…….

아드리안은 그런 망자들이 자기가 힘들여 매장해 준 사람들이며
방금 함께 들어온 손님은, 예의 호우(豪雨)가 쏟아질 때에 매장한
여단장(旅團長)임을 알아차리고는 등골이 오싹해지는 것을 느끼지
않을 수 없었다.

남성도 여성도 모두 이 장의사 영감을 둘러싸고 인사를 했는데,
단 한 사람 ― 지난번 무료로 장사를 치른 빈궁했던 사람만큼은 자
신이 걸치고 있는 넝마의 모습이 부끄러워서 가까이 다가오지도 못
한 채 웅크리고 있었다.

그밖의 망자들은 하나같이 좋은 복장을 걸치고 있었으며 특히 여
성은 리본까지 꽂고 있었다. 또 관리(官吏)의 망자는 제복을 입고
있었는데 수염은 깎지 않고 있었다. 상인(商人)은 멋쟁이 장의(長
衣)를 걸치고 있었다.

"그런데 보다시피…… 프로포로프!"

여단장이 명예있는 손님 일동을 대표하여 입을 열었다.

"우리는 모두 당신의 초대에 응해 온 것이오. 저쪽에 있는 자들은
이미 일어날 기력이 없는 자라든가, 완전히 부서진 자, 또는 가죽
은 다 썩고 뼈만 앙상하게 남은 자들뿐이오. 그러나 도저히 잊지
못해서 찾아온 자도 있소 ― 그만큼 당신에게 오고 싶었던 것이

외다!”

그말에 따라 조그마한 해골이 인파(人波)를 헤치며 아드리안에게 다가왔다. 그 해골은 마음씨 착한 장의사 영감에게 미소를 지었다. 연초록과 빨간 나사 천 조각, 그리고 썩은 아마포(亞麻布) 조각들이 이곳저곳 뼈에 마치 삿대에 걸린 양 늘어져 있다. 엉덩이뼈는 절굿공이처럼 큰 장화 속에서 삐거덕거리고 있다.

“나를 잊었는가? 프로포로프!”

해골이 말했다.

“퇴직 근위군 하사(下士)인 표토르 페토로비치 크릴킨일세. 기억하겠나? 1799년 자네가 처음으로 관(棺)을 사다가 장사를 했었던 때 — 그런데 떡갈나무 관을 주문했는데 소나무 관을…….”

그렇게 말하면서 망자는 뼈만 남은 팔을 펼치면서 상대방을 포옹하려고 했다. 그러나 아드리안은 필사적인 용기를 내고 비명을 지르면서 상대방을 밀어붙였다.

표토르 페토로비치는 비틀거리다가 털썩 넘어지면서 금방 산산조각이 나고 말았다. 죽은 사람들은 분노를 참지 못하여 여기저기서 웅성댔다. 그들은 동료의 명예를 회복시켜 주기 위해 욕설을 퍼부었고 위협하면서 아드리안에게 덤벼들었다.

그들의 고함 소리에 귀가 멍해지고 숨이 막힐 지경이 된 이 가련한 장의사 영감은 완전히 실신하여, 퇴직 근위군 하사의 뼈 위에 털썩 넘어지자 그대로 기절하고 말았다.

햇빛이 아까부터 장의사 영감이 누워 있는 침대를 비추고 있었다. 이윽고 그가 눈을 뜨자 바로 앞에서 하녀가 사모바르를 불어대고 있는 것이 보였다.

아드리안은 지난 밤의 사건 모두가 떠오르자 소름이 끼쳤다. 토류히나, 여단장, 그리고 크릴킨 하사의 면영(面影)이 그의 상상 속에 모락모락 떠오른다. 그는 입을 다문 채 하녀 쪽에서 먼저 입을 열어 밤사이에 있었던 진기한 일들을 이야기하기를 기다렸다.

"아이구, 정말로 푹 주무셨습니다, 나리."

하녀인 암시니냐가 실내복을 건네주면서 말했다.

"이웃집 재봉틀집 주인이 왔다 갔습니다. 그리고 이 구역의 경찰관이 오늘이 서장(署長)님의 명명일(命名日)이라고 알리러 왔었는데 너무 피로하여 깊은 잠을 주무시기에 깨우지 않았습니다요."

"세상을 떠난 토류히나네에서는 누가 찾아왔던가?"

"세상을 떠나다니요? 그게 사실입니까?"

"이런 멍청한 것 보았나! 어제 그 여인의 장례식 준비를 도왔던 게 바로 너였잖아!"

"어머 어머! 나리! 무슨 말씀을 하시는 겁니까? 나리, 좀 이상해지신 것 아니예요? 아니면 어젯밤의 숙취가 여태 깨시지 않으신 게로군요. 도대체 누구 장사를 어제 치르셨다는 겁니까? 어제 온종일 독일 사람네 집 잔치에서 술을 많이 드시고 취해서 오셨고 일찍부터 잠자리에 드셨다가 이제까지 주무셔 놓고서……. 이미 미사의 종도 울렸습니다요."

"그게 사실인가?"

장의사 영감은 기뻐서 어찌할 바 모르며 말했다.

"그렇다니까요."

하녀가 대답했다.

"흐음…… 사실이 그렇다면 어서 차나 한잔 줘. 그리고 딸아이들을 부르고……."

뜻밖의 손님

내 아버지는 옛 시대의 사람이었다. — 이런 식으로 안톤 표토로비치 콜리츄긴은 이야기를 시작했다. — 우린 첫째로 하느님의 덕택, 그리고 그 다음으로 부모의 덕택으로 귀족으로서의 충분한 재산이 있었으므로 이웃에 뒤지지 않는 생활을 할 수 있었을 텐데 — 즉 3백m^2 정도의 대저택을 세우고 사냥개를 길러 사냥을 한다든가 각적(角笛)의 음악, 온실 등을 갖추었다든가 기타 귀족의 놀음은 어떤 것이든 다 할 수 있었을 것인데 — 아버지는 평생을 두고 단 한 번도 그런 것을 생각하지 않았다.

조그마한 집에서 마음 편하게 살았고, 10명이 채 안되는 하인을 거느리면서 이따금 매사냥을 한다든가 기분이 좋을 때면 구즈리를 켜는 브아니카의 음악을 즐기거나 하는 일도 있었다. — 이 브아니카는 — 이런 얘기는 할 것이 못되지만 — 술을 마시는 일이 있었다. 하지만 구즈리는 기세좋게 타곤 했다. '새벽이 시작된다'라든가 '강가의 둑 옆에서' 등의 곡을 타면 귀담아 듣지 않고는 견딜 수가 없었던 것이다!

그러나 아버지는 집안에 대해서도, 하인에 대해서도 자랑하는 일이 없었는데 그대신 '집안이 번영하는 것은 방안이 깨끗해서가 아니라 접대를 잘하기 때문이다'라는 속담을 완전할 만큼 지키고 있었다.

옛날 일일지라도 이처럼 손님을 좋아하고 접대하기를 좋아하던 일은 드물었을 것이다.

세상을 떠난 아버지의 집은 큰길가에 세워져 있었는데 낮이건 저녁때건 누가 말에게 먹이를 주기 위해 마을에 머물고자 하면 곧 아버지에게 알리기 위해 달려온다. 그 여행자가 다소라도 서민(庶民) 이상의 사람으로서 귀족이라든가 상인(商人)이라면, 혹은 마을 사람의 계급 정도라 하더라도 집안에 들어오라고 하는 것이다.

거드름을 피우며 거절하는 날에는 마을의 문은 닫혀지고, 아무리 소리치며 사정을 해도 난처해지게 마련이다. 어느 농가에서도 건초(乾草) 한 다발, 연맥(燕麥) 한 톨 팔지 않기 때문이다.

실제로 아버지는 술을 마시고 큰소리치기를 좋아했다. 손님을 불러들이면 반드시 큰 술판이 시작되곤 했다. 술은 바닷물만큼이나 있고 무엇이든지 원하는 것은 다 있었다. 여러 이국(異國)의 술이 10여 종류나 항상 지하실에 있었고 과실주는 이루 말할 수 없을 정도였다.

어느 겨울날, 어머니가 세상을 떠난 지 꼭 6개월이 지났을 때 아버지는 페치카 위에 설치된 침대가 놓여 있는 자기방(아버지는 이 방을 아주 좋아했었다) 안에 혼자 앉아 있었다. 나는 아버지와 같이 있지 않았다. 벌써 3년 동안이나 군무(軍務)에 종사하고 있었는데 그때는 스웨덴 사람들과 싸우고 있었던 것이다.

한밤중이 되기 전의 일이었다. 밖에는 눈이 내렸고 무섭게 추웠다. 10시경에는 모든 것이 얼어붙었고 무서운 추위 때문에 집의 모든 벽들까지 소리를 낼 정도였다. 이렇게 추운 날씨에는 아무리 기다려도 손님이 찾아올 것 같지 않았다. 어찌할 수 없는 일이었다!

아버지는 저녁 식사 때까지 시간을 보내기 위해 — 10시 전에는 결코 저녁 식사를 하지 않았던 것이다 — 〈순교전(殉敎傳)〉을 읽기 시작했다. 적당한 페이지를 펴니 페체루스키 수도원의 은둔승(隱遁僧)인 이사키사(師)의 전기(伝記)였다.

성자(聖者) 앞에 천사의 모습으로 나타난 악마가 성자를 머리 숙이어 '그대는 우리의 동료인 이사키!'라며 큰 소리로 말하고, 성자를 억지로 자기와 함께 춤추게 한 기사가 적혀 있었다. 거기까지 읽었을 때, 아버지는 자신의 영혼 속에 의심이 일면서 유혹을 느꼈다.

그래서 책을 덮고, 혼자서 이것저것 생각하기 시작했다. 그러나 생각하면 생각할수록 이런 일을 하느님이 묵인하신다는 것이 믿어지지 아니했다. 그런 생각을 하고 있는 사이에 아버지는 졸기 시작했고 눈이 붙기 시작하면서 머리가 무거워지더란 것이다. 아버지가 나에게 한 이야기에 의하면 어느 사이에 소파에 누워서 깊은 잠에 빠지고 말았다.

그런데 돌연 귓속에서 무엇인가가 째깍째깍 울리기 시작하여 아버지는 눈을 떴는데 침실의 시계가 10시를 치고 있었다는 것이다. 그래서 일어나 저녁 식사를 내오라고 명령했는데 그 명령이 떨어지기가 무섭게 심복 하인인 안드레이가 들어오더니 테이블 위에 촛불 두 개를 켜놓았다.

"어떻게 된 거야, 너는?"

아버지가 물었다.

"제가 들어온 것은……."

하인은 대답했다.

"도시에서 온 서기(書記)와 돈강에서 온 코사크들이 우리 마을에서 묵게 되었음을 보고하기 위해서입니다."

"그래? 그것 좋지."

아버지는 잘라 말했다.

"어서 마을로 내려가서 이곳으로 데려오게, 이유 따위는 묻지도 말고……."

"이미 불러왔습니다요, 나리. 곧 들어올 것입니다."

안드레이는 입속으로 중얼거렸다.

"그렇다면 저녁 식사를 내오고 또 마실 것도 준비하도록!"

그리고 아버지는 계속해서 명했다.

"지하실에서 향초(香草)가 든 보드카 한 병과 앵두주 두 병, 포도주 한 다스를 내오도록 하게. 어서 서둘러!"

하인은 나갔다. 그리고 5분쯤 지나자 방안으로 코사크 3명과 길이가 긴 프록코트를 입은 나이 지긋한 사나이가 한 명 들어왔다.

"잘 오셨소이다, 여러분!"

아버지는 그들 쪽을 향하여 걸어가면서 말했다.

신앙심이 깊은 코사크는 언제나 먼저 성상(聖像)에 기도하고, 그다음에야 주인에게 인사한다는 것을 잘 알고 있었으므로 어두운 구석에 있는 — 그래서 분별하기 어려운 구세주의 상(像)을 가리키면서 말했다.

"자아, 이쪽입니다."

그러나 아버지가 놀란 것은 — 이 코사크들은 십자가를 긋지 않을 뿐 아니라 성상을 올려다보려고조차 하지 않았다.

'이상한 놈들이네……'

라고 생각하는 아버지였다.

'이 목석 같은 관원(官員 : 書記)이 하느님을 경배하지 않다니……그러나 코사크들은 경건한 법이거늘……아마도 긴 여행에 지쳐서 머리가 멍해진 것 같군!'

한편 이 뜻밖의 손님들은 주인과 인사를 나누었다. 코사크들은 공손하게 환대해 주는 것을 고맙게 생각한다고 말했다. 서기는 아버지 앞에서 머리를 깊숙이 굽히면서 장광설을 늘어놓았기 때문에 아버지는 웅변에 뛰어나고 기지(機知)가 번뜩이는 사람이었지만, 듣기에 짜증이 나서 서기의 말을 끊고 하인을 불렀다.

"야! 어서 보드카를 가져와!"

안드레이가 다시 들어왔고 테이블 위에 전채(前菜) 한 접시, 보드카 한 병, 그리고 할아버지대(代)부터 물려 써온 은잔을 각각 한 개씩 놓았다.

"자아, 여러분!"

아버지는 잔마다 남실남실거리도록 술을 따르면서 말했다.

"몹시 추웠을 것입니다. 자아, 한 잔씩 듭시다. 몸도 마음도 따뜻해질 것이외다."

손님들은 주인에게 고맙다는 인사말을 하고 한 잔씩 마시더니, 더 권하기를 기다릴 사이도 없이 두 잔, 석 잔째 술을 마셨다. 그러는 사이에 술병은 점점 비었고 결국에는 한방울도 남지 않게 되었다.

'보통 놈들이 아니로구나.'

아버지는 생각했다.

'어쨌든 대단한 놈들이야! 그리고 이놈들의 얼굴 생김새라니 …….'

이 뜻밖의 손님들은 분명 호남자(好男子)들은 아니었다. 코사크 중 한 놈은 머리가 몸집보다 컸다. 또 한 놈은 배가 어찌나 뚱뚱한지 땅바닥에 끌릴 정도였다. 세 번째 놈은 눈이 녹색이고 코는 올빼미의 부리처럼 생긴 매부리코였다. 세 사람 모두 머리카락이 빨갛고 볼은 공장에서 구워낸 새빨간 벽돌과 같았다.

그런데 누구보다도 기묘하다고 아버지가 생각한 자는 긴 프록코트를 입은 서기였다.

이처럼 일그러지고 추잡한 얼굴을 아버지는 평생동안 본 적이 없었다. 대머리인데다가 당구공처럼 둥근 머리는 양쪽의 좁은 어깨 사이에 움츠러들어 있는데 그나마 한쪽 어깨가 다른 쪽 어깨보다 높았다. 넓은 턱은 솜털을 붙인 목걸이처럼 얼굴 아래 부분을 둘러싸고 있었고 오랫동안 깎지 않은 수염은 푸른 기운이 감도는 입술 주위에 덥수룩하게 나있는데, 입술은 목 뒤쪽에까지 찢어져 있었다.

굵고 위쪽을 향한 들창코는 어둠 속에서는 횃불로 착각할 만큼 빨갛게 번득이고 있었다. 작고 가느다란 눈은 반짝반짝 빛이 나고 눈동자를 이리저리 굴리고 있어서, 마치 한밤중에 작은 짐승이나 잠들어 있는 새를 잡기 위해 노려보고 있는 들고양이의 눈 같았다.

서기는 계속해서 미소를 머금고 있었다.

'그런데 이 웃음은…….'

아버지는 나에게 여러 차례나 그때의 상황을 얘기해 주었었다.

"낯선 사람을 보았을 때라든가 다른 개가 물고 있는 뼈다귀를 뺏으려고 할 때, 개가 이빨을 드러내고 있는 것과 흡사했다."

손님들이 보드카 병을 다 비우고, 별로 할 일도 없어지자 아버지는 저녁 식사 시간까지 손님들이 지루할까봐 이야기를 하기 시작했다.

"그런데 여러분!"

아버지는 코사크들에게 물었다.

"돈강의 — 여러분이 사는 곳의 상황은 어떠합니까?"

"뭐, 별로 다를 게 없습니다."

배가 뚱뚱한 코사크가 대답했다.

"줄곧 변함이 없습니다. 그저 마시거나 빈둥거리거나 시시덕거리며 노래를 부르고…… 그저 그렇게 지냅니다."

"노래를 부르는 건 좋은 일이외다."

아버지는 계속해서 말했다.

"좋긴 좋지만, 하느님만큼은 잊지 말아 주오."

코사크는 웃어댔고 서기는 굶주린 이리처럼 이빨을 드러내면서 말했다.

"그런 말은 할 필요가 없습니다, 나리! 그것은 상호보증(相互保證)이란 것입니다. 우리는 그쪽의 일은 생각하지 않습니다. 그러므로 그쪽도 우리에 관한 것은 잊어 달라는 것입니다. 술과 돈만 있으면 다른 일이야 모두 어떻게 되든 상관없습니다."

아버지는 표정이 엄숙해졌다. 즐겁게 지내면서 마시고 떠드는 것을 좋아했지만 경건한 인간이었기 때문에 하느님을 잊는 일은 없었던 것이다. 잠시 입을 다물고 있던 아버지가 서기에게 어느 법원(法院)에서 왔느냐고 물었다.

"형사법원입니다."

서기는 고개를 깊숙이 숙이면서 대답했다.

"당신네 원장(院長)은 무얼 하시오?"

아버지는 계속해서 물었다. 그런데 여기서 여러분에게 귀띔을 해주어야겠는데 이 형사법원 원장은 실로 하는 일 없이 놀기만 하는 건달로 소문이 난 사람이었던 것이다.

"무얼 하다니요?"

서기는 반문을 했다. 그리고 이렇게 덧붙이는 것이었다.

"이전과 마찬가지입니다. 직무에 아주 충실하시지요."

"예, 그렇고 말고요. 충분히 업무를 수행하고 있습니다요."

코사크들은 모두 입을 모아 대답했다.

"당신들도 모두 원장을 잘 알고 있습니까?"

아버지가 물었다.

"물론입니다."

매부리코의 코사크가 대답했다.

"우리는 모두 원장의 친구들입니다. 원장님이 우리에게로 놀러 오기를 줄곧 기다리고 있답니다."

“정말로 원장은 당신네들에게로 놀러 가기를 원하고 있나요?”
“오고 싶어하지는 않는 것 같습니다만 오게 될 것입니다.”
머리가 큰 코사크가 말을 가로채면서 대답했다.
“그렇지? 안그런가?”
그는 동료들에게 동의를 구했다. 그들은 전원이 또 웃음을 터뜨렸고 서기는 고양이처럼 가느다란 눈을 뜨며 교활한 미소를 지었다.
“물론 오기야 오겠지만…… 유감스럽게도 엉덩이가 무거워서! 한 달 전에도 마차에 타기는 탔는데…… 생각이 바뀌었었답니다.”
“그건 또 무슨 말입니까?”
아버지가 말했다.
“한 달 전에는 병으로 고생을 했다던데요?”
“예, 그게 사실입니다. 그런 까닭에 여행을 하려고 했던 것이지요.”
“아아, 알겠소이다!”
아버지가 그들의 말을 가로채며 말했다.
“틀림없이…… 의사들이 좀더 따뜻한 그곳으로 가도록 권했었군요.”
“물론입니다.”
큰 소리로 웃으면서도 코사크들은 대답했다.
“우리가 있는 곳은 따뜻하다는 면에서는 아무런 지장이 없으니까요. 제법 따뜻하거든요.”
손님들의 이런 불손한 웃음, 교활한 표정, 그리고 무엇보다도 거짓이 뒤섞인 이야기를 아버지는 아주 싫어했다. 그러나 어쩔 수가 없었다. 손님을 불러들인 이상 대접을 하지 않으면 안된다. 이런 애기 상대들은 한시 바삐 보내야겠다고 생각한 아버지는 저녁 식사를 내오라고 명했다.

반 시간도 되기 전에 테이블 준비가 끝났고, 요리가 놓여졌으며 과실주와 포도주가 방으로 운반되어 왔다. 그러나 줄곧 바쁘게 오가며 시중을 든 사람은 안드레이 한 사람뿐이었다. 아버지는 몇번인가 다른 하인들은 어디 있느냐고 안드레이에게 물으려고 했다. 그러나 그때마다 마치 일부러 그러하듯 코사크 중 한 사람이 얘기를 걸어서 그런 질문을 못하게 했다.

이야기는 시간이 흐름에 따라 재미있게 전개되었다. 코사크는 자기네들의 용감성과 무모했던 이야기를 했고, 서기는 동료가 사기를 친 이야기라든가 형사법원 안에서 일어난 까다로운 이야기를 했다. 손님들은 조금씩 아버지의 마음을 사로잡아갔기 때문에 아버지는 손님들과 함께 식탁에 앉아 있으면서도 하느님께 기도드리는 것까지도 잊고 말았다.

저녁 식사 자리에서 아버지는 아무것도 먹지 않았다. 그러나 손님들에게 뒤질세라 포도주 네 병과 과실주 두 병을 마셨다.

이것은 놀랄 만한 일은 아니다. 세상을 떠난 아버지의 주량은 굉장히 센 편이어서 반(半) 다스의 술병을 비워도 의자에서 떨어지거나 하는 일은 없었다. 단, 한 가지 이상한 일이 있었다. 손님들은 아버지에 비하여 갑절이나 마셨건만 준비되어 있던 여섯 병의 포도주와 네 병의 과실주 가운데 여섯 병만이, 즉 아버지가 마신 술병의 수(數)만 테이블 위에 빈병으로 있었던 것이다.

손님들이 자기 술잔에 찰랑찰랑 술을 따라놓고 있는 것을 아버지는 분명 보았는데 병이 아버지에게로 돌아올 때면 언제나 술이 가득 담겨져 있는 채였던 것이다. 놀랍기도 하고 수상한 일이기도 했다. 실은 아버지도 그점을 이상하게 생각했고 놀라기도 했다.

단, 그것은 그 다음날이 되어서야 그렇게 생각하게 된 것이고, 그날 저녁 식사 때는 — 아버지는 아주 당연한 일로 생각했었던 것이다. 아버지가 술에 강했다는 이야기는 이미 앞에서도 말한 바 있다. 그러나 상토린산(産) 포도주 네 병과 독한 과실주 1리터 이상이나 마시면 누구든 얼굴이 빨개지게 마련이다.

저녁 식사가 끝난 다음 아버지는 기분이 썩 좋아졌으므로 손님들의 추악한 얼굴까지도 귀엽게 보이기 시작했다. 그래서 서기를 두 번씩이나 포옹을 했고, 코사크 전원에게 키스를 하려고 했다.

이때쯤 되자 손님들 이야기는 추악하고 불손해졌다. 갖가지 정사(情事) 이야기를 하는가 하면 성직자(聖職者)를 비웃었고, 그리고 — 말하기도 두려운데 — 식탁 앞에 있다는 것조차 잊고 마치 이단자(異端者)라든가 배교자(背敎者)처럼 음란한 노래를 부르는가 하면, 의자에 앉은 채 다리로 장단을 맞추며 몸을 움직이어 춤을 추어대는 형편이었다.

다른 때 같으면 자기집에서 이런 무례한 짓을, 아버지는 결단코 용서하지 않았을 것이다. 그러나 그때는 마치 무엇에 홀린 사람처럼 자신도 손님들과 함께 '무모한 용자(勇者)여! 우리집 정원 옆을 잠자코 지나가지 마오'라는 노래를 부르면서 크게 기세를 올리는가 하면 당장에라도 일어나서 춤을 출 태세였던 것이다.

한편 코사크들은 언성을 높이어 여러 가지 욕설을 퍼붓고 있었다. 그중 한 사람은 배를 드러내고 떠들기 시작했고, 또 한 사람은 빵이 담겨 있는 접시를 집어삼켰으며, 나머지 한 사람은 자기 코를 붙잡고 머리를 어깨 사이로 밀어내어 볼처럼 해 가지고 놀이를 했다.

아버지는 그만 질겁을 하고 말았을까? 아니다. 천만의 말씀이다. 하는 짓들이 모두 우스워서 아버지는 배를 움켜잡으며 크게 웃었다.

"와아!"

서기가 고함을 질렀다.

"저기 창가에 있는 것은 아무래도 오래 묵은 과실주 병 같다구!

저것을 여기로 가져와도 상관없겠지? 아냐, 일어서지 않아도 돼.
이렇게 하면 손이 닿는다니까 — ."
방 이쪽 끝에서 저쪽 끝까지 팔을 뻗으면서 서기가 말했다.
"아니, 무슨 팔이 저리도 길담?"
아버지는 큰 소리로 웃으면서 외쳤다.
"3m 반 정도는 되는군. 글을 쓰는 서기니까 팔이 길기도 해야겠
지……."
"그대신 기억력은 한 치[寸]도 안된답니다."
한 코사크가 말했다.
"천만에, 그건 곧 알게 됩니다."
테이블 한복판에 병을 놓더니 서기가 말을 계속했다.
"당신네들은 틀림없이 누구의 건강을 축하하며 술을 마셔야 할지
를 잊고 있을 것이지만 나는 기억하고 있어. 아랫사람들부터 시작
합시다. 자아, 하급 관리들 전부를 위해, 사무실의 직원들을 위해,
경솔하고 무모한 서기들을 위해, 한 잔씩 들자구요! 놈들이 한평
생동안 잉크를 마시고 종이를 씹고, — 놈들이 가급적 마구잡이
로 죽고 참회하는 일도 없도록 — ."
"무슨 말을 하는 게야?"
아버지는 숨이 차도록 웃으면서 말했다.
"그렇게 되면 우리 법원은 텅텅 비게 되지 않겠나?"
"그런 걱정은 안해도 됩니다, 주인나리!"
서기는 술잔을 기울이면서 말을 이어나갔다.
"늪만 있으면 악마는 얼마든지 나오게 마련입니다. 자아, 내 뒤를
잇도록!"
"다 마셨는가?"
매부리코인 코사크가 소리쳤다.

"그럼 이번에는 한 잔씩 우리의 우두머리의 건강을 위해서 들자구. 우리와 같이 마시는 자는 우리의 동료요, 우리의 동료는 우두머리와 한패지."

"아니, 당신네의 우두머리 이름은 뭐라고 하오?"

아버지는 잔을 들면서 물었다.

"그 이름이 무엇이든……나리하고는 상관없잖습니까?"

머리가 큰 코사크가 말했다.

"우리의 뒷일에 대해서나 이야기하면 되는 겁니다. 노예로부터 주인이 되려 하고, 높은 곳에 앉아 있었지만 깊은 곳으로 추락하고……그래도 슬퍼하지 않는 분……! 만세(萬歲)다!"

"그게 누군데?"

"우리의 아버지로서 대장(隊長)인 분이오. 그것도 모르고 물으시오?"

코사크는 계속했다.

"상당히 많은 말을 했지요! 어둠을 좋아하는데 그것을 빛이라고 부른다든가……. 안그렇소? 현명한 인간에게는 어둠도 또한 빛인 것이오. 그리고 그분이 소돔과 고모라, 그밖에도 혼란스러운 것이라면 무엇이든지 마음에 들어하는 것은 탁(濁)한 물속에서 고기를 잡기 위해서라고들 하는 것 같은데 그것은 모두 여자들이 수다떠는 것이지요.

우리의 주(主)는 아주 좋은 나리십니다. 섬기기도 편하지요. 십자가를 긋지 않고도 테이블에 앉으며 기도를 하지 않고도 침상에 드시오. 마시고 즐기는 데 대문자(大文字)로 인쇄된 것을 읽지는 않으신다오. 굳이 설명을 한다면 이정도입니다. 어떠십니까? 아주 기분 좋은 생활이지요……안그렇습니까?"

아버지는 아무리 취해 있었지만, 그래도 역시 생각에 잠기지 않을 수 없었다.

"나는 뭐가 뭔지 알 수가 없구려."

아버지는 말했다.

"마시면 금방 알게 됩니다."

서기가 말을 가로채고 나서면서 외쳤다.

"자아, 여러분. 단숨에 갑시다. 우리의 아버지이자 대장님에게로. 만세!"

아버지를 제외한 손님들은 모두 술잔을 비웠다.

"아니, 주인나리!"

서기가 말했다.

"왜 주인나리는 들지 않으십니까?"

"아니, 여보시오?"

아버지가 응수했다.

"너무 많이 마셨소이다. 더 이상 마실 수 없소."

"나리, 어떻게 된 겁니까?"

뚱뚱한 코사크가 물었다.

"무엇을 생각하고 있는 겁니까? 이봐, 친구들! 주인나리를 기분좋게 해드려야지 어때? 춤판이라도 벌여 보지 않겠나?"

"맞아, 그렇게 하자구!"

서기가 대답했다.

"앉아있기도 지루하군. 다리 운동을 좀 해야겠어. 운동을 안하면 다리가 마비되겠는걸."

"그래, 한판 추세. 춤을 한판 추자구."

손님들은 모두 동의했다.

"그럼 잠시만 기다리시오, 여러분!"

아버지는 일어서면서 말했다.

"내 구즈리 타는 악공을 불러오리다."

"그건 왜요?"

서기가 말을 가로챘다.

"우리에게도 악대(樂隊) 정도는 있습니다. 이것 봐! 시작하라구!"

돌연 난로 뒤에서 큰 소란이 일어났다. 삼현악기(三絃樂器), 각적(角笛), 그리고 그밖의 여러 악기들이 소리를 내기 시작했다. 탬버린과 심벌즈가 울려퍼졌다. 그런 다음 사람들의 목소리가 들려왔고 가수들의 합창이 들려오는가 하면 휘파람소리도 들려오기 시작했다. 그리고 춤사위가 이어졌다.

"자아, 주인나리!"

빨간 코의 코사크가 녹색 눈으로 아버지를 바라보며 말했다.

"나리의 춤솜씨를 보여주십시오."

"안되오."

아버지는 말했다. 꿈을 꾸는 느낌이었는데 분위기가 이상야릇해지는 것을 알아차리기 시작했던 것이다.

"당신네들이나 떠들고 싶은 대로 떠들구려. 나는 춤을 추지 않겠소!"

"안 춘다고요?"

뚱뚱한 코사크가 마치 짐승이 짖어대듯 소리쳤다.

"흥! 두고 봅시다."

손님들은 모두 자리에서 일어났다.

아버지는 오한(惡寒)이 들기 시작했다 — 그것도 무리가 아니었다. 네 명의 잘생기지는 않았다 하더라도 보통 인간들 대신에 아버지를 둘러싸고 있는 것은 — 네 개의 거대한 도깨비들이었던 것이다. 그 크기는 몸을 뻗으면 그 머리 때문에 방의 천장이 무너질 것 같은 소리를 낼 정도였다. 얼굴은 변하지 않았다. 다만 더 추악해져 있었다.

"춤을 안 추겠다고?"

비웃듯 엷은 웃음을 띤 서기가 다시 한번 말했다.

"거드름 그만 피우시오. 당신보다 더 고결한 사람도 우리와 함께 춤을 추었다오. 그리고 우리 동료가 아닌 놈들도……. 하지만 당신은 우리의 동료가 아니시오?"

"어째서 내가 당신네들의 동료란 게요?"

아버지는 말했다.

"아니, 그럼 누가 동료란 말이오? 당신은 글을 읽을 수도 있고 쓸 수도 있으니…… 틀림없이 '두 주(主)를 섬길 수는 없느니라'란 성경 구절을 읽은 적이 있을 것이외다. 그런데 당신은 지금 우리의 주(主)를 섬기고 있지 아니하오?"

"어떤 주를 섬긴다는 게요?"

아버지는 나뭇잎처럼 벌벌 떨면서 물었다.

"어떤 주라니?"

머리가 큰 코사크가 말을 가로챘다.

"잘 알고 있을 텐데…… 저녁 식사를 할 때 당신에게 이야기한 분이오. 그분의 하인은 기도도 하지 않은 채 잠자리에 들고, 십자가를 긋지 않은 채 테이블에 앉아서 마시며 떠들어 대는데 대문자(大文字)로 인쇄된 것을 믿지 않는다는 바로 그분이오."

"그 사람이 어찌하여 내 주가 된다는 게요?"

아버지는 여전히 뭐가 뭔지 알 수가 없어서 물었다.

"참 딱하구려, 당신은!"

서기가 대답했다.

"돌발적으로 부정하려고 하는 것 같은데 그렇게 되지는 않을 것이오! 이보시오, 귀찮다면서 우리를 내쫓고자 하는 것 같은데 그것도 마음대로 되지 않을 것이외다. 우리 주(主)의 의지를 따른 이상 당신은 그분의 부하가 아닙니까?

잘 생각해 보시오. 오늘 잠들 때 기도를 하시었소? 저녁 식탁에 앉을 때 십자가를 그으셨소? 우리와 함께 실컷 마시고 떠들며 놀았지 않소. 한 시간 반쯤 전, 저기 저 책에서 '그대는 우리의 동료이다. 이사키! 우리와 함께 춤을 추는 게 좋아!'란 구절을 읽었을 때, 어떠했었소? 과연 당신은 그것을 믿었었소?"

아버지는 온몸의 혈관이 얼어붙고 있었다. 그리고 갑자기 눈가리개가 풀어지는 것 같았고 취기가 깼다. 아버지는 모든 것을 알아차리게 되었다.

"오오, 주여!"

아버지는 그렇게 말하면서 십자가를 긋고 보호받으려고 했으나 그렇게 되지가 않았다.

손은 위로 올라가지 않았고 손가락은 구부러지지 아니했다. 그러나 그대신 다리가 마구잡이로 글자를 쓰기 시작했다. 우선 아버지는 굳어진 모습으로 몸을 비틀면서 안간힘을 써보았지만 뜻대로 되지 않았다.

그런데 손님들은 아버지를 끌어내더니 장난감 취급을 했다. 아버지는 나에게 이 이야기를 할 때 영혼이 어찌하여 몸속에 머물러 있었는지 — 언제나 불가사의하다며 고개를 갸우뚱했었다. 아버지가 기억하고 있는 것은 방안은 온통 불과 연기로 가득 차있는데 — 아버지는 이 손에서 저 손으로 공깃돌처럼 넘겨졌고 굴려졌으며 천장에 부딪치는가 하면 팽이처럼 머리 정수리를 축(軸)으로 하여 회전되다가 — 마지막에는 코사크의 머리 위에서 춤을 추었고, 완전히 실신하고 말았다는 것뿐이었다.

아버지가 정신을 차렸을 때 자신은 소파 위에 누워 있었고, 그 주변에는 하인들이 서있는데 더러는 바쁘게 왔다갔다하고 있었다.

"아니, 어떻게 된 거야?"

아버지는 정신이상자처럼 주변을 두리번거리면서 속삭이듯 물었다.

"다들 돌아갔는가?"

"누구 말씀입니까? 나리?"

한 하인이 물었다.

"누구라니?"

아버지는 무의식중에 몸을 떨면서 되물었다.

"누구라니?……그 코사크들과 서기 말야?"

"어떤 코사크들과 서기를 말씀하시는 건가요?"

조리사인 포마가 나서며 물었다.

"오늘은 손님이라고는 한분도 없었습니다. 나리께서는 아직 저녁 식사도 하지 않으셨구요. 저는 줄곧 대기하고 있었는데……방안에 들어와 보니 나리께서는 침상에 누워 계셨습니다. 온몸이 땀으로 젖어 있었고 옷은 찢겨져 있었으며 안색은 파랗게 질려 있어서……마치……나리께 말씀드리기 곤란합니다만…… 간질이 발작되어 경련을 일으키고 있는 모습이었습니다요."

"그렇다면 오늘은 손님이 없었다는 거로군?"

아버지는 겨우 일어서면서 말했다.

"없었습니다, 나리."

"설마…… 그럼 이 모두가 꿈이었단 말인가?……아니야. 그럴 리가 없어."

아버지는 한숨을 내쉬면서 가까스로 몸을 지탱하며 말을 이었다.

"그렇다면 내 뼈는 왜 이렇게도 엉망이 되어 있는 게야? 그리고 이 두 개의 촛불은?……누가 테이블 위에 갖다놓았어?"

"모르겠습니다."

조리사가 대답했다.

"나리께서 친히 불을 켜놓으신 것 같습니다. 잠에 취하시어 기억이 잘 나지 않으시는 거겠지요."

"거짓말 하지 마!"

아버지는 고함을 쳤다.

"나는 보았어. 기억을 하고 있단 말야. 안드레이가 가지고 들어왔었다구. 테이블 위에 켜놓고, 요리를 가져다가 준비해 놓은 것도 그놈이었어."

하인들은 모두 공포에 떨며 서로 얼굴을 마주보았다. 구즈리를 켜는 브아니카가 무슨 말을 하려고 하다가 입을 다물고 말았다.

"어떻게 된 거야? 너희들은 왜 바보처럼 입을 다물고 있어!"

아버지는 계속해서 말했다.

"내 방에 손님이 들어왔었고 안드레이가 심부름을 했다니까!"

"천만의 말씀이십니다."

조리사 포마가 말했다.

"잊으셨습니까? 나리, 안드레이는 1주일 동안이나 열병으로 누워 있습니다."

"그렇다면 병이…… 많이 호전된 거겠지. 10시 정각에 이곳에 있었으니까. 여기서 가타부타할 일이 아니야. 어서 안드레이를 이곳에 불러오도록! 지금 어디에 있나?"

"안드레이가 어디에 있느냐고 물으셨습니까?"

구즈리를 켜는 브아니카가 조심스럽게 입을 열었다.

"그래, 지금 어디 있어?"

"오두막 안에 있습니다, 나리. 오두막 테이블 위에 누워 있습니다요."

“무슨 말을 하는 게야?”
아버지는 고함을 쳤다.
“안드레이 스테파노프를 찾고 있는 게야!”
“예, 이세상을 떠났습니다.”
이때 방안에 들어온 청지기가 대신 말했다.
“그놈이 죽었단 말인가?”
“예, 10시 정각에요.”

유 령

　……그 역마차에 동승(同乘)하고 있던 것은 퇴역 대위(退役大尉)와 어떤 관청의 과장(課長), 일리네이 모데스토비치와 나 등, 모두 네 명이었다. 처음의 두 사람은 예의범절을 그림으로 그려놓은 것처럼 계속해서 상대방을 추켜세우고 있었다. 때로 의견에 차이가 있는 수도 있지만 그것도 그다지 오래 가지는 않았다.

　일리네이 모데스토비치는 — 그야말로 수다쟁이의 대표적인 사람으로서 입을 가만두는 일이 없었다. 역마차 옆을 달리며 지나가는 마차, 길가는 행인(行人), 흔히 볼 수 있는 마을들 — 이런 것들도 그에게 있어서는 모두가 화제(話題)의 재료가 되는 것이다. 상대방들이 마차 안에서 도망칠 수 없다는 점을 기화로 하여 그는 계속해서 이야기를 해나가는 것이었다.

　그런데 그 이야기가 또 집안의 영(靈)이라든가 악마 또는 유령이 암약하는 이야기로 발전해 나가는 것이었다. 도대체 어디서 그런 괴담들을 들었고 수집했는지 어안이벙벙할 정도였으며 그 여성적인 말투를 자장가 삼아서 꾸벅꾸벅 졸기도 했다.

　다른 사람들은 지루하기는 했지만 그런대로 그의 이야기를 경청하고 있었다. 일리네이 모데스토비치의 입장에서는 그야말로 안성맞춤의 이야기 상대들이었던 것이다.

"저기 저 성(城)은 어떤 성인가요?"
창으로 밖을 내다보면서 퇴역 대위가 물었다.
"저 성에 관련되는 기담(奇談)도 — 한두 가지쯤은 역시 알고 계
시겠군요?"
일리네이 모데스토비치에게 이야기를 걸었다.
"예, 그것이 공교로운 일이긴 합니다만……."
일리네이 모데스토비치는 대답하는 것이었다.
"알고 있는 것은 지극히 당연한 일입니다만……즉 이 성에서도
지난날에는 사람이 살고 있었으며 먹고 마시고 죽어갔다는 것 정
도였습니다. 그렇습니다. 그러나 이 성에 대해서 생각나는 것이
있습니다.

이곳에서도 성이 중요한 역할을 다하고 있는 것입니다. 단, 지
금부터 하는 이야기는 진짜로 이세상에서 일어났던 사건입니다.
이야기하는 사람을 믿노라면 언제나 마찬가지겠습니다만…… 대
저 여행하는 사람들도 이런 이야기는 하게 마련입니다만…… 좀
더 특별한 점은 나와 같은 솔직함이 결여되어 있다는 점일 것입
니다.

젊었을 때 나는 이웃집 — 아주 마음씨 착하고 싹싹한 부인의
집에 놀러가기를 좋아했습니다. 아이구, 오해는 하지 마십시오.
바람기가 있는 그런 이야기는 절대로 아니니까요. 당시 그 부인은
이미 세상에서 흔히 말하는……산전수전 다 겪은 연령이었으니
까요. 그리고 딸도, 며느리도 있었습니다.

집은 방이 서너 개, 10개 정도의 팔걸이 의자에 역시 10개 정도
의 의자, 식당에는 두 개의 등불, 객실에는 밀랍 초가 두 개 정도
로서 ○○○ 마을의 어디에나 있던 집과 다름이 없었습니다. ……
그런데 이게 어떻게 된 일일까요? 부인의 손님 접대, 별로 색다를

것도 없는 토막 이야기들 — 아니, 유지(油紙)를 바른 마호가니제 (製) 테이블이라든가 가옥의 벽에도 — 뭐라고 할까 — 밤만 되면 틀림없이 귓가에 '오늘도 마리아 세르게부나씨에게 놀러가자' 고 속삭이는 소리가 들려오는 것이었습니다.

그런 느낌이 드는 것은 나 한 사람만이 아니었습니다. 긴긴 겨울밤이 되면 부르지도 않았건만 손님들이 약속이라도 한 듯, 부인의 집에 모여드는 것이었습니다. 별로 내세울 만한 일을 하는 것도 아닙니다. 차를 마시고 보스톤이라는 카드놀이를 하는 정도였습니다. 잡지를 뒤적이는 수도 있었습니다. 단, 이런 일이 — 다른 집에서가 아니라 이 마리아 세르게부나네 집에서 하면 훨씬 즐거웠던 것입니다.

이제 와서야 겨우 깨닫게 된 것입니다만 요컨대 이 마리아 세르게부나란 사람은 남에 대하여 억지 소리를 하는 일도 없으려니와 집안의 잡일로 번거로운 일도 없으며, 험담하기를 좋아하지 않고 이웃집 일들에 대하여 왈가왈부하는 일도 없었으며, 자기집 하인들의 행위, 특히 실수담 따위를 말하는 일도 없었습니다.

남들의 비밀사(秘密事)에 대해서 억지로 들으려 하지도 않았고, 떠난 사람의 이웃에게서 그 사람의 단점을 굳이 들으려 하지도 않았습니다. 반 년씩이나 얼굴을 내밀지 않았다든가 부인의 생일, 또는 부인의 이름과 관계되는 성자(聖者)의 날에 축하를 하지 않는 실례를 범했다고 해서 그것을 탓하는 일도 없었습니다.

○○○ 마을에서 역겨운 짓이나 하는 부인들 특유의 으스대는 언행에 대해서도 눈을 감아 버리곤 했습니다. 그녀는 위선자도 아니려니와 미신을 믿기 좋아하는 사람도 아니었습니다. 남들의 생각, 또는 그 하는 이야기의 내용에 대하여 이것저것 주문을 하는 일도 없었습니다. 자기자신과 의견이 안맞는다고 해서 언성을 높

이며 대드는 일도 물론 없었구요.

남에게 희사(喜捨)를 무리하게 강요하는 일도 없었으며 억지로
카드놀이에 끌어들이거나 피아노 앞에 앉히는 일도 없었습니다.
관용을 베푸는 데는 남보다 앞장을 섰구요. 부인의 객실에서는 누
구나 멋대로 행동했고 무슨 생각을 하든 상관없었고 무슨 소리를
지껄이든 상관없었습니다.

요컨대 부인의 가정에서는 당시 ○○○ 마을의 사교계에서는 아
주 드문, 아니, 오늘날에 이르기까지 그 본질을 이해하는 데 있어
극히 소수(少數)밖에 존재하지 않는 취미 — 그 좋은 취미가 지
배하고 있었던 것입니다.

나는 마리아 세르게부나의 언행이라든가 그 생활에서 다른 부
인들과의 차이를 여러 면으로 느끼고 있었습니다만 그것을 한마
디로 표현할 방도를 가지고 있지 못했습니다.”
“글쎄올시다.”
관청의 과장이 말참견을 하기 시작했다.
“결국에는 좋은 취미를 가진 사람은 손님을 차별하지도 않고 상
관치도 않는다는 말이군요. 그런데 말입니다…… 어떻습니까? 우
리도 흔히 마음이 안통하는 동료들과 같이 지내는 일이 있습니다
만…… 아무래도 당신의 설(說)에는 승복할 수가 없습니다. 납득
이 안돼요! 아니 결단코 납득할 수가 없습니다!”
“예를 들자면 흔히 이렇게 말하지요.”
일리네이 모데스토비치는 대답을 하는 것이었다.
“접객(接客)은 간소(簡素)를 요지로 해야 하는데 그렇게 하면 손
님은 더없이 마음 편하게 되는 법이라구요. 또 사교에 뛰어난 인
물은 그 담백한 접객 태도로 보아 알 수 있다고도 합니다.”
“전적으로 동감입니다.”

퇴역 대위도 이야기에 끼어들었다.

"젠체하며 거드름을 피우는 태도 — 이런 태도에는 구역질이 납니다! 우리 여단(旅團)의 지휘관 야회(夜會)가 있는 날에는 단추를 빼면 안된다, 움직이는 것도 절도있게 하지 않으면 안된다는 것입니다. 지루할 정도가 아니지요. 그런데 그곳에 오는 동료들은 하나같이 …… 자아, 군복 따위는 벗어 버리자, 그리고 럼주(酒)를 어서 내오라며 법석을 떨지요. 그것으로 즐거움이 시작되는 것입니다 …… ."

"말을 뒤집는 것 같습니다만 …… ."

관청의 과장이 이의를 제기했다.

"승복하기 어렵군요. 원래 신경을 쓰지 않는다는 것은 무엇을 뜻하는 것입니까? 신경을 안쓰는 일이라면 자택(自宅)에서도 충분하지 않습니까? 그런데 말이죠, 세상에는 남에게 자신의 인상을 좋게 주어야 할 경우도 있고, 처세를 잘하는 사람이 있는가 하면 상대방의 말을 한마디 한마디 저울질하여 상대의 무지(無知)와 교양을 분별하기 좋아하는 인간도 있는 것입니다."

일리네이 모데스토비치는 이 극단적으로 나뉘어진 두 가지 의견 사이에 끼어 난처해졌다. 그 어느 의견에도 찬동할 수가 없었던지 몹시 망설이고 있는 것 같았다. 나는 궁지에 몰린 친구를 위해 구원에 나섰다.

"어느 쪽이 반드시 옳다고 말할 수는 없을 것 같군요. 그런데 아까 이야기는 어디까지 했었지? 일리네이 모데스토비치?"

관청의 과장은 내 친구의 주장을 보기좋게 분쇄했다고 생각하는 나머지 고자세를 취하는 것 같았고, 대위는 대위대로 일리네이 모데스토비치가 자기와 같은 의견이라고 생각하는 것 같아서, 두 사람 모두 만족스럽다는 표정이었다.

일리네이 모데스토비치는 이야기를 계속했다.

"지금까지 이야기한 대로 우리는 무슨 이유에서였든지 간에 매일 밤, 마리아 세르게부나의 집에 모였습니다. 그런데 세상에는 우연이란 것도 있어서 만사가 언제나 잘 진행되어가는 것은 아니었습니다. 때로는 저쪽에서 호이스트라고 하는 카드놀이를 하고 있는가 하면 이쪽에서는 보스톤이란 카드놀이를 했습니다. 돈을 많이 거는 사람이 있는가 하면 조금만 거는 사람도 있는 등 생각대로 의견의 일치가 안되는 수도 있었습니다.

지금도 기억하고 있습니다만 가을도 상당히 깊었던 그날도 그러했었습니다. 억수로 퍼붓는 비에, 포도(鋪道) 위를 비가 강물처럼 흐르고 가로등의 등불은 바람으로 꺼져 있었습니다. 객실에는 나말고도 4명가량이 멤버가 차기를 기다리고 있었습니다.

그런데 날씨가 나빠서였던지 기다리던 사람은 오지를 않았고 우리는 하는 수 없이 이야기를 나누기 시작했습니다. 예에 따라 잡다한 화제는 어느 사이엔가 동물의 예지(豫知) 능력이라든가 유령의 화제로 돌아가고 말았습니다."

"또 마침내 시작이로군!"

관청의 과장은 목소리를 높였다.

"이 사람은 유령 이야기가 아니면······ 낮이고 밤이고 밥맛이 없다니까."

"왜 이상하십니까?"

일리네이 모데스토비치는 슬며시 상대방을 제압했다.

"그런 것에 관심을 가지는 것은 결코 나 한 사람뿐이 아닙니다. 우리의 머리는 기복이 없는 생활에 지쳐 있으므로 본의아니게도 희한한 사건에 마음이 끌리는 법입니다. 그런 증거로 오늘날 유행되는 시(詩)를 생각해 보십시오. 희한한 현상이 자꾸만 나오는 게 아니겠습니까? 원죄(原罪)를 피할 수 없는 것처럼 누구나 이 시에서도 도망을 칠 수가 없는 것입니다."

엄숙한 관청 과장은 상대방이 하고자 하는 이야기 따위를 이미 짐작하고 있다는 듯 크게 하품을 하는 것이었다. 일리네이 모데스토비치는 이야기를 계속해 나갔다.

"죽은 사람이 모습을 나타낸다든가 3층의 창문 밖에서 방안의 모습을 기웃거리는 사람의 그림자가 있다든가, 뛰어다니는 의자의 이야기라든가……이런 뻔한 애기들이 거의 전부입니다.

그런데 이야기를 하는 동안 한마디 대꾸도 없이 우리가 공포심으로 소리를 질러도 그것을 그저 곁눈질하며 혼자서 웃음을 씹어 삼키는 인물이 있었습니다.

나이가 상당히 든 이 신사는 구시대의 뿌리깊은 볼테르 신봉자(信奉者)로서 논의를 할 때는 아주 진지하게 '우라니아에게 보내는 서간시(書簡詩)'라든가 '시편(詩篇)에 의한 논고(論考)'라든가 볼테르의 시를 척척 인용하면서 자설(自說)을 보완해 나감으로써 우리가 감히 이의를 제기할 수 없는 당당한 인물인데, 두 마디째에는 '2×2는 4보다 더 나은 진실은 없다'는 것이 그의 말버릇이었습니다.

그런데 화제가 모두 끝나면 우리는 이 신사에게 뭔가 이런 유(類)의 이야기를 공표해 달라며 반농담삼아 부탁해 보았던 것입니다. 이런 의도를 짐작이라도 하고 있었다는 듯, 그 신사는 이런 이야기를 하기 시작했습니다."

— 미리 말해두겠습니다만 나에게는 이런 희언(戲言)이 참을 수가 없는 것입니다. 이런 점에서는 실로 아버지의 대물림을 받았다고나 할까요. 이런 말을 하는 것은 아버지 앞에 유령이 어슬렁거리며

그 모습을 나타낸 일이 있습니다. 창백한 얼굴에 고민에 가득 찬 눈빛 — 아주 훌륭한 유령이었습니다. 그런데 지금은 세상을 떠났지만 — 우리 아버지는 그 유령을 향하여 뭐라고 과감한 말을 했던 것입니다.

놀랍게도 그후로 유령은 우리집 사람들 앞에도 모습을 드러내지 않게 되었습니다. 나는 잡지에 실린 유행되는 연재 소설 — 로맨틱한 소설을 보면서 아버지가 빈축했던 것을 모방하는데, 이것이 잘못입니다. 오늘날의 읽을거리 연재물들은 유령보다도 안좋다, 이쪽에서 아무리 얼굴을 찡그리더라도 계속 연재하고 있을 뿐 중단하지를 않으니 말입니다.

그야 어쨌든 나도 괴기담(怪奇談)을 한두 가지 들려줄 수 없는 처지는 아닙니다. 단 미리 주의해 두겠습니다만 여러분의 머리가 곤두서는 일이 있을는지도 모르니 유의하십시오

이러구러 30년쯤 지난 옛날의 일입니다 —. 당시 나는 군대에 복무하고 있었는데, 우리 연대(聯隊)는 어느 지방에 주둔하고 있었습니다. 우리는 예비군이었습니다. 전쟁이 곧 끝난다는 소문이 나돌았는데 그것을 증명이라도 하듯이 1개월 이상이나 우리에게는 이동 명령이 내리지 않았습니다.

그만큼 시간의 여유가 생기면 군인들이 현지 주민들과 가까워지기 쉬운 법이지요. 내가 투숙하고 있던 집의 여주인은 나이 많은 지주(地主)였는데 마음이 착하고 활발하며 이야기하기 좋아하는 부인이었습니다. 마음이 통하는 사이였지요. 저녁때가 되면 이 부인의 집에는 손님들이 몰려왔고 아주 유쾌한 시간을 보냈던 것입니다.

그집에서 1km쯤 떨어진 곳에 다소 높은 언덕이 있었고 그 언덕에는 낡은 성(城)이 있었습니다. 반원형(半圓形)의 창문들하며 몇몇개의 망루(望樓)들, 그리고 풍차(風車) — 모두가 고딕식 건축의

기이한 구조로 되어 있는 성이었습니다.

당시, 우리는 그런 성 따위는 무시하고 있었는데, 오늘날에는 취미가 타락해서인지, 그런 성이 다시 유행이 된 것 같습니다. 당시의 우리로서는 상상도 할 수 없는 일이었습니다. 우리의 눈에는 생긴 그대로 그저 기묘한 성으로 비칠 뿐, '저건 마구간이야' '비둘기집이지' 또는 보잘것없는 '고기만두'라든가 또는 '정신병원' 등으로 불렀습니다.

"저 고기만두는 도대체 어떤 사람의 성입니까?"

어느 날, 나는 여주인에게 물었습니다.

"잘 아는 ○○○ 백작(伯爵) 부인의 성이랍니다. 아주 마음이 착한 분이지요. 꼭 한 번 만나보세요……. 백작의 영양(令孃)인 마리비나님은 그 옛날…… 아주 쓰라린 고통을 당하셨답니다."

그 여주인이 말하는 것이었습니다.

"그 고생이라니 이루 다 말할 수 없을 정도입니다. 젊었을 때 어떤 젊은 분을 사랑하셨던 것입니다. 그런데 그 젊은 분은 백작(伯爵)이긴 했습니다만 빈곤했던 까닭에 그 부모님은 이 결혼을 승낙하지 않았던 것입니다.

그런데 이 처녀는 고집이 센 편이어서 상대방을 한번 사랑한 이상 단념할 수가 없어서, 젊은 분과 함께 도망갔을 뿐 아니라 그 젊은이와 부부의 인연까지 맺었던 것입니다. 그러니 일은 크게 벌어졌을 밖에요.

어머니는 엄격한 옛날 부인이었으므로 가문(家門)을 늘 자랑하고 교만을 떨며 그 누구에게도 자기 주장을 꺾은 일이 없었습니다. 마리비나 아가씨의 가출사건은, 그 어머니에게 있어서는 실로 청천벽력과 같은 것이었지요. 딸의 반항에 이 어머니의 분노는 머리끝까지 올랐고 그녀의 행동은 백작가(伯爵家)의 불명예로 비쳐졌습니다.

가엾게도 이 딸은 어머니의 성품을 잘 알고 있었기 때문에 오랫동안 어머니 앞에 모습을 드러낼 수가 없었습니다. 편지를 써서 보내도 답장이 올 리 만무했습니다. 딸은 완전히 의기소침해지고 말았습니다. 어떤 말로 위로를 해주어도 그 마음을 안정시킬 수가 없었습니다.

남편이 쏟아부어 주는 애정도 — 주사위가 이미 던져진 지금에 와서는 어머니의 분노도 오래 지속되지는 못할 것이라고 하는 친구들의 위로의 말도 아무 쓸모가 없었습니다. 이렇게 고민과 번민 속에서 반 년이란 세월이 흘렀습니다.

나는 이무렵 이 아가씨와 자주 만날 수 있었는데 옛날의 그 예쁜 얼굴은 도저히 찾아볼 수가 없었습니다. 그리고 마침내 몸이 무거워졌습니다. 아가씨의 불안은 더해갈 뿐이었습니다. 대저 이런 시기에 여성의 신경은 날카로워지는 법입니다. 신경은 과민해져서 하찮은 생각이나 사소한 말에도 평소보다 갑절이나 되는 상처를 입게 마련입니다.

부모의 반대를 무릅쓰고 아기를 낳을 것인지 — 이런 생각만 해도 마리비나님은 견딜 수가 없었습니다. 그런 생각을 하면 가슴이 미어져서 밤에도 잠을 못이루니 몸은 쇠약해질 수밖에요.

아가씨는 견디다 못하여, '이왕 이렇게 된 바에야 어머니에게로 찾아가서 용서를 빌겠습니다.'라고 말했습니다. 우리는 말렸지만 소용없었습니다. 아기가 태어날 때까지 기다렸다가 그 아기와 함께 가서 어머니에게 아기를 보여드리도록 하라고 간곡히 만류했습니다만 끝내 듣지 않았습니다.

귀여운 아기를 직접 보면 닫혔던 마음도 열리지 않겠습니까? 그렇게 말을 해도 듣지 않는 것이었습니다. 점점 더 겁이 났던 것이겠지요.

어느 날 새벽, 모두가 아직 잠자리에 있는 틈에 아가씨는 몰래 집을 나가서 성(城)을 향해 갔고, 아직 어머니가 잠자리에 있는 어둠을 틈타서 성안으로 들어갔습니다. 그리고 무릎을 꿇었습니다.

노백작(老伯爵) 부인은 이상한 사람이었습니다. 그 마음을 이해할 수 없는 그런 사람이었습니다. 무엇을 원하고 있는 것인지 감을 못잡는 것이었습니다. 그 자신도 알지 못하고 있었던 게 아닐까요? 사소한 말이라든가 접수한 글월, 신변에서 일어나는 일에 따라 그때그때 마음이 바뀌는 것이었습니다. 그럴 때마다 기뻐하다가도 갑자기 화를 내는 등 종잡을 수가 없는 부인이었던 것입니다.

아가씨가 백작 부인을 대했을 때, 최초의 반응은 경악(驚愕)이었습니다. 목이 메어 부인의 무릎을 끌어안고 모포를 걷어치우려고 하는 이 소복한 여인이 대체 누구인지, 비몽사몽간인 부인으로서는 감이 안잡히는 것이었습니다.

처음에 부인은 이것이 유령일 것으로 생각했습니다. 다음에는 미친 여자인 것으로 생각했는데 자기 딸임을 확인하고는 놀람과 분노로 떨었습니다. 사랑하는 딸의 눈물도, 그 애소(哀訴)하는 언동도 부인의 마음을 움직이지는 못했으며 친어머니의 정(情)을 돌려놓지는 못했습니다.

하늘의 사귀(邪鬼) 같은 성격이 이긴 것입니다. '어서 없어져! 이게 대체 무슨 짓이야! 너 같은 것은 저주를 받아야 해!' 어머니는 거칠게 소리칠 뿐이었습니다. 가엾은 아가씨는 그자리에서 위험하게도 실신할 뻔했는데 곧 엄마가 되어야 한다는 자각을 했던 것이지요.

그래서 쥐어짜내는 듯한 목소리로, 그러나 생각을 정리하며 단호한 목소리로 '나는 아무리 저주를 받더라도 좋습니다……. 하지만 곧 태어날 아이만큼은 궁휼히 여겨주십시오'라며 호소했습니다. '너도, 네가 낳을 자식도 저주를 받아야 해!' 분노에 불타오르는 부인은 또 이렇게 덧붙였습니다. '그 아이가 너에게 천벌을 내리게 할 것이야!' 가엾게도 마리비나님은 그자리에 푹 고꾸라지고 말았습니다.

넘어져 있는 아가씨의 그 모습은 그 어떤 말보다도 백작 부인의 마음을 동요시켰습니다. 부인은 새삼스럽게 하늘이 무서워졌습니다. 기진맥진한 부인의 신경은 이런 광경을 보고는 견디어 낼 수 없게 되었던 것입니다.

침대에서 뛰어내리자 초인종을 눌러서 의사를 모셔오도록 사람을 보냈습니다. 그리고 실신했던 아가씨가 정신을 되찾았을 때는 이미 그 어머니의 품속에 안겨 있었습니다. 이미 모든 일을 용서했고 없던 일로 해주었던 것입니다.

이런 일이 있은 다음, 아가씨와 남편은 성(城)으로 들어갔으며, 얼마 안되어서 아들을 낳았습니다. 노백작 부인은 지난날의 박대를 크게 부끄러워하며 지극정성으로 딸을 위로해 줄 것을 평생 맹세하는 것처럼 보였습니다.

부인은 몇번씩이나 딸을 저주했던 말을 취소하는 맹세를 하고, 그것을 서면화(書面化)하여 펜던트 속에 넣어 가지고 항상 몸에 지니고 다니도록 아가씨에게 명했습니다. 아가씨는 아가씨대로 굳게 결심을 하고 그 펜던트를 몸에서 떼는 일이 없었습니다.

이윽고 아들이 성장하여 군복무를 하게 되었을 때도 노백작 부인은 딸에게 지난날 너무 가혹하게 대했던 일을 잊지 아니하고 마치 갓난아기를 대하듯 자비롭게 보살펴 주었습니다. 부인이 가지고 있는 부(富)는 이세상에서 못할 일이 없을 만큼 풍부했습니다. 거기에다가 얼마 전에는 모종의 소송에서 이기어 수백만이나 되는 거금이 손에 들어왔는데 백작가에서는 막대한 돈을 들여 성을 보수했습니다.

그런즉 그 성안에는 이제 없는 것이 없을 정도입니다. 영국식 정원에 세상에서 보기 드문 탁자(卓子), 백 년 묵은 헝가리 와인을 저장한 술 창고, 찬물과 더운물이 나오는 분수, 대리석 바닥, 갖가지 겨울철의 정원 ― 말하자면 그야말로 지상의 낙원입니다. 무도회라든가 야회(夜會)는 안 열리는 날이 없을 정도입니다. 괜찮으시다면 한 번 안내하겠습니다. 틀림없이 환대해 줄 것입니다……."

반 년 동안이나 기분풀이라면 변변치 못한 농가(農家)에서 남자들끼리 몇잔 술에 취하는 게 고작이었던 젊은 장교들이 이 신나는 곳을 마다할 까닭이 없었습니다.

"가고 말고요!"

콧수염을 쓰다듬으면서 대위가 맞장구를 쳤습니다.

― 바로 그 다음날, 우리는 백작가에 갔고 여주인을 만나보았는데, 그 여주인의 말에는 조금도 허위나 가식이 없다는 확신을 가지게 되었습니다.

저택은 실로 호화로왔습니다. 우리들 한 사람 한 사람에게 배당된 침실에는 모든 일용잡화가 갖추어져 있었습니다. 멋진 깃털 침구(寢具)는 솜이불에 비하면 천국이었습니다. 각 방에는 찬물과 뜨거운 물이 나오는 욕실이 있었고, 갖가지 신변잡품이 갖추어져 있었습니다. 시중을 드는 하인들은 한마디만 듣고도 열 가지를 보살펴 주었습니다.

노백작 부인은 이제 팔걸이 의자에서조차 일어나기 어려운 몸이 되었지만 아직도 친절하게 손님을 대해 주었고, 또 젊은 아씨로 불리는 딸은 이미 40고개를 넘겼지만 실로 15세 처녀로 볼 만큼 젊었고 발랄했습니다. 우리들 대부분은 이 젊은 아씨에게 무골(武骨)이면서도 상냥하게 성의를 다해야 하는 의무감을 가지고 있었는데 더러는 진짜로 반한 자도 나올 정도였습니다.

그 남편은 모르는 체하며, 부인이 교태를 부리며 젊은 장교들의 정열을 북돋아 주는 것을 미소지으며 지켜보고 있었습니다. 환락에 취하며 차례로 흥에 겨워지는 것 ── 그것이 이 저택의 규칙이자 생활 그 자체였습니다. 우리에게 요구되었던 것은 단 한 가지, 낮동안에는 먹고 마시다가 밤새도록 쓰러질 때까지 미친 사람처럼 춤을 추어대는 것뿐이었습니다.

우리는 마치 기름에 치즈가 녹아 버리듯 녹초가 될 때까지 춤을 추었던 것입니다. 며칠 후에는 이 저택의 기쁨과 행복이 배가(倍加)되었습니다. 이 저택의 상속자인 젊은 아들이 휴가로 귀가했습니다. 우리와 마찬가지로 변변치 않은 농가(農家)를 전전하는 군인 생활을 계속해서인지 이 아들도 우리와, 그리고 가족들과 더불어 신바람나게 놀았습니다.

우리들의 부대 이동이 결정되자 백작가에서는 우리를 위해 최후의 대무도회(大舞蹈會)를 열어주게 되었습니다. 인근에 사는 사람들에게도 초청장이 보내지고 정원에는 특별 조명이 설치되었으며 기세 좋게 불꽃놀이도 하기로 결정되었습니다.

바로 그 전날 밤의 일입니다. 다음날 있을 행사 계획을 이것저것 상담하고 있었는데(우리 일행은 이집 식구들과 마찬가지로 그런 의논도 함께 했던 것입니다) 마침 화제(話題)가 지금과 마찬가지로 유령(幽靈) 이야기에 이르렀습니다.

젊은 부인이 추억을 더듬으며 말하는데 이 성(城)에는 소름끼치는 소리를 내면서 환영(幻影)이 출몰하기 때문에 이전부터 인근 주민들까지 벌벌 떨게 하는 방이 한 개 있다는 것이었습니다. 그 문제의 방에서는 — 마침 빈 방이 없기 때문에 이집 아들이 자게 되었습니다. 그 아들은 지금까지 이집의 영(靈)이 자기에게 행한 악희(惡戲) 정도는 문제도 안되며 숙면(熟眠)할 수 있다고 장담하면서 웃었습니다.

우리들도 그 아들을 따라서 웃었고 각각 자기 방으로 들어갔습니다. 다음날 아침, 성에는 속속 사람들이 모여들었습니다. 우리는 아침 10시부터 춤을 추었고 점심을 끝낸 다음 다시 한밤중이 되도록 계속해서 춤을 추었습니다. 그 다음날 아침 5시에 이동을 위해 말을 타야 한다는 것 따위를 우리는 생각도 못하고 있었습니다.

그런데 솔직하게 말해서 그날 하루가 다 지날 때쯤에는 피로가 쌓이고 쌓여서 쩔쩔맸는데 한밤중이 지나 손님들이 돌아갈 준비를 하기 시작했을 때에서야 겨우 가슴을 쓸어내렸습니다.

방마다 사람들이 드문드문 누워 있었고 우리도 각자 자기 방으로 되돌아가려고 했는데, 젊은 부인은 24시간 동안이나 춤을 추고도 물 한컵 마신 사람처럼 생생하였고 부인들에게 왈츠를 더 추자며 이끄는 것이었습니다. 그뿐 아니라 돌아가려는 손님들을 붙잡아 달라며 우리에게 오히려 부탁까지 하는 것이었습니다.

우리도 마지막 힘을 쥐어짜내 보았지만 지칠대로 지쳐서, 마침내는 침실에 일찍 들어가 있던 이집 아들을 데려오겠으니 우리에게는 쉴 틈을 달라고 부인에게 부탁을 했습니다.

“무슨 말을 하는 겁니까?”

부인은 우리에게 말했습니다.

“그 게으름뱅이가 일어날까요? 그 아이에게는 뜸이라도 한 방 놓

아야 한다구요. 아직도 이렇게 아름다운 부인들이 남아있는데 방
에 들어가서 잠이나 자다니 …… 안되겠군요. 나를 따라오세요!"

청년은 온종일 많이 시달려서인지 깊은 잠에 빠져 있었는데 방문
을 여는 소리에 눈을 떴습니다. 그 청년이 놀랐을 것은 짐작하고도
남음이 있습니다.

왜냐하면 취침용 램프의 창백한 불빛에 비추며 떠오른 것은 엄
청나게 많은 ― 하얀 옷을 뒤집어쓴 유령이었는데 그 유령이 그에
게 덤벼드는 것이었습니다. 비몽사몽간에 청년은 권총을 집어들었
습니다.

"어서 꺼져! 안가면 쏘겠다."

청년은 고함을 쳤습니다. 그러나 선두에 있던 유령은 침상으로 다
가갔고, 양쪽 팔을 뻗어서 청년을 껴안으려고 했습니다. 이때 질겁
을 하며 놀라서인지, 아니면 아직도 잠이 덜 깨서인지 청년은 권총
을 치켜들면서 방아쇠를 당겼습니다…….

"아아, 어머니가 주신 펜던트를 그만 몸에 지니는 것을 잊었어!"

젊은 부인은 비명을 지르면서 그자리에 쓰러지고 말았습니다. 유
령으로 분장되어 있던 우리는 그녀에게 달려들면서 시트를 벗겼습
니다……. 안면은 창백해져 있어서 이집의 젊은 부인이라고는 할
수 없었습니다. 치명적인 총격을 받았던 것입니다.

그때 멀리서 북소리가 들려왔습니다. 부대가 행군을 개시한다는
신호였습니다. 우리는 그토록 즐거운 나날을 보냈었지만 지금은 슬
픔에 빠져 버린 저택을 뒤로 하고 떠났습니다. 그후의 전말에 대해
서는 아는 것이 없습니다. 나는 유령을 만난 적은 한 번도 없습니다
만 나 자신이 유령으로 분장했던 일은 있습니다.

요컨대 기괴한 이야기란 것은 모두가 이런 식이지요. 모두가 만들
어 낸 이야기에 지나지 않습니다. 들었다시피 그 사실은 지극히 단

순한 것입니다 ─ . 그렇게 말하면서 노신사는 껄껄 웃었습니다.

그때였습니다. 지금까지 열심히 귀를 기울이고 있던 한 청년이 노인에게로 뚜벅뚜벅 걸어가더니,

"한 이야기는 대단히 정확했습니다."

라고 말하는 것이었습니다.

"나도 그 사건이 일어났을 때 그 일족(一族)이었으므로 그 이야기는 잘 알고 있습니다. 듣고 보니 당신께서는 모르시는 게 꼭 한 가지 있군요. 그것은 그 백작가의 부인은 아직도 생존해 있다는 것입니다. 그리고 당신을 그집 아들의 방으로 안내했던 것은 그 부인이 아니었던 것입니다. 진짜 유령이었었어요. 그 유령은 지금도 그 성(城)에 출몰하고 있구요."

먼저 이야기했던 노신사의 안색이 새파랗게 질렸습니다. 청년은 다시 이야기를 이어나갔습니다.

"그 사건에 관하여 여러 가지 억측이 나돌고 있습니다. 그러나 어떻게도 설명을 할 수가 없는 것입니다. 단 한 가지 더욱 무서운 일은 이 이야기의 전말을 이야기한 인물이 한 사람 남김없이 이 이야기를 하고 난 후 2주일 후에 죽었다는 사실입니다."

그렇게 말한 청년은 모자를 벗으면서 방을 나갔습니다.

노신사의 안색이 더욱 창백해졌습니다. 청년의 자신감에 찬 말, 그리고 비아냥거리는 듯한 말투에 그만 질려 버린 것이겠지요. 솔직히 말해서 우리도 생각은 마찬가지였습니다. 잠시 동안은 입을 열지도 못했으니까요. 정신을 가다듬으면서 화제를 바꾸려고 했지만 뜻대로 되지 않았습니다.

이윽고 모두들 집을 향해 떠났습니다. 며칠 후 유령을 비웃었던 노인이 병으로 쓰러졌고 심히 위태한 상태에 이르렀다는 것을 알았습니다. 육체의 고통말고도 환각(幻覺)의 악몽에 시달리고 있다는

것이었습니다. 새하얀 시트를 뒤집어쓴 창백한 여인이 베개맡에 나
타나서는 그를 침상에서 끌어내리려 한다는 것이었습니다. 그리고,
　"꼭 2주일 후에……."
라고 말한다는 것입니다.

　일리네이 모데스토비치는 비통한 목소리로 이렇게 덧붙였다.
　"마리아 세르게부나가(家)를 방문하는 손님은 한 사람 줄어들게
되었습니다!"
　"기괴한 이야기로군요! 실로 기괴한 일입니다!"
　대위는 탄식했다.
　관청의 과장은 좀처럼 동요하지 않는 페테르부르크의 사람답게
마치 관청에서 지급(至急)을 요하는 서류를 읽는 얼굴로 끝까지 이
야기를 듣고 있다가 이윽고 서서히 이렇게 말했다.
　"뭐, 놀랄 일도 아닙니다. 생각을 너무 깊이 하는 사람에게 흔히
있는 일이니까요. 그렇습니다. 생각을 지나치게 하기 때문입니다.
우리 관청에도 그런 관리(官吏)가 한 사람 있습니다. 굉장히 착실
한 사나이인데 정식 직원이 되도록 해달라고 부탁을 했었습니다.
하도 사정을 하면서 부탁을 하기에 나는 그 사람에게 고서류(古
書類) 정리를 하라고 시켰습니다. 정리가 잘된 다음에는 정식 직
원으로 발령을 내주겠다고 했지요. 그랬더니 이 사람은 온 정력을
다 쏟아가면서 내 명령에 따랐습니다.
　1년이 지나고 2년이 지났건만 밤낮없이 서류 정리작업에 매달
리어 악전고투하는 것입니다. 보기에 하도 딱해서 어느 날 상사에
게 천거해 주려고 생각했습니다.
　그런데 서류 관리관인 이 사람의 태도가 이상하다는 보고가 있
었습니다. 내가 그 사나이의 일하는 방으로 가보니 본인이 없는

것입니다. 어떻게 된 일일까 생각하며 자세히 살펴보니 서류 선반 꼭대기에 올라가서 서류 다발 사이에 쭈그리고 앉아 있는데 두 손에는 번호판을 들고 있는 것입니다.

'어떻게 된 거야? 어서 내려와요!'

내가 소리쳤는데 그 사나이는 뭐라고 대답했는지 아십니까?

'예, 미안합니다. 이반 글리고리치씨. 그것은 됩니다. 나는 기결 사항(旣決事項)입니다.'

라고 하는 것이었습니다."

과장은 웃어댔다. 그러자 일리네이 모데스토비치는 눈물을 머금 으면서,

"당신의 이야기가 내 이야기보다 더 애처롭고 가슴아프지 않습 니까?"

라고 말하는 것이었다.

관청 이야기 따위는 거의가 꾸며진 것이라며 건성으로 듣고 있 던 대위는 먼젓번 괴담에 아직도 신경이 쓰이는 것 같았는데 겨우 자기자신으로 돌아온 듯 일리네이 모데스토비치에게 이런 질문을 했다.

"한 가지 묻겠는데 마리아씨 댁에서 폰스주(酒)를 마셨습니까?"

"아아뇨, 공교롭게도!"

"기괴하군요! 실로 기괴한 일입니다!"

이윽고 역마차가 멎었고 우리는 마차에서 내렸다.

"그런데 아까 말한 그 노인은 진짜로 죽었습니까?"

나는 물었다.

"그것은 말하지 않는 게 좋겠습니다."

일리네이 모데스토비치는 예에 따라 빙긋이 웃더니 껑충껑충 뛰 듯 몸을 흔들면서 여성적인 목소리로 대답하는 것이었다.

● 원작품명과 작가

이 책에 실은 원작품명과 작가를 참고로 다음에 소개한다.

흡혈귀(吸血鬼) 가족
　〈La famille du vourdalak〉 Толстой, Алексей Константинович
방　위(防衛)
　〈Защита〉 Брюсов, Валерий Яковлевич
마(魔)의 레코드
　〈Таинственная пластинка〉 Грин, Александр Степанович
빛과 그림자
　〈Свет и тени〉 Сологуб, Федор Кузьмич
이상한 이야기
　〈Странная история〉 Тургенев, Иван Сергеевич
어떤 인물의 수기(手記)
　〈Бобок〉 Достоевский, Федор Михаилович
베네젝토프
　〈Венедиктов, или Достопамятные события жизни моей〉
　Чаянов, Александр Васильевич
검은 옷의 승려
　〈Черный монах〉 Чехов, Антон Павлович

장의사(葬儀社)

  〈Гробовщик〉　Пушкин, Александр Сергеевич

뜻밖의 손님

  〈Нежданные гости〉　Загоскин, Михаил Николаевич

유　령

  〈Привидение〉　Одоевский, Владимир Федорович

러시아의 괴담

初版 印刷 ●2000年　8月　20日
初版 發行 ●2000年　8月　25日

編譯者 ●朴 鍾 福

發行者 ●金 東 求

發行處 ●明 文 堂
서울특별시 종로구 안국동 17~8
대체　010041-31-0516013
전화　(영) 733-3039, 734-4798
　　　(편) 733-4748
FAX 734-9209
등록　1977. 11. 19. 제1~148호

●낙장 및 파본은 교환해 드립니다.
●불허복제 · 판권 본사 소유.

값 7,000원
ISBN 89-7270-622-1　03890

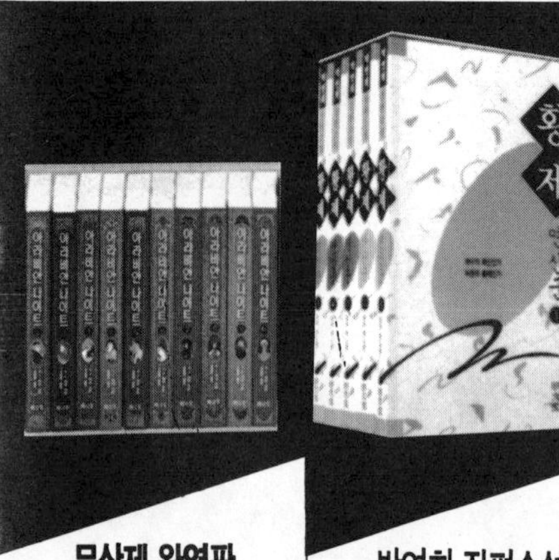